Zur Autorin:

Die preisgekrönte Schriftstellerin sitzt jeden Tag acht Stunden am Schreibtisch. Inzwischen sind mehr als 240 Romane geschrieben, die weltweit regelmäßig auf den Bestsellerlisten landen. Vom *New Yorker* wurde sie zu »Amerikas Lieblingsautorin« ernannt. Auch in Deutschland erfreut sich Nora Roberts einer großen Fangemeinde. Sie lebt mit ihrem Ehemann in Maryland.

Herzklopfen auf der Insel der Träume

Nora Roberts

Entscheidung in Cornwall

Seite 5

Nora Roberts

Rebeccas Traum

Seite 245

Entscheidung in Cornwall bereits erschienen in:
Melodien der Sehnsucht, 2015, Mira Taschenbuch

Rebeccas Traum bereits erschienen in:
Ein Meer von Glück, 2020, Mira Taschenbuch

1. Auflage 2024
Neuausgabe im HarperCollins Taschenbuch

Originaltitel: »Once More With Feeling«
Erschienen bei: Silhouette Books, Toronto
Übersetzung: Andrea Fleming

Originaltitel: »Impulse«
Erschienen bei: Silhouette Books, Toronto
Übersetzung: Michaela Rabe

Published by arrangement with
HARLEQUIN ENTERPRISES II B.V./SARL

Umschlaggestaltung von zero Werbeagentur, München
Umschlagabbildung von shutterstock/GrahamMoore999, Helen Hotson
Gesetzt aus der Stempel Garamond
von GGP Media GmbH, Pößneck
Druck und Bindung von GGP Media GmbH, Pößneck
Printed in Germany
ISBN 978-3-365-00580-4
www.harpercollins.de

Druckprodukt mit finanziellem
Klimabeitrag
ClimatePartner.com/15109-2009-1001

MIX
Papier
FSC FSC® C014496

Nora Roberts

Entscheidung in Cornwall

Roman

Aus dem amerikanischen Englisch von
Andrea Fleming

HarperCollins

1. Kapitel

Er achtete darauf, dass sie ihn nicht sah, während er sie beobachtete. Sie hatte sich in den fünf Jahren kaum verändert. Die Zeit schien weder im Sturmschritt gelaufen noch im Schneckentempo gekrochen zu sein. Sie hatte scheinbar stillgestanden.

Ramona Williams war eine kleine, schlanke Frau, deren schnelle Bewegungen eine unterschwellige Nervosität verrieten. Ihre Haut hatte die goldene Bräune, die man nur von der kalifornischen Sonne bekam, und mit ihren fünfundzwanzig Jahren hatte sie die weiche, taufrische Haut eines Kindes. Sie hätschelte sie, wenn es ihr gerade einfiel, und vernachlässigte sie, wenn sie sie vergaß, ihre Haut war dennoch immer gleichbleibend weich. Ramonas langes Haar war dicht, glatt und schwarz von Natur. Sie trug es meistens offen. Es reichte ihr bis an die Hüften.

In ihrem zarten Gesicht fielen besonders die hohen Wangenknochen auf. Ramona lächelte oft und gern, doch ihre Augen verrieten ihre Gefühle. Sie waren rauchgrau. Was immer Ramona empfand, spiegelte sich in diesen Augen. Sie hatte ein überwältigendes Verlangen danach, zu lieben und geliebt zu werden. Und dieses Verlangen, diese Sehnsucht waren ein Geheimnis ihres unglaublichen Erfolges. Es gab aber noch ein zweites: ihre Stimme – die herrliche, dunkle und samtene Stimme, die sie über Nacht berühmt gemacht hatte.

Ramona fühlte sich in einem Aufnahmestudio nie ganz wohl. Es glich einer Insel, war durch die gläserne Trennwand und die übrigen schalldichten Wände und Türen von der übrigen Welt abgeschnitten. Vor mehr als sechs Jahren hatte sie ihre erste Platte aufgenommen, aber sie hatte nie Gefallen an der Arbeit im Studio gefunden. Sie war für die Bühne geboren, brauchte den Kontakt mit dem Publikum, denn die Zuhörer ihrer Konzerte gaben der Musik Leben.

Für Ramona war ein Studio zu steril, sie verabscheute seine Technik. Wenn sie in einem Studio arbeitete wie eben, dann war das für sie nur ein Job. Und sie arbeitete hart.

Alles ging gut, es gab keine Schwierigkeiten. Ramona hörte so konzentriert einem Playback zu, dass die Umgebung um sie herum versank. Für sie gab es nur noch die Musik. Ich war gut, sagte sie sich, aber ich kann noch besser sein.

Etwas fehlte im letzten Lied, sie hatte etwas ausgelassen. Ohne genau zu wissen, was es war, war sie überzeugt, dass sie es finden könnte. Sie signalisierte dem Toningenieur, das Band zu stoppen.

»Marc?«

Ein blonder Mann mit der Figur eines Leichtgewichtringers kam zu Ramona in die Kabine. »Gibt's ein Problem?«, fragte er und legte ihr leicht die Hand auf die Schulter.

»Die letzte Nummer, sie ist ein bisschen …« Ramona suchte nach dem richtigen Wort. »Sie klingt irgendwie leer«, sagte sie schließlich. »Was meinst du?«

Sie hielt viel von Marc Ridgely als Musiker, und er war ein Freund, auf den sie sich verlassen konnte. Er war ein wortkarger Mann mit einer Leidenschaft für alte Western und Salzmandeln. Viele hielten ihn für einen der besten Gitarristen des Landes.

Jetzt strich er sich nachdenklich den Bart, Ramonas Ansicht nach eine Geste, die ihm mehrere Sätze ersparte.

»Mach's noch einmal«, sagte er dann. »Der Instrumentalteil ist in Ordnung.«

Ramona lachte und dieses Lachen klang so voll und warm wie ihre Singstimme. »Ein zwar grausames, aber gerechtes Urteil«, sagte sie, setzte den Kopfhörer wieder auf und trat vor das Mikrofon. »Noch einmal die Singstimme von ›Lieb und verlier‹«, wies sie die Tontechniker an. »Die für mich höchste Autorität hat erklärt, dass es an der Sängerin liegt, nicht an den Musikern.«

Sie sah Marc noch schmunzeln, ehe sie sich auf das Mikrofon konzentrierte, und alles andere außer der Musik wurde unwichtig.

Ramona schloss die Augen und gab sich ganz ihrem Gesang hin. Sie interpretierte eine langsame, wehmütige Ballade, ihrer rauchig tiefen Stimme angepasst. Den Text hatte sie vor langer Zeit selbst geschrieben. Erst vor Kurzem hatte sie die Kraft gehabt, ihn öffentlich zu singen. Jetzt war nur Musik in ihrem Kopf, eine Notenfolge, die sie selbst arrangiert hatte. Und als ihre Stimme dazukam, wusste sie, dass das, was vorher gefehlt hatte, ihre Gefühle gewesen waren. Sie hatte Angst gehabt, sich preiszugeben, und hatte sich zurückgehalten. Jetzt gab sie sich rückhaltlos und ihre Stimme verlieh ihren Gefühlen Ausdruck.

Ein Hauch von Schmerz erfüllte sie. Es war ein Schmerz, der seit Jahren tief in ihr begraben gewesen war. Sie sang, als könnten die Worte sie davon befreien. Aber der Schmerz war noch da, als das Lied zu Ende war.

Sekundenlang herrschte Stille, doch Ramona war zu benommen, um zu merken, dass die Kollegen vor Bewunderung und Ergriffenheit schwiegen. Sie riss sich den Kopfhörer herunter, der ihr plötzlich unerträglich schwer vorkam.

»Bist du okay?« Marc kam wieder zu ihr in die Kabine und legte ihr den Arm um die Schultern. Er fühlte, dass sie leicht zitterte.

»Ja.« Ramona presste kurz die Finger an die Schläfen und lachte dann überrascht auf. »Ja, natürlich. Ich habe mich ziemlich hineingesteigert.«

Er küsste sie auf beide Wangen – bei einem so zurückhaltenden Mann ein seltener Beweis von Zuneigung in der Öffentlichkeit. »Du warst fantastisch.«

»Das habe ich gebraucht.«

»Den Kuss oder das Lob?«

»Beides.« Sie lachte und warf das lange Haar zurück. »Du weißt doch, dass Stars ununterbrochen bewundert werden wollen.«

»Wo ist hier ein Star?«, erkundigte sich ein Chorsänger.

Ramona bemühte sich, arrogant auszusehen, als sie zu ihm hinüberblickte. »Du«, sagte sie unheilvoll, »bist leicht austauschbar.« Der Sänger lachte nur. Er wusste, dass Ramona weder eingebildet war noch andere Starallüren hatte, und war daher nicht eingeschüchtert.

»Und auf wen wolltest du dich dann wohl bei den Aufnahmen stützen?«

Ramona wandte sich an Marc. »Nimm den Kerl mit raus und erschieß ihn«, sagte sie sanft, dann sah sie zur Tonkabine hinauf. »Das war's!«, rief sie.

Ihr Blick blieb an dem Mann haften, der jetzt hinter der Glasscheibe deutlich zu sehen war.

Sie wurde schneeweiß im Gesicht. Das Gefühl, das sich während des Singens wie eine halb vergessene Erinnerung in ihr geregt hatte, drohte sie nun zu überwältigen. Fast schwankte sie, so heftig war ihr innerer Aufruhr.

»Brian!«

Ihr war, als habe sie den Namen herausgeschrien, und doch hatte sie ihn nur geflüstert. Sie glaubte zu träumen. Dann begegneten sich ihre Blicke, und Ramona wusste, dass es kein Traum war. Brian war zurückgekommen.

Jahrelange Bühnenerfahrung hatte sie gelehrt, sich zu verstellen. Es fiel ihr immer schwer, anderen etwas vorzuspielen, aber als Brian Carstairs aus der Tonkabine zu ihr herunterkam, setzte Ramona ein verbindliches Lächeln auf. Um den Sturm in ihrem Innern wollte sie sich später kümmern.

»Brian, wie schön, dich wiederzusehen.« Sie streckte ihm beide Hände entgegen und hob das Gesicht, um den erwarteten bedeutungslosen Kuss eines Fremden zu empfangen, der zufällig in derselben Branche war.

Er war über ihre Gelassenheit bestürzt, denn er hatte sie blass werden, hatte den Schreck in ihren Augen gesehen. Jetzt hatte sie sich hinter einer Fassade versteckt, die er an ihr nicht kannte, und zeigte ihm eine gleichgültige Miene. Brian stellte fest, dass er sich geirrt hatte: Ramona hatte sich verändert.

»Ramona.« Er küsste sie leicht und nahm ihre Hände in die seinen. »Eine Schönheit wie die deine müsste eigentlich verboten werden.« Der leichte irische Akzent war unverkennbar. Ramona erlaubte es sich, ihn anzusehen – wirklich anzusehen.

Er war groß und fast ein bisschen zu dünn – wie früher auch. Brian hatte leicht gewelltes und ebenso dunkles Haar wie sie. Über den Ohren war es voll und dicht und reichte bis zum Hemdkragen. Sein Gesicht hatte sich nicht verändert. Es war noch immer das Gesicht, das Mädchen und Frauen dazu trieb, bei seinen Konzerten zu kreischen und ohnmächtig zu werden.

Es war knochig und von der Sonne gebräunt, nicht besonders hübsch, aber reizvoll und fesselnd, die Züge nicht sehr regelmäßig. Von seiner Mutter, die Irin war, hatte er etwas Träumerisches geerbt. Vielleicht war er deshalb für Frauen so anziehend, obwohl seine gelegentlich britische Zurückhaltung sie nicht minder faszinierte. Und die Augen!

Sogar jetzt fühlte Ramona die Anziehungskraft der großen aquamarinblauen Augen mit den schweren Lidern. Es waren beunruhigende Augen für einen Mann von solcher Ungezwungenheit. Sie schienen ständig von Blau zu Grün und wieder zu Blau zu wechseln. Doch es war sein leichtherziger Charme, der am meisten für ihn sprach. Charme und offenkundiger Sexappeal waren eine Kombination, der niemand widerstehen konnte.

»Du hast dich nicht verändert, nicht wahr, Brian?«, fragte Ramona ruhig, und doch war diese Frage das erste und einzige Anzeichen dafür, wie tief sie innerlich aufgewühlt war.

»Komisch.« Er lächelte. Es war nicht das schnell aufblitzende Lächeln, das sie so gut kannte, sondern ein bedächtiges und nachdenkliches. »Das Gleiche habe ich gedacht, als ich dich vorhin sah. Aber ich glaube, es trifft auf uns beide nicht zu.«

»Nein.« Wie sehr wünschte sie sich, dass er ihre Hände losließe. »Was führt dich nach Los Angeles, Brian?«

»Geschäfte, mein Schatz«, antwortete er wegwerfend und tastete mit den Blicken jeden Zentimeter ihres Gesichts ab. »Und natürlich die Möglichkeit, dich wiederzusehen.«

»Natürlich.« Ihre Stimme klang kalt und höflich und ihr Lächeln reichte nicht bis in ihre Augen.

Ihr Sarkasmus überraschte ihn. Die Ramona, die er früher gekannt hatte, hatte nicht einmal die Bedeutung dieses Wortes gekannt. Sie sah, dass er nachdenklich die Brauen in die Höhe zog. »Ich möchte dich aber sehen, Ramona«, sagte er mit unerwarteter und entwaffnender Aufrichtigkeit. »Sehr gern sogar. Können wir zusammen zu Abend essen?«

Ihr Pulsschlag hatte sich beschleunigt, als sein Tonfall sich veränderte. Nur ein Reflex, sagte sie sich, nur eine alte Gewohnheit. »Es tut mir leid, Brian«, antwortete sie sehr gelassen. »Ich habe eine Verabredung.« Sie schaute an ihm vorbei zu Marc hinüber, der sich tief über seine Gitarre neigte und mit einem zweiten Musiker frei improvisierte. Ramona hätte am liebsten laut geflucht, so frustriert war sie.

Brian folgte der Richtung, die ihr Blick nahm, und kniff kurz die Augen zusammen. »Dann eben morgen«, sagte er noch immer leichthin und ungezwungen. »Ich möchte mit dir reden.« Er lächelte ihr zu wie einem alten Freund. »Ich komme einfach bei dir vorbei.«

»Brian«, begann Ramona und wollte ihm die Hände entziehen.

»Julie ist doch noch bei dir, nicht wahr?« Brian hielt ihre Hände fest, als merke er ihren Widerstand nicht.

»Ja, ich …«

»Ich freue mich darauf, sie wiederzusehen. Erwarte mich gegen vier. Den Weg kenne ich ja.« Er lachte unbekümmert, streifte ihre Wange wieder flüchtig mit den Lippen, ließ ihre Hände los und ging davon.

»Ja«, sagte sie leise vor sich hin, »den Weg kennst du.«

Eine Stunde später fuhr Ramona durch das elektrisch betriebene Einfahrtstor, durch das man auf die Zufahrt zu ihrem Haus gelangte. Das Einzige, dem sie sich bisher bei Julie und ihrem Agenten erfolgreich widersetzt hatte, war ein

Chauffeur. Ramona fuhr gern, es machte ihr Freude, den schnittigen ausländischen Wagen zu lenken und sich ab und zu dem Rausch der Geschwindigkeit hinzugeben. Sie behauptete, davon bekomme sie einen klaren Kopf.

Diesmal scheint es allerdings nicht funktioniert zu haben, dachte sie, als sie vor dem Haus hielt. Zerstreut ließ sie ihre Handtasche auf dem Beifahrersitz liegen, sprang aus dem Wagen und lief die drei Stufen zur Haustür hinauf. Sie war abgesperrt, und Ramona lief ungeduldig zum Wagen zurück und zog den Schlüssel aus dem Zündschloss, denn Auto- und Hausschlüssel hingen am selben Ring.

Die Haustür hinter sich zuknallend, ging Ramona direkt ins Musikzimmer. Sie warf sich auf das mit Seide bezogene viktorianische Sofa und starrte vor sich hin, ohne etwas zu sehen. Ein polierter Flügel beherrschte den Raum. Er wurde häufig und zu den merkwürdigsten Stunden gespielt. Tiffany-Lampen und Perserbrücken wollten nicht so recht zu dem Blumentopf mit dem Usambaraveilchen passen, das aus einem Supermarkt stammte.

Ein alter, zerschrammter Musikschrank war mit Noten vollgestopft und Noten lagen auch auf dem Fußboden. Neben dem Einhorn aus Messing, das Ramona in einem Geschenkladen entdeckt hatte, stand ein unbezahlbares Fabergé-Döschen. An einer Wand hingen Auszeichnungen: goldene und Platin-Schallplatten, Plaketten und Statuen. An der anderen Wand hingen das gerahmte Notenblatt des ersten Liedes, das sie geschrieben hatte, und ein atemberaubend schöner Picasso. Das Sofa, auf dem sie saß, hatte eine kaputte Sprungfeder.

Das ganze Zimmer war ein sonderbarer Mischmasch aus verschiedenen Stilen, aus Geschmack und Geschmacklosigkeit und für Ramona ganz typisch. Sie hatte Julie erlaubt, im ganzen Haus streng auf Stilreinheit zu achten, doch in diesem Zimmer hatte sie sich selbst verwirklicht. Sie brauchte es ebenso wie die Möglichkeit, ihren Wagen selbst zu fahren. Es half ihr, den Verstand nicht zu verlieren und nie zu vergessen, wer Ramona Williams war. Aber genauso wenig wie die Autofahrt konnte die Einrichtung heute ihre Nerven beruhigen.

Sie setzte sich ans Klavier und drosch auf die Tasten ein, dass Mozart seine eigene Musik nicht erkannt hätte. In der Art, wie sie spielte, spiegelte sich ihre Stimmung, genauso wie in ihren Augen. Auch als sie geendet hatte, schien die Luft noch von Zorn erfüllt.

»Du bist zu Hause, wie ich sehe«, sagte Julie sanft und gelassen von der Tür her. Sie betrat das Zimmer, wie sie in Ramonas Leben getreten war – ruhig, selbstsicher und selbstverständlich. Als Ramona sie vor nunmehr fast sechs Jahren kennengelernt hatte, war Julie reich und gelangweilt gewesen, eine Party-Löwin, hineingeboren in eine alte Familie, die schon immer Geld gehabt hatte. Ihre Beziehung hatte beiden etwas Wichtiges gegeben: Freundschaft und gegenseitige Abhängigkeit. Julie erledigte die unzähligen Details, die mit Ramonas Karriere zusammenhingen, und Ramona gab Julies Leben einen Sinn, der ihr in der glitzernden Welt des Reichtums gefehlt hatte.

»Hat es bei der Aufnahme Schwierigkeiten gegeben?« Julie war groß, blond, hatte eine beneidenswerte Figur und den berühmten lässigen kalifornischen Schick.

Ramona hob den Kopf und aus Julies Gesicht wich das Lächeln. Diesen Ausdruck völliger Hilflosigkeit hatte sie schon sehr lange nicht mehr in Ramonas Augen gesehen.

»Was ist passiert?«

Ramona atmete tief ein und aus. »Er ist wieder da.«

»Wo hast du ihn gesehen?«

Julie brauchte nicht zu fragen, von wem die Rede war. Nur zweimal hatte Ramona in all den Jahren ihrer Freundschaft so trostlos ausgesehen. Einmal war ein Mann schuld daran gewesen.

»Im Studio.« Ramona fuhr sich mit den Fingern durch das Haar. »Er war in der Tonkabine. Wie lange er schon da war, bevor ich ihn sah, weiß ich nicht.«

Julie schob die Unterlippe vor. »Was kann Brian Carstairs in Kalifornien wollen?«

»Keine Ahnung. Er sagte, er sei beruflich hier. Vielleicht geht er wieder auf Tournee.« Um sich ein wenig zu entspannen, rieb sie sich mit der Hand den Nacken. »Er kommt morgen zu uns.«

Julie zog die Brauen hoch. »Ach ja? Ich werde den Termin vormerken.«

»Spiel jetzt nicht die sachliche Sekretärin, Julie«, bat Ramona. »Hilf mir.«

»Willst du ihn sehen?« Es war eine praktische Frage. Julie war ein praktischer Mensch, das wusste Ramona. Sie war logisch, ordnungsliebend und verlor nie den Überblick. All das war Ramona nicht. Sie brauchten einander.

»Nein«, antwortete Ramona leidenschaftlich. Sie stieß einen Fluch aus und presste beide Hände an die Schläfen. »Ich weiß nicht«, setzte sie müde hinzu. »Du weißt, wie er ist, Julie. Oh Gott, ich dachte, es sei vorbei! Ich dachte, es sei zu Ende!«

Mit einem Laut, der wie ein Stöhnen klang, sprang sie vom Klavierhocker auf und begann im Zimmer auf und ab zu laufen. In den Jeans und der einfachen Leinenbluse sah sie nicht wie ein Star aus. In ihrem Schrank hing einfach alles – vom

Overall bis zum Zobelmantel. Der Zobel war für die Künstlerin, der Overall für das Mädchen Ramona.

»Ich hatte den Schmerz begraben. Ich war so fest davon überzeugt.« Ihre Stimme klang ein wenig verzweifelt. Sie konnte es einfach noch nicht glauben, dass sie auch noch nach fünf Jahren so verletzlich war. Sie brauchte ihn nur wiederzusehen und alles brach wieder in ihr auf. »Ich wusste ja, dass ich ihm früher oder später irgendwo begegnen würde.«

Wieder fuhr sie sich mit den Fingern durch das Haar und hörte nicht auf, hin und her zu gehen wie ein gefangenes Tier. »Ich glaube, ich habe mir immer vorgestellt, es würde irgendwo in Europa passieren ... in London zum Beispiel, auf einer Party oder bei einer Wohltätigkeitsveranstaltung. Ihn dort zu sehen hätte mich nicht so überrascht, dort hätte ich ihn erwartet. Vielleicht wäre es leichter gewesen. Aber heute blickte ich einfach auf und da war er. Und ich sang ausgerechnet das verdammte Lied, das ich schrieb, nachdem er mich verlassen hatte.« Sie lachte und schüttelte den Kopf. »Ist das nicht verrückt?«

Es blieb lange still zwischen ihnen, dann fragte Julie: »Was wirst du tun?«

»Tun?« Ramona wirbelte herum und sah sie an. »Ich werde gar nichts tun. Ich bin kein Teenager, der noch an das große Glück glaubt.« Ihre Augen blickten noch düsterer, doch ihre Stimme war allmählich fester geworden. »Ich war kaum zwanzig Jahre alt, als ich Brian kennenlernte, und ich war blind verliebt in sein Talent. Er war in einer Zeit nett zu mir, in der ich verzweifelt einen Menschen brauchte, der nett zu mir war. Ich war von ihm und von meinem Erfolg überwältigt.«

Sie strich das schwere lange Haar über die Schulter zurück. »Ich war zu dem, was er von mir wollte, noch nicht bereit. Nicht bereit für eine körperliche Beziehung.« Sie ging zu dem Einhorn aus Messing und strich mit der Fingerspitze über seinen Widerrist. »Da verließ er mich eben«, fuhr sie leise fort, »und ich war tief verletzt. Alles, was ich sah und vielleicht auch sehen wollte, war, dass er mich nicht verstand, mich nicht genug liebte, um wissen zu wollen, warum ich Nein sagte. Aber das war unrealistisch.« Enttäuscht aufseufzend wandte sie sich zu Julie um. »Warum sagst du nichts?«

»Du kommst allein sehr gut zurecht.«

»Na schön.« Ramona schob die Hände tief in die Taschen und marschierte zum Fenster. »Eins habe ich damals daraus gelernt: Wenn man nicht verletzt werden will, darf man niemanden nahe an sich heranlassen. Du bist der einzige Mensch, bei dem ich diese Regel nie angewandt habe, und du bist die Einzige, die mich nie enttäuscht, nie im Stich gelassen hat … Ich war vor Jahren irrsinnig in Brian verliebt. Vielleicht war es auch eine Art Liebe, aber die Liebe eines jungen Mädchens, die man leicht beiseiteschiebt. Es war ein Schock, ihn heute wiederzusehen, besonders nachdem ich eben dieses Lied gesungen hatte …« Ramona unterdrückte alle Gefühle und wandte sich vom Fenster ab. »Wenn Brian morgen kommt, soll er sagen, was er zu sagen hat, dann kann er wieder gehen. Es ist zu Ende.«

Julie musterte Ramona forschend. »Ist es wirklich zu Ende?«

»Oh ja.« Ramona lächelte. Sie war nach dem Gefühlsausbruch ein bisschen müde, aber zuversichtlicher. Sie hatte sich wieder gefasst. »Ich mag mein Leben genau so, wie es ist, Julie. Er wird es nicht aus den Fugen bringen. Das soll ihm diesmal nicht gelingen. Ihm nicht und keinem anderen Menschen.«

2. Kapitel

Ramona hatte sich sehr sorgfältig angezogen, sich jedoch damit beschwichtigt, dass sie es nicht Brians wegen tat, sondern weil sie später zur Kostümprobe musste und sich hinterher mit ihrem Agenten zum Essen traf. Sie wusste, dass sie sich selbst belog, doch die schicken Sachen gaben ihr Selbstvertrauen.

In Yves Saint Laurent konnte man sich einfach nicht verletzlich und hilflos fühlen.

Zu einer wollweißen Seidenhose und einer orchideenfarbenen Bluse trug sie einen breiten Gürtel und sorgfältig ausgewählten Schmuck. So angezogen kam sie sich unverwundbar vor. Du hast einen weiten Weg zurückgelegt, hatte sie gedacht, während sie sich im Schlafzimmerspiegel betrachtete.

Als sie jetzt in Wayne Metcalfs elegantem Probierraum stand, dachte sie es wieder – doch diesmal betraf es auch Wayne. Sie und er hatten zusammen angefangen: Ramona, indem sie sich ihren Lebensunterhalt in drittklassigen Clubs und verrauchten Piano-Bars »ersang«, er als Kellner, der Modeentwürfe zeichnete, die niemand sehen wollte. Aber Ramona hatte sie gesehen, sie hatten ihr gefallen und sie hatte sie nie vergessen.

Zu der Zeit, da Wayne eben anfing, sich kümmerlich mit Modeentwürfen durchzuschlagen, war Ramonas erste Konzerttournee in der Planung. Die erste berufliche Entscheidung, die sie traf, ohne sich von anderen beraten zu lassen, war die Wahl ihres Designers. Sie hatte es nie bedauert. Wie Julie war Wayne mit Ramona eng genug befreundet, um einiges über ihr Privatleben zu wissen. Und wie Julie war er unerschütterlich loyal.

Ziellos schlenderte Ramona durch den mit wirklich erlesenem Geschmack ausgestatteten Raum. In den ersten Räumen von »Metcalf Designs« hat es ganz anders ausgesehen, dachte sie. Auf dem Boden hatte kein Teppich gelegen, an den gelackten Wänden hatten keine signierten Stiche gehangen, und vor dem Panoramafenster hatte sich nicht ganz Beverly Hills ausgebreitet, dieser Spielplatz der Reichen und Schönen. Es war ein kleines, schlecht belüftetes Zimmer über einem griechischen Restaurant gewesen.

Ramona erinnerte sich noch deutlich der fremdartigen Düfte, die durch die Wände zu sickern schienen, und sie hörte die seltsam faszinierende Musik, die durch die abgetretenen Fußbodendielen drang.

Ramonas Stern war mit dieser ersten Konzerttournee nicht allmählich aufgegangen, er war wie ein Komet emporgeschossen. Der Ruhm war so schnell gekommen, dass sie kaum Zeit gehabt hatte, ihn zu begreifen, geschweige denn zu genießen – Tourneen, Proben, Hotelzimmer, Reporter, Menschenmassen, Fans, unglaubliche Geldsummen und unmögliche Forderungen. Sie hatte dieses Leben geliebt, obwohl sie von den vielen Reisen oft zum Umfallen müde war und manchmal nicht genau wusste, wo sie sich eigentlich befand. Und obwohl die Fans einem manchmal Angst machen konnten mit ihrer hemmungslosen Begeisterung. Trotz allem hatte sie dieses Leben geliebt.

Wayne, der nach der ersten Tournee, die er für Ramona ausgestattet hatte, mit Aufträgen überschüttet wurde, war bald aus dem Zimmer über den Mousaka- und Souvlaki-Düften ausgezogen. Seit sechs Jahren entwarf er fast jedes Kleidungsstück, das Ramona trug, und obwohl er jetzt eine Menge Personal und eine Unmenge Arbeit hatte, kümmerte er sich noch um jedes Detail ihrer Garderobe.

Während sie auf ihn wartete, ging Ramona an die Bar und schenkte sich ein Ginger Ale ein. Trotz der zahllosen Verabredungen zum Essen in den elegantesten Restaurants, trotz stundenlang dauernder Plattenaufnahmen trank Ramona nur sehr selten Alkohol. In dieser Beziehung hatte sie sich fest in der Hand.

Die Vergangenheit, dachte sie, ist nie sehr weit weg, zumindest solange nicht, wie ich mir um Mutter Sorgen machen muss. Sie schloss die Augen und wünschte, die Gedanken genauso leicht verdrängen zu können.

Wie lange schon lebte sie in dieser ständigen Angst? Sie wusste es nicht mehr, sie schien immer da gewesen zu sein, ein Leben ohne sie war für Ramona unvorstellbar. Sie war noch sehr klein gewesen, als sie entdeckte, dass ihre Mutter nicht so war wie andere Mütter. Und schon als kleines Mädchen hatte sie den süßlichen Alkoholatem verabscheut, gegen den bei ihrer Mutter die stärksten Pfefferminzdrops nicht mehr halfen. Sie hatte sich vor dem geröteten Gesicht gefürchtet, dem zuerst weinerlich liebevollen und dann bösartigen Ton. Und am schlimmsten hatte sie die spöttischen oder mitleidigen Blicke der Freunde und Nachbarn gefunden.

Ramona drückte die Fingerspitzen gegen die Stirn. So viele Jahre. So viel vergeudete Zeit. Und jetzt war ihre Mutter wieder verschwunden. Wo war sie? In welchem heruntergekommenen Hotel hatte sie sich verkrochen, um zu trinken und das, was noch von ihrem Leben übrig war, durch Alkohol zu zerstören? Ramona gab sich größte Mühe, die Gedanken an ihre Mutter beiseitezuschieben, aber die schrecklichen Bilder, die furchtbaren Szenen ließen sich nicht vergessen.

Als die Tür aufflog und Wayne hereinkam, zuckte Ramona zusammen.

Er lehnte sich an die Klinke. »Sehr schön«, sagte er bewundernd. »Hast du dich für mich so schick gemacht?«

Mit einem Laut, der halb wie ein Schluchzen, halb wie ein Lachen klang, ging sie auf ihn zu und umarmte ihn. »Natürlich für dich«, antwortete sie. »Wer außer dir würde es noch so zu schätzen wissen?«

»Wenn du dich für mich herausgeputzt hast, hättest du ruhig eines von meinen Modellen anziehen können«, beklagte er sich, erwiderte aber ihre Umarmung. Er war sehr groß und sehr schmal, und er musste sich ziemlich tief bücken, um ihr den obligaten flüchtigen Kuss zu geben. Noch nicht dreißig, hatte er ein anziehendes Gesicht, braunes Haar und tiefbraune Augen. Durch die linke Augenbraue zog sich eine kleine weiße Narbe, die ihm, wie er hoffte, ein verwegenes Aussehen verlieh.

»Eifersüchtig?«, fragte Ramona lachend und trat einen Schritt zurück. »Ich dachte, darüber seist du erhaben.«

»So groß, dass man darüber erhaben ist, kann man gar nicht werden.« Er gab sie frei und ging zur Bar. »Zieh wenigstens den Mantel aus.«

Ramona tat ihm den Gefallen und warf den Mantel so achtlos auf einen Stuhl, dass Wayne zusammenzuckte. Er musterte sie mit einem langen Blick, während er sich ein Glas Champagner einschenkte.

Ramona drehte sich langsam wie ein Mannequin um die eigene Achse. »Nun, wie habe ich mich gehalten?«, fragte sie.

»Ich hätte dich verführen sollen, als du achtzehn warst.« Er seufzte und trank einen Schluck Champagner. »Dann müsste ich es nämlich nicht ununterbrochen bereuen, dass du mir durch die Finger geschlüpft bist.«

Sie griff nach ihrem Ginger Ale. »Du hast deine Chance gehabt, Freund.«

»Damals war ich zu stark im Stress und viel zu erschöpft.« Er zog die Braue auf unnachahmlich gekonnte Art hoch. »Jetzt bin ich besser ausgeruht.«

»Zu spät«, antwortete sie und stieß mit ihrem Glas leicht an das seine. »Und du hast ja auch viel zu viel mit dem Wettbewerb ›Das Modell der Woche‹ zu tun.«

»Mit diesen Mädchen, die nur aus Haut und Knochen bestehen, gehe ich doch nur wegen der Publicity aus.« Er nahm sich eine Zigarette und zündete sie mit einer eleganten Bewegung an. »Im Grunde bin ich ein Mensch, der die Zurückgezogenheit liebt.«

»Dazu wäre einiges zu sagen, aber ich passe«, meinte Ramona spitzbübisch lächelnd.

»Das ist sehr klug von dir«, erwiderte er. »Wie ich höre, ist Brian Carstairs in der Stadt.«

Ramonas Lächeln schwand. »Das hat sich aber schnell herumgesprochen.«

»Bist du okay?«

Sie zuckte mit den Schultern. »Vor ein paar Minuten hast du mich sehr schön gefunden, und jetzt musst du fragen, ob ich okay bin?«

»Ramona ...« Er legte die Hand auf die ihre. »Du warst fix und fertig, als er ging. Ich habe es miterlebt, vergiss das nicht.«

»Wie könnte ich das vergessen?« Ihre Stimme verlor den neckenden Unterton. »Du warst damals sehr gut zu mir,

Wayne. Ich glaube nicht, dass ich es ohne dich und Julie geschafft hätte.«

»Das ist es nicht, was ich meine, Ramona. Ich möchte wissen, wie du dich jetzt fühlst.« Er drehte ihre Hand um und verflocht seine Finger mit den ihren. »Ich könnte mein Angebot erneuern, ihm alle Knochen im Leib zu brechen, wenn du willst.«

Sie lachte gerührt und belustigt. »Ich bin überzeugt, dass du ein echter Killer bist, Wayne, aber es ist nicht nötig.« Unbewusst straffte sie die Schultern. Es war eine Geste des Stolzes, die Wayne heimlich lächeln ließ. »Diesmal breche ich nicht zusammen.«

»Liebst du ihn noch?«

Auf eine so direkte Frage war sie nicht vorbereitet gewesen. Sie senkte den Blick, und es dauerte eine Weile, ehe sie antwortete. »Die bessere Frage wäre, ob ich ihn je geliebt habe.«

»Das wissen wir doch beide«, erwiderte Wayne und hielt ihre Hand fest, als sie sich abwenden wollte. »Wir sind schon so lange Freunde. Mir ist nicht gleichgültig, was dir passiert.«

»Mir wird nichts passieren.« Sie sah ihn wieder an. »Absolut nichts. Brian ist Vergangenheit. Und wer wüsste besser als ich, dass man vor der Vergangenheit nicht weglaufen kann? Wer aber wüsste auch besser damit fertig zu werden?« Sie drückte ihm die Hand. »Komm, und zeig mir jetzt die Modelle, in denen ich, wie du behauptet hast, sensationell aussehen werde.«

Nach einem letzten forschenden Blick in ihr Gesicht ging Wayne zu einem polierten Chippendale-Tisch und drückte auf den Knopf eines Wechselsprechgeräts. »Bringen Sie mir die Sachen von Miss Williams.«

Ramona hatte seinerzeit die Entwürfe und die dafür vorgesehenen Stoffe natürlich gutgeheißen, dennoch war sie überrascht, als sie die extravaganten fertigen Modelle sah, die alle für ihre Bühnenauftritte bestimmt waren. Sie fand, dass sie in Waynes hell erleuchtetem, elegantem Probierraum mit den unzähligen Spiegeln, die ihr Bild zurückwarfen, in Feuerrot mit Silber recht merkwürdig aussah.

Aber sie hatte ja auch einen merkwürdigen Beruf in einer merkwürdigen Branche.

Ramona betrachtete die Frau in den Spiegeln und hörte nur mit halbem Ohr zu, was Wayne vor sich hin murmelte, während er hier etwas enger steckte, dort etwas ausließ und an ihr herumzupfte. Ihre Gedanken begannen, in die Vergangenheit zu wandern …

Vor sechs Jahren war sie ein verängstigtes junges Mädchen gewesen, das ein Album aufgenommen hatte und damit an die Spitze der Hitparaden vorgestoßen war. Eine hastig vorbereitete Tournee lag vor ihr, mit der ihr Manager und die Plattenfirma ihre Beliebtheit fördern wollten. Alles war so schnell geschehen – der typische Erfolg, der über Nacht kam. Wenn man die Zeit nicht zählte, in der sie in verrauchten und stickigen Kneipen darum gerungen hatte, wenigstens ein bisschen bekannt zu werden. Ramona war fest entschlossen, allen zu beweisen, dass sie keine Eintagsfliege war.

Ihre Romanze mit Brian Carstairs hatte ihrer noch jungen, nicht gefestigten Karriere nicht geschadet. Für kurze Zeit hatte sie sie zur Kronprinzessin der Popmusik gemacht. Über ein halbes Jahr lang waren ihre Gesichter auf dem Titelblatt jeder Illustrierten erschienen. Sie hatten darüber gelacht, besonders über alberne Schlagzeilen wie: »Ramona und Brian planen ein Liebesnest«.

Der Schwarm von Reportern, der ihnen überallhin folgte, die ständigen Blitzlichter und das Klicken der Kameras hatten sie jedoch ignoriert, weil sie glücklich waren und nur Augen füreinander hatten. Nachdem Brian Ramona verlassen hatte, war es mit Fotos und Schlagzeilen noch lange nicht zu Ende gewesen. Im Gegenteil, die Medien hatten mit kalten, grausamen Worten Ramonas Schmerz ans Licht gezerrt.

Im Lauf von Monaten und Jahren war sie zur ernsthaften Künstlerin gereift und selbst zu einer Berühmtheit geworden. Das ist das Entscheidende, sagte sie sich. Nur das ist wichtig. Meine Karriere, mein Leben. Sie war durch eine harte Schule gegangen und hatte gelernt, die Dinge in der richtigen Reihenfolge zu sehen.

Ramona schlüpfte in den schwarzen Anzug, der dem Overall eines Fallschirmspringers nachempfunden war. Er saß wie eine zweite Haut. Pailletten blitzten bei jeder Bewegung. Der Anzug war, wie Ramona feststellte, als sie sich im Spiegel betrachtete, unglaublich sexy.

»Ich darf vor der Tournee kein Gramm zunehmen«, sagte sie, drehte sich um und musterte sich von der Seite. Nachdenklich raffte sie ihr Haar zusammen. »Wayne …« Er kniete vor ihr und steckte den Saum an den Hosenbeinen fest. Seine Antwort bestand aus einem kurzen Brummen. »Wayne, ich weiß wirklich nicht, ob ich den Mut habe, dieses Ding zu tragen.«

»Dieses Ding«, sagte er, stand auf und zupfte ein bisschen am Ärmel herum, »ist fantastisch.«

»Ich wollte deine künstlerischen Fähigkeiten nicht in Frage stellen«, sagte sie und lächelte, als er zurücktrat, um sie konzentriert und sachlich von Kopf bis Fuß zu betrachten. »Aber es ist ein bisschen …« Sie sah sich wieder im Spiegel an. »Es ist ein bisschen zu eindeutig.«

»Du hast einen sehr hübschen Körper, Ramona.« Wayne begutachtete die Rückenansicht seiner Schöpfung. »Nicht alle meine Kundinnen könnten das tragen, ohne dass man da oder dort ein bisschen nachhelfen müsste. Okay, du kannst es ausziehen. Es ist perfekt.«

Als sie die weiße Hose und die orchideenfarbene Bluse wieder anzog, sagte Ramona: »Wer weiß mehr über die Geheimnisse unserer Körper als der Mann, der uns anzieht?«

»Wer weiß mehr über deine Geheimnisse, Schätzchen?«, fragte Wayne zerstreut, während er sich zu jedem einzelnen Kleidungsstück Notizen machte. »Frauen neigen dazu, schwatzhaft zu werden, wenn sie nur halb bekleidet sind.«

»Oh, was hast du für hübschen, aufregenden Klatsch gehört?« Ramona ging zu ihm und lehnte sich, während sie sich den Gürtel zuschnallte, freundschaftlich an seine Schulter.

»Babs Curtain hat einen neuen Liebhaber«, murmelte er, noch immer über seine Notizen gebeugt.

»Wen?«, fragte sie wie elektrisiert und blickte ihn an.

»Tut mir leid, das darf ich nicht verraten.«

»Scheusal! Wie kannst du mir das antun? Machst mich zuerst neugierig und dann …«

»Ich habe drei heilige Eide geschworen, dass ich schweige, und sie mit Schneiderkreide besiegelt.«

»Ich bin sehr enttäuscht von dir.« Ramona holte ihren Mantel.

»Lauren Chase hat eben den Vertrag für die Hauptrolle in dem Musical ›Fantasie‹ unterschrieben.«

Ramona blieb auf dem Weg zur Tür stehen und fuhr herum. »Was?!« Sie stürzte zu Wayne zurück und riss ihm das Notizbuch aus der Hand.

»Fast habe ich mir gedacht, dass das deine besondere Aufmerksamkeit erregen wird«, erklärte er trocken.

»Oh Wayne!«, stieß sie hervor. »Ich gäbe mehrere Jahre

meines jungen Lebens dafür, die Musik schreiben zu dürfen. Lauren Chase … ja, sie ist genau die Richtige für die Rolle. Wer schreibt die Lieder, Wayne, wer instrumentiert das Stück?« Sie packte ihn bei den Schultern und machte die Augen zu. »Los, sag es mir! Ich kann's verkraften.«

»Ich weiß es nicht. Du tust mir verdammt weh, Ramona«, fügte er hinzu und löste ihre Finger aus der dünnen Seide seines Hemdes.

»Er weiß es nicht!«, stöhnte Ramona und misshandelte ihren Hut so unbarmherzig, dass Wayne zusammenzuckte und eine Verwünschung ausstieß. »Das ist schrecklich, das ist geradezu entsetzlich! Irgendein unbekannter Liedermacher, der keine Ahnung hat, was für dieses großartige Drehbuch richtig ist, sitzt jetzt schon irgendwo am Klavier und macht unentschuldbare Fehler.«

»Es besteht immerhin die ganze schwache Möglichkeit, dass derjenige Talent hat«, meinte er und erntete einen tödlichen Blick.

»Auf wessen Seite bist du?«, fragte sie und warf sich schwungvoll den Mantel um die Schultern.

Er lachte, griff nach ihr und küsste sie auf die Wange. »Geh nach Hause, und stampf mit dem Fuß auf, dann fühlst du dich wohler.«

Sie gab sich große Mühe, nicht zu lächeln. »Ich gehe zu deiner Konkurrenz und kaufe mir dort eine Kreation«, drohte sie ihm.

»Ich verzeihe dir, dass du das gesagt hast«, erwiderte er mit einem theatralischen Seufzer. »Denn ich habe ein Herz aus purem Gold.«

Sie lachte, winkte ihm lächelnd zu und ließ ihn dann mit den schönen Kostümen und seinem Notizbuch allein.

Im Haus war es sehr still, als Ramona zurückkam. Der leichte Geruch nach Zitronenöl und Fichtennadeln sagte ihr, dass bis vor Kurzem die Reinmachefrau am Werk gewesen war. Wie gewohnt warf sie einen Blick ins Musikzimmer und stellte zufrieden fest, dass nichts verändert worden war. Sie liebte die »künstlerische Unordnung«, die dort herrschte.

Ramona hatte das Haus gekauft, weil es so groß war und man praktisch von jedem Raum in den Garten gelangen konnte. Nichts erinnerte sie hier an die Räume, in denen sie aufgewachsen war und in denen man Angst bekommen konnte, so eng waren sie gewesen. Und es roch sauber. Nicht antiseptisch, das hätte sie abscheulich gefunden. Doch in der Luft hing weder kalter Zigarettenrauch noch der abstoßend süßliche Geruch von billigem Alkohol. Es war ihr Haus, genauso wie es ihr Leben war.

Noch einmal umfasste ihr Blick das Zimmer, und sie freute sich, ohne einen besonderen Grund dafür zu haben. Ich bin glücklich, dachte sie, einfach glücklich, dass ich lebe.

Sie nahm eine Rose aus einer Porzellanvase und begann zu singen, als sie durch die Diele ging.

Beim Anblick von Julies schmalen, bloßen Füßen, die in der Bibliothek auf der Kante der Schreibtischplatte lagen, blieb Ramona stehen, zögerte aber hineinzugehen. Julie telefonierte, winkte Ramona jedoch rasch herein.

»Tut mir leid, Mr. Cummings, Miss Williams lehnt Werbeverträge strikt ab. Ja, ich bin überzeugt, dass es sich um ein erstklassiges Produkt handelt.« Julie blickte von ihren rot lackierten Fußnägeln auf und bemerkte Ramonas belustigtes Lächeln. Sie verdrehte die Augen und Ramona ließ sich im Schneidersitz in einem riesigen Clubsessel nieder. Die Bibliothek mit der warmen Mahagonitäfelung und den antiken

Möbeln war Julies Reich. Und es passt zu ihr, dachte Ramona, sich noch tiefer in den Sessel kuschelnd.

»Selbstverständlich werde ich dafür sorgen, dass sie von Ihrem Angebot erfährt, aber ich muss Sie noch einmal darauf aufmerksam machen, dass Miss Williams hier feste Grundsätze hat.« Mit einem letzten gereizten Blick zur Decke legte Julie auf. »Wenn du nicht darauf bestündest, dass ich zu allen Leuten nett bin, die dich anrufen, hätte ich diesem Kerl ganz schön den Marsch geblasen«, fauchte sie.

»Gibt es Probleme?«, fragte Ramona lächelnd und schnupperte an ihrer Rose.

»Wenn du frech bist, ruf ich zurück und sage ihm, du wirst mit großem Entzücken für sein Heilschlammschaumbad werben«, drohte Julie und verschränkte die Hände am Hinterkopf.

»Gnade!«, flehte Ramona und schüttelte die hochhackigen Schuhe von den Füßen. »Du siehst müde aus«, fügte sie hinzu, als sie sah, wie Julie sich streckte. »Hattest du viel zu tun?«

»Lauter blödsinnige Nichtigkeiten, wie sie vor einer Tournee immer im letzten Moment noch auftauchen.« Mit einem Achselzucken ging sie über die Schwierigkeiten hinweg, mit denen sie zu tun gehabt hatte. »Ich habe dich noch gar nicht gefragt, wie die Plattenaufnahmen ausgefallen sind. Ihr seid fertig, nicht wahr?«

»Ja.« Ramona holte tief Atem und drehte den Rosenstiel zwischen den Fingern. »Es ging großartig. Seit meiner ersten Aufnahme war ich nie wieder so zufrieden mit mir. Es war ein Glücksfall.«

»Ein Glücksfall? Du hast hart daran gearbeitet.« Julie musste an die unzähligen Nächte denken, in denen Ramona Lieder und Arrangements geschrieben hatte und nicht vor Morgengrauen ins Bett gekommen war.

»Manchmal kann ich's einfach nicht glauben«, fuhr Ramona leise und sehr nachdenklich fort. »Ich höre mir einfach ein Playback an, und es ist alles da … die Streicher, die Bläser, die Rhythmusgruppe, der Hintergrundchor, und ich kann einfach nicht glauben, dass ich das bin. Ich habe unvorstellbares Glück gehabt.«

»Du hast Talent«, korrigierte Julie.

»Talent haben viele«, gab Ramona ihr zu bedenken. »Aber sie schaffen es nicht. Sie hocken immer noch in einer tristen Bar herum und warten. Und wenn sie kein Glück haben, kommen sie dort nie heraus.«

»Es gibt auch noch Eigenschaften wie Energie, Beharrlichkeit und Mut.« Ramonas Mangel an Selbstsicherheit machte Julie wütend. Sie war fast von Anfang an mit ihr zusammen, und das waren immerhin sechs Jahre. Viele Kämpfe und Enttäuschungen hatte sie miterlebt, wusste um die Ängste, die Unsicherheit und harte Arbeit, die hinter dem äußeren Glanz steckten. Julie kannte Ramona Williams in- und auswendig.

Das Läuten des Telefons unterbrach Julies Gedanken über eine Lektion in Selbstvertrauen. »Das Gespräch kommt über deine Privatleitung«, sagte sie zu Ramona und drückte auf den Knopf. »Hallo?« Ramona schien zu erstarren, entspannte sich aber wieder, als sie Julie lächeln sah. »Hi, Henderson. Ja, sie ist hier. Bleib dran. Dein fleißiger Agent will dich sprechen, Ramona.«

Julie legte den Hörer auf den Schreibtisch, stand auf und schlüpfte in ihre Sandalen. Als Ramona sich eben aus dem tiefen Sessel erhob, klingelte es an der Haustür.

»Ich schätze, das ist Brian«, sagte Ramona und ließ sich mit bewundernswerter Leichtigkeit in den Sessel fallen, den

Julie eben geräumt hatte. »Sagst du ihm bitte, dass ich gleich komme?«

»Aber selbstverständlich.« Julie verließ das Zimmer, doch Ramonas Stimme folgte ihr in die Diele hinaus.

»Wo habe ich sie liegen lassen? In deinem Büro? Also ich weiß wirklich nicht, warum ich überhaupt eine Handtasche trage, Henderson.«

Julie lächelte. Ramona hatte ein besonderes Talent dafür, etwas zu verlieren: ihre Handtasche, ihre Schuhe, ihren Pass. Ob etwas wichtig oder unwichtig war, es war ihr egal. Musik und Menschen erfüllten ihre Gedanken, materielle Dinge vergaß sie leicht.

»Hallo, Brian«, sagte Julie, als sie die Tür öffnete. »Nett, dich wiederzusehen.« Ihr Blick blieb jedoch kühl und sie lächelte nicht.

»Guten Tag, Julie.« Sein Gruß klang viel wärmer und herzlicher. Sie merkte es zwar, ignorierte es aber.

»Komm rein«, sagte sie. »Ramona hat dich erwartet. Sie kommt sofort.«

»Schön, wieder hier zu sein«, sagte er. »Ich habe das alles vermisst.«

»Ach! Tatsächlich?«

Er musterte sie mit einem anerkennenden Blick. Julie war eine langbeinige junge Frau mit glatt am Kopf anliegenden honigblonden Haaren und braunen Augen. Sie war älter als Ramona, fast gleichaltrig mit Brian und genau der Typ, zu dem er sich sonst hingezogen fühlte: elegant, intelligent und sie strahlte einen kühlen Sex aus. Aber zwischen ihnen hätte nie etwas anderes als Freundschaft sein können, denn Julie liebte Ramona zu sehr. Ihre Loyalität war noch immer die gleiche, wie er feststellte.

»Fünf Jahre sind eine lange Zeit, Julie.«

»Ich bin nicht ganz sicher, ob sie lange genug war«, entgegnete sie mit einer leichten Schärfe in der Stimme. Der alte Groll drang wieder an die Oberfläche. »Du hast sie verletzt.«

»Ja, das weiß ich.«

Mit dieser Haltung stieß er bei Julie auf Respekt, doch sie verdrängte diese Regung. »Du bist also zurückgekommen«, sagte sie leise.

»Ich bin zurückgekommen«, stimmte er zu. »Hast du es denn nicht erwartet? Nicht geglaubt?«

»Sie hat es nicht geglaubt«, erwiderte Julie und ärgerte sich über sich selbst, weil sie ihn dadurch gewarnt hatte. »Und nur darauf kommt es an.«

»Julie, Henderson schickt meine Tasche«, sagte Ramona und kam mit ihren schnellen, nervösen Schritten auf die beiden zu. »Ich habe ihm zwar gesagt, es sei nicht der Mühe wert, da sowieso nichts drin ist außer einem Kamm und einer ungültigen Kreditkarte. Hallo, Brian.« Sie reichte ihm beide Hände wie im Tonstudio, doch jetzt fiel es ihr leichter, seine Berührung zu ertragen.

Sie hatte sich nicht die Mühe gemacht, die Schuhe anzuziehen und sich die Lippen frisch zu schminken. Ihr Lächeln war ungezwungener und glich mehr jenem, das in seinem Gedächtnis lebte. »Ramona!« Er zog ihre Hände an die Lippen und sie versteinerte sofort. Brian ließ sie los. »Können wir im Musikzimmer miteinander reden?« Er lächelte freundlich. »Ich habe mich dort immer sehr wohlgefühlt.«

»Aber natürlich.« Ramona wandte sich zur Tür. »Möchtest du etwas trinken?«

»Eine Tasse Tee, wenn's geht.« Er lächelte Julie charmant zu. »Du hast immer ausgezeichneten Tee gemacht.«

»Ich bringe ihn hinein.« Ohne das Lächeln zu erwidern, ging Julie in die Küche. Brian folgte Ramona ins Musikzimmer.

Bevor Ramona zum Sofa gehen konnte, berührte Brian sie leicht an der Schulter. Es war eine Geste, die sie bat zu warten. Sie drehte sich zu ihm um und sah, dass er das Zimmer mit der ihm eigenen Gründlichkeit lange betrachtete. Diesen Gesichtsausdruck kannte sie von früher. Die Gründlichkeit war bei einem scheinbar so lockeren und lässigen Menschen ziemlich ungewöhnlich. In ihm lebten jedoch ein Eifer und ein Feuer, die manchmal an den zähen Londoner Gassenjungen erinnerten, der sich seinen Weg zur Spitze, seinen Weg zum Ruhm verbissen erkämpft hatte.

Der Schlüssel zu seinem Talent schien seine natürliche Beobachtungsgabe zu sein. Er sah alles, vergaß nie etwas, erinnerte sich an alles. Dann übertrug er es in Text und Musik.

Brian strich sanft, fast zerstreut über ihre Schulter und eine Flut von Erinnerungen stürzte über sie herein. Ramona wollte sich ihm entziehen, doch er nahm die Hand fort und sah sie an. Seinen Augen hatte sie nie widerstehen können.

»Ich erinnere mich an jede Einzelheit in diesem Zimmer. Von Zeit zu Zeit, wenn ich nichts anderes tun konnte, als an dich zu denken, habe ich es mir bildlich vorgestellt.« Wieder hob er die Hand und strich ihr mit dem Handrücken über die Wange.

»Tu das nicht«, sagte sie kopfschüttelnd und trat ein paar Schritte zurück.

»Es fällt mir sehr schwer, dich nicht zu berühren, Ramona. Besonders hier. Erinnerst du dich noch an die langen Abende, die wir in diesem Zimmer verbrachten? An die stillen Nachmittage?«

Es war noch wie früher – mit seiner Stimme rührte er an Ramonas Herz, sie verfiel dem Zauber seiner Augen. »Das ist lange her, Brian.«

»In diesem Moment kommt es mir vor, als sei es erst gestern gewesen«, antwortete er. »Du siehst aus wie damals.«

»Ich bin aber nicht mehr dieselbe.« Sie schüttelte leicht den Kopf, und bevor sie sich abwandte, sah er, wie sich ihre Augen verdüsterten. »Wenn ich gewusst hätte, dass du deshalb kommst, hätte ich es abgelehnt, dich zu sehen. Es ist vorbei, Brian. Schon sehr lange vorbei.«

»Wirklich?« Ramona hatte nicht gemerkt, dass er so dicht hinter ihr stand. Er nahm sie in die Arme, drehte sie um und hielt sie fest. »Dann zeig mir, dass es vorbei ist«, sagte er herausfordernd. »Nur einmal!«

Als seine Lippen die ihren berührten, wurde sie in die Zeit vor fünf Jahren zurückversetzt. Alles war wieder da – die Leidenschaft, das Verlangen, die Liebe. Seine Lippen waren weich und warm, und die ihren öffneten sich ganz selbstverständlich, als hätten sie nur auf diesen Kuss gewartet.

Sie kannte noch den Geschmack seines Mundes, den Duft seines Körpers, nichts, aber auch gar nichts hatte sie vergessen.

Er verflocht die Finger mit ihrem Haar und bog ihren Kopf weiter zurück. Sein Kuss wurde leidenschaftlicher. Er wollte sich in ihrem Duft verlieren, ihren Körper fühlen, der sich ihm geschmeidig entgegendrängte. Sie legte ihm die Hände auf die Brust und grub die Finger in die weiche Wolle seines Pullovers. Das Verlangen und die Sehnsucht waren zu frisch, sie konnten nicht fünf Jahre geschlummert haben.

Brian hielt sie in den Armen, forderte und drängte jedoch nicht. In der Art, wie seine Lippen die ihren erforschten, lag eine ruhige Gewissheit. Ramona ging willig auf seine

Zärtlichkeiten ein, gab, nahm, erinnerte sich ... Doch als sie fühlte, dass ihre Freude aneinander sich leidenschaftlichem Begehren näherte, leistete sie Widerstand. Er lockerte zwar die Umarmung, gab Ramona aber nicht ganz frei, und sie sah mit jenem Blick zu ihm auf, den er, wie er noch wusste, nie ganz hatte enträtseln können.

»Ganz vorbei scheint es mir aber noch nicht zu sein«, sagte er leise.

»Von Fair Play hast du noch nie viel gehalten, nicht wahr?« Ramona riss sich zornig und aufgewühlt von ihm los. »Lass dir eins gesagt sein, Brian. Diesmal falle ich dir nicht zu Füßen. Du hast mir einmal sehr wehgetan, aber so leicht bekommt mein Herz keine blauen Flecken mehr. Ich habe nicht die Absicht, dich noch einmal in mein Leben zu lassen.«

»Oh doch, das wirst du«, antwortete Brian leichthin. »Doch vielleicht nicht in dem Sinn, den du jetzt meinst.« Er unterbrach sich und streichelte eine Weile wortlos ihr Haar. »Wenn du willst, dass ich lüge, Ramona, kann ich mich ja dafür entschuldigen, dass ich dich geküsst habe.«

»Gib dir keine Mühe. Auf romantische Gefühle hast du dich schon immer gut verstanden. Es hat mir Spaß gemacht.« Sie setzte sich auf das Sofa und lächelte strahlend zu ihm auf.

Er zog eine Braue hoch, denn das war kaum die Reaktion, die er von ihr erwartet hatte. Dann zündete er sich eine Zigarette an. »Du scheinst inzwischen erwachsen geworden zu sein.«

»Es hat seine Vorteile«, stellte sie fest. Der Kuss hatte mehr in ihr ausgelöst, als sie sogar sich selbst gegenüber zugeben wollte.

»Ich habe deine Naivität schon immer sehr bezaubernd gefunden.«

»Wie bezaubernd auch immer, es ist schwierig, in unserem Beruf naiv zu bleiben.« Sie lehnte sich in die Kissen zurück und gab sich völlig entspannt. »Ich bin nicht mehr die mit großen Augen in die Welt staunende Zwanzigjährige, Brian.«

»Nein, natürlich nicht. Du bist jetzt eiskalt, abgebrüht und müde, nicht wahr?«

»Abgebrüht schon«, antwortete sie. »Die erste Lektion hast du mir gegeben.«

Er zog ausgiebig an der Zigarette und betrachtete dann nachdenklich die Glut. »Vielleicht habe ich das getan«, sagte er. »Und vielleicht hast du es gebraucht.«

»Ach, erwartest du, dass ich mich jetzt bei dir bedanke?«, warf sie ihm an den Kopf und er sah sie wieder erstaunt an.

»Vielleicht.« Er kam zu ihr herüber, blieb einen Augenblick vor ihr stehen und ließ sich dann neben ihr auf das Sofa fallen. Plötzlich lachte er laut auf. »Gütiger Himmel, Ramona, du hast diese verdammte Sprungfeder noch immer nicht reparieren lassen!«

Ihre Anspannung ließ nach und sie lachte mit ihm. »Ich will es so haben, es gefällt mir.« Mit einer lebhaften Kopfbewegung warf sie das Haar nach hinten. »Es ist persönlicher.«

»Von der Unbequemlichkeit ganz zu schweigen.« Er lächelte sie an.

»Ich setze mich nie darauf.«

»Das überlässt du arglosen Gästen, wie?« Brian rutschte von der kaputten Sprungfeder herunter.

»Stimmt«, antwortete Ramona. »Ich will, dass die Leute sich bei mir wie zu Hause fühlen.«

Als Julie das Tablett mit dem Tee brachte, saßen die beiden freundschaftlich vereint nebeneinander auf dem Sofa. Ihr

Blick suchte nach den Anzeichen einer versteckten Anspannung in Ramonas Gesicht, fand jedoch keine. Zufrieden ließ sie sie wieder allein.

»Wie ist es dir ergangen, Brian? Hast wahrscheinlich viel zu tun gehabt?« Ramona zog die Beine unter sich und beugte sich vor, um Tee einzuschenken.

In dieser Haltung hatte Brian sie unzählige Male gesehen. Fast gewalttätig drückte er die Zigarette aus. »Ja, ziemlich viel.« Es war eine Untertreibung, doch er wollte mit den fünf Alben, die er inzwischen herausgebracht hatte, und den drei anstrengenden Tourneen nicht auftrumpfen. Im letzten Jahr hatte er mehr als zwanzig Lieder geschrieben und getextet.

»Du hast in London gelebt?«

»Hauptsächlich.« Er zog fragend die Brauen hoch.

»Ich lese die Fachzeitschriften«, sagte sie milde. »Tun wir das nicht alle?«

»Ich habe dein Fernseh-Special vom letzten Monat gesehen«, sagte er, lehnte sich auf dem Sofa zurück und schaute sie offen an. Ramona fand, dass seine Augen jetzt nicht blau, sondern eher grün waren. »Du warst hervorragend.«

»Letzten Monat?« Sie sah ihn verblüfft an. »Es wurde doch in England gar nicht ausgestrahlt.«

»Ich war in New York. Hast du alle Lieder für das Album geschrieben, das du gestern aufgenommen hast?«

»Alle, bis auf zwei.« Ramona griff nach ihrer Tasse. »›Right now‹ und ›Coming Back‹ stammen von Marc. Er kann eine Menge und weiß, worauf es ankommt.«

»Ja.« Brian sah sie fest an. »Weiß er es auch bei dir?« Ramona fuhr herum. »Ich lese Fachzeitschriften«, sagte er.

»Das ist aber eine rein persönliche Sache.« Ihre Augen waren dunkel vor Zorn.

»Direkter ausgedrückt … es geht mich nichts an, nicht wahr?« Er trank einen Schluck Tee.

»Du hast recht, wie immer, Brian.«

»Danke, mein Schatz.« Er setzte die Tasse ab. »Doch meine Frage war rein beruflich gemeint. Ich muss wissen, ob du im Moment irgendeine Beziehung hast.«

»Beziehungen sind etwas Persönliches, sie haben mit dem Beruf nichts zu tun. Frag mich nach meinen Tanzstunden.«

»Später vielleicht. Ramona, ich brauche in den nächsten drei Monaten deine ungeteilte Hingabe.« Er lächelte gewinnend, doch Ramona wehrte sich gegen seinen Charme.

»Das«, sagte sie, ihre Tasse auf dem Tisch abstellend, »nenne ich Offenheit … brutale Offenheit sogar.«

»Es ist aber im Moment kein unsittlicher Antrag«, versicherte er. Er rutschte in die Sofaecke und machte es sich dort bequem. »Ich schreibe die Musik und das Arrangement für ›Fantasie‹. Ich brauche einen Partner.«

3. Kapitel

Zu sagen, dass Ramona überrascht war, wäre eine lächerliche Untertreibung gewesen. Ihre Augen schienen größer zu werden und begannen zu glänzen. Brian fand, dass sie jetzt die Farbe von Torfrauch hatten. Ramona rührte sich nicht, sah ihn nur starr an, ihre Hände lagen locker auf den Knien.

Ihre Gedanken überschlugen sich, und sie bemühte sich, ganz ruhig dazusitzen und in ihrem Kopf wieder Ordnung zu schaffen.

»Fantasie.« Das Buch, das in ganz Amerika die Herzen im Sturm eroberte – ein Roman, der mehr als fünfzig Wochen auf der Bestsellerliste gestanden hatte. Der Verkauf der Taschenbuchrechte hatte alle Rekorde gebrochen. Die Filmrechte waren ebenfalls verkauft und die Autorin Carol Mason hatte selbst das Drehbuch geschrieben. Es sollte *das* Musical dieses Jahrzehnts werden.

Seit Monaten hatte es von Küste zu Küste die wildesten Spekulationen darüber gegeben, wer die Musik schreiben würde. Den Auftrag zu bekommen war der Coup des Jahrzehnts, eine solche Chance bekam man im Leben nicht zweimal. Die Geschichte war traumhaft schön und für die Hauptrolle war der absolute Stern des Theaterhimmels Lauren Chase verpflichtet worden. Und die Musik … Ramona hatte schon ein paar halb fertige Lieder im Kopf. Vorsichtig griff sie nach der Kanne und schenkte Tee nach. So etwas fällt einem nicht einfach in den Schoß, ermahnte sie sich. Vielleicht meint er etwas ganz anderes.

»Du schreibst die Musik für ›Fantasie‹?«, sagte sie endlich zögernd. Und wieder trafen sich ihre Blicke. Sein Blick war klar, zuversichtlich und leicht belustigt, der ihre dunkel, zurückhaltend und leicht verblüfft. »Ich habe eben erst erfahren, dass Lauren Chase verpflichtet wurde. Wohin ich auch komme, rätseln die Leute daran herum, wer wohl die Tessa und wer den Joe spielen wird.«

»Jack Ladd«, sagte Brian und Ramonas Verblüffung verwandelte sich in Freude.

»Großartig!« Sie griff nach Brians Hand und hielt sie fest. »Das wird ein Riesenerfolg. Ich freue mich wahnsinnig für dich.«

Und das war absolut ehrlich gemeint. Brian sah und hörte es. Es war typisch für sie, sich über das Glück eines anderen so rückhaltlos zu freuen, ebenso wie sie mit anderen litt, wenn sie Unglück hatten. Ramona war ein tief veranlagter und sehr gefühlvoller Mensch, und sie hatte sich nie gescheut, ihre Gefühle offen zu zeigen.

Ihre Natürlichkeit hatte seit jeher einen großen Teil ihrer Anziehungskraft ausgemacht. Für den Augenblick hatte sie vergessen, dass sie Brian gegenüber auf der Hut sein wollte. Sie hielt ihn bei den Händen und lächelte ihn an.

»Deshalb bist du also in Kalifornien«, sagte sie. »Hast du schon mit der Arbeit angefangen?«

»Nein.« Er schien sich etwas zu überlegen und verflocht dann die Finger mit den ihren. Ihre Hände waren feinknochig und schmal. »Das Angebot war ernst gemeint, Ramona«, sagte er. »Ich brauche dich.«

Sie wollte ihm die Hände entziehen, doch er hielt sie fest.

»Du hast noch nie jemanden gebraucht, Brian«, antwortete sie, aber es gelang ihr nicht, so leicht und ungezwungen zu sprechen, wie sie eigentlich wollte. »Und mich am allerwenigsten.«

Brian packte noch fester zu, und sie presste die Lippen zusammen, weil er ihr wehtat. Doch er ließ sie sofort los.

»Es geht hier nur um berufliche Dinge, Ramona«, sagte er.

Sie fuhr leicht zusammen, weil seine Stimme so heftig klang. »Berufliche Dinge erledigt gewöhnlich mein Agent«, sagte sie. »Du erinnerst dich doch noch an Henderson, oder?«

Er sah sie mit einem langen, festen Blick an. »Ich erinnere mich an alles«, erwiderte er. In ihre Augen trat ein schmerzlicher Ausdruck, und obwohl er rasch wieder verschwand, fügte Brian hinzu: »Tut mir leid, entschuldige, Ramona.«

Sie zuckte mit den Schultern und griff nach ihrer Teetasse. »Alte Wunden, Brian. Doch meiner Ansicht nach hätte Henderson es erfahren, wenn es ein offizielles Angebot gegeben hätte.«

»Es gibt eins«, antwortete Brian. »Aber ich habe Henderson gebeten, zuerst selbst mit dir sprechen zu dürfen.«

»Ach?« Ihr Haar war nach vorn gefallen und bedeckte ihr Gesicht wie ein Vorhang. Mit einer schnellen Kopfbewegung schleuderte sie es wieder nach hinten.

»Weil ich dachte, du würdest ablehnen, wenn du hörtest, dass es um eine Zusammenarbeit mit mir geht.«

»Ja«, gab sie zu, »da hast du recht, du kennst mich gut genug.«

»Und das«, sagte er, »wäre unglaublich dumm. Das weiß Henderson so gut wie ich.«

»Ach, tatsächlich!« Ramona sprang zornig auf. »Ist es nicht fantastisch, wie jeder glaubt, über mein Leben bestimmen zu können? Wart ihr beide euch einig, dass ich zu dumm bin, um diese Entscheidung allein zu treffen?«

»Nicht unbedingt«, entgegnete Brian kühl. »Wir waren uns nur darin einig, dass du, dir selbst überlassen, mehr auf deine Gefühle hören würdest als auf deinen Verstand.«

»Na großartig. Bekomme ich zu Weihnachten Halsband und Leine?«

»Benimm dich gefälligst nicht wie ein Idiot!«

»So, jetzt bin ich also schon ein Idiot?« Ramona wandte sich ab und begann, im Zimmer auf und ab zu marschieren. Sie hatte noch immer das gleiche quecksilbrige Temperament wie früher, war ganz Bewegung und Energie. »Ich weiß wirklich nicht, wie ich es so lange ohne deine hübschen Komplimente ausgehalten habe, Brian.« Sie wirbelte herum und sah ihn an. »Warum, in aller Welt, willst du unbedingt mit so einer gefühlsduseligen Idiotin zusammenarbeiten?«

»Weil du«, sagte Brian und stand ebenfalls auf, »eine unglaublich gute Liedermacherin bist. Und jetzt halt den Mund!«

»Aber selbstverständlich«, antwortete sie und ließ sich auf dem Klavierstuhl nieder. »Da du mich so nett darum bittest.«

Er zündete sich eine zweite Zigarette an und paffte große Rauchwolken, während sein Blick unverwandt auf ihrem Gesicht ruhte. »Das ist eine wichtige Aufgabe, Ramona«, sagte er. »Gehen wir nicht leichtsinnig damit um. Weil wir uns einmal sehr nahestanden, wollte ich selbst mit dir sprechen und es keinem Vermittler überlassen und ich wollte nicht telefonieren, ich wollte dir dabei in die Augen sehen. Verstehst du das denn nicht?«

Ramona ließ sich mit der Antwort lange Zeit. »Vielleicht«, sagte sie schließlich.

Brian kam lächelnd näher. »Später wollen wir allen anderen schmückenden Beiwörtern noch ›stur‹ hinzufügen. Jetzt möchte ich dich nicht noch einmal wütend machen.«

»Dann möchte ich dich gern etwas fragen, bevor du etwas sagst, das mir Anlass gibt, wieder wütend zu werden.« Ramona legte den Kopf schief und sah ihm forschend ins Gesicht. »Erstens: Warum willst du mit jemanden zusammenarbeiten? Weshalb willst du den Ruhm teilen?«

»Es handelt sich nicht um Ruhm, sondern um Arbeit, mein Schatz. Um fünfzehn Lieder.«

Sie nickte. »Gut. Dann zweitens: Warum willst du ausgerechnet mich, Brian? Warum suchst du dir nicht jemanden aus, der schon mal ein Musical geschrieben hat?«

Seine Antwort bestand darin, dass er sich neben sie auf den Klavierstuhl setzte und wortlos zu spielen begann. Die Töne schwebten durch den Raum wie Geister. »Kennst du das?«, fragte er, wandte den Kopf und sah Ramona in die Augen.

Sie brauchte nicht zu antworten. Stumm stand sie auf und entfernte sich ein Stück. Es war zu schwer, neben ihm an dem Klavier zu sitzen, an dem sie gemeinsam dieses Lied komponiert hatten. Sie wusste noch genau, wie sie miteinander gelacht hatten, wie zärtlich seine Augen geblickt hatten und wie geborgen sie sich in seinen Armen gefühlt hatte. Es war das einzige Lied, das sie zusammen geschrieben und zusammen aufgenommen hatten.

Auch nachdem die Melodie verklungen war, kam Ramona nicht zur Ruhe und ging unablässig im Zimmer hin und her. »Was hat ›Wolken und Regen‹ damit zu tun?«, wollte sie wissen.

Er hatte eine Saite in ihr zum Klingen gebracht, er hörte es ihrer Stimme an, und er hatte plötzlich ein schlechtes Gewissen, weil er ihre Abwehr geschwächt hatte. »Dort hängt eine goldene Schallplatte als Ergebnis dieser zwei Minuten und dreiundvierzig Sekunden, Ramona. Wir arbeiten gut zusammen.«

Sie machte kehrt und sah ihn an. »Das war einmal«, sagte sie.

»Es wird wieder so sein.« Er stand auf und kam auf sie zu, machte diesmal jedoch keine Anstalten, sie zu berühren. »Ramona, du weißt genau, wie wichtig das für deine Karriere sein könnte. Und dir muss klar sein, dass du für das Projekt ein Gewinn wärst. ›Fantasie‹ braucht genau deine Begabung.«

Sie wollte, konnte kaum glauben, dass ihr etwas angeboten wurde, das sie so sehr wollte. Doch wie konnte sie wieder mit ihm arbeiten? Ständig in engem Kontakt mit ihm sein? Würde sie es schaffen? Würde sie es ertragen?

Sollte sie ihre innere Ruhe beruflichem Ehrgeiz opfern? Aber ich liebe ihn doch nicht mehr, gab sie sich selbst zu bedenken. Unentschlossen biss sie sich auf die Unterlippe.

»Denk an die Musik, Ramona«, sagte Brian.

»Das tue ich«, sagte sie. »Ich denke aber auch an uns. Ich weiß nicht, ob es gut für mich wäre«, fügte sie freimütig hinzu.

»Ich kann dir nicht versprechen, dich nicht zu berühren.« Er war verärgert, das verriet sein schroffer und schneidender Tonfall. »Aber ich kann dir versprechen, mich dir nicht aufzudrängen. Genügt dir das?«

Ramona wich der Antwort auf seine Frage aus. »Wann würden wir anfangen, wenn ich einverstanden wäre? Meine Tournee beginnt demnächst.«

»Ich weiß, in zwei Wochen. Sechs Wochen später gibst du dein letztes Konzert. Wir könnten also in der ersten Maiwoche anfangen.«

»Ich verstehe.« Sie verzog die Lippen zu einem leichten Lächeln und fuhr sich mit den Fingern durch das Haar. »Du hast dich gründlich informiert.«

»Ich habe dir doch gesagt, es ist eine berufliche Sache, und wenn es um den Beruf geht, bin ich fast pedantisch genau.«

»Nun gut, Brian, das ist ein Punkt für dich«, sagte sie. »Wo würden wir arbeiten? Nicht hier«, setzte sie hastig hinzu. Sie fühlte plötzlich einen seltsamen Druck auf der Brust. »Hier arbeite ich nicht mit dir.«

»Das dachte ich mir schon. Ich habe ein Haus in Cornwall«, fuhr er fort, als sie nichts sagte.

»In Cornwall?«, wiederholte sie. »Warum in Cornwall?«

»Weil es dort ruhig und einsam ist und weil niemand, ganz besonders nicht die Presse, eine Ahnung hat, dass dieses Haus mir gehört. Wenn die Zeitungen erfahren, dass wir zusammenarbeiten, werden sie über uns herfallen. Besonders weil es um dieses Projekt geht. Es ist eine zu heiße Sache.«

»Könnten wir nicht einfach eine kleine Höhle im Osten mieten?«

Brian lachte und griff in ihr Haar. »Du weißt doch, wie schlecht die Akustik in einer Höhle ist. Cornwall ist im Frühling unglaublich schön, Ramona. Komm mit!«

Sie hob die Hand, drückte sie ihm auf die Brust und schob ihn von sich fort. Sie wusste nicht, ob sie ablehnen oder zustimmen sollte. Er schien sie noch immer mühelos manipulieren zu können. Ich muss darüber nachdenken, sagte sie sich. Ich brauche ein paar Tage, um alles in der richtigen Perspektive zu sehen.

»Ramona!«

Sie drehte sich um. In der Tür stand Julie. »Ja?«

»Ein Anruf für dich.«

Leicht verärgert sah Ramona sie an. »Kann er nicht warten, Julie?«

»Dieser Anruf ist aber über deine Privatleitung hereingekommen.«

Brian fühlte förmlich, wie sie erstarrte, und sah neugierig zu ihr hin. Ihre Augen waren völlig ausdruckslos.

»Ich verstehe.« Sie schien völlig gelassen, dennoch hörte er, dass ihre Stimme kaum merklich zitterte.

»Ramona!« Ohne zu überlegen, nahm er sie bei den Schultern und drehte sie zu sich herum. »Was ist los?«

»Nichts.« Sie löste sich von ihm, kam ihm plötzlich sehr fremd und abweisend vor, schien auf einmal so weit weg zu sein, dass er verwirrt war. »Trink noch eine Tasse Tee«, forderte sie ihn lächelnd auf, doch in ihren Augen war noch immer kein Ausdruck. »Ich bin gleich wieder da.«

Sie blieb länger als zehn Minuten weg und jetzt lief Brian rastlos auf und ab. Ramona war nicht mehr das gefügige junge Mädchen von damals, das war ihm klar, und er wusste nicht, ob sie einwilligen würde, mit ihm zu arbeiten. Er wollte sie, für das Projekt – und ja, auch für sich. Sie in den Armen zu halten, sie zu fühlen hatte viel mehr in ihm geweckt als nur Erinnerungen. Sie faszinierte ihn, hatte es immer getan. Sogar mit neunzehn hatte sie etwas Verschlossenes gehabt, hatte sich ihm nie ganz preisgegeben.

So war es auch heute noch – fast als halte sie einen Teil von sich selbst zurück, eingeschlossen in ein Geheimfach, unerreichbar für andere. Sie hatte ihn vor fünf Jahren nicht nur körperlich von sich ferngehalten. Es hatte ihn damals frustriert und frustrierte ihn noch heute.

Aber auch er war älter geworden. Er hatte damals viel falsch gemacht und hatte nicht die Absicht, diese Fehler zu wiederholen. Heute wusste er, was er wollte, und war fest entschlossen, es zu erreichen. Brian setzte sich wieder ans Klavier und spielte das Lied, das er gemeinsam mit Ramona geschrieben hatte. Es erinnerte ihn an ihre Stimme, die warm und erregend an sein Ohr gedrungen war.

Als er die letzten Takte des Liedes anschlug, fühlte er, dass Ramona in der Nähe war. Er blickte auf und sah sie in der Tür stehen. Ihre Augen wirkten ungewöhnlich dunkel und glänzend. Dann wurde ihm klar, dass sie sehr blass war. Hatte das Lied sie in solche Unruhe versetzt? Er hörte sofort auf zu spielen, stand auf und ging zu ihr.

»Ramona ...«

»Ich habe mich entschlossen, es zu tun«, unterbrach sie ihn. Die Hände hatte sie wie ein braves Schulkind gefaltet.

»Wunderbar.« Er nahm ihre Hand. Sie war eiskalt. »Alles in Ordnung?«

»Ja, natürlich.« Sie löste die Hand aus der seinen und hielt, ohne mit der Wimper zu zucken, seinem Blick stand. »Ich nehme an, Henderson wird mich über die Einzelheiten informieren.«

Etwas an ihrer Ruhe störte ihn, sie war ihm unheimlich. Wieder war es, als habe sich ein Teil von ihr irgendwohin zurückgezogen, unerreichbar für ihn. »Essen wir zusammen, Ramona«, sagte er. Er wollte bei ihr sein, ihren Panzer durchbrechen. »Ich lade dich ins Bistro ein. Dort warst du doch immer gern.«

»Nicht heute Abend, Brian. Ich habe noch etwas zu erledigen.«

»Dann morgen.« Er wusste, dass er sie bedrängte, doch er konnte nicht anders. Sie sah plötzlich müde aus.

»Schön, dann morgen.« Ramona lächelte gezwungen. »Tut

mir leid, aber ich muss dich jetzt bitten zu gehen, Brian. Ich wusste nicht, dass es schon so spät ist.«

»In Ordnung.« Er beugte sich zu ihr hinunter und küsste sie leicht. Es drängte ihn, sie zu wärmen und zu beschützen. »Morgen, sieben Uhr«, sagte er. »Ich bin im ›Bel Air‹ abgestiegen. Wenn du etwas brauchst, ruf mich an.«

Ramona wartete, bis die Tür hinter ihm zugefallen war, und presste dann den Handrücken gegen die Stirn. Wie eine Flutwelle schlugen die Gefühle über ihr zusammen. Sie weinte nicht, aber hinter ihrer Stirn tobte ein wahnsinniger Schmerz. Plötzlich fühlte sie Julies Hand auf der Schulter.

»Hat man sie gefunden?«, fragte Julie besorgt. Automatisch begann sie Ramonas Schultern zu massieren, um ihre Spannung zu lösen.

»Ja, man hat sie gefunden.« Ramona atmete aus, als habe sie lange die Luft angehalten. »Sie kommt zurück.«

4. Kapitel

Das Sanatorium war schneeweiß verputzt. Ein bekannter Architekt hatte das harmonische Gebäude entworfen, in dem keineswegs medizinische Zweckmäßigkeit überwog. Wer nicht Bescheid wusste, konnte es für ein exklusives Hotel halten, das sich in die malerische kalifornische Landschaft schmiegte. Es war ein stolzer, eleganter Bau mit einer wunderbaren Aussicht aus allen Fenstern. Ramona verabscheute ihn.

Die Parkettböden waren mit dicken Teppichen belegt und man sprach nur gedämpft miteinander. Ramona verabscheute auch diese unnatürliche Stille.

Das Pflegepersonal trug Straßenkleidung und war nur an kleinen, diskreten Namensschildchen zu erkennen. Es zählte zu den besten des Landes, ebenso wie die »Fieldmore Klinik« die beste für Entziehungskuren aller Art an der Westküste war. Ramona hatte sich sehr genau nach dem Ruf der Klinik erkundigt, bevor sie ihre Mutter vor mehr als fünf Jahren zum ersten Mal hierhergebracht hatte.

Jetzt wartete Ramona in Dr. Justin Karters getäfeltem und geschmackvoll eingerichtetem Büro mit den hohen Bücherregalen an drei Wänden. Durch ein großes Fenster schien die Morgensonne auf üppige grüne Blattpflanzen.

Ramona fragte sich, warum ihre eigenen Pflanzen sich immer nur kümmerlich entwickelten und am Ende doch eingingen. Vielleicht sollte sie Dr. Karter nach dem Geheimnis seines Erfolgs fragen. Sie lachte leicht und bemühte sich, mit den Fingerspitzen den hartnäckigen Schmerz wegzumassieren, der zwischen ihren Augen saß.

Wie sie diese Besuche und den Ledergeruch hasste, den dieses Büro verströmte. Ihr war kalt, sie legte die Arme in Taillenhöhe schützend vor ihren Körper. Sie fror immer, wenn sie in die Fieldmore Klinik kam, und zwar von dem Moment an, in dem sie das Haus durch die hohe weiße Doppeltür betrat, und auch noch lange, nachdem sie es wieder verlassen hatte. Es war eine durchdringende Kälte – eine Kälte bis ins Mark. Ramona wandte sich vom Fenster ab und begann, nervös auf und ab zu gehen. Als sie hörte, dass die Tür geöffnet wurde, blieb sie stehen und drehte sich langsam um.

Dr. Karter trat ein, ein kleiner, jugendlicher Mann mit einem weizenblonden Bart und gesunden Apfelbäckchen. Er hatte ein ernstes Gesicht, das durch die Hornbrille noch ernster wirkte. Unter anderen Umständen hätte Ramona sein Gesicht sympathisch gefunden.

»Miss Williams.« Er streckte die Hand aus und drückte kurz und sachlich die ihre. Sie war so kalt und zerbrechlich, wie er sie im Gedächtnis hatte. Das Haar hatte sie im Nacken aufgesteckt und in dem dunklen Kostüm wirkte sie sehr jung und sehr blass. Von der lachenden, quirligen Entertainerin, die er vor ein paar Wochen im Fernsehen bewundert hatte, war sie Welten entfernt.

»Hallo, Dr. Karter.«

Er war immer wieder überrascht, dass die volltönende Stimme zu einer so kleinen, zarten Person gehörte. Das Gleiche hatte er schon vor Jahren gedacht, als sie noch ein halbes Kind gewesen war. Doch obwohl er ihr Fan war, hatte er sie noch nie gebeten, ihm ein Album zu signieren. Irgendwie wäre es ihnen beiden peinlich gewesen, das wusste er.

»Nehmen Sie bitte Platz, Miss Williams. Darf ich Ihnen einen Kaffee bringen lassen?«

»Nein, vielen Dank.« Ramona schluckte. Wenn sie mit ihm sprach, hatte sie immer eine strohtrockene Kehle. »Zuerst möchte ich meine Mutter sehen.«

»Es gibt einiges, was ich mit Ihnen besprechen möchte.«

Ramona fuhr sich mit der Zungenspitze über die Lippen – das einzige äußere Zeichen ihrer Erregung. »Nachdem ich sie gesehen habe.«

»Nun gut.« Dr. Karter nahm ihren Arm und sie verließen das Zimmer. Durch den stillen Flur gingen sie zum Lift. »Miss Williams …«, begann er. Er hätte sie gern Ramona genannt. Für ihn und die übrige Welt war sie Ramona, doch es gelang ihm nie, den Panzer der Zurückhaltung zu durchbrechen, hinter dem sie sich in seiner Gegenwart verschanzte. Sie tat es, weil er ihre Geheimnisse kannte, das war ihm klar. Zwar vertraute sie ihm und wusste, dass sie bei ihm gut aufgehoben waren. Trotzdem war ihr immer unbehaglich zumute, wenn sie mit ihm zusammen war. Jetzt wandte sie sich ihm zu, ihre großen grauen Augen sahen ihn sehr direkt an, waren jedoch völlig ausdruckslos.

»Ja, Doktor?« Nur einmal war sie in seiner Gegenwart zusammengebrochen, und sie hatte sich geschworen, dass ihr das nie wieder passieren sollte. Sie ließ sich von der Krankheit ihrer Mutter nicht zu Grunde richten, und sie würde sich auch in der Öffentlichkeit nicht gehen lassen.

»Erschrecken Sie bitte nicht, wenn Sie Ihre Mutter sehen«, sagte er. Sie stiegen in den Lift und Dr. Karter ließ seine Hand auf ihrem Arm liegen. »Sie hat bei ihrem letzten Aufenthalt hier großartige Fortschritte gemacht, aber sie hat die Therapie vorzeitig abgebrochen, wie Sie wissen. In den vergangenen drei Monaten hat sich ihr Zustand sehr verschlimmert.«

»Versuchen Sie nicht, mich zu schonen«, sagte Ramona müde. »Ich weiß, wo und wie man sie gefunden hat. Sie wird hier wieder trocken werden … dank Ihrer unermüdlichen Arbeit, aber nach zwei Monaten wird sie ebenso wieder weglaufen und alles fängt von vorn an. Es wird sich nie etwas ändern.«

»Alkoholiker führen einen unaufhörlichen Kampf.«

»Erzählen Sie mir bitte nichts über Alkoholiker!«, entgegnete sie heftig. Ihre Zurückhaltung wurde brüchig und darunter kamen ihre Gefühle zum Vorschein. »Predigen Sie mir nicht von Kämpfen.« Sie unterbrach sich, schüttelte den Kopf und presste die Finger an die Schläfen. »Ich weiß alles über Alkoholiker«, fuhr sie ruhiger fort, »habe jedoch weder Ihre Hingabe noch Ihren Optimismus.«

»Aber Sie bringen sie immer wieder zu uns zurück«, gab er ihr zu bedenken.

»Sie ist meine Mutter.« Der Lift hielt, die Tür glitt auseinander und sie stiegen aus.

Ramona fror noch stärker, während sie durch den langen Flur gingen. Zu beiden Seiten waren Türen, doch sie weigerte sich, an die Menschen in den dahinterliegenden Räumen zu denken. Hier sah es schon mehr nach einem Krankenhaus aus.

Ramona glaubte, Desinfektionsmittel zu riechen, und ihr wurde wie immer davon übel.

Als Dr. Karter vor einer Tür stehen blieb und nach der Klinke griff, legte sie die Hand auf die seine.

»Ich möchte allein mit ihr sprechen«, sagte sie.

Er fühlte, dass sie sich eisern beherrschte. Zwar wirkte sie ruhig, doch er hatte Panik in ihren Augen aufblitzen sehen. Ihre Finger, die auf seinem Handrücken lagen, zitterten nicht, waren aber steif und eiskalt.

»In Ordnung«, sagte er. »Ich erlaube Ihnen ein paar Minuten. Es gibt Komplikationen, über die wir sprechen müssen.« Er nahm die Hand von der Klinke. »Ich warte hier auf Sie.«

Ramona nickte und drückte die Klinke herunter. Sie brauchte noch einen Moment, um ihre ganze Kraft zusammenzunehmen, dann ging sie hinein.

Ihre Mutter lag in einem Krankenhausbett. Sie hing an einem Tropf, der in die Armvene führte, und schien zu schlafen. Die Vorhänge waren zugezogen, das Zimmer war abgedunkelt. Es war ein gemütliches Zimmer mit hellblauen Wänden, einem elfenbeinfarbenen Teppich und ein paar guten Bildern.

Die Finger um ihre Ledertasche verkrampft, näherte sich Ramona dem Bett.

Sie hat eine Menge Gewicht verloren, war ihr erster Gedanke. Die Mutter hatte eingefallene Wangen und die krankhaft gelbliche Haut, die Ramona so gut kannte. Ihr Haar war ganz kurz geschnitten und schon ziemlich grau. Und sie hat so wunderschönes Haar gehabt, dachte Ramona. Glänzendes, dichtes Haar. Das Gesicht war abgemagert, unter den Augen lagen dunkle Ringe, der Mund schien eingesunken und die Lippen waren rissig vor Trockenheit. Die Hilflosigkeit dieser Frau, die ihre Mutter war, traf Ramona wie ein bitterer Schmerz, und sie schloss die Augen, um sich dagegen zu wappnen. Tränen brannten hinter ihren Lidern, und sie erlaubte sich zu weinen, während sie dastand und auf ihre schlafende Mutter hinuntersah.

Und dann schlug die Mutter die Augen auf, ohne einen Laut, ohne sich zu bewegen. Sie waren dunkel und grau wie die ihrer Tochter.

»Mama«, sagte Ramona und die Tränen strömten ihr über die Wangen. »Warum, Mama, warum?«

Als Ramona wieder vor der Tür ihres Hauses stand, war sie völlig erschöpft. Sie wollte nur noch ins Bett und schlafen. Schlafen und vergessen. Noch immer hatte sie Kopfschmerzen, einen dumpfen Druck, ein peinigendes Hämmern. Und ihr war übel. Sie schloss die Tür hinter sich, lehnte sich dagegen und versuchte, Kraft zu sammeln, um die Treppe hinaufsteigen zu können.

»Ramona?«

Sie machte die Augen auf und sah Julie entgegen, die durch die Diele auf sie zukam. Natürlich sah Julie sofort, dass Ramona völlig erledigt war, und legte ihr den Arm um die Schultern. Aus lauter Sorge begann sie, Ramona Vorwürfe zu machen.

»Du hättest mir erlauben müssen, dich zu begleiten. Ich hätte dich nicht allein gehen lassen dürfen.« Behutsam führte sie Ramona die Treppe hinauf.

»Meine Mutter ist mein Problem«, antwortete Ramona müde.

»Das ist das einzig Egoistische an dir«, sagte Julie leise und zornig in Ramonas Schlafzimmer. »Angeblich bin ich deine Freundin, doch ich darf dir nicht helfen. Du würdest mich so etwas nie allein durchstehen lassen, davon bin ich überzeugt.«

»Bitte sei nicht böse auf mich.« Ramona schwankte leicht, als Julie ihr die Kostümjacke auszog. »Ich habe nun einmal das Gefühl, dass das allein meine Sache ist, ich ganz allein die Verantwortung trage. Und ich habe viel zu lange so empfunden, um es jetzt noch ändern zu können.«

»Aber ich bin böse auf dich.« Julies Stimme klang gepresst. Es machte ihr Angst, dass Ramona sich ausziehen ließ wie eine Puppe. »Das ist wirklich das Einzige an dir, was mich furchtbar ärgert. Ich ertrage es nicht, wenn du dir selbst so etwas antust.« Forschend sah sie ihr in das blasse, erschöpfte Gesicht. »Hast du etwas gegessen?«

Ramona schüttelte den Kopf und ließ sich fast willenlos den Rock von den Hüften streifen.

»Und wie ich dich kenne, wirst du auch nichts essen.« Julie schob Ramonas Hände weg, die ungeschickt an den Blusenknöpfen fingerten, knöpfte die Bluse selbst auf und zog sie ihr aus.

»Ich gehe am Abend mit Brian essen«, antwortete Ramona und ließ sich bereitwillig von Julie zum Bett führen.

»Ich rufe ihn an und sage ab. Du brauchst Schlaf. Später kann ich dir ja etwas heraufbringen.«

»Nein.« Ramona schlüpfte zwischen die frischen, kühlen Laken. »Ich will mit Brian essen gehen. Ich muss«, verbesserte sie sich und schloss die Augen. »Ich muss hinaus, ich möchte eine Zeit lang an gar nichts denken müssen. Jetzt schlafe ich ein bisschen. Er kommt nicht vor sieben.«

Julie ging zum Fenster, um die Jalousie herunterzulassen. Doch Ramona war schon eingeschlafen, ehe das Zimmer abgedunkelt war.

Brian klingelte ein paar Minuten nach sieben und Julie öffnete ihm. Er trug einen steingrauen Anzug und ein royalblaues Hemd mit offenem Kragen. Lässig elegant, dachte Julie. Das

Veilchensträußchen in seiner Hand wirkte nicht lächerlich, sondern romantisch. Er nickte anerkennend, als er ihr hautenges schwarzes Kleid sah.

»Hallo, Julie! Du siehst hinreißend aus.« Er zupfte ein Veilchen aus dem Strauß und überreichte es ihr. »Gehst du auch aus?«

Julie nahm die Blume und lächelte. »In einer Weile«, antwortete sie. »Ramona muss gleich herunterkommen. Brian …« Julie zögerte, schüttelte dann den Kopf und ging ihm ins Musikzimmer voraus. »Ich bringe dir etwas zu trinken. Bourbon, nicht wahr? Ohne Wasser und ohne Eis.«

Brian hielt ihren Arm fest. »Das wolltest du doch nicht sagen.«

Sie holte tief Luft. »Nein.« Abermals ein kurzes Zögern, und dann sagte sie, die braunen Augen fest auf ihn gerichtet: »Ramona bedeutet mir sehr viel. Es gibt nicht viele wie sie, ganz besonders nicht in dieser Stadt. Sie ist aufrichtig, und obwohl sie glaubt, sie sei härter geworden, ist sie noch genauso verletzlich wie früher. Ich möchte nicht, dass jemand ihr wehtut, besonders jetzt nicht. Nein, ich beantworte keine Fragen«, kam sie ihm zuvor. »Aber ich will dir eins sagen: Was sie braucht, sind viel Geduld und großes Verständnis. Ich hoffe, du kannst ihr beides geben.«

»Wie viel weißt du von dem, was vor fünf Jahren zwischen uns war, Julie?«, fragte Brian.

»Ich weiß, was Ramona mir erzählt hat.«

»Eines Tages solltest du mich fragen, was ich damals empfand und warum ich ging.«

»Und du würdest es mir sagen?«

»Ja«, antwortete er, ohne zu zögern, »das würde ich.«

»Tut mir leid!« In einem weißen Kleid aus hauchdünnem

Stoff kam Ramona die Treppe heruntergelaufen und blieb in der offenen Tür zum Musikzimmer stehen. »Ich hasse es, unpünktlich zu sein.« Das Haar fiel ihr in gewollter und gekonnter Unordnung über die Schultern und schimmerte seidig auf dem zarten Voile des Kleides. »Aber ich konnte meine Schuhe nicht finden.«

Ihre Wangen waren leicht gerötet und ihre Augen glänzten. Sie sieht ein bisschen zu munter, zu lebhaft aus, dachte Brian, schob den Gedanken jedoch rasch beiseite.

»Du bist so schön wie eh und je«, sagte er und gab ihr das Veilchensträußchen. »Es hat mir nie etwas ausgemacht, auf dich zu warten.«

»Oh, diese samtene irische Zunge«, sagte sie und vergrub das Gesicht in den Veilchen. »Ich habe sie vermisst.« Ihre Augen lachten ihn über die Veilchen hinweg an. »Und ich glaube, ich lasse mich heute Abend von dir verwöhnen, Brian. Ich habe Lust, verhätschelt zu werden.«

Er nahm ihre freie Hand und hielt sie fest. »Wohin möchtest du gern?«

»Irgendwohin. Überallhin. Aber zuerst muss ich etwas essen. Ich verhungere langsam.«

»In Ordnung. Ich kaufe dir ein Sandwich.«

»Einige Dinge ändern sich nie«, erklärte Ramona, ehe sie sich an Julie wandte: »Amüsier dich gut und sorg dich nicht um mich.« Sie unterbrach sich einen Augenblick, küsste Julie auf die Wange und fuhr lächelnd fort: »Ich verspreche dir, den Hausschlüssel nicht zu verlieren. Und grüß mir …« Sie blieb auf dem Weg zur Tür noch einmal stehen. »Wer ist es heute Abend?«

»Lorenzo«, sagte Julie, die ihnen nachsah. »Der Schuhbaron.«

»Ach ja.«

Lachend trat Ramona hinaus in den kühlen Vorfrühlingsabend. »Wirklich erstaunlich«, sagte sie und schob die Hand durch Brians Arm. »In Julie verlieben sich lauter Millionäre. Wie sie das nur schafft? Es ist eine Begabung.«

»Ein Schuhbaron?«, fragte Brian, als er Ramona die Wagentür öffnete.

»Ja. Ein Italiener. Er trägt wunderbare Modellanzüge und sieht aus, als müsste man seinen Kopf auf die Vorderseite einer Münze prägen.«

Brian glitt auf den Fahrersitz und strich aus alter Gewohnheit ihr Haar zurück, das ihr wieder nach vorn gefallen war. »Ist es was Ernstes?«

Ramona bemühte sich, sich von seiner Berührung nicht verwirren zu lassen. »Nicht ernster als mit dem Ölproduzenten oder dem Parfümmagnaten.« Der Ledergeruch der Polsterung erinnerte sie plötzlich an Dr. Karters Büro. Rasch verdrängte sie das Gefühl. »Was bekomme ich zu essen, Brian?«, fragte sie strahlend – zu strahlend. »Ich warne dich, ich habe einen Mordshunger.«

Er legte ihr die Hand um den Hals, sodass ihr nichts anderes übrig blieb, als ihn anzusehen.

»Wirst du mir sagen, was passiert ist?« Schon immer hatte er sie schnell durchschaut.

Ramona legte die Hand auf die seine. »Keine Fragen, Brian. Nicht jetzt.«

Sie spürte sein Zögern. Dann drehte er die Hand um, griff nach der ihren und führte sie, ihren Widerstand nicht beachtend, an die Lippen.

»Nicht jetzt«, erklärte er sich einverstanden und sah sie eindringlich an. »Ganz gleichgültig bin ich dir noch nicht«, fügte er leise hinzu und lächelte, als freue er sich darüber. »Das spüre ich.«

Ramona fühlte ein angenehmes Prickeln auf der Haut. »Ja«, sagte sie, »ich empfinde immer noch etwas, wenn du mich berührst.« Sie entzog ihm ihre Hand, sah ihn aber weiter unverwandt an. »Aber es ist nicht mehr wie früher.«

Er lachte und startete dann den Motor. »Nein, es ist nicht mehr wie früher«, sagte auch er.

Ramona hatte den nicht gerade beruhigenden Eindruck, dass sie zwar dasselbe gesagt, doch ganz und gar nicht dasselbe gemeint hatten.

Das Abendessen verlief harmonisch und sie blieben sogar ungestört. Ramona fand es perfekt. Sie aßen in einem winzigen alten Lokal, das sie vor Jahren zufällig entdeckt hatten. Brian hatte es gewählt, weil er wusste, dass sie hier keine alten Bekannten treffen, nicht um Autogramme gebeten und von niemandem zu einem Drink eingeladen werden würden. Hier waren sie ein ganz durchschnittliches Paar, ein Mann und eine Frau, die sich bei Kerzenlicht, Wein und gutem Essen in intimer Atmosphäre gegenübersaßen.

Im Lauf des Abends wurde Ramonas Lächeln spontaner, sie wirkte weniger hoffnungslos und der unglückliche Ausdruck verschwand aus ihren Augen. Doch obwohl Brian die Veränderung bemerkte, die mit ihr vorging, erwähnte er sie mit keinem Wort.

»Ich habe das Gefühl, seit einer Woche nichts mehr gegessen zu haben«, erklärte Ramona zwischen zwei Bissen des zarten Roastbeefs, einer Spezialität des Hauses.

»Willst du noch ein bisschen was von meinem?« Brian schob ihr seinen Teller hin.

Ramona nahm sich ein paar Bratkartoffeln. »Wir lassen uns den Rest einpacken und nehmen ihn mit. Ich möchte noch ein bisschen Platz fürs Dessert haben. Hast du das Tablett mit den Kuchen und Torten gesehen?«

»Wenn du so weitermachst, kann ich dich nach Cornwall rollen«, sagte Brian und schenkte sich noch etwas Burgunder nach.

Ramona lachte und dieses tiefe, ein wenig raue Lachen erregte ihn. »Um die Zeit bin ich bestimmt nur noch Haut und Knochen«, behauptete sie. »Du weißt, was eine so große Tournee einem antun kann.« Als er ihr ebenfalls Wein nachschenken wollte, schüttelte sie den Kopf.

»Von San Francisco bis New York jeden Abend ein Konzert in einer anderen Stadt.« Auf ihren fragenden Blick hin erklärte er: »Ich habe mit Henderson gesprochen.« Zerstreut wickelte er sich eine Strähne ihres Haares um den Finger. Er war so geistesabwesend, dass er Ramonas Überzeugung nach bestimmt nicht wusste, was er tat, und deshalb sagte sie auch nichts. »Wenn es dir recht ist«, fuhr er fort, »treffen wir uns gleich nach Beendigung der Tournee in New York und fliegen von dort nach England.«

»In Ordnung. Besprich das bitte mit Julie, ich habe einfach kein Gedächtnis für Datum und Zeit. Bleibst du bis dahin in den Staaten?«

Er nickte. »Ich gehe für zwei Wochen nach Vegas.« Er strich ihr mit den Fingerspitzen über die Wange, und als sie zurückzuckte, legte er freundschaftlich die Hand auf die ihre. »Ich bin schon lange nicht mehr dort aufgetreten. Wahrscheinlich hat es sich nicht sehr verändert.«

Lachend schüttelte sie den Kopf. »Nein. Ich war vor ungefähr sechs Monaten dort. Natürlich haben wir auch gespielt und Julie hat am Bakkarat-Tisch ein ganz schönes Sümmchen gewonnen. Ich wurde ein Opfer der Spielautomaten.«

»Ich habe deine Kritiken gelesen. Warst du wirklich so sensationell, wie die Fachpresse schrieb?« Er lächelte ihr zu und spielte mit dem goldenen Kettchen, das sie am Handgelenk trug.

»Oh, ich war noch viel sensationeller«, erklärte sie.

»Ich hätte dich gern gesehen.« Er legte ihr leicht den Finger auf den Puls, der sich sofort beschleunigte. »Ich habe dich schon viel zu lange nicht mehr singen gehört.«

»Aber es ist erst ein paar Tage her … du warst im Studio dabei.« Sie entzog ihm die Hand und griff nach dem Weinglas. Da nahm er ganz einfach ihre andere Hand.

»Brian«, sagte sie halb belustigt.

»Ich habe dich natürlich auch im Radio gehört«, fuhr er fort. »Doch es ist nicht dasselbe wie in einem Konzert, in dem du plötzlich lebendig wirst. Oder …« Seine Stimme nahm jenen weichen, zärtlichen Klang an, an den sie sich noch so gut erinnerte. »… dir zuzuhören, wenn du für mich allein singst.«

Sein Tonfall war so schmeichelnd wie der Burgunder, den sie trank. Da sie wusste, wie leicht Brian ihr den Verstand vernebeln konnte, schwor sie sich, sich nur auf leichte, oberflächliche Gespräche einzulassen. »Weißt du, was ich jetzt möchte?«, fragte sie in leisem Verschwörerton und beugte sich zu ihm vor.

»Ein Dessert«, sagte er.

»Wie gut du mich kennst, Brian.«

Nach dem Essen schlug Ramona vor, tanzen zu gehen. In stillschweigender Übereinkunft mieden sie, nachdem sie das Restaurant verlassen hatten, die Lokale, die zurzeit »in« waren, und entdeckten einen verrauchten kleinen Club, in dem die Leute sich drängten und eine gute Band spielte – einen Club eben wie jene, in denen sie beide am Anfang ihrer Karrieren gesungen hatten.

Sie hofften, hier nicht erkannt zu werden. Fast zwanzig Minuten lang erfüllte sich diese Hoffnung auch.

»Entschuldigen Sie, sind Sie nicht Brian Carstairs?« Eine Blondine sah bewundernd zu Brian auf und lächelte kokett. Dann warf sie einen Blick auf Ramona. »Und Ramona Williams!«

»Bob Buldoon«, antwortete Brian in näselndem Texanisch, das er leidlich beherrschte. »Und das ist meine Frau Sheila.« Er zog Ramona fester an sich.

»Hi«, sagte Ramona.

»Oh Mr. Carstairs!« Die Blonde kicherte und hielt ihm Papierserviette und Kugelschreiber entgegen. »Ich bin Debbi. Könnten Sie bitte ›Für meine gute Freundin Debbi‹ schreiben?«

»Aber gern.« Brian lächelte charmant und bat Ramona, sich umzudrehen. Ihren Rücken als Unterlage benutzend, kritzelte er rasch etwas auf die Serviette.

»Und Sie auch, Ramona«, bat Debbi, als er fertig war. »Auf die andere Seite.«

Ramona war es gewohnt, von ihren Fans ganz ohne Förmlichkeit behandelt zu werden. Für sie war sie einfach Ramona. Ihre Spontaneität und Herzlichkeit ließen es nicht zu, dass man ihr mit der gleichen zurückhaltenden Bewunderung, ja, fast Ehrerbietung begegnete wie anderen Superstars. Brians Rücken ebenfalls als Pult benutzend, schrieb sie ein paar nette Worte auf die Serviette.

Als sie fertig war, merkte sie, dass Debbi Brian aus großen Augen unverwandt ansah. Ramona wusste, welchen Fantasien sich das Mädchen jetzt hingab.

»Hier haben Sie Ihre Serviette«, sagte sie und berührte Debbi leicht am Arm, um sie in die Wirklichkeit zurückzuholen.

»Oh!« Debbi nahm die Serviette, sah sie einen Moment ausdruckslos an und lächelte dann zu Brian auf. »Danke.« Sie wandte sich Ramona zu und fuhr sich mit der Hand verlegen durch das Haar, als sei ihr erst jetzt klar geworden, was sie getan hatte. »Vielen Dank.«

»Gern geschehen.« Brian lächelte, begann Ramona aber unauffällig zur Tür zu schieben. Es war zu viel, zu erwarten, dass das Intermezzo nicht bemerkt worden war oder niemand sonst sie erkennen würde. Während der nächsten Viertelstunde versuchten sie, Autogramme schreibend und unzählige Fragen beantwortend, sich zur Tür durchzukämpfen. Brian sorgte dafür, dass Ramona und er nicht getrennt wurden. Zwar wurden sie ein bisschen herumgeschubst, aber die Leute benahmen sich recht zivilisiert.

Nach den Maßstäben von Los Angeles war es noch sehr früh und man hatte noch nicht allzu viel getrunken. Trotzdem wollte Brian Ramona in Sicherheit bringen. Derartige Situationen waren berüchtigt und hochexplosiv. Die Stimmung konnte plötzlich umkippen. Ein allzu begeisterter Fan und man befand sich in einem Hexenkessel. Ramona schrieb und schrieb, während hin und wieder jemand eine Hand ausstreckte, um ihr Haar zu berühren. Brian war erleichtert, als er sie endlich im Freien hatte. Nur ein paar Unentwegte folgten ihnen, und sie gelangten, ein paar weitere Autogramme als Tribut bezahlend, ziemlich unbehelligt zu Brians Wagen.

»Verdammt noch mal!«, fluchte Brian, als er den Gurt anlegte. »Es tut mir ehrlich leid. Ich hätte es besser wissen müssen und nicht mit dir da hineingehen dürfen.«

Ramona erwiderte gelassen: »Sei nicht albern. Ich wollte es doch. Außerdem waren die Leute nett.«

»Das sind sie nicht immer.«

»Nein, das sind sie nicht.« Ramona lehnte sich zurück und entspannte sich. »Aber bisher hatte ich eigentlich Glück. Es gab nur ein- oder zweimal Schwierigkeiten. Manchmal vergessen die Fans, dass wir aus Fleisch und Blut sind. Damit muss man rechnen.«

»Also versuchen sie, sich ein Stückchen von uns abzuschneiden und mit nach Hause zu nehmen.«

»Das«, meinte Ramona trocken, »kann zum Problem werden. Ich erinnere mich an den Filmclip eines Konzerts, das du vor … oh, sieben oder acht Jahren gegeben hast.« Sie stützte den Arm auf der Rückenlehne auf und legte die Wange in die Hand. »Ein Konzert in London, bei dem die Fans die Absperrung durchbrachen. Sie schienen dich ganz zu verschlucken. Es muss schrecklich gewesen sein.«

»Sie haben mich so heiß geliebt, dass sie mir ein paar Rippen brachen.«

»Oh Brian!« Ramona fuhr erschrocken hoch. »Das ist ja furchtbar, das wusste ich nicht.«

Er lächelte und zuckte mit den Schultern. »Wir haben die Sache heruntergespielt. Aber es hat meinen Geschmack an Live-Konzerten für ziemlich lange Zeit verdorben.« Er bog von der Hauptstraße ab und fuhr auf die Hügel zu. »Die Absperrungen sind heute sicherer.«

»Ich weiß nicht, ob ich nach einem solchen Zwischenfall noch vor ein Publikum treten könnte.«

»Woher solltest du dann wohl deine Adrenalinstöße bekommen?«, konterte er. »Wir brauchen sie, diese sofortige Anerkennung durch den Applaus.« Lachend zog er sie näher an sich heran. »Denn warum sollten wir es sonst tun? Warum gibt es unzählige andere, die sich verzweifelt bemühen, Erfolg zu haben? Warum hast du mit der Kletterpartie angefangen, Ramona?«

»Es war eine Flucht«, antwortete sie, noch ehe sie Zeit hatte zu überlegen. Seufzend lehnte sie sich an seine Schulter, als er keine nähere Erklärung verlangte. »Musik war immer etwas, woran ich mich festhalten konnte. Sie war unveränderlich, verlässlich. Ich brauchte etwas, das nur mir gehörte.« Sie wandte den Kopf und sah ihn forschend an. »Und warum wolltest du Karriere machen?«

»Hauptsächlich aus den gleichen Gründen, nehme ich an. Ich hatte etwas zu sagen, und die Leute sollten nie vergessen, dass ich es gesagt hatte.«

Sie lachte. »Und wie radikal du am Anfang warst! Diese aufwühlenden, engagierten Lieder! Eine Zeit lang warst du das schwarze Schaf der Musikszene.«

»Ich bin sanfter geworden«, sagte er.

»›Heiß wie Feuer‹ kam mir nicht besonders sanft vor«, erklärte sie. »War das nicht der Titelsong auf deinem letzten Album?«

Er lachte. »Na ja, ganz darf ich meinen Biss nicht verlieren.«

»Bei uns war es zehn Wochen lang ununterbrochen Nummer eins in den Charts«, sagte sie. »Das ist gar nicht so schlecht.«

»Stimmt«, sagte er, als habe er sich eben erst erinnert. »Es hat ja eine kleine Nummer von dir verdrängt, nicht wahr? Ein sehr hübsches Arrangement, wie ich noch weiß. Es lag vielleicht ein bisschen zu viel Gewicht auf den Streichern, aber …« Sie boxte ihn leicht in die Seite, und er sagte vorwurfsvoll: »Du sollst mich nicht ablenken, wenn ich fahre, Ramona!«

»Für das ›hübsche kleine Arrangement‹ habe ich Platin bekommen.«

»Ich habe dir doch gesagt, dass es hübsch war. Und der Text war nicht schlecht. Ein bisschen sentimental vielleicht.«

»Ich mag sentimentale Texte«, erklärte sie ihm und knuffte ihn noch einmal. »Nicht jedes Lied muss vernichtende Gesellschaftskritik enthalten.«

»Selbstverständlich nicht«, pflichtete er ihr bei. »Für süße Nichtigkeiten ist immer ein Markt da.«

»Süße Nichtigkeiten«, wiederholte Ramona, ohne zu merken, dass sie in ihre frühere Gewohnheit zurückgefallen waren, gegenseitig Kritik an ihrer Arbeit zu üben und darüber zu diskutieren. »Nur weil ich meinen Liedern allgemein verständliche Texte unterlege und mir keine Effekthascherei leiste …« Sie unterbrach sich, als er den Wagen an die Seite fuhr und anhielt. »Was machst du da?«

»Ich halte an, bevor du mich wieder boxt und wir im Graben landen.« Lächelnd fuhr er ihr mit der Fingerspitze über den Nasenrücken. »Was meinst du mit Effekthascherei?«

»Ja, Effekthascherei«, wiederholte sie. »Wie würdest du das Duell zwischen Gitarre und Klavier am Ende von ›Heiß wie Feuer‹ sonst nennen?«

»Einen klassischen Liedschluss«, antwortete er, und obwohl sie ihm recht gab, stieß sie einen spöttischen Laut aus.

»Ich brauche keine solchen Kinkerlitzchen. Meine Lieder sind …«

»Übersentimental.«

Ramona zog hochmütig eine Augenbraue hoch. »Wenn du meine Musik so einschätzt, weiß ich nicht, wie wir zusammenarbeiten sollen.«

»Perfekt«, versicherte ihr Brian. »Wir werden uns gegenseitig ergänzen, wie immer.«

»Wir werden uns furchtbar streiten«, sagte sie.

»Tja, das werden wir wohl.«

»Und«, fügte sie, ein Lächeln unterdrückend, hinzu, »du wirst nicht immer gewinnen.«

»Gut, dann wird es wenigstens nicht langweilig.« Er zog sie an sich, und als sie sich widersetzte, lehnte er ihren Kopf wieder an seine Schulter. »Schau mal! Warum sehen Städte nachts von irgendeiner Anhöhe immer viel schöner aus?«

Ramona blickte auf die funkelnde Silhouette von Los Angeles hinunter. »Ich glaube, es ist das Geheimnisvolle. Man fragt sich, was dort unten wohl passiert, und man sieht nicht, dass alles nur rennt und hastet. Hier oben ist es still.«

Sie fühlte, dass seine Lippen über ihre Schläfe strichen. »Brian!« Sie zog den Kopf weg, doch er hielt sie fest.

»Bleib bei mir, Ramona«, sagte er in einem Ton, der ihr einen Schauer das Rückgrat hinunterjagte. »Geh nicht weg von mir.«

Er senkte ganz langsam den Kopf, seine Lippen glitten über die ihren, berührten sie jedoch kaum. Seine Hand, die ihren Nacken umschloss, griff weniger zart zu.

Er küsste die weiche Haut ihrer Wangen, die geschlossenen Lider, das duftige Haar an ihren Schläfen. Sie fühlte, wie sie wehrlos wurde und sich an ihn verlor, so wie früher.

Ihre Lippen öffneten sich leicht, bereit für die seinen, als sie von ihrer Wanderung zu ihrem Mund zurückkehrten. Sein Kuss wurde begehrlicher, aber er ließ sich noch immer Zeit, als wolle er voll auskosten, was er so lange entbehrt hatte.

Ramonas Hände glitten über seine Brust, umschlossen seinen Nacken, zogen ihn an sich, bis ihre Körper sich berührten. Er murmelte etwas und drückte dann den Mund in die

Beuge ihres Halses. Der Duft ihrer Haut und ihres Parfüms hüllten ihn ein.

Sie stöhnte leise, als er ihre Brust umfing – Verlangen und Protest zugleich drückte dieser Laut aus. Wieder war sein Mund ganz dicht über dem ihren, und nichts Zartes war mehr in diesem Kuss, doch kam seine Begierde der ihren entgegen. Sie wehrte sich nicht mehr gegen ihn, ihr Körper sehnte sich unwiderstehlich nach ihm. Heiß lag seine Hand auf dem dünnen Stoff ihres Kleides, und sie hatte das Gefühl, ihre nackte Haut müsse Feuer fangen.

Es ist so lange her, dachte Ramona, von einem heftigen Schwindelgefühl gepackt, so furchtbar lange her, seit ich Ähnliches empfunden, mich so verzweifelt nach etwas gesehnt habe. Ihr ganzes Wesen stimmte sich auf ihn ein.

Sein Mund war an ihrem Ohr, ihrer Kehle, ihrer Wange. »Ich will dich, Ramona!« Noch drängender wurde sein Kuss und auch seine Hände gingen nicht mehr sanft mit ihr um. »So lange ist es her«, flüsterte er wie ein Echo ihrer Gedanken. »So lange. Komm zu mir. Komm zu mir ins Hotel, bleib heute Nacht bei mir.«

Leidenschaft schlug wie eine Sturmflut über ihr zusammen, die Hitze, die in ihr aufstieg, schien sie zu versengen. Angst und Verlangen stritten in ihr um die Oberhand. Sie begann, sich zu wehren.

»Nein!«, stieß sie, nach Luft ringend, hervor. »Nein, hör auf!«

Brian packte sie bei den Schultern, schüttelte sie einmal kurz und zwang sie, zu ihm aufzusehen. »Warum?«, fragte er rau. »Du willst mich doch auch, das fühle ich.«

»Nein!« Ramona legte ihm die Hände auf die Brust und versuchte, ihn von sich wegzudrücken. »Ich will dich nicht.

Ich kann nicht.« Sie bemühte sich, tiefer zu atmen, um sich zu beruhigen. »Du tust mir weh, Brian. Bitte lass mich los.«

Seine Finger gaben allmählich nach, dann ließ er sie los. »Die gleiche alte Geschichte«, sagte er vor sich hin, wandte sich von ihr ab und zündete sich umständlich eine Zigarette an. »Du gibst noch immer nach, bis ich halb verrückt bin, und dann weichst du zurück.« Er zog an der Zigarette und warf Ramona einen unfreundlichen Blick zu. »Ich hätte besser darauf vorbereitet sein sollen.«

»Du bist nicht fair. Ich habe nicht damit angefangen. Ich wollte nie ...«

»Du wolltest!«, fuhr er sie wütend an. »Verdammt noch mal, und ob du wolltest, Ramona! Ich habe schon genug Frauen gehabt und weiß genau, wann ich eine im Arm halte, die mich will.«

Sie wappnete sich gegen den Schmerz. »Du bist mit einer deiner vielen Frauen besser dran, Brian«, sagte sie. »Ich habe dir doch gesagt, ich falle dir diesmal nicht vor die Füße wie eine reife Frucht, und es war mir ernst damit. Wenn wir eine rein berufliche Beziehung haben können, fein.« Sie schluckte und strich sich durch das Haar, das seine Finger liebkost hatten. »Wenn du aber unter dieser Bedingung nicht mit mir arbeiten willst, dann suchst du dir am besten einen anderen Partner.«

»Ich habe den einzigen, den ich haben möchte.« Er warf die halb gerauchte Zigarette aus dem offenen Autofenster. »Halten wir uns eine Zeit lang an deine Spielregeln, Ramona. Wir sind beide Profis und wissen, was dieses Musical für unsere Karriere bedeutet.« Er ließ den Motor an. »Ich bringe dich nach Hause.«

5. Kapitel

Ramona hasste es, zu spät zu einer Party zu kommen, aber es ging nicht anders. Sie hatte keine freie Minute. Wäre es nicht so wichtig gewesen, dass sie sich sehen ließ und mit Lauren Chase und ein paar anderen wichtigen Leuten vom Ensemble und der technischen Mannschaft von »Fantasie« zusammenkam, hätte sie sich bestimmt gedrückt. In zwei Tagen begann ihre Tournee.

Die Wahrheit war, dass sie die Party ganz vergessen hatte. Die Probe hatte viel länger gedauert als geplant, und dann war sie nach Beverly Hills gefahren, um einen Schaufensterbummel zu machen. Sie hatte nichts kaufen, nur etwas tun wollen, bei dem sie nicht denken musste. Seit Wochen hatte man von ihr nur gefordert und immer wieder gefordert und in den kommenden Wochen würde es genauso weitergehen – oder noch schlimmer.

Sie wollte sich ein paar Stunden stehlen, nicht an ihre Mutter und das sterile weiße Sanatorium denken, nicht an Hitlisten, Tonarten und Arrangements und auch nicht an die Verwirrung, in die Brian sie gestürzt hatte. Sie wollte ganz einfach die Schätze bei Neiman-Marcus und Gucci bewundern, sich alles anschauen und nichts kaufen.

Als sie nach Hause kam, entdeckte sie an ihrer Schlafzimmertür einen riesigen handgeschriebenen Zettel von Julie.

Party bei Steve Jarett. Du hast sie vergessen, ich weiß. Sehr wichtig! Such deinen schönsten Fummel raus und dann los! Bin mit Lorenzo zum Essen gegangen. Wir sehen uns auf der Party. J.

Ramona stieß eine heftige Verwünschung aus, lehnte sich innerlich auf und kapitulierte dann doch. Sie zog sich um und fuhr eine Stunde später mit hohem Tempo durch die Hügel von Hollywood. Diese Party durfte sie wirklich nicht versäumen.

Steve Jarett war der Regisseur von »Fantasie«. Er galt im Augenblick als der Wunderknabe unter den Filmregisseuren, nachdem er hintereinander drei große Erfolge gehabt hatte. Ramona wünschte sich genauso wie er, dass »Fantasie« sein vierter würde.

Bestimmt sind viel zu viele Leute da, dachte sie und sah wehmütig zum bestirnten Himmel hinauf. Und es wird schrecklich laut sein … Plötzlich musste sie über sich selbst lachen. Seit wann war eine laute Party mit vielen Menschen eine Mühsal für sie? Es hatte Zeiten gegeben, in denen sie sie genossen hatte. Und es ließ sich nicht leugnen, dass die Leute, die man auf diesen Partys traf, faszinierend waren und die unglaublichsten Geschichten kannten. Ramona fand sie auch jetzt noch interessant. Es war nur, dass …

Sie seufzte und gab sich endlich selbst gegenüber zu, was sie an dieser Party störte.

Brian würde da sein.

Würde er in Begleitung sein? Und wenn schon!

Warum eigentlich nicht? fragte sie sich, während sie in der Kurve herunterschaltete. Falls er sich nicht entschlossen hat, sich auf der Party eine Partnerin zu suchen.

Ramona seufzte noch einmal, als Jaretts strahlend hell erleuchtetes Haus vor ihr auftauchte. Es war lächerlich, sich wegen einer Sache, die schon seit Jahren zu Ende war, innerlich völlig zu verkrampfen.

Im Licht ihrer Scheinwerfer tauchte ein starkes schmiedeeisernes Tor aus der Dunkelheit auf und Ramona fuhr langsamer. Der Wächter ließ sich ihren Namen nennen, sah in seiner Liste nach und sie durfte passieren.

Nachdem sie ungefähr die Hälfte der gewundenen, von Palmen gesäumten Zufahrt hinter sich hatte, hörte sie die Musik.

Ein Teenager im weißen Jackett wartete auf dem Parkplatz, um ihr aus dem Lamborghini zu helfen. Er war wahrscheinlich ein ehrgeiziger Jungschauspieler, ein künftiger Drehbuchautor oder Regisseur. Lächelnd sah Ramona zu ihm auf.

»Hallo, ich bin ein bisschen spät dran«, sagte sie. »Glauben Sie, ich schaffe es, mich unauffällig unter die Leute zu mischen?«

»Das glaube ich nicht, Miss Williams«, antwortete er. »Nicht so, wie Sie aussehen.«

Ramona war überrascht, dass er sie bei der schlechten Beleuchtung so schnell erkannt hatte. Doch selbst wenn ihm ihr Gesicht und ihr Haar nicht so vertraut gewesen wären, die Stimme hätte ihm verraten, wer sie war.

»Das war ein Kompliment oder irre ich mich?«, sagte sie.

»Aber natürlich war es eins«, erklärte er hingerissen und sie musste lachen.

»Ich will aber trotzdem mein Bestes versuchen«, sagte sie. »Auftritte mag ich nur auf der Bühne.« Sie betrachtete das weitläufige weiße Gebäude im Stil eines feudalen Herrensitzes. »Es muss einen Seiteneingang geben.«

»Auf der linken Seite.« Er zeigte in die Richtung. »Dort gibt es eine breite zweiflügelige Glastür, die in die Bibliothek führt. Nachdem Sie die Bibliothek verlassen haben, wenden Sie sich wieder nach links. Dann müssten Sie's schaffen, unbemerkt hineinzuschlüpfen.«

»Danke.« Sie wollte einen Geldschein aus der Handtasche nehmen, stellte fest, dass sie noch im Wagen lag, und beugte sich durch das Fenster hinein, um sie herauszuholen.

Nach einigem Suchen entdeckte sie eine Fünfdollarnote und reichte sie dem Jungen.

»Oh, vielen Dank, Ramona«, sagte er begeistert, als sie sich abwandte. Dann rief er: »Miss Williams!« Sie drehte sich um und er lief auf sie zu. »Würden Sie mir ein Autogramm geben?«

Ramona warf das Haar zurück. »Auf den Schein?«

»Ja, klar doch.«

Sie schüttelte lachend den Kopf. »Dann hätten Sie aber nicht viel davon. Hier!« Sie kramte wieder in ihrer Handtasche und brachte einen Zettel zum Vorschein. Es war eine Einkaufsliste für Lebensmittel, die Julie ihr vor ein paar Wochen gegeben hatte. Aber die andere Seite war leer. »Wie heißen Sie?«, fragte Ramona den Jungen.

»Sam. Sam Rheinhart.«

»Hier, für Sie, Sam Rheinhart.« Hastig warf sie ein paar Worte auf das Papier und unterschrieb dann. Den Schein in der einen, die Einkaufsliste in der anderen Hand, sah er verblüfft hinter ihr her.

Die Glastür war nicht schwer zu finden. Obwohl sie geschlossen war, hörte man den Partylärm bis auf die Terrasse. Hinter dem Haus standen die Leute in Gruppen beisammen, hörten einer sehr laut spielenden Rockband zu oder schlenderten um den Swimmingpool herum. Ramona blieb im

Schatten stehen. Sie trug einen knöchellangen Rock und ein raffiniert geschnittenes pflaumenblaues Oberteil.

Ramona betrat das Haus durch die Bibliothek und blieb einen Moment stehen, um sich an die Dunkelheit zu gewöhnen. Dann tastete sie sich weiter zur Tür.

In der Halle hielt sich in unmittelbarer Nähe der Bibliothek niemand auf. Zufrieden ging Ramona weiter und ließ sich von Stimmen, Gelächter und dem Klirren von Gläsern in die richtige Richtung leiten.

»Hallo, Ramona!« Es war Carla Devers, eine zierliche, blonde junge Frau, Schauspielerin mit einer Kleinmädchenstimme und unglaublich großem Talent. Obwohl sie sich ziemlich selten sahen, da Carla in anderen Kreisen verkehrte, hatte Ramona sie gern. »Ich wusste ja gar nicht, dass Sie auch hier sind!«

»Hallo, Carla.« Sie gaben sich gegenseitig die in Hollywood üblichen Wangenküsse. »Ein Glückwunsch ist angebracht, nicht wahr? Ich habe gehört, dass Sie für die zweite Hauptrolle in ›Fantasie‹ unterschrieben haben.«

»Es ist noch nicht endgültig, wir verhandeln noch, aber es sieht so aus, als bekäme ich die Rolle. Sie ist ein Juwel und mit Steve zu arbeiten ist heute natürlich absolute Spitze für eine Schauspielerin.« Während sie sprach, musterte sie Ramona durchdringend. »Sie sehen fabelhaft aus«, sagte sie. »Und selbstverständlich muss oder kann man auch Ihnen gratulieren, nicht?«

»Ja, ich freue mich wahnsinnig, dass ich an Musik und Texten mitschreiben darf.«

Carla legte den Kopf schief und auf ihrem Gesicht breitete sich ein Lächeln aus. »Ich habe mehr an Brian Carstairs als an die Songs gedacht, Darling.«

Ramonas Gesicht wurde sofort ernst.

»Oho!« Carla lächelte nur noch strahlender. »Noch immer so empfindlich?« Ihre Belustigung war ganz frei von Bosheit. Sie hakte sich bei Ramona unter. »An Ihrer Stelle würde ich ihn diesmal fest an die Kandare nehmen, Ramona«, sagte sie. »Es reizt mich, selbst mein Glück bei ihm zu versuchen, und ich stehe unter Garantie nicht allein.«

»Was ist aus Dirk Wagner geworden?« Ramona erinnerte sich daran, dass sie sich vorgenommen hatte, ganz locker und gelassen zu sein.

»Das ist doch ein alter Hut, Darling. Sie sollten sich auf dem Laufenden halten.« Carla lachte so hell, dass Ramona unwillkürlich mitlachen musste. »Aber es gehört nicht zu meinen Gewohnheiten, auf fremdem Gebiet zu jagen … zu wildern.«

»Es gibt keine Warnschilder, Carla«, entgegnete Ramona unbekümmert.

»Wirklich nicht?« Carla strich sich eine silberblonde Locke aus der Stirn. Ein Kellner kam mit einem Tablett vorbei, auf dem noch fast alle Gläser standen, und Carla nahm zwei herunter. »Ich habe gehört, dass Brian ein großartiger Liebhaber sein soll«, sagte sie und sah Ramona mit funkelnden Augen sehr direkt an.

Ramona gab den Blick genauso zurück und nahm dankend das Glas Champagner an. »Ach, tatsächlich?«, sagte sie. »Aber ich glaube, das ist auch schon ein alter Hut.«

»Touché«, sagte Carla in ihr Glas.

»Ist Brian hier?«, fragte Ramona und versuchte damit, sich selbst und Carla zu beweisen, dass die Unterhaltung für sie völlig bedeutungslos war.

»Mal hier, mal da«, antwortete Carla unbestimmt. »Ich bin mir noch nicht klar, ob er versucht, der Schar weiblicher Wesen zu entkommen, die ihn unbarmherzig verfolgt, oder ob er sich absichtlich in die Gefahr begibt, verschlungen zu werden. Er lässt sich nicht leicht durchschauen, nicht wahr?«

Ramona murmelte etwas Unverbindliches und zuckte mit den Schultern. »Haben Sie Steve Jarett gesehen? Ich glaube, ich sollte mich zu ihm durchkämpfen und guten Tag sagen.«

Eine typische Künstlerparty, fand Ramona. Die Kleidung reichte von dem lässigen Stil, dem man nicht ansah, wie teuer er war, bis zu Sachen, die aus Altkleidersammlungen der Heilsarmee zu stammen schienen. Die rhythmische Musik der Band am Swimmingpool untermalte dumpf Gespräche und Gelächter. Damit die Rauchwolken entweichen und die warme Nachtluft ungehindert zirkulieren konnte, standen die Terrassentüren weit offen.

Die weitläufigen Rasenflächen wurden von bunten Lichtern hell erleuchtet. Ramona interessierte sich mehr für die Leute, sah sich aber trotzdem rasch im Raum um.

Er war ganz in Weiß gehalten – Wände, Möbel und Teppiche, alles weiß – mit ein paar scheinbar willkürlich verstreuten Blickfängen in leuchtendem Grün. Ramona fand es fantastisch, hätte aber nicht für eine Million Dollar in diesem Zimmer leben mögen. Nie hätte sie zum Beispiel die Füße auf den eleganten Acryltisch legen können. Sie entdeckte Wayne mit einem seiner mageren Mannequins im Arm. Also mussten die Gerüchte wahr sein, dass er die Kostüme für »Fantasie« entwerfen sollte. Ramona erkannte noch eine Menge anderer Leute: Produzenten, zwei große Stars, die sie schon in unzähligen Filmen gesehen hatte, einen Choreografen, den sie nur vom Sehen und dem Namen nach kannte, einen Drehbuchautor, der fast auf jeder großen Party anzutreffen war, und noch ein paar andere, die Ramona aber nichts bedeuteten.

Sie machte sich auf die Suche nach Julie und ihrem Millionär und wurde sofort in den heftigsten Strudel gezogen.

Ramona musste Dutzende von Leuten begrüßen, bekam Handküsse und Küsse auf die Wange gehaucht. An Flucht war nicht zu denken, es musste durchgestanden werden. Sie fühlte sich in Gesellschaft weniger Leute immer wohler als inmitten einer Menge – es sei denn, sie stand auf der Bühne.

Jemand berührte ihren Arm, sie drehte sich um und stand vor ihrem Gastgeber.

»Hallo«, sagte sie und freute sich, dass sie die Chance hatte, sich allein mit ihm zu unterhalten.

»Hallo. Ich dachte schon, Sie schaffen es nicht.«

Ramona sagte sich, dass es sie nicht überraschen durfte, weil er trotz der vielen Leute ihr Fehlen bemerkt hatte. Steve Jarett entging nichts. Er war ein kleiner, schlanker Mann mit einem blassen, leidenschaftlichen Gesicht, der trotz seines dunklen Bartes nicht wie siebenunddreißig, sondern mindestens zehn Jahre jünger aussah. Er galt als Perfektionist, als wahre Landplage, wenn er drehte, aber er machte wunderschöne Filme. Angeblich verfügte er über unerschöpfliche Geduld, was bedeutete, dass er eine Szene so oft drehen ließ, bis sie seinen Vorstellungen entsprach.

Vor fünf Jahren hatte er die gesamte Filmindustrie mit einem Streifen aufgerüttelt, für den ihm nur ein sehr niedriger Etat zur Verfügung gestanden hatte und der dennoch der absolute Hit des Jahres geworden war. Er hatte für diesen ersten Film mehrere Oscars eingeheimst, und seither standen ihm alle Türen offen, die man ihm vorher immer vor der Nase zugeworfen hatte. Jetzt hatte Steve Jarett die Schlüssel zu jeder einzelnen dieser Türen in der Hand und wusste genau, wann er welchen benutzen musste.

Er nahm Ramonas Hände in die seinen und betrachtete forschend ihr Gesicht. Er war es gewesen, der darauf bestanden hatte, dass Brian Carstairs die Musik für »Fantasie« schrieb, und er war sehr einverstanden gewesen, als Brian ihm sagte, dass er mit Ramona zusammenarbeiten wolle.

»Fantasie« war sein erstes Musical und er wollte nichts falsch machen.

»Lauren ist hier«, sagte er schließlich. »Haben Sie sie schon kennengelernt?«

»Nein, aber ich würde mich freuen.«

»Ich möchte, dass Sie sie wirklich gut kennenlernen, das richtige Gefühl für sie bekommen. Ich habe Kopien von allen Filmen und allen Platten, die sie gemacht hat. Vielleicht sollten Sie sie sich ansehen, bevor Sie anfangen, die Musik zu schreiben.«

Ramona legte die Stirn in Falten. »Ich glaube nicht, dass ich einen ihrer Filme versäumt habe, trotzdem sehe ich sie mir gern noch einmal an. Sie ist gewissermaßen das Herz der Geschichte.«

Er strahlte plötzlich. »Genau. Jack Ladd kennen Sie?«

»Ja, wir haben schon zusammengearbeitet. Sie hätten keinen besseren Joe finden können.«

»Er muss zehn Pfund abnehmen«, sagte Jarett und nahm ein Kanapee von einem Tablett. »Im Augenblick ist er deshalb nicht besonders gut auf mich zu sprechen.«

»Aber er nimmt die zehn Pfund ab«, stellte Ramona fest.

Jarett lachte hinterhältig. »Gramm für Gramm. Wir gehen in dasselbe Trainings-Center. Ich liege ihm ständig damit in den Ohren, dass Joe ein aufstrebender junger Autor ist, kein satter Genießer.«

Ramona lachte leise und steckte ein Stückchen Käse in den

Mund. »Übergewichtig oder nicht, Sie versammeln ein bemerkenswertes Team um sich. Wie haben Sie es nur geschafft, Larry Keaston dazu zu bringen, dass er die Choreografie übernimmt? Er hat sich doch vor fünf Jahren ins Privatleben zurückgezogen.«

»Bestechung und Hartnäckigkeit«, antwortete Jarett leichthin und sah zu dem ehemaligen Tänzer hinüber. »Ich will ihn überreden, einen kleinen Part zu übernehmen.« Wieder lächelte Jarett durchtrieben. »Er ist ganz würdevolles Widerstreben, aber in Wirklichkeit wünscht er sich nichts sehnlicher, als wieder vor der Kamera zu stehen.«

»Und wenn Sie ihn nur dazu bringen, vor der Kamera einen einzigen Schritt zu machen, wird das der größte Coup des Jahrzehnts«, stellte Ramona bewundernd fest. Er bringt es fertig, dachte sie. Er weiß, wie man so etwas macht.

»Er ist ein großer Ramona-Williams-Fan«, sagte Jarett und sah, dass sie große Augen bekam.

»Ein Fan von mir? Machen Sie Witze?«

»Durchaus nicht.« Er warf ihr einen seltsamen Blick zu. »Keaston möchte Sie kennenlernen.«

Ramona sah Jarett und dann wieder Larry Keaston an. Wie oft hatte sie als Kind, in einem kleinen Zimmer vor dem flimmernden Schwarzweißfernseher sitzend, seine Filme gesehen, während sie darauf wartete, dass ihre Mutter nach Hause käme. »Das brauchen Sie mir nicht zweimal zu sagen«, erklärte sie Jarett und hakte ihn unter.

Die Zeit verging schnell und Ramona begann sich zu amüsieren. Sie unterhielt sich lange mit Larry Keaston und stellte fest, dass das Idol ihrer Kindheit sympathisch und humorvoll war. Er hatte einen sehr angenehmen Bostoner Akzent und drückte sich äußerst gewählt aus. Sie sprach auch kurz mit

Jack Ladd und musste jetzt nur noch Lauren Chase kennenlernen, als sie in einer Ecke des Zimmers Wayne entdeckte, der still vor sich hin trank.

»Von allen verlassen?«, fragte sie ihn und blieb bei ihm stehen.

»Ich beobachte die Massen, meine Liebe«, antwortete er und trank einen Schluck Whisky Soda. »Es ist erstaunlich, wie unmöglich sich intelligente Menschen anziehen … die meisten jedenfalls. Schau dir doch Lela Marring an …« Er wies mit dem Kopf auf eine die meisten Männer überragende Brünette in einem engen rosa Minikleid. »Ich begreife nicht, wie sich eine Frau mit ihrer Figur im Kleidchen einer Fünfjährigen der Öffentlichkeit präsentieren kann.«

Ramona unterdrückte ein Lachen. »Sie hat sehr schöne Beine.«

»Ja, und sie sind wenigstens anderthalb Meter lang.« Er ließ den Blick weiterwandern. »Ach ja, und dort haben wir Marshall Peters, der einen neuen Stil kreieren möchte: Brusthaar und roten Satin.«

Jetzt musste Ramona doch lachen. »Nicht jeder hat deinen guten Geschmack, Wayne.«

»Selbstverständlich nicht«, pflichtete er ihr bei, warf sich leicht in die Brust und zündete sich eine seiner eigens für ihn importierten Zigaretten an.

»Mir gefällt, was dein neuester Schützling trägt«, sagte sie und nickte zu dem Mannequin hinüber, das sich mit dem Star einer beliebten Fernsehserie unterhielt. Das Model war in hauchdünne schwarz-goldene Filigranspitze gehüllt. Der Schnitt des Kleides erinnerte an die Mode der Vierzigerjahre. »Ich könnte schwören, dass die Kleine nicht älter ist als achtzehn, Wayne. Worüber redest du eigentlich mit ihr?«

Er warf Ramona einen langen, spöttischen Blick zu. »Soll das ein Witz sein?«

»Wenn's einer ist, dann ein unfreiwilliger.«

Er tätschelte ihr die Wange und hob wieder sein Glas. »Julie ist mit ihrer neuesten Eroberung hier, wie ich gesehen habe«, sagte er, nachdem er einen Schluck getrunken hatte. »Einem südländischen Typ mit hohen Wangenknochen.«

»Schuhe«, antwortete Ramona vage und ließ die Blicke durch den Raum schweifen. Fast ungläubig blieben sie auf einem Mädchen in einer hautengen Lederhose haften, zu der es ein mit Flitter und Pailletten besetztes T-Shirt trug. Die Augen hatte es dick mit schwarzem Mascara umrandet und die riesige Brille war herzförmig. Da Ramona wusste, dass Wayne entsetzt sein würde, wollte sie seine Aufmerksamkeit auf die vogelscheuchenartige Erscheinung lenken. Doch da entdeckte sie Brian.

Er hatte sie schon gesehen, wahrscheinlich beobachtete er sie sogar schon länger.

Ob er auch daran dachte, dass sie sich auf einer Party wie dieser kennengelernt hatten …?

Es war Ramonas erste Hollywood-Party gewesen und sie war einfach überwältigt. Um sie herum wimmelte es von Leuten, deren Stimmen sie aus dem Radio und deren Gesichter sie vom Bildschirm oder von der Filmleinwand kannte. Sie war damals auch allein gekommen – ein schwerer Fehler, wie sie bald erkannte, denn sie hatte zu jener Zeit noch nicht gewusst, wie sie allzu hartnäckige Verehrer hinhalten oder abwimmeln konnte.

Sie erinnerte sich, dass ein Schauspieler – merkwürdigerweise wusste sie heute nicht mehr, wer es gewesen war – sie in eine Ecke gedrängt hatte. Sie war zu unerfahren, um mit ihm fertig zu werden, und wich immer weiter zur Wand zurück, als ihr Brians Blicke begegneten. Auch damals hatte er sie lässig und mit einem angedeuteten Lächeln beobachtet. Er musste den verzweifelten Ausdruck ihrer Augen richtig gedeutet haben, denn sein Lächeln vertiefte sich, und er begann, sich an den Partygästen vorbei und zu ihr durchzuschlängeln. Sehr selbstbewusst hatte er sich zwischen den Schauspieler und sie gedrängt und ihr den Arm um die Schultern gelegt.

»Hast du mich vermisst?«, hatte er gefragt und sie leicht auf die Lippen geküsst, bevor sie antworten konnte. »Draußen sind ein paar Leute, die dich gern kennenlernen würden.« Er hatte dem Schauspieler einen um Entschuldigung bittenden Blick zugeworfen und gesagt: »Leider, wir müssen …«

An dem Sprach- und Fassungslosen vorbei hatte Brian Ramona auf die Terrasse geführt. Noch heute erinnerte sie sich an den Duft von Orangenblüten, der aus einem nahen Obstgarten herüberwehte, und an das silberne Mondlicht, das durch die Zweige fiel.

Selbstverständlich hatte Ramona Brian Carstairs erkannt und war verwirrt und verlegen. Doch als sie auf der Terrasse ankamen, hatte sie sich wieder gefasst. Sie lächelte zu ihm auf und sagte: »Danke.«

»Gern geschehen.«

Zum ersten Mal musterte er sie auf seine direkte, ruhige Art und sie empfand seinen Blick wie eine sanfte Berührung. »Sie sind nicht so, wie ich es erwartet habe«, sagte er.

»Wirklich?«, fragte sie und wusste nicht, was sie von dieser Erklärung zu halten hatte.

»Wirklich.« Brian lächelte sie an. »Trinken wir eine Tasse Kaffee zusammen?«

»Gern«, erwiderte sie, ohne einen Augenblick zu überlegen.

»Gut. Gehen wir.« Brian hatte die Hand ausgestreckt und nach einem kurzen Zögern hatte sie die ihre hineingelegt. So einfach war es gewesen …

»Ramona!«

Waynes Stimme und seine Hand, die sie leicht am Arm rüttelte, holten sie in die Gegenwart zurück.

»Ja … was ist?« Mit leerem Blick sah sie zu ihm auf.

»Deine Gedanken stehen dir ins Gesicht geschrieben«, sagte er leise. »Das ist in einem Raum voller neugieriger Leute nicht besonders klug.« Er nahm ein Glas Champagner von einem Tablett und reichte es ihr. »Trink aus.«

Sie war dankbar, dass ihre Hände etwas zu tun bekamen, und nahm das Glas entgegen. »Ich habe nachgedacht«, sagte sie lahm und stieß, als sie Waynes Blick sah, einen Laut der Empörung aus. »Wir werden also an demselben Projekt arbeiten«, versuchte sie eine andere Taktik, um ihn abzulenken.

»Wie in der guten alten Zeit?«

Sie sah ihm voll in die Augen. »Wir sind schließlich Profis«, sagte sie, und sie wussten beide, von wem sie sprach.

»Und Freunde?«, fragte Wayne und strich ihr mit einem Finger über die Wange.

Ramona nickte bewusst bedächtig. »Das ist durchaus möglich. Mit mir kann man sich leicht anfreunden.«

»Hm.« Wayne blickte ihr über die Schulter und sah Brian näher kommen. »Wenigstens versteht er es, sich anzuziehen.« Brians lässiger schiefergrauer Anzug fand seine Billigung. »Aber ist es wirklich nötig, dass ihr nach Cornwall geht? Täte es Sausalito nicht auch?«

Ramona lachte. »Sag mal, gibt es eigentlich irgendetwas, das du nicht weißt?«

»Hoffentlich nicht. Hallo, Brian. Nett, dich wiederzusehen.«

Ramona drehte sich mit völlig ungezwungener Miene um. Der Ansturm der Erinnerung war vorüber. »Hallo, Brian.«

»Ramona, du kennst Lauren Chase noch nicht.«

Nur mühsam konnte Ramona den Blick von ihm lösen. »Nein«, sagte sie und sah die Frau an seiner Seite an.

Lauren Chase war schmal und biegsam, hatte eine dunkelbraune Haarmähne, einen Mund, der Charakterstärke verriet, und meergrüne Augen. Sie wirkte wie eine Elfe. Vielleicht, dachte Ramona, liegt das an ihrer zarten, fast durchsichtigen Haut oder daran, dass ihre Füße beim Gehen kaum den Boden zu berühren scheinen.

Um den schlanken Hals trug sie mehrere goldene Ketten. Ramona wusste, dass Lauren Chase schon Mitte dreißig war, sie sah aber mindestens zehn Jahre jünger aus.

Sie war zum zweiten Mal verheiratet. Ihre Scheidung war eine hochexplosive Sache gewesen und von der Presse dementsprechend kommentiert worden. Die zweite Ehe, aus der zwei Kinder hervorgegangen waren, dauerte jetzt sieben Jahre. Heute las man nur noch höchst selten etwas über Laurens Privatleben. Offenbar hatte sie gelernt, sich besser abzuschirmen.

»Wie Brian mir erklärt hat, sollen Sie Herz und Gefühl in die Musik einbringen«, sagte sie mit ihrer ungewöhnlich wohlklingenden Stimme zu Ramona.

»Da hat er mir eine große Verantwortung aufgebürdet.« Ramona warf Brian einen langen, skeptischen Blick zu. »Gewöhnlich findet er meine Texte zu sentimental und ich halte ihn oft für einen Zyniker.«

»Gut.« Lauren lächelte. »Dann bekommen wir Songs, bei denen nichts fehlt. Steve hat mir für meine Nummern ein weitgehendes Mitspracherecht eingeräumt. Gewissermaßen das letzte Wort.«

Ramona zog eine Braue hoch. Sie war sich nicht klar darüber, ob das eine Warnung oder einfach eine beiläufige Bemerkung gewesen war. »Dann sollten wir Sie wohl über unsere Arbeit auf dem Laufenden halten«, sagte sie freundlich.

»Durch Post und Telefon«, sagte Lauren und sah Brian von der Seite her an, »da Sie glauben, nur am anderen Ende der Welt arbeiten zu können.«

»So sind Künstler nun mal«, entgegnete er leichthin.

»Und ein Künstler bist du, das steht außer Frage«, erklärte Ramona.

»Sie müssen es ja wissen.« Lauren fixierte Ramona mit einem durchdringenden Blick. »Ich stelle sehr hohe Ansprüche an diese Musik«, sagte sie. »In ›Fantasie‹ habe ich nämlich genau die Rolle, auf die ich gewartet habe.« Das waren Forderung und Herausforderung zugleich.

Ramona hielt ihrem Blick stand und nickte leicht. Ihrer Meinung nach war Lauren Chase die Tessa schlechthin. »Sie sollen die Musik haben, die Sie sich wünschen«, sagte sie.

Lauren fuhr sich mit der Zungenspitze über die Oberlippe und lächelte wieder. »Ja, das glaube ich Ihnen sogar. Nun«, fuhr sie fort, wandte sich Wayne zu und hakte ihn unter, »warum laden Sie mich nicht zu einem Drink ein und erzählen mir alles über die wunderbaren Kostüme, die Sie für mich entwerfen werden?«

Ramona sah den beiden nach, als sie sich entfernten. »Das«, sagte sie, mit dem Stiel ihres Champagnerglases spielend, nachdenklich vor sich hin, »ist eine Frau, die weiß, was sie will.«

»Und sie will einen Oscar«, fügte Brian hinzu. »Vielleicht erinnerst du dich, dass sie dreimal nominiert wurde und dreimal verlor. Das soll ihr nicht noch mal passieren, komme, was da wolle.« Lächelnd haschte er nach Ramonas langem Amethystohrring. »Und wie steht es mit dir? Hättest du nicht auch gern einen Oscar?«

»Komisch, ich habe gar nicht daran gedacht, dass wir auch einen bekommen könnten.« Sie spielte eine Weile mit dem Gedanken. »Es klingt gut, aber wir sollten die Musik lieber zuerst schreiben und uns erst hinterher überlegen, was wir bei der Verleihung in unserer Dankesrede sagen wollen.«

»Wie laufen deine Proben?«

»Gut. Sehr gut.« Zerstreut trank sie einen Schluck Champagner. »Die Band ist ausgezeichnet. Du gehst jetzt bald nach Vegas, nicht wahr?«

»Ja. Bist du allein?«

Sie war einen Moment lang verwirrt. »Ach, hier, meinst du? Ich hatte die Party ganz vergessen und bin sehr spät gekommen. Zum Glück hatte Julie mir einen Zettel hingelegt. Hat sie dich mit Lorenzo bekannt gemacht?«

»Nein, wir sind uns heute Abend noch nicht über den Weg gelaufen.«

Ramona wandte sich ab, um in der Menge nach Julie Ausschau zu halten, aber Brian umfasste ihr Kinn und drehte sie wieder zu sich herum.

»Darf ich dich heute nach Hause bringen?«

Ihre zuerst verblüffte Miene verriet plötzlich erhöhte Wachsamkeit. »Ich bin mit dem Wagen hier, Brian.«

»Das ist keine Antwort auf meine Frage.«

Ramona hatte das Gefühl, in einen Strudel gezogen zu werden, und wehrte sich dagegen. »Es wäre keine gute Idee.«

»Ach, wirklich nicht?«

Sie hörte den Sarkasmus, doch dann lächelte er, bückte sich und küsste sie. Es war nur eine ganz leichte Berührung, ein Hauch – Versprechen oder Herausforderung?

Er gab ihrem Ohrring einen kleinen Schubs, sodass er zu schaukeln begann. »Du könntest recht haben«, sagte er. »Wir sehen uns in ein paar Wochen.« Ein letztes vielsagendes Lächeln und er verschwand in der Menge.

Ramona sah ihm nach und merkte gar nicht, dass sie sich mit der Zungenspitze über die Lippen fuhr, als wolle sie den Geschmack seines Kusses noch länger auskosten.

6. Kapitel

Im Theater war es dunkel und still. Man hörte nur Ramonas Schritte, verstärkt durch die ausgezeichnete Akustik. Sehr bald würde die Stille von Bühnenarbeitern, Kulissenschiebern, Beleuchtern, Elektrikern und allen anderen gebrochen werden, deren Aufgabe es war, hinter der Bühne für das Gelingen der Show zu sorgen. Ihre lauten Stimmen würden sich mit unzähligen anderen handwerklichen Geräuschen vermischen, würden im Hämmern, im Poltern von Holz und Metall, im Pfeifen der Mikrofone untergehen.

Und alle Geräusche würden irgendwie hohl klingen, genauso wie jetzt ihre Schritte.

Aber es waren aufregende Geräusche, Geräusche, die Ramona liebte und auch erregten.

Sie genoss jedoch auch die Stille und war häufig lange vor den Proben im leeren Theater zu finden, Stunden bevor das Publikum vor dem Haupteingang Schlange stand und Stunden bevor die Presse mit ihren ewig gleich bleibenden Fragen anrückte.

Ramona war im Augenblick auf die Presse nicht allzu gut zu sprechen. Schon war ein gutes halbes Dutzend verschiedener Storys über sie und Brian veröffentlicht worden – Spekulationen über ihre bevorstehende Zusammenarbeit an »Fantasie« und wieder aufgewärmte Geschichten über ihre frühere Beziehung. Alte Fotos waren ausgegraben und veröffentlicht worden. Alte Fragen wurden neu gestellt. Ständig bohrte man in der alten Wunde.

Zweimal wöchentlich rief sie in der Fieldmore Klinik an und führte fast gleichbleibende Gespräche mit Dr. Karter. Zweimal wöchentlich verband er sie mit dem Zimmer ihrer Mutter. Und obwohl Ramona wusste, dass es dumm war, begann sie, wieder an die Versprechen, die weinerlichen Schwüre zu glauben. Sie fing an zu hoffen. Ohne die Anforderungen der Tournee, ohne ihre Arbeit, die sie bis zur Erschöpfung beanspruchte, wäre sie jetzt ein seelisches Wrack gewesen, das wusste sie. Nicht zum ersten Mal im Leben dankte sie dem Schicksal für ihr Glück und für ihre Stimme.

Ramona ging auf die Bühne und wandte sich einem imaginären Publikum zu. Die Sitzreihen glichen den endlosen Wellentälern und Wellenkämmen eines Ozeans. Doch sie wusste, wie dieser Ozean gefahrlos zu befahren war, hatte es von der ersten Sekunde ihres ersten Konzerts an gewusst. Sie war eine Naturbegabung, sie wusste, wie man ein Publikum mitriss, es war ihr genauso angeboren wie ihre Stimme, die nie einer Ausbildung bedurft hatte. Die Unsicherheit, die sie jetzt fühlte, hatte mit der Frau Ramona zu tun, nicht mit der Sängerin. Schon seit längerer Zeit spukte ihr ein bestimmtes Lied im Kopf herum, doch noch zögerte und überlegte sie, ob sie es wirklich bringen sollte. Erinnerungen konnten gefährlich sein. Aber sie brauchte etwas, um sich selbst zu beweisen, also sang sie:

»Ob Wolken, ob Regen,
du warst bei mir,
und die Sonne brach durch,
uns zu finden …«

Zu sentimental? Sie war nicht dieser Meinung gewesen, als sie die Worte schrieb.

Seit Jahren hatte sie dieses Lied nicht mehr gesungen. Zwei Minuten und dreiundvierzig Sekunden, die sie mit Brian verbanden. Wenn das Lied im Radio gespielt worden war, hatte sie immer abgeschaltet und nie hatte sie es in ihr Konzertprogramm aufgenommen. Sie sang es jetzt als eine Art Test, erinnerte sich fast schmerzlich des harmonischen Zusammenklangs ihrer tiefen mit Brians klarer, kühler Stimme. Sie musste fähig sein, sich der Erinnerung an ihre gemeinsame Arbeit zu stellen.

Das war die Voraussetzung für ihre künftige Zusammenarbeit. Nur so würde sie die Realität ertragen, die in zwei Wochen begann. Denn mehr als die halbe Tournee lag schon hinter ihr.

Es tat nicht so weh, wie sie befürchtet hatte, war kein heftiger Schlag ins Gesicht, eher ein wehmütiger, beinahe angenehmer Schmerz. Sie musste daran denken, wie sie das letzte Mal in Brians Armen gelegen hatte – im Auto, hoch oben in den Hügeln über Los Angeles …

»Das habe ich dich aber noch nie singen gehört.«

Ramona war in Gedanken so weit weg gewesen, dass sie jetzt herumfuhr und sich erschrocken an die Kehle griff. »Marc!«, stieß sie dann hervor. »Du hast mich zu Tode erschreckt. Ich hatte keine Ahnung, dass jemand hier ist.«

»Ich wollte dich nicht unterbrechen, ich kenne nur die Aufnahme, die ihr gemeinsam gemacht habt, du und Carstairs.« Er trat aus dem Schatten heraus, und Ramona sah, dass er eine akustische Gitarre über der Schulter hängen hatte. Das war typisch für ihn, man traf ihn kaum einmal ohne Musikinstrument an. Entweder hatte er es in der Hand oder es lag griffbereit in seiner Nähe. »Ich fand es immer jammerschade, dass du es nie wieder gesungen hast. Es ist eines deiner besten Lieder. Aber wahrscheinlich wolltest du es mit niemand anderem singen …«

Ramona sah ihn aufrichtig überrascht an. Natürlich war das der eigentliche und wesentliche Grund, aber das war ihr bis zu diesem Moment selbst nicht klar gewesen.

»Du hast recht, Marc«, sagte sie und lächelte ihn an. »Und das hat sich, glaube ich, noch nicht geändert. Bist du hergekommen, um zu proben?«

»Ich habe in deinem Hotelzimmer angerufen, und Julie sagte, dass ich dich wahrscheinlich hier finde.« Er kam zu ihr herüber, und da es auf der Bühne keine Stühle gab, setzte er sich auf den Boden. Sie ließ sich neben ihm nieder und kreuzte die Beine. In Marcs Nähe fühlte sie sich entspannt, mit ihm konnte sie ungezwungen reden oder aus dem Stegreif musizieren.

Sie lächelte ihn an, als er einen schnellen Riff spielte. »Ich bin froh, dass du gekommen bist«, sagte sie. »Manchmal muss ich ein Theater vor dem Auftritt fühlen. Die Konzertsäle verschwimmen im Lauf einer Tournee, ich kann sie nicht mehr auseinanderhalten.« Ramona machte die Augen zu und legte den Kopf schief. »Wo sind wir? In Kansas City? Guter Gott, mir ist der Gedanke verhasst, wieder ins Flugzeug steigen zu müssen. Man wird herumgeschickt wie ein Luftfrachtstück. Das kommt immer so über mich, wenn ich die Hälfte einer Tournee hinter mir habe. In ein oder zwei Tagen habe ich dann auf Reserve geschaltet.«

Marc ließ sie reden, während er auf der Gitarre improvisierte. Er beobachtete ihre Hände, die ruhig auf ihren Knien lagen. Sie waren sehr schmal und wirkten trotz der goldenen

Bräune zerbrechlich. Dicht unter der Haut sah man dünne blaue Adern. Sie hatte kurze, gut geformte Fingernägel, fast farblos lackiert, und sie trug keine Ringe. Da sie die Hände stillhielt, wusste er, dass sie ruhig und entspannt war. Die Nervosität war von ihr abgefallen.

»Ich denke, dass bisher alles gut gelaufen ist«, fuhr sie fort. »›Glasshouse‹ ist eine der besten Vorgruppen, die wir je hatten, und unsere Band ist ausgezeichnet, obwohl wir Kelly verloren haben. Der neue Bass ist gut, findest du nicht?«

»Er versteht seine Sache«, antwortete Marc kurz.

Ramona lachte, streckte die Hand aus und zupfte ihn am Bart. »Du aber auch«, sagte sie. »Lass es mich mal versuchen.«

»Hier.« Er reichte ihr die Gitarre. Sie spielte besser als der Durchschnitt, wurde jedoch, wenn sie sich auf der Bühne selbst begleitete, tatkräftig von der Band unterstützt. Von Zeit zu Zeit erschreckte sie ihre Musiker mit dem natürlich nicht ernst gemeinten Plan, sie wolle mit einem Gitarrensolo auftreten.

Es machte ihr Freude, Gitarre zu spielen, denn es beruhigte sie, und es hatte etwas unglaublich Intimes, ein Instrument zu halten und die Tonschwingungen am Körper zu fühlen. Nachdem Ramona zweimal den falschen Ton gegriffen hatte, seufzte sie und rümpfte die Nase, weil Mark so überlegen lächelte.

»Ich bin nicht mehr in Ordnung«, behauptete sie und gab ihm die Gibson-Gitarre zurück.

»Gute Ausrede.«

»Und wahrscheinlich ist das Ding verstimmt.«

Er spielte schnell ein paar Tonleitern. »Nein.«

»Du könntest wirklich so liebenswürdig sein zu lügen.« Sie wechselte die Stellung, stellte die Füße flach auf den Boden, legte die Hände auf die Knie und verflocht die Finger ineinander. »Nur gut, dass du Musiker bist. Du wärst ein lausiger Politiker geworden.«

»Als Politiker muss man zu viel reisen«, sagte er und begann, wieder leise zu spielen. Er liebte Ramonas Lachen, das jetzt durch das leere Theater hallte.

»Wie recht du hast! Man kann einfach nicht bei Verstand bleiben, wenn man jeden Tag in eine andere Stadt muss. Und die Musik ist auch eine viel sicherere Branche.«

»So sicher wie das Amen im Gebet.«

»Du hast ein Talent für treffende Vergleiche.« Fasziniert beobachtete Ramona, wie seine Finger über die Saiten tanzten. »Ich schaue dir gern beim Spielen zu. Es sieht so mühelos aus. Als Brian anfing, mich zu unterrichten, habe ich …«

Sie sprach den Satz nicht zu Ende. Marc warf einen Blick in ihr Gesicht, doch seine Finger stolperten kein einziges Mal.

»Ich … ich fand es schrecklich schwer«, fuhr sie schließlich doch fort und fragte sich gleichzeitig, wie sie eigentlich auf dieses Thema gekommen war. »Brian ist nämlich Linkshänder und selbstverständlich hat er eine Spezial-Gitarre. Er kaufte mir zwar eine, aber da ich ihm zusah, musste ich mir alles, was ich lernen wollte, seitenverkehrt einprägen.« Die Erinnerung brachte sie zum Lachen. Zerstreut hob sie die Hand und begann, mit ihrem langen Ohrring zu spielen. »Vielleicht spiele ich gerade deshalb so … so umständlich. Ich muss es immer im Kopf herumdrehen, bevor ich es an meine Finger weiterleiten kann.«

Ramona verstummte und Marc spielte weiter. Sie begann, leise zu seiner Begleitung zu singen, als seien sie zu Hause und säßen von vier vertrauten Wänden umgeben auf dem Teppich vor dem Kamin.

Es stimmte, dass die Tournee sie müde gemacht und sie jetzt, in der Halbzeit, das Gefühl hatte, ganz leer zu sein. Doch dieses Zwischenspiel gab ihr neue Kraft, wenn auch auf andere Weise als das Publikum heute Abend.

Sie lächelte Marc zu, als das Lied zu Ende war, und sagte noch einmal: »Ich bin froh, dass du gekommen bist.«

Er sah sie an und ausnahmsweise lagen seine Finger bewegungslos auf den Saiten. »Wie lange bin ich jetzt bei dir, Ramona?«, fragte er.

Sie dachte an die Zeit zurück, in der Marc, in unregelmäßigen Abständen zuerst, angefangen hatte, bei ihrer Truppe zu spielen. »Vier ... viereinhalb Jahre.«

»Im Sommer werden es fünf«, korrigierte er. »Es war im August und du hast für deine zweite Tournee geprobt. Du hattest eine weite weiße Hose und ein T-Shirt mit einem Regenbogen an. Du warst barfuß und hattest einen ganz verlorenen Ausdruck in den Augen. Carstairs war einen Monat vorher nach England zurückgegangen.«

Ramona starrte ihn überrascht an. Noch nie hatte Marc eine so lange Rede gehalten. »Wie seltsam, dass du noch weißt, was ich anhatte«, sagte sie.

»Ich weiß es noch, weil ich mich auf der Stelle in dich verliebte«, entgegnete er.

»Oh Marc!« Sie suchte verzweifelt nach passenden Worten, fand jedoch keine und griff deshalb nach seiner Hand. Sie wusste, dass es ihm ernst war mit dem, was er sagte.

»Ein- oder zweimal war ich nahe daran, dich zu fragen, ob du nicht mit mir leben willst.«

»Und warum hast du's nicht getan?«

»Weil es dir wehgetan hätte, Nein sagen zu müssen, und mir hätte es wehgetan, es zu hören.« Er legte die Gitarre auf seine Knie, beugte sich zu Ramona hinüber und küsste sie.

»Ich habe es nicht gewusst«, sagte sie leise und presste seine Hände an ihre Wangen. »Aber ich hätte es merken müssen. Tut mir leid.«

»Du hättest ihn dir nie aus dem Kopf geschlagen, Ramona. Es ist verdammt frustrierend, gegen eine Erinnerung anleben zu müssen.« Marc drückte ihr sekundenlang die Hände und ließ sie dann los. »Es ist auch ungefährlich. Ich wusste, dass du dich nie an mich binden würdest, also konnte ich es vermeiden, dass ich mich an dich band.« Er zuckte mit den Schultern. »Ich hatte wahrscheinlich immer Angst, dass du zu den Frauen gehörst, die einen Mann dazu bringen können, ihnen alles zu geben, gerade weil sie nichts verlangen.«

Ramona zog die Brauen zusammen. »Gehöre ich dazu?«

»Du brauchst jemanden, der dir gewachsen ist. Ich war es nie und werde es nie sein. Ich hätte dir nie etwas abschlagen, hätte dich nie anbrüllen oder im Bett richtig verrückt mit dir sein können. Aber das Leben ist nichts ohne diese Dinge und am Ende hätten wir uns nur gegenseitig verletzt.«

Sie legte den Kopf schief und musterte ihn forschend. »Warum sagst du mir das alles jetzt?«

»Weil mir, als ich dich jetzt singen hörte, klar wurde, dass ich dich immer lieben, aber nie haben werde. Und wenn ich dich eines Tages bekäme, ginge mir etwas ganz Besonderes verloren.« Er streckte die Hand aus und berührte ihr Haar. »Ein Traumbild, das dich an kalten Abenden wärmt und dir, wenn du alt bist, das Gefühl gibt, wieder jung zu sein. Manchmal kann ein ›Es wär so schön gewesen‹ sehr kostbar sein.«

Ramona wusste nicht, ob sie lachen oder weinen sollte. »Habe ich dich verletzt?«

»Nein«, antwortete er einfach, und sie begriff, dass es die Wahrheit war. »Ich fühle mich wohl in deiner Nähe. Wirst du dich mir gegenüber jetzt irgendwie unbehaglich fühlen?«

»Nein. Was du gesagt hast, hat mir gutgetan.«

Er stand auf und streckte ihr lächelnd die Hand entgegen. »Und jetzt gehen wir zusammen Kaffee trinken«, sagte er.

Brian zog sich in seiner Garderobe um, schlüpfte in Jeans und legte ein kariertes Hemd heraus. Es war zwei Uhr morgens, aber er war hellwach, wurde immer noch von der Energie angetrieben, die von seinem letzten Auftritt übrig war. Er beschloss, auszugehen und ein bisschen von dieser Energie am Black-Jack-Tisch einzusetzen. Er konnte mit Eddie oder einem von den anderen Jungs aus der Band durch die Casinos ziehen.

Brian wusste, dass vor seiner Garderobe die Frauen Schlange standen und darauf warteten, dass er herauskäme.

Er hatte freie Auswahl. Aber er wollte keine Frau. Er wollte einen Drink, ein paar Karten in der Hand und Action. Er brauchte etwas, das seinen Adrenalinspiegel abbaute.

Er griff nach dem Hemd und warf einen Blick in den Spiegel. Sein nackter Oberkörper war straff und sehnig, fast ein bisschen zu mager, aber Arme und Schultern waren erstaunlich muskulös. Als Junge hatte er in London diese Muskeln häufig gebraucht. Er überlegte sich oft, ob die Klavierstunden, die er nach dem Willen seiner Mutter nehmen musste, ihn davor bewahrt hatten, in schlechte Gesellschaft zu geraten. Mit der Musik hatte sich ihm eine neue Welt aufgetan. Er konnte nie genug davon bekommen, nie genug lernen. Sie war für ihn wie Nahrung und er war am Verhungern gewesen.

Mit fünfzehn hatte Brian seine eigene Band gegründet. Er war zäh und frech gewesen und hatte so lange geredet, bis er es geschafft hatte, in mehreren kleinen Kneipen zu spielen. Schon damals hatte es Frauen für ihn gegeben. Nicht nur Mädchen, sondern Frauen, die sich von seiner jungen Sexualität und seiner selbstsicheren Überheblichkeit angezogen fühlten. Doch sie waren nur ein Teil des Abenteuers gewesen. Er hatte nie aufgegeben, obwohl das Leben in den Bierpinten nicht gerade üppig genannt werden konnte. Er hatte sich in die Höhe gearbeitet und war eine lokale Berühmtheit geworden. Seine Musik war ebenso kraftvoll wie seine Persönlichkeit.

Der Ruhm war nicht über Nacht gekommen. Brian war zwanzig, als er seine erste Platte aufnahm. Sie wurde kein Erfolg. Brian hatte festgestellt, dass das an der schlechten Tonqualität, einem schlechten Management und seiner eigenen Haltung lag, die auszudrücken schien: Seht doch, ob mir das was ausmacht! Er war ein paar Schritte zurückgegangen, hatte einen tüchtigen Manager gefunden, hart an den Arrangements gearbeitet und so lange geredet, bis er noch einen Aufnahmetermin bekommen hatte.

Zwei Jahre später hatte er seiner Familie ein Haus in einer Londoner Vorstadt gekauft, seinen jüngeren Bruder auf die Universität geschickt und war zu seiner ersten Tournee nach Amerika aufgebrochen.

Jetzt war er dreißig und hatte das Gefühl, seit einer Ewigkeit auf einem Karussell zu sitzen, das nie anhielt. Sein halbes Leben hatte er seiner Karriere und ihren Anforderungen geopfert. Er war des Wanderns müde. Er wollte seinem Leben einen Mittelpunkt geben, er brauchte etwas, worauf er es ausrichten konnte. Ihm war klar, dass er die Musik nicht aufgeben könnte, aber sie allein genügte ihm nicht mehr. Seine Familie war ihm nicht mehr genug und auch nicht der Applaus.

Er wusste, was er wollte. Zwar hatte er es schon vor fünf Jahren gewusst, doch es gab Zeiten, in denen er bei Weitem nicht so selbstsicher war wie mit sechzehn, als er sich mit seiner Redegewandtheit durch die Hintertür Zutritt zu den Bühnen drittklassiger Nachtclubs verschaffte. Tausende hatten eben dreißig Dollar pro Kopf bezahlt, um ihn zu hören, und er konnte es sich leisten, die Gage, die er für sein Gastspiel in Vegas bekam, an einem einzigen Abend am Spieltisch zu verlieren. Am liebsten hätte er genau das getan.

Er war rastlos, steckte voller Unbesonnenheit und war genauso nervös wie an dem Abend, an dem er Ramona nach dem gemeinsamen Abendessen und dem so jäh abgebrochenen Nachtclub-Besuch nach Hause gebracht hatte. Danach hatte er sie nur noch einmal gesehen – auf der Party von Steve Jarett. Dann war er nach Las Vegas geflogen, hatte versucht, zur Ruhe zu kommen.

Doch jetzt holten sie ihn wieder ein – die Spannung, der Zorn, das Verlangen. Nicht zum ersten Mal fragte sich Brian, ob sein unvernünftiges Verlangen nach Ramona endlich aufhören würde, wenn er sie einmal haben könnte, nur ein einziges Mal. Mit raschen, ungeduldigen Bewegungen steckte er das Hemd in die Jeans. Er wusste, dass es nicht so war, aber manchmal wünschte er sich, es wäre so. Er verließ die Garderobe und machte sich auf die Suche nach jemandem, der ihm Gesellschaft leistete.

Brian saß eine Stunde lang am Black-Jack-Tisch. Er verlor ein bisschen, gewann ein bisschen, verlor wieder. Er spielte zu unaufmerksam. Neben ihm saß eine magere Frau, eine fanatische Spielerin, die einen riesigen Brillanten am Finger und Saphire um den Hals trug. Sie trank und verlor im gleichen

Rhythmus. Das junge Paar gegenüber war auf der Hochzeitsreise, wie Brian vermutete. Der goldene Ring am Finger des Mädchens sah noch ganz neu aus. Die beiden drehten fast durch vor Freude, weil sie – Brians Schätzung nach – ungefähr dreißig Dollar gewonnen hatten. Ihre Begeisterung und die liebevollen Blicke, die sie tauschten, hatten etwas Rührendes. Um sie herum rasselten und klingelten die Spielautomaten.

Brian war noch ebenso rastlos wie vor einer Stunde in seiner Garderobe. Neben sich hatte er ein halb geleertes Glas Bourbon stehen, aber er trank es nicht aus, als er aufstand. Das Casino war auch nicht das Richtige für ihn, und er beneidete brennend den jungen Mann, der seine Frau und Chips im Wert von dreißig Dollar hatte.

In Brians Suite war es dunkel und still, ein krasser Gegensatz zu der Welt, die er eben verlassen hatte. Er machte auf dem Weg ins Schlafzimmer kein Licht, nahm eine Zigarette aus dem Etui und setzte sich auf das Bett, bevor er sie anzündete. Das Feuerzeug zischte und es gab eine kurze Stichflamme. Mit der Stille als einzigem Gefährten saß Brian da, doch er kam innerlich nicht zur Ruhe. Endlich knipste er doch die kleine Nachttischlampe an und griff nach dem Telefonhörer.

Ramona lag in tiefem Schlaf. Das Klingeln des Telefons jagte ihr, noch bevor sie ganz wach war, einen panischen Schreck ein. Ihr Herzschlag dröhnte ihr in den Ohren und nur langsam klärten sich die Nebel des Schlafs. Sie war mit nächtlichen Anrufen aufgewachsen. Sie vergaß, wo sie war, und tastete mit einem Gefühl ängstlicher Spannung nach dem Telefon.

»Ja … hallo …«

»Ich habe dich geweckt, Ramona, ich weiß. Es tut mir leid.«

Sie versuchte die Benommenheit abzuschütteln. »Brian? Ist etwas passiert? Geht es dir gut?«

»Ja, mir geht's gut. Ich bin nur schrecklich rücksichtslos.«

Ramona entspannte sich, ließ sich in die Kissen zurücksinken und versuchte, sich zu orientieren. »Du bist in Vegas, nicht wahr?« Das schwache Licht vor dem Fenster sagte ihr, dass es kurz vor Tagesanbruch war. Bei ihm war es zwei Stunden früher. Oder waren es drei? Sie hatte immer Schwierigkeiten mit dem Zeitunterschied und wusste nie, in welcher Zeitzone sie sich gerade aufhielt.

»Ja, ich bin noch die ganze nächste Woche in Vegas.«

»Wie läuft deine Show?«

Wie typisch für sie, dachte er. Sie will gar nicht wissen, warum, zum Teufel, ich sie mitten in der Nacht anrufe, sondern akzeptiert es ganz einfach, dass ich jemanden zum Reden brauche. Er zog an der Zigarette und wünschte sich, Ramona berühren zu können. »Die Show läuft gut, aber am Spieltisch habe ich Pech.«

Ramona lachte. Es klang nicht so, als sei er Hunderte von Meilen entfernt. »Spielst du noch immer Black Jack?«

»Ich bin konsequent«, antwortete er. »Wie lief's in Kansas?«

»Das Publikum war fantastisch«, antwortete Ramona und ließ die Gedanken zu ihrem Konzert zurückschweifen. »Es ist von Anfang an mitgegangen. Das ist das Einzige, was einen auf einer solchen Tournee aufrechterhält. Wirst du rechtzeitig genug in New York sein, um dir meine Show anzusehen?«

»Und ob ich da sein werde!« Er legte sich zurück, da seine überflüssige Energie allmählich nachließ. »Cornwall wird für mich immer verlockender.«

»Deine Stimme klingt müde.«

»Ich war hellwach, aber jetzt bin ich müde geworden. Ramona …«

Sie wartete, doch er sagte nichts mehr. »Ja, Brian?«

»Du hast mir gefehlt, ich musste einfach deine Stimme hören. Sag mir, was du siehst, was du jetzt, in diesem Augenblick, vor dir siehst.«

»Es ist Morgen«, sagte sie. »Oder fast Morgen. Ich sehe keine Häuser, nur Himmel. Er ist nicht grau, sondern eher malvenfarben, und das Licht ist sehr weich und dünn.« Sie lächelte. Viel Zeit war vergangen, seit sie das letzte Mal einen Tag heraufdämmern gesehen hatte. »Es ist wunderschön, Brian. Ich hatte es vergessen.«

»Wirst du wieder einschlafen können?« Er hatte die Augen zugemacht. Die Müdigkeit überwältigte ihn.

»Ja, aber ich ginge lieber spazieren. Doch Julie wäre wahrscheinlich wütend, wenn ich sie jetzt weckte, damit sie mich begleitet.«

Mit dem linken Zeh streifte Brian sich den rechten Schuh ab und mit dem rechten Zeh den linken. »Schlaf wieder ein. Demnächst gehen wir am Morgen auf den Klippen von Cornwall spazieren. Ich hätte dich nicht wecken dürfen.«

»Ich freu mich, dass du's getan hast. Schlaf jetzt auch, Brian. Wir sehen uns in New York.«

»In Ordnung. Gute Nacht, Ramona.« Er schaffte es kaum noch, aufzulegen, so schnell überwältigte ihn der Schlaf.

Fünfzehnhundert Meilen entfernt legte Ramona die Wange auf das Kissen und sah zu, wie der Tag anbrach.

7. Kapitel

Ramona bemühte sich, stillzuhalten, während sie frisiert wurde. Ihre Garderobe war ein Blumenmeer. Seit mehr als zwei Stunden wurden die herrlichsten Arrangements gebracht. Ein Bote gab dem anderen praktisch die Klinke in die Hand.

Außerdem war die Garderobe überfüllt. Ein winziger Mann mit stechenden schwarzen Augen frischte ihr Wangenrouge auf. Hinter ihr stand, hin und wieder etwas auf Französisch vor sich hin murmelnd, die Frau mit den flinken Fingern, die sie frisierte. Wayne, den berufliche Gründe nach New York geführt hatten, war ebenfalls da. Er hatte Ramona erklärt, er wolle sehen, wie die Kostüme, die er für sie entworfen hatte, auf der Bühne wirkten, und war jetzt in eine langwierige Diskussion mit der Garderobiere vertieft. Julie öffnete eben wieder dem Boten einer Blumenhandlung die Tür.

»Habe ich auch alles eingepackt?«, dachte Ramona laut vor sich hin. »Ich hätte Brian wirklich bitten müssen, mir in New York noch einen Tag zusätzlich zu geben, damit ich einkaufen kann. Wahrscheinlich brauche ich noch ein ganzes Dutzend Dinge, die ich vergessen habe.« Ramona drehte sich auf dem Frisierstuhl um, und die Friseurin stieß auf Französisch eine heftige Verwünschung aus, als ihr das schon zur Hälfte geflochtene Haar durch die rasche Bewegung aus der Hand gerissen wurde.

»Tut mir leid, Marie. Julie, habe ich eigentlich einen Mantel eingepackt?« Sie griff nach der Karte, die mit dem letzten

Blumenarrangement gekommen war, und stellte fest, dass der erfolgreiche Fernsehproduzent sie geschickt hatte, mit dem sie bei ihrem letzten Special zusammengearbeitet hatte. »Sie sind von Max. Er gibt heute Abend eine Party. Warum gehst du nicht hin?«

Sie reichte Julie die Karte und ließ sich von dem Maskenbildner mit dem gereizten Gehabe die Lippen nachziehen.

»Ja, du hast einen Mantel eingepackt, den aus Wildleder, den du um diese Jahreszeit in Cornwall wahrscheinlich brauchen wirst. Und mehrere Pullover«, fuhr Julie, ihr Liste kontrollierend, zerstreut fort. »Und ja, vielleicht gehe ich zu der Party.«

»Ich kann es noch gar nicht glauben, dass das mein letzter Auftritt ist. Die Tournee ist gut gelaufen, nicht wahr, Julie?« Ramona wandte den Kopf und zuckte zusammen, als Marie sie heftig an den Haaren zog.

»Ich kann mich nicht erinnern, dass du je so gut angekommen bist. Du hast es auch verdient …«

»Und wir sind alle froh, dass es vorbei ist«, schloss Ramona an Julies statt.

»Ich werde eine Woche lang durchschlafen«, sagte Julie und fand noch einen Platz für die Blumen, während sie weiter einen Punkt nach dem anderen auf ihrer Liste abhakte. »Nicht alle Menschen haben deine Energie, die nie zu versiegen scheint.«

»Ich trete furchtbar gern in New York auf«, sagte Ramona und zog zur Verzweiflung der Friseurin die Beine hoch.

»Sie müssen stillhalten!«

»Wenn ich noch viel länger stillhalte, explodiere ich, Marie.« Ramona lächelte dem Maskenbildner im Spiegel zu, der sich noch immer an ihrem Gesicht zu schaffen machte. »Sie sind ein Könner und wissen genau, was Sie tun müssen. Ich habe das Gefühl, schön zu sein.«

Julie erkannte das Signal und begann, die Leute aus dem Raum zu drängen. Am Ende waren sie alle gegangen und nur noch Julie und Wayne waren da.

Schlagartig wurde es still in der Garderobe. Ramona fing an, sich leise einzusingen, und seufzte dann tief auf.

»Wie glücklich werde ich sein, wenn mein Gesicht, mein Haar und mein Körper wirklich wieder mir gehören«, sagte sie und setzte sich völlig entspannt in einen bequemen Clubsessel. »Du hättest sehen sollen, was ich mir auf Befehl des Maestros heute Morgen ins Gesicht schmieren musste.«

»Was denn?«, fragte Wayne zerstreut, während er den Saum eines ihrer Kostüme zurechtzupfte.

»Grüne Farbe«, antwortete sie schaudernd.

Er lachte und wandte sich an Julie. »Und was wirst du tun, wenn die junge Dame in der Wildnis Cornwalls verschwindet?«

»Zwischen den griechischen Inseln herumschippern und mich erholen. Ich habe schon eine Passage für den Neunten bestellt. Diese Tourneen sind brutal.«

»Jetzt hört euch das mal an!« Ramona rümpfte die Nase und musterte sich kritisch im Spiegel. »Das sagt ausgerechnet sie, nachdem sie vier Wochen lang die Peitsche über mir geschwungen hat. Er gibt mir ein richtig exotisches Aussehen, nicht wahr?« Wieder rümpfte sie die Nase und verdarb so die Wirkung, die der Visagist erzielt hatte.

»Jetzt marsch, in dein Kostüm!«, befahl Julie gut gelaunt.

»Da siehst du's! Sie kommandiert mich ständig rum.« Gehorsam stand Ramona auf.

»Hier.« Wayne nahm das rot-silberne Kleid vom Bügel.

»Da ich deine Garderobiere weggeschickt habe, spiele ich deinen Pagen.«

»Oh, fein, vielen Dank.« Sie schlüpfte aus dem Frotteemantel und zog das Kleid an. »Weißt du, Wayne«, fuhr sie fort, während er ihr den Reißverschluss zuzog, »mit dem schwarzen Kleid hast du ins Schwarze getroffen. Ich weiß hinterher nie, ob der Applaus mir oder dem Kleid gilt.«

»Habe ich dich je enttäuscht?«, fragte er und zog eine Falte zurecht.

»Nein.« Sie wandte den Kopf und lächelte ihn über die Schulter an. »Nie. Werde ich dir fehlen?«

»Es wird eine Zeit tragischer Trauer für mich.« Er küsste sie leicht auf die Wange.

Jemand klopfte kurz und energisch. »Noch zehn Minuten, Miss Williams.«

Ramona holte tief Luft. »Gehst du nach vorn?«, fragte sie Wayne.

»Ich bleibe mit Julie hinter der Bühne.« Er sah zu ihr hinüber und zog fragend eine Braue hoch.

»Das finde ich nett von dir«, antwortete Julie. »Hier, Ramona. Vergiss deine herrlich grässlichen Ohrringe nicht.« Sie sah zu, wie Ramona den rechten Ohrring befestigte, und wandte sich kopfschüttelnd an Wayne. »Die Dinger sind einfach schauderhaft, aber zu diesem Kleid sehen sie fantastisch aus.«

»Hattest du etwas anderes erwartet?«, sagte er herablassend.

Julie schüttelte lachend den Kopf. »Das Ego dieses Mannes«, wandte sie sich an Ramona, »überrascht mich immer wieder.«

»Solange es nicht größer ist als mein Talent«, warf er liebenswürdig ein.

»Das New Yorker Publikum ist schwierig.« Ramona sprach plötzlich sehr rasch und ihre Stimme zitterte leicht vor Nervosität und Erregung. »Es jagt mir eine Todesangst ein.«

»Hast du nicht gesagt, dass du gern in New York auftrittst?« Wayne nahm sich eine Zigarette und bot die Packung dann Julie an.

»Das stimmt auch, besonders am Ende einer Tournee. Man ist gezwungen, sein Bestes zu geben. Bis zum Schluss. Das hält einen auf Trab. Die Leute hier haben es sehr schnell heraus, wenn ich ihnen nicht alles gebe. Wie sehe ich aus?«

»Das Kleid ist sensationell«, sagte Wayne. »Du selber … na ja, es geht.«

»Du bist mir wirklich Trost und Hilfe!«

»Gehen wir«, drängte Julie. »Du verpasst noch deinen Auftritt.«

»Ich verpasse nie meinen Auftritt.« Ramona machte sich an ihrem linken Ohrring zu schaffen, versuchte, Julie hinzuhalten. Er hat gesagt, er wird hier sein, dachte sie. Warum ist er nicht gekommen? Vielleicht hatte er das Datum verwechselt oder saß in einem Verkehrsstau fest. Vielleicht hatte er aber auch nur vergessen, dass er ihr versprochen hatte, zu ihrem Konzert zu kommen …

Wieder kam das kurze, energische Klopfen. »Fünf Minuten, Miss Williams.«

»Ramona!«, mahnte Julie.

»Ja, ja, ich komme schon.« Ramona drehte sich um und lächelte Wayne und Julie herausfordernd an. »Wenn's vorbei ist, müsst ihr mir sagen, dass ich großartig war … auch wenn es nicht wahr ist. Ich möchte das Gefühl haben, dass die Tournee ein Triumph war.«

Damit stürmte sie zur Tür und lief den langen Flur entlang

zur Bühne, wo die Vorgruppe nicht mehr leise, sondern so mitreißend spielte, dass fast die Wände wackelten.

»Miss Williams! Miss Williams! Ramona!«

Aus ihrer Konzentration herausgerissen, drehte sie sich um und sah den gehetzt wirkenden Inspizienten an. Er drückte ihr eine weiße Rose in die Hand.

»Die ist eben für Sie gekommen.«

Ramona nahm die Blüte entgegen und atmete tief ihren Duft ein. Sie wusste, sie kam von Brian, und ihr war, als versinke sie in einem Traum.

»Ramona!« Die Vorgruppe hatte ihren Auftritt beendet und Ramonas Band brachte ihre Instrumente auf die Bühne. Der Umbau ging sehr schnell vonstatten. »Sie verpassen Ihren Auftritt!«

»Aber nein, keine Angst!« Sie gab dem sorgenvollen Inspizienten einen Kuss auf die Wange und vergaß dabei ganz den vom Visagisten so sorgfältig aufgetragenen Lippenstift. Die weiße Rose nahm sie auf die Bühne mit.

Als sie in die Seitenkulisse trat, wurde sie eben angekündigt. Großartige Stimmung, dachte sie. Das Publikum darf sich nicht abkühlen. Schon schrie man sich die Kehlen nach ihr heiser. Dreißig Sekunden. Noch einmal tief Atem holen. Musik zerhackte den Jubel und den Applaus. Eins, zwei, drei …

Ramona lief auf die Bühne und stürzte sich gewissermaßen in eine Flut von Applaus.

Der erste Teil des Konzerts bestand aus rhythmischen, schnellen Nummern, die das Publikum mitreißen sollten, damit es nach mehr verlangte. Ramona schien wie ein Feuerball, von Hunderten farbiger Flammen umzüngelt. Sie wusste, wie sie beim Publikum am besten ankam, wusste es zu führen, spielte mit ihm. Jeden Funken Energie pumpte sie in diesen Auftritt, der seit Wochen tägliche Routine gewesen war. Begeisterung und Schwung hielten ihn frisch und lebendig. Es war heiß unter den Bühnenscheinwerfern, aber Ramona merkte es nicht. Sie verschmolz mit dem Publikum, mit der Musik. Das Kleid war ein einziges Funkeln, ihre Stimme warm, weich und manchmal ein bisschen rau – wie Samt.

Es waren anstrengende vierzig Minuten, und als Ramona während einer Instrumentalnummer von der Bühne ging, hatte sie weniger als drei Minuten Zeit, um sich umzuziehen.

Das Tempo im zweiten Teil war ein wenig langsamer, damit das Publikum Zeit zum Atemholen hatte. Ramona, nun ganz in schimmerndes Weiß gekleidet, begann mit Balladen, den langsamen, wehmütigen, die ihr am besten lagen. Das Licht wurde gedämpft, weich und stimmungsvoll.

In einer Pause zwischen zwei Liedern, in der sie gewöhnlich ein paar Worte an das Publikum richtete, entdeckte jemand, dass Brian im Saal war.

Es sprach sich herum wie ein Lauffeuer, und während Ramona, ohne den Aufruhr zu bemerken, weitersprach, wurde die Menge laut. Jetzt konnte niemand mehr überhören, dass dort unten etwas los war. Ramona schirmte die Augen mit der Hand ab und spähte in den Saal. Sie sah den Unruheherd nur ganz undeutlic und dann entdeckte sie Brian. Offenbar wollten die Leute, dass er auf die Bühne ging.

Ramona war bühnenerfahren genug, um die Stimmung im Publikum abschätzen zu können, und sie wusste, wie wichtig es war, sich richtig in Szene zu setzen. Wenn sie Brian jetzt nicht aufforderte, auf die Bühne zu kommen, entglitten ihr die Leute. Man hatte ihr keine andere Wahl gelassen.

»Brian«, sagte sie leise ins Mikrofon, doch ihre Stimme erreichte ihn, und obwohl sie seine Augen nicht sehen konnte, weil die Scheinwerfer sie blendeten, wusste sie, dass er sie ansah. »Wenn du heraufkommst und etwas singst, können wir dir einen Teil deines Eintrittspreises zurückzahlen.« Darüber würde er lachen müssen, auch das wusste sie. Die Leute applaudierten frenetisch und riefen seinen Namen. Er stand auf und kam auf die Bühne.

Er war ganz in Schwarz gekleidet, und das ergab einen aufregenden Kontrast zu ihrem weißen Kostüm. Besser hätte man das Ganze nicht planen können. Brian lächelte ihr zu und sagte, vom Mikrofon abgewandt, damit nur sie es hörte: »Tut mir leid, Ramona. Ich hätte hinter die Bühne gehen sollen. Aber ich wollte dich vom Saal aus sehen.«

Sie legte den Kopf schief und erwiderte sein Lächeln. Ihn zu sehen war viel schöner, als sie es sich vorgestellt hatte. »Du bist derjenige, der jetzt arbeiten muss. Was möchtest du singen?«

Bevor er antworten konnte, rief das Publikum seinen Musikwunsch herauf. Immer mehr Leute nahmen den Ruf auf, immer eindringlicher klang er.

Ramona verging das Lächeln. Man wollte »Wolken und Regen« hören.

Brian umfing Ramonas Hand. »Du kennst doch noch den Text, nicht wahr?«

Es war eine Herausforderung. Ein Bühnenhelfer kam mit einem Mikrofon für Brian herausgestürzt.

»Meine Band kennt das Lied nicht«, sagte Ramona.

»Ich kenne es.« Marc rückte seine Gitarre zurecht und sah Ramona und Brian an. Die Menge schrie noch immer, als er schon die ersten Akkorde spielte.

Brian hielt Ramonas Hand weiterhin fest und hob sein Mikrofon. Ramona wusste, wie dieses Lied gesungen werden musste: Sie sollten sich gegenüberstehen und sich in die Augen schauen. Es war eine Liebkosung, für Liebende bestimmt. Das Publikum war still geworden. Ramona glaubte sich in einen Zustand absoluter Harmonie versetzt. Einmal hatte sie gedacht, eine Umarmung müsse so sein wie dieses Lied. Ihre Stimmen verschmolzen miteinander, und Ramona vergaß das Publikum, vergaß, dass sie auf der Bühne stand, und vergaß für einen Augenblick die fünf Jahre, die vergangen waren.

Mit ihm zu singen schuf eine so große Vertrautheit zwischen ihnen, wie es sie bisher noch nie gegeben hatte – in keiner Beziehung. Hier konnte sie sich ihm nicht widersetzen. Als er mit ihr sang, hatte sie das Gefühl, er sage ihr, dass es keine andere gäbe, nie eine andere gegeben hatte. Es war bewegender als ein Kuss, erotischer als eine Berührung.

Nachdem das Lied zu Ende war, blieben sie noch einen Moment dicht voreinander stehen.

Brian sah, dass Ramonas Lippen zitterten, dann zog er sie an sich und küsste sie.

Sie hätten eher auf einer einsamen Insel als vor Tausenden im Rampenlicht stehen können. Ramona hörte nicht den donnernden Applaus, die Jubelrufe, hörte nicht, dass man ihrer beider Namen schrie. In der einen Hand das Mikrofon, legte sie die Arme um Brian. Blitzlichter flammten auf wie kleine Feuerwerke, doch Ramona sah sich in einer samtenen Dunkelheit gefangen. Sie verlor jedes Gefühl für die Zeit. Der Kuss mochte Stunden, Tage oder nur Sekunden dauern – sie wusste es nicht. Doch kaum hatten sich seine Lippen von den ihren gelöst, war ihr, als habe sie etwas unendlich Kostbares verloren.

Brian sah die Verwirrung in ihren Augen, die Benommenheit und das Begehren, und er lächelte. »Du bist besser denn je, Ramona«, sagte er und küsste ihr die Hand. »Zu schade, dass du die sentimentalen Nummern nicht lassen kannst.«

Sie runzelte die Stirn. »Na so was! Du versuchst, deinen sinkenden Stern aufzupolieren, indem du mit mir singst, und dann beleidigst du mich.« Hand in Hand verbeugten sie sich vor dem Publikum.

»Wollen mal sehen, ob du es schaffst, sie jetzt allein bei der Stange zu halten, Darling«, antwortete er. »Ich habe sie ja nur ein bisschen für dich aufheizen wollen, weil ich merkte, dass sie allmählich einschliefen.« Er küsste sie leicht auf die Wange, winkte dann dem Publikum, schlenderte über die Bühne und ging auf der linken Seite ab.

Ramona lächelte übermütig hinter ihm her und wandte sich dann ihrem Publikum zu.

»Ein Jammer, dass er's nie geschafft hat, nicht wahr?«, sagte sie.

Nachdem die zwei Stunden vorüber waren, hätte Ramona völlig leer sein müssen. Doch sie war es nicht. Sie hatte drei Zugaben gesungen, und als das Publikum noch mehr verlangte, wäre sie nach einem kurzen Zögern wieder hinausgegangen, hätte Brian, der in den Kulissen stand, nicht ihre Hand festgehalten.

»Sie werden dich die ganze Nacht nicht weglassen, Ramona«, sagte er. Er fühlte, wie ihr Puls jagte, und weil er wusste, wie furchtbar anstrengend zwei Stunden auf der Bühne waren, zwang er sie mit sanfter Gewalt, mit ihm in ihre Garderobe zu gehen.

Im Flur wimmelte es von Leuten, die ihr gratulierten, sie berührten. Hin und wieder gelang es einem Reporter, sich mit Hilfe seiner Ellbogen zu ihr durchzudrängen und ihr eine Frage zuzuschreien. Sie antwortete, und Brian gab auch ein paar witzige Kommentare, während er mit ihr unbeirrt auf ihre Garderobe zusteuerte. Sobald sie darin waren, sperrte er sofort die Tür ab.

»Ich glaube, ich habe ihnen gefallen«, sagte sie ernst, lachte dann und wirbelte von ihm fort. »Ich fühle mich wunderbar!« Ihre Augen leuchteten auf, als sie den Flaschenhals sah, der aus einem Eiskübel ragte. »Champagner?«

»Ich dachte mir, du brauchst nach einem solchen Flop bestimmt ein bisschen Trost.« Brian zog die Flasche aus dem Eis. »Bald wirst du die Tür aufschließen und mit verschiedenen Leuten reden müssen. Tu mir den Gefallen. Gib dich unbekümmert und fröhlich, mein Schatz.«

»Ich will mein Bestes tun.« Der Korken knallte und der weiße Schaum stieg aus dem Flaschenhals.

Brian füllte zwei Gläser randvoll und reichte ihr eins. »Es war mein voller Ernst, Ramona.« Er stieß mit ihr an. »Du warst nie besser.«

Ramona lächelte und hob ihr Glas an die Lippen.

Wieder stieg schmerzliches Verlangen in ihm auf. Behutsam nahm er ihr das Glas aus der Hand und stellte es neben das seine auf den Tisch. »Es gibt etwas, das ich da draußen wohl angefangen, aber nicht zu Ende geführt habe.«

Ramona war nicht darauf vorbereitet. Obwohl er sie sehr langsam an sich zog und sich viel Zeit ließ, bevor er die Lippen auf ihren Mund presste, war sie nicht darauf gefasst gewesen. Es war ein langer, leidenschaftlicher Kuss, der nach Champagner schmeckte.

Brians Mund war warm, seine Hände glitten über ihre Hüften, die unter dem dünnen Stoff so deutlich fühlbar waren, als sei sie nackt. Dennoch spürte Ramona, dass er sich eisern beherrschte. Sanft öffnete er ihr die Lippen, und seine Zunge begann, in ihrem Mund zu spielen. Sie wehrte sich nicht gegen diesen Kuss, doch Brian wollte nicht, dass sie passiv blieb. Wollte, dass sie mehr von ihm forderte.

Und von ihrem Verlangen, ihrer Leidenschaft getrieben, forderte sie mehr. Sie fühlte die Berührung seiner Hände durch den dünnen Stoff – und dann streichelten seine Finger die bloße Haut ihres Nackens. Es war ein ungeheuer sinnliches Gefühl.

In ihrem Kopf schienen unzählige Empfindungen miteinander zu verschmelzen. Noch waren die Erregung und das Machtgefühl nicht abgeklungen, die sie während des Konzerts beherrscht hatten. Der süße Duft der Blumen machte sie schwindlig. Die Kraft, mit der Brian seinen Körper an den ihren presste, und ihr eigenes Begehren, das viel stärker und viel drängender war, als sie es sich vorgestellt hatte – all das zusammen überwältigte sie.

»Brian«, flüsterte sie an seinen Lippen. Sie wollte ihn, wollte ihn mit jeder Faser ihres Körpers und hatte doch Angst.

Brian schob sie ein Stückchen von sich fort und sah sie eindringlich an. Ihre Augen waren wie durchsichtiges Glas. »Du bist schön, Ramona«, sagte er. »Eine der schönsten Frauen, die ich kenne.«

Ramona war unsicher auf den Beinen und bemühte sich, ihr Gleichgewicht wiederzufinden, ohne sich an Brian festhalten zu müssen. Sie trat noch einen Schritt zurück und stützte die Hände auf den Tisch, auf dem ihre Gläser standen.

»Nur eine der schönsten Frauen?«, fragte sie herausfordernd und hob ihr Glas.

»Ich kenne sehr viele Frauen.« Mit einem übermütigen Lachen trank er ihr zu. »Warum schminkst du dich nicht ab, damit ich dich sehen kann?«

»Hast du eine Ahnung, wie lange ich stillsitzen musste, bis das ganze Zeug aufgetragen war?« Sie ging zum Toilettentisch und verteilte Reinigungsmilch auf dem Gesicht. Ihr innerer Aufruhr legte sich allmählich. »Angeblich habe ich bildschön und verführerisch ausgesehen.«

»Du machst mich nervös, wenn du wunderschön bist, und verführerisch würde ich dich auch in einem Sack finden.«

Ramona sah ihn durch den Spiegel an. Seine Miene war ungewöhnlich ernst. »Ich glaube, das war ein Kompliment«, sagte sie, verrieb die weiße Lotion über ihr ganzes Gesicht und fragte spitzbübisch: »Bin ich jetzt auch verführerisch?«

Brian erwiderte ihr Lächeln, ließ dann den Blick über ihren bloßen Rücken bis zu ihrem festen Po gleiten, der in der engen Hose sehr reizvoll wirkte, und sagte: »Du sollst nicht nach Komplimenten fischen, Ramona. Die Antwort ist zu eindeutig.«

Mit weichen Tüchern begann sie, die Reinigungsmilch und mit ihr das Bühnen-Make-up vom Gesicht zu wischen. »Es war schön, wieder einmal mit dir zu singen, Brian«, sagte sie und griff, nachdem sie ganz abgeschminkt war, zu ihrem Champagnerglas. »Mit dir zu singen war für mich immer etwas Besonderes. Und das hat sich nicht geändert.« Er sah, dass sie ein paar Sekunden unentschlossen an der Unterlippe kaute, als wisse sie nicht recht, was sie sagen sollte. »Ich fürchte nur, die Presse wird um dieses Duett viel Wind machen. Wahrscheinlich wird man es in eine Romanze ummünzen, besonders nachdem du es so eigenwillig beendet hast.«

»Mir hat das Ende sehr gut gefallen.« Brian kam auf Ramona zu und legte ihr zärtlich die Hände auf die Schultern. »Ein Duett sollte immer so enden.« Er bückte sich, küsste sie auf den Nacken und seine Augen lächelten ihr im Spiegel zu. »Machst du dir wegen der Presse Sorgen, Ramona?«

»Nein, natürlich nicht. Aber Brian …«

»Weißt du«, unterbrach er sie, schob mit dem Handrücken ihr Haar zur Seite und presste die Lippen in die zarte Beuge ihres Halses, »diesen Abend sollten wir beide nie vergessen. Merkwürdig, ich muss jetzt so oft an meine Mutter denken, obwohl man euch beide natürlich nicht vergleichen kann. Aber manchmal, wenn du Brian sagst … Als ich ein Junge war«, fuhr er fort, »und sie nannte mich in diesem Ton ›Brian‹, dann wusste ich, was die Stunde geschlagen hatte. Was immer ich angestellt hatte, sie war dahintergekommen und jetzt wartete die gerechte Strafe auf mich.«

»Ich könnte mir denken, dass du ziemlich viel angestellt hast.« Ramona zwang sich, leichthin zu sprechen.

Als sie versuchte, sich von ihm zu lösen, drehte er sie um, sodass sie ihn ansehen musste. »Unzählige Dinge.«

Er beugte sich zu ihr hinunter, doch anstatt sie zu küssen, wie sie es erwartete, berührte er ihre Mundwinkel mit den Lippen. In dem Bemühen, zu Atem zu kommen und das Gleichgewicht nicht zu verlieren, hielt sie sich an seinen Schultern fest.

Ihre Blicke tauchten tief ineinander, doch dann wurde sein Gesicht undeutlich und verschwamm schließlich völlig, als Leidenschaft ihren Blick verdunkelte.

Brian ließ sie los und küsste sie rasch auf die Nase, während sie sich bemühte, wieder ruhiger zu werden.

Er machte mit ihr, was er wollte, und sie hatte ihm kaum Widerstand entgegenzusetzen.

»Willst du dich umziehen, bevor wir jemanden reinlassen?«, fragte er.

Als ihr Blick wieder klar war, sah Ramona, dass er das Champagnerglas in der Hand hielt und trank. Sein Gesicht hatte einen merkwürdigen Ausdruck. Wie ein Boxer, der die Schwäche seines Gegners abschätzt, dachte sie.

»Ich ... oh ja.« Sie zwang sich in die Wirklichkeit zurück. »Ja, ich möchte mich umziehen, aber ...« Sie sah sich ratlos in der Garderobe um. »Ich weiß nicht, was ich mit meinen Sachen gemacht habe.«

Er lachte und der merkwürdige Ausdruck verschwand von seinem Gesicht.

Erleichtert stimmte Ramona in sein Lachen ein, und sie begannen, zwischen den Blumen und den funkelnden Bühnenkostümen nach ihren Jeans und Tennisschuhen zu suchen.

8. Kapitel

Es war schon spät, als Ramona und Brian den Flughafen erreichten. Ramona war nach dem Konzert noch immer energiegeladen und schwatzte ununterbrochen über alles, was ihr gerade durch den Kopf schoss. Sie warf einen Blick zum Mond hinauf, als sie das letzte Stück über die Rollbahn zur Maschine gingen. Dass sie mit einem Privatjet fliegen würden, hatte sie allerdings nicht erwartet. Sie bewunderte die elegante und komfortable Innenausstattung, und ihre Begeisterung half ihr über die Müdigkeit hinweg, die sie angesichts des langen Fluges zu überkommen drohte.

Der Fahrgastraum der Maschine war mit zinngrauem Teppichboden ausgelegt, tiefe Clubsessel und ein Ledersofa standen um einen niedrigen Tisch.

An einem Ende entdeckte Ramona eine mahagonivertäfelte Bartheke und eine Tür führte in eine blitzblanke Küche.

»Vor fünf Jahren hattest du noch kein eigenes Flugzeug«, sagte sie, als sie eine zweite Tür öffnete und dahinter ein komplettes Bad mit Wanne und Dusche vorfand.

»Ich habe es vor ungefähr drei Jahren gekauft.« Brian machte es sich auf dem Sofa bequem und beobachtete Ramona. Sie sah jetzt anders aus als im Theater. Ihre natürliche Schönheit hatte kein Make-up nötig. Sie trug ausgewaschene Jeans und Turnschuhe, die sie sofort abstreifte. Unter einem viel zu großen gelben Pullover versteckte sie ihre fantastische Figur.

Brian verspürte den Wunsch, die Hände darunterzuschieben und ihren Körper zu berühren. »Hasst du das Fliegen noch immer so wie früher?«

Ramona lächelte zerknirscht. »Ja. Vielleicht glaubst du, ich müsste nach so langer Zeit darüber weg sein, aber …« Viel zu unruhig, um stillzusitzen, durchforschte sie die Maschine weiter. Wenn ich müsste, dachte sie, könnte ich das ganze Konzert auf der Stelle noch einmal geben, so hellwach bin ich.

»Schnall dich an«, sagte Brian, der über ihre Nervosität lächeln musste. »Wir starten gleich, und sobald wir in der Luft sind, wirst du gar nicht merken, dass du fliegst.«

»Ich weiß nicht, wie oft ich diesen Spruch schon gehört habe«, antwortete sie, setzte sich aber gehorsam und klickte den Sitzgurt zu. Verhältnismäßig ruhig wartete sie, während Brian dem Piloten durch das Bordtelefon sagte, sie seien bereit. Ein paar Minuten später waren sie in der Luft und Ramona konnte den Gurt öffnen und sich wieder auf Entdeckungsreise begeben.

»Ich kenne das Gefühl«, erklärte Brian, der sie beobachtete. Sie drehte sich um und sah ihn fragend an. »Es ist, als hätte man noch einen überschüssigen Vorrat an Energie, den man unbedingt loswerden muss. So war mir in Las Vegas zumute, als ich dich mitten in der Nacht anrief und weckte.«

Sie strich mit beiden Händen das Haar zurück. »Ich glaube, ich könnte ein paar Meilen joggen, ohne müde zu werden. Vielleicht wäre ich hinterher ruhiger.«

»Wie wär's mit einer Tasse Tee?«

»Kein schlechter Vorschlag.« Sie wanderte zu einem Fenster und presste die Nase an die Scheibe. Draußen war alles kohlrabenschwarz. »Ja, Tee wäre gut, und dann kannst du mir erzählen, was für großartige Einfälle du für das Musical hast. Es sind wahrscheinlich Dutzende.«

»Ein paar habe ich schon.« Ramona hörte ihn mit Kaffeetassen klappern. »Und du hast dir bestimmt auch bereits einiges einfallen lassen.«

»Oh ja«, erwiderte sie und lachte leise in sich hinein. Sie wandte sich von dem dunklen Fenster ab und sah ihn in der Tür zur Küche lehnen. »Wie lange, glaubst du, wird es dauern, bis wir anfangen zu streiten?«

»Nicht besonders lange. Aber lass uns wenigstens damit warten, bis wir uns an das Haus und an die Umgebung gewöhnt haben. Geht Julie eigentlich nach L. A. zurück oder habt ihr alle losen Fäden dort fest verknüpft?«

Ein Schatten flog über Ramonas Gesicht. Sie dachte an den einen kurzen Besuch, den sie seit Beginn der Tournee bei ihrer Mutter gemacht hatte. In Chicago hatten sie einen Tag pausiert, und sie hatte ihre freie Zeit dazu benutzt, nach Kalifornien und wieder zurück zu fliegen. Es hatte gerade für die unvermeidliche Unterredung mit Dr. Karter und zu einem kurzen, gefühlsbeladenen Besuch bei ihrer Mutter gereicht. Erleichtert hatte Ramona gesehen, dass ihre Mutter etwas besser aussah. Es hatte Entschuldigungen, Versprechen und Tränen gegeben. Wie immer, dachte Ramona jetzt niedergeschlagen. Und wie immer hatte sie auch diesmal begonnen, an die Versprechen zu glauben.

»Ich scheine es nie zu schaffen, alles zu erledigen«, sagte sie leise.

»Willst du mir nicht sagen, was dich bedrückt?«

Sie schüttelte den Kopf. Im Augenblick ertrug sie keine deprimierenden Gedanken. »Es ist nichts, wirklich nichts.«

Der Wasserkessel begann zu pfeifen, und lächelnd fügte sie hinzu: »Dein Stichwort, Brian.«

Er betrachtete sie forschend, dann wandte er sich ab und ging in die Küche, um Tee zu machen.

Langsam ebbte Ramonas überschüssige Energie ab. Fast hatte sie das Gefühl, zu spüren, wie sie nach und nach schwächer wurde.

Brian erkannte die Anzeichen, als er zurückkam. Er stellte einen Becher Tee vor sie hin und beobachtete sie schweigend.

Ramona fühlte Brians Gegenwart und schlug die Augen auf. Sie schwieg noch ein paar Minuten, zu groß war die dumpfe Trägheit, die sich nun ihres Geistes und ihres Körpers bemächtigt hatte.

»Was tust du?«, fragte sie schließlich.

»Ich erinnere mich.«

Sie senkte die Lider und verbarg den Ausdruck ihrer Augen vor ihm. »Tu's nicht«, sagte sie.

Er trank einen Schluck, ohne den Blick von ihr abzuwenden. »Das ist ein bisschen viel verlangt, Ramona, nicht?« Es war eine Frage, auf die er keine Antwort erwartete, und Ramona antwortete auch nicht. Doch ihre Lider öffneten sich wieder.

Sie vertraute ihm nicht rückhaltlos, hatte es seiner Meinung nach nie getan. Das war der Kern aller Probleme zwischen ihnen. Ihre Wangen waren gerötet, und ihren Augen sah man an, wie müde und erschöpft sie war. Sie saß, wie es ihre Gewohnheit war, im Schneidersitz und hatte die Hände auf den Knien liegen.

Im Gegensatz zu dieser entspannten Haltung bewegte sie noch immer rastlos die Finger.

»Ich will dich noch immer. Du weißt es doch, oder?«

Wieder ließ Ramona seine Frage unbeantwortet, doch er sah, dass der Puls an ihrem Hals schneller zu klopfen begann. Nach einer Weile sagte sie: »Wir werden miteinander arbeiten, Brian, deshalb sollten wir die Dinge zwischen uns nicht komplizieren.«

Er lachte. Nicht ironisch, sondern aufrichtig belustigt. Seine Augen verloren den brütenden Ausdruck und leuchteten auf. »Gut, komplizieren wir unsere Beziehung nicht.« Als er seinen Tee ausgetrunken hatte, setzte er sich neben sie und zog sie an sich.

»Entspann dich«, sagte er, verärgert, weil sie sich wehrte. »Was traust du mir eigentlich zu? Ich weiß, wie müde du bist. Wann wirst du mir endlich vertrauen, Ramona?«

Sie neigte den Kopf so weit zurück, bis sie Brian sehen konnte. Zuerst musterte sie ihn mit einem langen, beredten Blick, dann machte sie es sich an seiner Schulter bequem und seufzte laut auf. Sie schlief so schnell ein wie ein Kind und ihr Schlaf war auch so tief wie der eines Kindes. Brian blieb lange in dieser Stellung sitzen, dann legte er Ramona vorsichtig auf das Sofa.

Er stand auf, knipste das Licht aus, setzte sich im Dunkeln in einen Sessel und zündete sich eine Zigarette an. Die Zeit verging, er betrachtete den funkelnden Sternenhimmel vor dem Fenster und lauschte auf Ramonas leisen, regelmäßigen Atem. Schließlich konnte er nicht mehr widerstehen, ging zu ihr und legte sich neben sie. Sie regte sich, als er ihr das Haar von der Wange strich, und schmiegte sich enger an ihn. Plötzlich erfüllte ihn eine tiefe, zärtliche Zufriedenheit und verdrängte das Begehren. Behutsam legte er den Arm um sie, hörte sie seufzen und schlief ein.

Brian erwachte als Erster und war wie immer körperlich und geistig sofort voll da. Trotzdem blieb er noch einen Augenblick still liegen. Ramona schlief, eng an ihn geschmiegt, ruhig weiter.

Zärtlich betrachtete er das Oval ihres Gesichts, die feinen Züge, den weichen Fall ihrer glatten Haare. Ihr rechtes Bein hatte sich zwischen seine Beine geschoben. Ihr Körper war warm und verführerisch, ihr Atem strich sacht über Brians Wange – ein merkwürdig erregendes Gefühl.

Er hatte, das wusste er, mit Frauen genug Erfahrung, um Ramonas Leidenschaft zu wecken und sie so weit zu bringen, dass sie sich ihm hingab, ehe sie ganz wach war.

Wie schön sie war, selbst im trüben Licht des wolkenverhangenen grauen Regentags, das durch die Fenster sickerte. Ihre Wimpern waren dicht und schwarz und schienen für ihre zarten Lider zu schwer zu sein. Er wollte sie, aber nicht auf diese Weise. Beim ersten Mal sollte es anders sein. Sie seufzte im Schlaf und drängte sich noch näher an ihn. Seine Haut prickelte vor Verlangen. Vorsichtig rutschte er von Ramona fort und stand auf.

In der Küche setzte er Kaffeewasser auf. Ein Blick auf seine Armbanduhr sagte ihm, dass sie bald landen würden. Er hatte Hunger und dachte sehnsüchtig an ein gutes Essen. Da die Fahrt vom Flughafen zu seinem Haus in Cornwall ziemlich lange dauern würde, müssten sie unterwegs einkehren. Er kannte auch einen hübschen kleinen Landgasthof an der Straße, in dem man gut aß. Außerdem gab es dort einen Kaffee, der wesentlich besser war als der Pulverkaffee, den er hier braute.

Als er hörte, dass Ramona sich bewegte, trat er in die Tür und beobachtete sie beim Aufwachen. Sie seufzte, rollte sich herum, und ihre Hand tastete nach dem Kissen, das nicht da war. Schließlich öffnete sie langsam die Augen. Brian beobachtete ihre Miene, während sie den Blick durch den Raum schweifen ließ.

Zuerst drückte sie Gleichgültigkeit, dann Verwirrung und schließlich schlafbefangenes Begreifen aus.

»Guten Morgen«, sagte er, und sie wandte ihm, ohne den Kopf zu bewegen, die Augen zu. Er lachte sie an und sein Morgengruß hatte unleugbar fröhlich geklungen. Beneidenswert! Ramona hatte mächtigen Respekt vor Leuten, die nach dem Aufwachen sofort munter und frisch waren.

»Kaffee«, verlangte sie und dann fielen ihr die Augen wieder zu.

»Kommt sofort!« Auf dem Kocher begann der Kessel zu pfeifen. »Wie hast du geschlafen?«

Sie fuhr sich mit beiden Händen durch das Haar und machte den mutigen Versuch, sich aufzusetzen. Verschlafen blinzelte sie in das graue Licht und presste einen Moment die Finger an die Augen. »Das weiß ich noch nicht«, antwortete sie undeutlich hinter ihren Händen. »Frag mich später.«

Brian verschwand in der Küche. Ramona zog die Knie hoch und stützte das Kinn darauf. Sie hörte, dass Brian mit ihr redete, fröhliche, bedeutungslose Dinge sagte, doch ihr Geist war noch nicht empfangsbereit. Sie versuchte nicht einmal, zuzuhören oder zu antworten.

»Hier, mein Schatz.« Ramona hob vorsichtig den Kopf. Brian stand vor ihr und reichte ihr einen Becher. »Trink einen Schluck, dann geht es dir gleich besser.« Sie murmelte ein Dankeschön. Er setzte sich neben sie. »Ich habe einen Bruder, der nach dem Aufwachen jedem den Kopf abbeißen möchte. Das liegt am Kreislauf, glaube ich.«

Ramona gab einen unverbindlichen Laut von sich und begann, vorsichtig schluckweise zu trinken. Der Kaffee war heiß und stark. Eine Weile blieb es still zwischen ihnen. Als Ramona ihren Becher halb geleert hatte, sah sie auf und brachte ein zerknirschtes Lächeln zu Stande.

»Tut mir leid, Brian. Ich bin nach dem Aufwachen nun mal nicht in Höchstform.« Sie legte den Kopf schief, um auf seine Armbanduhr sehen zu können. »Wahrscheinlich ist es ganz unwichtig, wie spät es eigentlich ist«, erklärte sie und widmete sich wieder dem Kaffee. »Ich werde ohnehin ein paar Tage brauchen, bis ich mich an die Zeitverschiebung gewöhne.«

»Ein gutes Essen bringt dich schon wieder auf die Beine«, erwiderte er und trank ebenfalls langsam seinen Kaffee. »Ich habe irgendwo gelesen, dass man die Umstellung leichter überwindet, wenn man Hefe isst und zum Joggen geht. Aber ich setze auf einen guten Lunch.«

»Hefe?« Ramona schnitt eine Grimasse. »Ich halte Schlaf für die beste Kur, viel, viel Schlaf.« Allmählich lösten sich die Nebel in ihrem Kopf und sie schüttelte das Haar zurück. »Ich schätze, wir landen bald. Oder irre ich mich?«

»In einer knappen Stunde, denke ich.«

»Gut. Je weniger Zeit ich wach in einem Flugzeug verbringe, desto weniger Zeit habe ich auch, daran zu denken, dass ich fliege. Ich habe geschlafen wie ein Stein.« Wie eine Katze reckte und streckte sie sich, hob gleichzeitig die Schultern und ließ sie wieder fallen. »Ich war keine sehr amüsante Gesellschaft für dich, nicht wahr?« Ihr Kreislauf kam langsam in Schwung.

»Du warst müde.«

»Ich muss ganz plötzlich weg gewesen sein, als hätte jemand mich ausgeknipst wie eine Lampe«, gab sie zu. »Das passiert mir manchmal nach einem Konzert. Aber ich glaube, die Ruhe hat uns beiden gutgetan. Wo hast du geschlafen?«

»Bei dir.«

Ramona verschlug es zunächst die Sprache. Erst nach einer Weile flüsterte sie: »Was?«

»Ich habe gesagt, dass ich mit dir auf der Couch geschlafen habe.« Er machte eine unbestimmte Handbewegung. »Du kuschelst gern.«

Sie merkte, dass er ihre Bestürzung und ihren Schreck belustigend fand. Seine Augen funkelten tiefblau. »Du hattest kein Recht …«, begann sie hitzig.

»Ich wollte immer der erste Mann sein, mit dem du schläfst«, erklärte er ihr, bevor er den Kaffeebecher leerte. »Willst du noch eine Tasse?«

Ramona sprang wütend auf, doch es gelang Brian, ihr den Porzellanbecher aus der Hand zu reißen, bevor sie ihn an die Wand schleudern konnte. Einen Augenblick stand sie reglos und schwer atmend da und beobachtete ihn.

Er begegnete ihrem Blick gelassen und abschätzend.

»Bilde dir ja nichts ein!«, fauchte sie. »Woher willst du wissen, mit wie vielen Männern ich schon geschlafen habe?«

Sehr sorgfältig setzte er die beiden Kaffeebecher ab und sah Ramona dann wieder an. »Du bist noch genauso unschuldig wie am Tag deiner Geburt«, sagte er. »Bisher hast du dich doch von einem Mann kaum anfassen lassen. Davon, dass du mit einem geschlafen hast, kann gar nicht die Rede sein.«

Jetzt ging ihr Temperament mit ihr durch. »Du hast keine Ahnung, mit wem ich in den vergangenen fünf Jahren zusammen war, Brian«, sagte sie heftig. »Es geht dich überhaupt nichts an, mit wie vielen Männern ich geschlafen habe.«

Er zog eine Braue hoch und musterte Ramona nachdenklich. »Unschuld ist nichts, wofür man sich schämen müsste, Schatz«, sagte er.

»Ich schäme mich nicht.« Sie unterbrach sich, ballte die Fäuste. »Du hattest kein Recht ...« Sie schluckte und schüttelte zornig und verlegen zugleich den Kopf. »... während ich schlief«, schloss sie dann unzusammenhängend.

»Was habe ich denn getan, während du schliefst?«, fragte Brian und lehnte sich bequem auf dem Sofa zurück. »Dich ... entehrt?« Das altmodische Wort sagte ihr, dass er ihre Auseinandersetzung mit Humor nahm, und sie hatte das Gefühl, sich lächerlich zu machen. »Ich glaube nicht, dass du das verschlafen hättest, Ramona.«

Ihre Stimme bebte vor Erregung. »Mach dich nicht lustig über mich, Brian!«

»Dann benimm dich nicht wie eine Närrin.« Er nahm eine Zigarette aus der Packung, zündete sie aber nicht an, sondern klopfte mit dem Zigarettenende leicht auf die Tischplatte. Er sah Ramona fest an und in seinen Augen war jetzt keine Spur von Belustigung mehr. »Ich hätte dich haben können, wenn ich gewollt hätte, täusch dich ja nicht!«

»Deine Unverschämtheit kennt wohl keine Grenzen, Brian«, antwortete sie böse. »Denk bitte daran, dass mein Liebesleben dich nichts angeht. Und du hättest mich ganz bestimmt nicht haben können, weil ich dich nämlich nicht will. Ich suche mir meine Liebhaber immer noch selbst aus.«

Sie hatte nicht gewusst, dass er sich so schnell bewegen konnte. Eben hatte er sich noch lässig auf dem Sofa gerekelt, im nächsten Moment fuhr er wie ein Blitz in die Höhe, packte ihr Handgelenk und riss sie mit einer einzigen raschen Bewegung herum, sodass sie zu Fall kam und auf dem Rücken liegend auf dem Sofa landete. Dann warf er sich über sie und hielt sie mit dem Gewicht seines Körpers fest, sodass sogar ihr empörter Aufschrei erstickt wurde.

Noch nie hatte Ramona ihn so zornig erlebt – weder damals, noch seit sie sich wiedergesehen hatten. Er machte ihr Angst. Sie konnte nur den Kopf schütteln, zu entsetzt, um sich zu wehren, zu erschrocken, um sich zu bewegen. Sie hatte nie vermutet, dass er gewalttätig werden könnte, doch was sich jetzt auf seinem Gesicht abzeichnete, war reine Gewalttätigkeit.

Das war etwas ganz anderes als der kalte Zorn, den sie früher an ihm erlebt hatte und mit dem sie ohne Schwierigkeiten fertigwurde. Seine Finger umklammerten ihr Handgelenk und mit der anderen Hand umspannte er ihren Hals.

»Was glaubst du, wie weit du's noch treiben kannst?« Seine Stimme klang tief und rau und der irische Akzent trat stärker hervor. Ramona lag ganz still und antwortete nicht. »Hör gefälligst auf, mit den Scharen deiner eingebildeten Liebhaber vor mir zu prahlen! Wenn du's nämlich so weitertreibst, hast du schneller einen echten, als du dir vorstellen kannst. Ob du es nun willst oder nicht.« Seine Augen funkelten vor Zorn. »Wenn die Zeit gekommen ist, werde ich dich weder mit Champagner betrunken machen noch darauf warten müssen, bis du vor Erschöpfung fast umfällst. Ich könnte dich jetzt gleich haben, und ich wette, du würdest dich vorher höchstens fünf Minuten wehren. Dann wärst du nämlich mehr als bereit.« Seine Stimme wurde leiser. »Du bist ein Instrument, das ich meisterhaft beherrsche, Ramona, vergiss das ja nicht!«

Fluchend löste er sich von ihr und stand auf. Er sah sie starr an, wandte sich dann schroff ab und trat an ein Fenster.

Ramona blieb liegen und merkte nicht, dass sie sich das Handgelenk massierte, das noch von seinem schraubstockartigen Griff schmerzte.

Er fuhr sich mit der Hand durch das Haar. »Ich habe mich heute Nacht zu dir gelegt, weil ich dir nahe sein wollte«, sagte er nach einem tiefen, befreienden Atemzug. »Mehr war es nicht. Ich habe dich nicht angerührt. Es war alles sehr unschuldig und … sehr süß.« Er ballte die Hand zur Faust, weil er sich erinnerte, wie ihr Puls unter seinen Fingern geflattert hatte, als er ihren Hals umspannte. Zu wissen, dass er sie erschreckt hatte, war kein angenehmes Gefühl für ihn. »Ich wäre nie auf den Gedanken gekommen, dass ich dich damit so beleidigen könnte. Ich entschuldige mich.«

Ramona stiegen Tränen in die Augen und sie bedeckte sie mit den Händen. Sie unterdrückte ihr Schluchzen, wollte nicht, dass Brian es hörte. Wie albern sie sich benommen hatte. Brians einfache, liebevolle Geste hatte sie belohnt, indem sie ihn mit Worten zu schlagen versuchte. Sie hatte es aus Verlegenheit getan, aber mehr noch – das wusste sie –, weil ihr eigenes unterdrücktes Verlangen nach ihm sie zu Zorn und gehässigen Worten angestachelt hatte.

Sie hatte ihn provozieren wollen und es war ihr gelungen. Ihr war aber auch klar geworden, dass sie ihn verletzt hatte. Entschlossen stand sie auf, um wiedergutzumachen, was sie angerichtet hatte.

Obwohl sie zu ihm ging und dicht hinter ihm stehen blieb, berührte sie ihn nicht, denn sie ertrug den Gedanken nicht, dass er zurückweichen könnte.

»Es tut mir so leid, Brian.« Sie versuchte, ihrer Stimme Festigkeit zu geben. »Das war dumm von mir … nein, schlimmer, es war gemein. Ich schäme mich schrecklich, weil ich mich so benommen habe, aber ich wollte dich ärgern. Aus Verlegenheit, denke ich, und weil …« Sie fand nicht die richtigen Worte, als sie ihm beschreiben wollte, was sie empfunden hatte. Sogar jetzt noch fühlte sie Wärme und Zärtlichkeit, wenn sie daran dachte, dass sie neben ihm gelegen und die Intimität des Schlafs mit ihm geteilt hatte.

Sie hörte ihn leise fluchen, dann rieb er sich mit den Fingerspitzen den Nacken. »Ich habe dich gereizt.«

»Das ist dir ausgezeichnet gelungen.« Ramona schlug bewusst einen leichten Ton an, um zu überspielen, was zwischen ihnen geschehen war. »Du kannst es viel besser als ich. Wenn ich zornig bin, überlege ich nie, was ich sage.«

»Offenbar tu ich das ebenso wenig. Hör zu, Ramona …« Brian drehte sich um und sah sie an. In ihren Augen schimmerten Tränen. Er sprach nicht aus, was er hatte sagen wollen, sondern ging schweigend zum Tisch und holte sich eine Zigarette. Nachdem er sie angezündet hatte, wandte er sich wieder Ramona zu. »Es tut mir leid, dass ich die Beherrschung verloren habe. Das passiert mir oft, denn ich habe ein sehr hässliches Temperament. Du triffst aber auch ganz gut ins Schwarze. Es hat mich an unser letztes Zusammensein vor fünf Jahren erinnert.«

Ramona fühlte, wie sich ihr Magen zusammenkrampfte. »Ich glaube, daran sollten wir lieber beide nicht mehr denken.«

»Das sollten wir nicht.« Er nickte bedächtig. Sein Blick war wieder ruhig und nachdenklich. Ramona wusste, dass er versuchte, ihre Gedanken zu erraten. »Nicht jetzt jedenfalls. Wir sollten uns um das Heute kümmern und zusehen, dass wir damit zurechtkommen.« Er lächelte, und Ramona merkte, wie sie sich entspannte. »Es scheint, dass wir's einfach nicht abwarten konnten, uns zu streiten.«

»Kommt mir auch so vor.« Sie erwiderte sein Lächeln. »Aber ich war schon immer ein ungeduldiger Mensch.« Sie ging auf ihn zu, stellte sich auf die Zehenspitzen und küsste ihn leicht auf die Lippen. »Es tut mir wirklich leid, Brian.«

»Du hast dich schon entschuldigt.«

»Ja, das habe ich, und deshalb bist das nächste Mal du an der Reihe, einen Kniefall zu machen.«

Brian zog sie leicht an den Haaren. »Jetzt mache ich uns noch eine Tasse Kaffee. Ich glaube, dazu ist gerade noch Zeit genug, bevor wir uns wieder anschnallen müssen.«

Als er in der Küche verschwunden war, blieb Ramona einen Moment wie festgewurzelt stehen. Das letzte Mal, dachte sie, vor fünf Jahren …

Sie erinnerte sich noch sehr genau daran: an jedes Wort, an jede Wunde, die sie sich gegenseitig schlugen. Und sie erinnerte sich auch, dass am Ende ihre Schuld die größere gewesen war.

Damals waren sie allein gewesen. Er hatte sie gewollt und sie ihn. Und dann war alles schiefgegangen. Fast hysterisch hatte sie ihn angeschrien. Er war geduldig gewesen, doch dann war ihm der Geduldsfaden gerissen, wenn auch nicht so wie heute. Brian war schrecklich kalt geworden. Eiskalt. Wenn sie seine beiden Reaktionen verglich, musste sie zugeben, dass sie den Zorn und die Gewalttätigkeiten der eisigen Verachtung vorzog.

Es fiel ihr nicht schwer, die Szene wieder heraufzubeschwören. Sie hatten sich in den Armen gehalten, und Begehren war in ihr aufgestiegen, war zur offenen Flamme geworden, in der sie zu verbrennen drohte. Und plötzlich hatte sie ihn angeschrien, er solle sie loslassen, solle sie ja nicht anfassen. Sie hatte ihm gesagt, sie ertrüge es nicht, von ihm berührt zu werden. Brian hatte sie beim Wort genommen und war gegangen. Nur allzu deutlich erinnerte sich Ramona an ihre

Verzweiflung, ihre Reue und Verwirrung, die nur von einem Gefühl übertroffen worden waren – ihrer Liebe zu ihm.

Aber als sie am nächsten Morgen zu ihm gegangen war, hatte er sein Hotelzimmer schon aufgegeben und Kalifornien verlassen. Sie verlassen – ohne ein Wort. Und fünf Jahre lang hatte sie kein Wort von ihm gehört.

Kein Wort, dachte sie. Ich war einzig und allein auf die Klatschspalten der Illustrierten angewiesen. Sie alle und sogar die Tagespresse beschäftigten sich ausführlich mit ihm. Kein Wort. Nur das, was man sich auf den Partys hinter vorgehaltener Hand zuflüsterte. Oder in den Restaurants, sobald sie sich zeigte. Kein Wort. Abgesehen von den unaufhörlichen Fragen, den endlosen Spekulationen in der Presse, die immer nur ein Thema zum Inhalt hatten: Warum hatte Brian Carstairs auf einmal angefangen, Frauen wie Trophäen zu sammeln?

Ramona hatte sich gezwungen, nicht mehr an ihn zu denken, ihn völlig aus ihren Gedanken zu verdrängen. Ihre Arbeit, ihr Talent und ihre Musik hatten die riesige Lücke gefüllt, die er in ihrem Leben hinterlassen hatte. Sie hatte sich selbst gefestigt und die Kontrolle über sich zurückgewonnen. So ist es am besten, hatte sie sich gesagt, alles andere ist zu gefährlich. Und, dachte sie jetzt, zur Küchentür hinüberblickend, es kann noch immer gefährlich sein. Er war noch immer gefährlich.

Doch dann schüttelte sie heftig den Kopf. Brian hatte recht. Es war an der Zeit, sich auf das Heute zu konzentrieren. Sie mussten arbeiten, mussten gemeinsam ein Musical schreiben. Tief Atem holend ging sie in die Küche, um ihm beim Kaffeekochen zu helfen.

9. Kapitel

Ramona verliebte sich auf der Stelle in die ursprüngliche Landschaft von Cornwall. Es schien ihr die perfekte Kulisse für den sagenhaften König Artus und seine Ritter. Es war leicht, sich das Klirren der Schwerter, das Schimmern der Rüstungen und den donnernden Galopp schneller Pferde vorzustellen.

In den Hochmooren erwachte der Frühling, zeigte sich das erste Grün. Hier und da sah man hauchzart das Rosa wilder Blüten über dem braunen Boden. Ein feiner, leichter Nieselregen erhöhte noch die romantische Atmosphäre. An den Straßen standen kleine, oft windschiefe Häuschen, deren Vorgärten allmählich bunt zu werden begannen. Die Rasenflächen zeigten spärliches, helles Grün. Dann wieder entdeckte Ramona ganze Teppiche gelber Narzissen und blauer Waldhyazinthen. Brian fuhr nach Süden, schlug die Richtung zum Meer, zu den Klippen und nach Land's End ein.

Sie hatten in einem Landgasthof gegessen und waren dann wieder in den kleinen Wagen gestiegen, den Brian gemietet und der für sie am Flughafen bereitgestanden hatte.

»Wie ist dein Haus eigentlich, Brian?«, fragte Ramona, während sie in ihrer Reisetasche nach einem Tuch suchte, mit dem sie sich das Haar zurückbinden konnte. »Du hast mir noch gar nichts davon erzählt.«

Er warf einen Blick auf ihren gesenkten Kopf. »Ich möchte, dass du dir selbst ein Urteil bildest, wenn du es siehst. Wir sind bald da.«

Ein Tuch fand Ramona zwar nicht, dafür aber zwei Gummiringe von verschiedener Größe und verschiedener Farbe. »Tust du geheimnisvoll, oder ist das deine Art, mich darauf vorzubereiten, dass das Dach leck ist?«

»Das ist durchaus möglich«, gab Brian zu. »Obwohl ich mich nicht erinnern kann, nass geworden zu sein. Die Pengalleys würden es reparieren. Sie sind in diesen Dingen recht tüchtig.«

»Die Pengalleys?« Ramona begann, das Haar zu einem dicken Zopf zu flechten.

»Meine Hausmeister«, erklärte er ihr. »Ungefähr eine Meile von meinem Haus entfernt haben sie ein Cottage. Sie halten meinen Besitz in Ordnung, wenn ich nicht hier bin, und wenn ich hier bin, arbeitet sie als Haushälterin bei mir. Er führt alle Reparaturen aus.«

»Pengalley«, sagte sie vor sich hin und ließ den Namen über die Zunge rollen.

»Eine alteingesessene Familie«, fügte Brian zerstreut hinzu.

»Ich kann sie mir vorstellen.« Ramona wandte sich ihm lächelnd zu. »Sie ist klein und untersetzt, hat das dunkle Haar straff zurückgekämmt und trägt immer eine unerschütterliche, aber ein bisschen mürrische Miene zur Schau. Er ist mager, wird langsam grau und nimmt gern einen Schluck aus dem Flachmann, wenn er glaubt, dass sie nicht hinsieht.«

Brian warf ihr einen raschen Blick zu. »Sehr schlau. Wie hast du das nur erraten?«

»Die beiden können gar nicht anders aussehen.« Ramona war mit dem ersten Zopf fertig und begann, den zweiten zu flechten. »Ich meine, sie können nicht anders aussehen, wenn in den historischen Romanen aus Cornwall, die ich gelesen habe, auch nur ein Fünkchen Wahrheit enthalten ist. Gibt es Nachbarn?«

»Nicht in der Nähe. Deshalb habe ich das Haus ja gekauft.«

»Bist du menschenfeindlich eingestellt?«

»Nein, es ist reiner Selbsterhaltungstrieb. Manchmal muss ich einfach raus aus allem, sonst werde ich verrückt. Dann fahre ich hierher, ziehe meine Rüstung an und genieße das einfache Leben, sammle neue Kräfte.« Er fühlte, dass sie ihn nachdenklich ansah, und lachte. »Ich habe dir doch gesagt, ich bin sanfter geworden.«

»Ja, das bist du.« Ramona schlang den Gummiring um den zweiten Zopf. »Und trotzdem hast du eine Menge geleistet. Die vielen Alben, die du herausgebracht hast, zum Beispiel das Doppelalbum im vergangenen Jahr. Und bis auf fünf hast du alle Lieder selbst geschrieben und getextet. Und die Lieder, die du für Cal Ripley komponiert hast! Sie sind auf seiner neuen LP bei Weitem die besten.«

»Findest du das wirklich?«, fragte er.

»Du weißt es selbst sehr genau«, sagte sie und ließ den Gummiring zurückschnellen.

»Ich schreibe die meisten Sachen hier«, sagte Brian. »Oder in meinem Haus in Irland. Nein, doch eigentlich hier, weil dort auf der anderen Seite des Kanals meine Familie wohnt, die ich häufig besuche.«

Ramona warf ihm einen neugierigen Blick zu. »Ich dachte, dass du noch in London lebst.«

»Hauptsächlich ja. Aber wenn ich ernsthaft arbeiten oder einfach allein sein will, komme ich her. Ich habe nämlich auch in London Familie.«

»Ach so.« Ramona wandte den Blick ab und sah hinaus in die neblige Landschaft. »Ich nehme an, große Familien haben ihre Nachteile.«

Etwas in ihrem Tonfall zwang ihn, wieder zu ihr zu sehen,

doch sie hatte das Gesicht abgewandt. Er sagte nichts, denn er wusste aus Erfahrung, dass er Ramonas Familie nicht erwähnen durfte. Früher hatte er hin und wieder gefragt, hatte wissen wollen, ob ihre Eltern noch lebten, ob sie Geschwister hatte – das Übliche eben. Aber sie war ihm immer ausgewichen. Er erfuhr nur, dass sie mit siebzehn von zu Hause weggegangen war und keine Geschwister hatte. Aus reiner Neugier hatte Brian sich an Julie gewandt, denn er war überzeugt, dass sie alles wusste, was es über Ramona zu wissen gab. Doch auch sie hatte ihm nichts gesagt. Es war ein weiteres Geheimnis um Ramona, das Brian abwechselnd frustrierend und anziehend fand.

»Uns werden jedenfalls weder Verwandte noch Nachbarn stören«, setzte Brian nach einer kleinen Pause das Gespräch fort. »Mrs. Pengalley hat berechtigterweise ein gesundes Misstrauen gegen Leute aus dem Showgeschäft und wird entsprechend Abstand halten.«

»Sie misstraut den Leuten aus dem Showgeschäft?«, wiederholte Ramona, drehte sich zu ihm herum und lachte ihn an. »Hast du wieder Orgien veranstaltet, lieber Brian?«

»Nicht in den letzten drei Monaten«, versicherte er ihr und bog in eine Seitenstraße ein. »Ich bin nicht nur sanfter, sondern auch ruhiger geworden und außerdem war ich nicht hier. Aber sie weiß über Schauspieler und Künstler Bescheid, denn wie Mr. Pengalley mir sagte, verschlingt sie alles an Lesestoff, was sie über unsere Zunft in die Hände bekommt. Und was Musiker anbelangt, Rockmusiker zumal, nun ja …« Er ließ den Satz bedeutungsschwer ausklingen, ohne ihn zu beenden, und Ramona lachte leise.

»Von uns wird sie bestimmt das Schlimmste denken«, sagte sie fröhlich.

»Das Schlimmste?« Brian zog fragend eine Braue hoch.

»Dass uns beide eine heiße, verbotene Affäre verbindet.«

»Ist das für dich das Schlimmste? Für mich klingt es eher verlockend.«

Ramona blickte auf ihre Hände hinunter. »Du weißt, was ich meine.«

Brian nahm ihre Hand und küsste sie leicht. »Ich weiß, was du meinst.« Sein heiterer Tonfall erlöste sie aus ihrer Verlegenheit. »Wirst du sehr darunter leiden, dass man dich für ein ›gefallenes Mädchen‹ hält?«

»Dafür hält man mich schon seit Jahren«, erwiderte sie lächelnd. »In jeder Illustrierten, die ich in die Hand nehme, steht es. Hast du eine Ahnung, wie viele Affären ich mit Männern hatte, mit denen ich noch nie ein Wort gewechselt habe?«

»Von Berühmtheiten verlangt man einfach, dass sie ein überaktives Liebesleben haben. Das gehört nun mal zu unserem Handwerk.«

»Eure Presse tut dem deinen alle Ehre«, sagte sie trocken.

Brian nickte ernst. »Das finde ich auch. Im vorigen Jahr hat man in London sogar Wetten darüber abgeschlossen, wie viele Frauen ich in einem Zeitraum von drei Monaten haben würde. Meine Landsleute finden immer einen Grund zum Wetten.«

Einen Augenblick blieb es still zwischen ihnen, dann fragte Ramona: »Und welche Zahl hast du ihnen schließlich genannt?«

»Siebenundzwanzig.« Er lachte durchtrieben. »Ich hielt es für das Beste, konservativ zu sein.«

Ramona musste lachen. Sie hatte fast vergessen, wie amüsant er sein konnte. Und bestimmt machten solche Storys, die sich um seine Person rankten, ihm auch noch großen Spaß. Er hatte noch genug von dem frechen Gassenjungen in sich, der er gewesen war.

Brian lenkte den Wagen auf eine geschotterte Zufahrt und Ramona entdeckte das Haus. Es war drei Stockwerke hoch, aus nüchternem grauen Stein erbaut, mit verwitterten dunkelgrünen Fensterläden und einer Reihe gedrungener Schornsteine auf dem Dach. Dünne Rauchwölkchen stiegen daraus auf und verschmolzen schließlich mit dem bleifarbenen Himmel.

»Also, das sieht dir ähnlich, Brian!«, rief Ramona entzückt. »Ich meine, es sieht dir ähnlich, ein solches Haus zu finden.«

Bevor er antworten konnte, war sie schon aus dem Wagen gesprungen. Und im nächsten Moment entdeckte sie, dass hinter dem Haus das Meer lag. Als sie nach links auf die Umfriedungsmauer zulief, stellte sie fest, dass die Klippe nah am Haus senkrecht ins Meer stürzte.

Durch eine hüfthohe Mauer abgesichert, konnte Ramona auf das tief unter ihr gegen spitze und zackige Felsen anrennende und schäumende Wasser sehen. Der Anblick war erschreckend und erregend zugleich. Die See tobte dort unten mit Urgewalt, und Ramona blieb ungeachtet des kalten Nieselregens fasziniert stehen, um das unglaubliche Schauspiel zu beobachten.

»Es ist fantastisch! Einfach fantastisch!« Sie drehte sich um, hob den Kopf und betrachtete wieder das Haus. Kletterrosen und Geißblatt rankten sich üppig an den grauen Steinen empor. Sie grünten schon, hatten aber noch keine Knospen angesetzt. Ramona glaubte indessen, in der Luft schon einen Hauch ihres Duftes zu spüren. Im an das Haus grenzenden Steingarten lugten zwischen den zarten grünen Schösslingen schon ab und zu Blütenknospen hervor.

»Möglicherweise wirst du das Innere des Hauses genauso fantastisch finden«, sagte Brian lachend, als Ramona ihm das regennasse Gesicht zuwandte. »Aber vor allem trocken.«

»Sei doch nicht so unromantisch, Brian!« Wieder betrachtete sie hingerissen das Haus. »Es scheint aus Emily Brontës Roman ›Sturmhöhe‹ zu stammen.«

Er nahm sie bei der Hand. »Unromantisch oder nicht, liebe Freundin, ich sehne mich nach einem heißen Bad und nach Tee.«

»Das scheint mir ein annehmbares Programm zu sein«, meinte Ramona, blieb aber, als er sie zur Haustür zog, immer wieder zurück und sah sich um. Die wilden, schroffen Felsklippen beeindruckten sie genauso stark wie das Haus und sie konnte sich an ihnen nicht sattsehen. »Gibt es Hafermehlkekse zum Tee?«, fragte sie. »Ich esse sie leidenschaftlich gern – seit meiner letzten England-Tournee vor zwei Jahren. Hafermehlkekse und dicker Rahm … klingt zwar schrecklich, schmeckt aber köstlich.«

»Das wirst du mit Mrs. Pengalley besprechen müssen«, sagte Brian und legte die Hand auf den Türknauf. Im selben Moment wurde die Tür von innen geöffnet.

Mrs. Pengalley sah genauso aus, wie Ramona sie im Scherz beschrieben hatte. Sie war wirklich eine kräftig gebaute Frau mit straff nach hinten gekämmtem Haar und einem Nackenknoten. Ihre dunklen Augen umfassten mit einem Blick Ramonas Zöpfe und die feuchte Kleidung. Dann wandte sie sich Brian zu.

»Guten Tag, Mr. Carstairs«, sagte sie in ihrem weichen Tonfall. »Sie müssen ja sehr schnell gefahren sein, dass Sie schon hier sind.«

»Hallo, Mrs. Pengalley! Wie schön, Sie wiederzusehen. Das ist Miss Williams, die bei uns wohnen wird.«

»Das Zimmer ist bereit, Sir. Guten Tag, Miss Williams.«

»Guten Tag, Mrs. Pengalley«, sagte Ramona ein wenig eingeschüchtert. Diese Mrs. Pengalley war ganz gewiss eine jener Frauen, von denen man sagte, sie seien »zum Fürchten«. »Ich hoffe, ich habe Ihnen nicht allzu viel Mühe gemacht.«

»Es war nicht viel zu tun.« Mrs. Pengalley wandte sich wieder Brian zu. »Die Feuer brennen überall, und die Speisekammer ist voll, wie Sie es uns aufgetragen hatten, Sir. Für heute Abend habe ich Ihnen einen Schmorbraten vorbereitet. Er steht im Herd, Sie brauchen ihn nur aufzuwärmen, wenn Sie Hunger bekommen. Mein Mann hat Ihnen einen ausreichenden Vorrat an Feuerholz hereingeholt. Die Nächte sind kühl und wir haben sehr feuchte Luft zurzeit. Mein Mann bringt gleich Ihr Gepäck herein. Wir haben den Wagen gehört.«

»Vielen Dank.« Brian sah zu Ramona hinüber, die schon im Zimmer umherwanderte. »Wir brauchen beide ein heißes Bad und Tee, dann können wir uns allein weiterhelfen. Hast du einen besonderen Wunsch, Ramona?«

Sie drehte sich um, als sie ihren Namen hörte, hatte aber nicht auf die Unterhaltung zwischen Brian und Mrs. Pengalley geachtet. »Tut mir leid. Was hast du gesagt?«

Er lächelte ihr zu. »Ich habe gefragt, ob du einen besonderen Wunsch hast. Wenn nicht, geht Mrs. Pengalley jetzt nämlich in die Küche, um Tee für uns zu kochen.«

»Nein, ich habe keinen besonderen Wunsch«, antwortete Ramona und wandte sich direkt an die Haushälterin. »Ich bin überzeugt, dass Sie alles perfekt vorbereitet haben.«

Mrs. Pengalley neigte leicht den Kopf, doch ihr Rücken blieb stocksteif. »Dann mache ich jetzt den Tee.«

Sie marschierte aus dem Zimmer und Ramona warf Brian einen beredten Blick zu.

Erneut vertiefte sich Ramona in die Betrachtung des Raums. Es war offensichtlich das Zimmer, in dem sie arbeiten würden. Ein Konzertflügel, der, wie sie mit ein paar schnellen Läufen feststellte, einen wunderbaren Klang hatte, stand vor zwei schmalen Fenstern. Auf den Eichendielen des Fußbodens lagen mehrere Brücken. Die Vorhänge waren aus cremefarbener Spitze und ganz offensichtlich Handarbeit. Bequeme naturfarbene Sofas und zwei wertvolle Chippendale-Tische vervollständigten die Einrichtung.

In dem großen offenen Kamin prasselte ein lebhaftes Feuer. Ramona trat näher und betrachtete die Fotos, die auf dem Sims standen.

Auf den ersten Blick schon sah sie, dass es sich um Brians Familie handelte. Ein Junge im Teenageralter in schwarzer Lederjacke hatte Brians Gesichtszüge, trug das dichte schwarze Haar jedoch länger. Er lachte genauso herausfordernd wie sein Bruder. Auf dem nächsten Foto war eine Frau zu sehen. Ramona schätzte sie auf fünfundzwanzig. Sie war ungewöhnlich hübsch, hatte helles Haar und schräg geschnittene seegrüne Augen. Dennoch war, trotz des Unterschieds in der Haar- und Augenfarbe, ihre Ähnlichkeit mit Brian unverkennbar, und es war nicht schwierig, sie als Brians Schwester zu identifizieren. Auf dem nächsten Foto war sie noch einmal mit einem blonden Mann und zwei kleinen Jungen zu sehen. Die beiden hatten das dunkle Haar und die übermütigen Augen der Carstairs. Mit diesen beiden hatte Brians Schwester wohl alle Hände voll zu tun.

Vor dem Bild von Brians Eltern blieb Ramona sehr lange stehen. Die hohe, schmale Gestalt hatten sie alle von ihrem

Vater geerbt, doch sein helles Haar hatte er nur an eines seiner Kinder weitergegeben. Ramona schätzte, dass das Foto zwanzig oder fünfundzwanzig Jahre alt sein musste. Es war ein unnatürliches, gestelltes Bild, in dem der Mann und die Frau in ihrem besten Sonntagsstaat der Mittelpunkt waren und so hölzern dastanden wie Statuen. Die Frau war dunkel und sehr hübsch. Der Mann sah ein bisschen verlegen drein, weil man ihn zwang zu posieren, aber die Frau lächelte strahlend in die Kamera. In ihren Augen funkelte Übermut und der kecke Zug um ihren Mund fand sich verstärkt bei ihren Kindern wieder.

Es standen noch mehr Fotos da: Gruppenbilder der Familie und Schnappschüsse, auf denen auch Brian ein paarmal zu sehen war. Die Familie Carstairs schien sehr eng miteinander verbunden zu sein.

In Ramona regte sich leichter Neid. Sie wandte sich lächelnd zu Brian um. »Was für eine hübsche Gruppe.« Sie zeigte mit dem Finger hinter sich auf das Kaminsims. »Du bist der Älteste, nicht wahr? Ich glaube, ich habe es irgendwo gelesen. Die Familienähnlichkeit ist erstaunlich.«

»Wir alle, außer Alison, sind nach unserer Mutter gekommen«, erwiderte Brian und blickte an Ramona vorbei auf die gerahmte Familienchronik. Er fuhr sich mit der Hand durch das feuchte Haar und kam auf Ramona zu. »Ich bringe dich jetzt in dein Zimmer hinauf, Schatz, damit du auspacken und dich einrichten kannst. Die große Hausbesichtigung kann warten.« Er legte den Arm um sie. »Ich bin froh, dass du hier bist, Ramona. Bisher habe ich dich noch nie zwischen Dingen gesehen, die mir gehören. Und Hotelzimmer, gleichgültig, wie luxuriös sie sein mögen, sind nie ein Zuhause.«

Als sie sich später im angenehm warmen Wasser rekelte, dachte Ramona über Brians Worte nach. Es gehörte zu ihrem Beruf, dass man viele Nächte in Hotelzimmern verbringen musste. Und wenn es auch, ihrem Status entsprechend, Luxussuiten waren, es blieben Hotelzimmer. Ein Zuhause war den Zeiten zwischen den Konzerten und Gastauftritten vorbehalten und für sie hatte es mit den Jahren eine immer größere Bedeutung gewonnen. Je berühmter sie wurde, je höher sie stieg, desto wichtiger war für sie eine feste Basis. Und ihr wurde klar, dass es Brian genauso ging.

Sie waren beide ein paar Wochen lang ständig unterwegs gewesen und hatten aus dem Koffer gelebt. Er war jetzt zu Hause, und Ramona fühlte, dass auch sie hier zu Hause sein würde.

Obwohl das Haus alt und riesengroß war, konnte man sich darin geborgen fühlen. Vielleicht, dachte sie, während sie sich gemächlich ein Bein einseifte, liegt es gerade am Alter und an der Größe.

Tradition bedeutete ihr viel, da sie in ihrem Leben völlig fehlte, und sie liebte es auch, viel Raum um sich zu haben, da sie als Kind und sehr junges Mädchen immer so beengt leben musste.

Ramona hatte sich dem Haus sofort irgendwie verbunden gefühlt. Sie liebte das gedämpfte Brausen der Brandung und die atemberaubend schöne Aussicht vor ihren Fenstern. Ihr gefielen die altmodische Emaillebadewanne mit den geschwungenen Füßen und der ovale Spiegel im Mahagonirahmen über dem winzigen Waschbecken, das auf einem Waschtisch stand.

Ramona stand in der Badewanne auf und griff nach dem Badelaken, das über einer Heizstange hing.

Nachdem sie sich trockengerieben hatte, wickelte sie sich in das große gelbbraune Frotteetuch. Während sie in ihr Schlafzimmer zurückging, begann sie zerstreut, die beiden Zöpfe zu lösen, die sie während des Badens hochgesteckt hatte.

Ihr Gepäck stand neben einer alten Metalltruhe, doch Ramona hatte keine Lust, jetzt auszupacken. Sie ging zu der Fensterbank an der Südseite des Zimmers und kniete sich auf den gepolsterten Sitz.

Unter ihr schlug die vom Wind gepeitschte See an die Felsen. Es gab ein lang gezogenes, saugendes Geräusch, bevor sie auf den Strandkies und die Klippen prallte. Die Wellen waren bis auf die weißen Schaumkronen, die sie sich aufsetzten, grau wie der Himmel. Es regnete noch immer leicht, kleine Tropfen setzten sich auf die Fensterscheiben und rutschten träge daran herunter.

Ramona legte die Arme auf das breite Fenstersims, stützte das Kinn in die Hände und verlor sich in der träumerischen Betrachtung des Schauspiels unter ihr.

»Ramona!«

Sie hörte Brians Ruf und sein Klopfen und erwiderte zerstreut: »Ja, komm herein.«

»Ich dachte, dass du vielleicht so weit bist, um mit mir hinunterzugehen«, sagte er.

»Ja, ja, nur noch einen Augenblick. Das ist eine wirklich fantastische Aussicht. Komm, schau sie dir an! Geht dein Zimmer auch aufs Meer hinaus? Ich könnte bis in alle Ewigkeit hier sitzen bleiben und zusehen.«

»Stimmt, die Aussicht ist recht reizvoll«, pflichtete er ihr bei, kam zu ihr und blieb hinter ihr stehen. Er schob die Hände in die Taschen. »Ich wusste gar nicht, dass du das Meer so liebst.«

»Oh ja, schon immer, aber ich hatte noch nie ein Zimmer, in dem ich das Gefühl hatte, darüber hinwegzufliegen. Ich freue mich darauf, nachts die Brandung zu hören.« Sie lächelte ihm über die Schulter zu. »Liegt das Haus, das du in Irland hast, auch an der Küste?«

»Nein, es ist eigentlich eine Farm. Ich möchte gern mit dir hinfahren.« Er strich ihr mit den Fingern durch das weiche, noch ein wenig feuchte Haar. »Es ist ein schwermütiges grünes Land und auf ganz andere Weise ebenso anziehend wie Cornwall.«

»Dort bist du am liebsten, nicht wahr? Obwohl du in der Metropole London lebst und hierherkommst, um zu arbeiten, ist dir das Haus in Irland am meisten ans Herz gewachsen.«

»Wenn wir dort nicht auf Schritt und Tritt über Sweeneys und Hardestys stolperten, wäre ich mit dir hingefahren. Alles Verwandte meiner Mutter«, erklärte er ihr auf ihren fragenden Blick. »Es sind sehr nette Leute. Falls wir mit der Arbeit gut vorankommen, können wir vielleicht ein paar Tage Urlaub dort machen, wenn wir fertig sind.«

»Oh ja, das wäre nett«, sagte Ramona nach einem kurzen Zögern.

»Gut.« Übermut blitzte in seinen Augen auf. »Übrigens finde ich todschick, was du da anhast.«

Verblüfft sah Ramona an sich hinunter, raffte dann das Badetuch rasch über den Brüsten zusammen und rutschte umständlich von der Fensterbank.

»Ich hatte ganz vergessen … mir war nicht klar …« Sie fühlte, wie ihr das Blut heiß in die Wangen schoss. »Du hättest wirklich ein Wort sagen können, Brian!«

»Das habe ich doch eben getan«, antwortete er und seine Blicke wanderten zu ihren Oberschenkeln hinunter.

»Sehr komisch«, erwiderte Ramona, musste aber doch lächeln. »Warum verschwindest du nicht einfach, damit ich mich anziehen kann?«

»Musst du dich denn anziehen? Schade.« Er legte die Hand auf das Badetuch, wo die beiden Enden zwischen Ramonas Brüsten verknotet waren. »Ich dachte eben, dass mir gefällt, was du da trägst.« Er ließ die Hand auf den Rundungen ihrer Brüste liegen, bückte sich und küsste Ramona auf den Mund. »Du riechst gut«, sagte er und ließ die Zungenspitze über die Innenseite ihrer Lippen gleiten. »Du hast immer noch Regen im Haar.«

In Ramonas Kopf begann ein Dröhnen, das lauter war als die Brandung. Instinktiv erwiderte sie Brians Kuss, drängte sich an ihn und erhob sich auf die Zehenspitzen.

Obwohl sie schnell und bereitwillig reagierte, blieb sein Kuss leicht, fast nur ein Hauch, doch sie spürte sein Begehren und wusste, dass er sich eisern beherrschte.

Seine Hände tasteten unter dem Badetuch nach ihren Brustwarzen, die sich unter seinen Liebkosungen aufrichteten. Ein unbekannter, süßer Schmerz durchzog ihren Körper. Sie stöhnte auf. Er hob den Kopf und wartete, bis sie die Augen aufschlug.

»Willst du mit mir schlafen, Ramona?«, fragte er.

Fast willenlos vor Verlangen sah sie ihn an. Er legte die Entscheidung in ihre Hände. Sie hätte erleichtert, hätte dankbar sein sollen, doch in diesem Augenblick wäre es ihr lieber gewesen, wenn er sie einfach mitgerissen hätte. Für die Dauer eines Herzschlags wollte sie im Spiel der Liebe weder Wahl noch Stimme haben. Sie wollte einfach nur genommen werden.

»Du musst deiner ganz sicher sein«, sagte er ruhig, legte ihr die Finger unter das Kinn und hob ihr Gesicht zu sich auf.

»Ich habe nicht die Absicht, es dir leicht zu machen.« Er ließ seine Hand fallen. »Ich warte unten auf dich, finde es aber trotzdem jammerschade, dass du dich umziehen musst. Du siehst im Badetuch sehr attraktiv aus.«

»Brian«, sagte sie, als er schon an der Tür war. Er drehte sich um und sah sie fragend an. »Und wenn ich Ja gesagt hätte?« Sie lachte ihn übermütig an, weil sie sich jetzt sicherer fühlte mit einem entsprechenden Abstand zwischen ihr und ihm. »Wäre es nicht ein bisschen peinlich gewesen, solange Mrs. Pengalley noch unten ist?«

Brian lehnte sich an die Tür und sagte lässig: »Wenn du Ja gesagt hättest, Ramona, wäre es mir verdammt egal gewesen, wer unten ist. Meinetwegen könnten es Mrs. Pengalley und halb England sein.«

Er ging und schloss betont leise die Tür hinter sich.

10. Kapitel

Ramona und Brian wollten beide so schnell wie möglich mit der Arbeit beginnen. Sie taten es am Tag nach ihrer Ankunft und hatten bald eine gut funktionierende Routine entwickelt.

Brian stand früh auf und hatte meist schon ein ausgiebiges Frühstück fertig, wenn Ramona noch recht verschlafen in der Küche erschien. Nachdem sie sich mit starkem Kaffee aufgemuntert hatte, fingen sie mit ihrer »Frühschicht« an und arbeiteten bis mittags. Dann kam Mrs. Pengalley, und während sie die Tageseinkäufe ins Haus brachte und die Hausarbeit erledigte, unternahmen Ramona und Brian lange Spaziergänge.

Die Tage waren mild und dufteten nach Meer und Frühling. Das Land war zerklüftet, rau sogar, der karge Boden stellenweise mit Heidekraut bedeckt, das noch nicht blühte. Die Brandung donnerte gegen hohe Granitklippen. In den Rissen und Spalten nisteten Vögel, die hier überwintert hatten. Ihre Schreie übertönten sogar das Krachen der Brecher. Vom höchsten Punkt der Klippe sah man auf das Dorf mit seinen sauberen Häuserreihen und dem weißen Kirchturm hinunter.

Am Nachmittag arbeiteten Ramona und Brian wieder. Hinter ihnen knisterte und knackte das Feuer im offenen Kamin. Nach dem Abendessen gingen sie noch einmal durch, was sie tagsüber geschafft hatten. Am Ende der Woche »stand« die Partitur in groben Umrissen und der Titelsong war fertig.

Die Arbeit ging natürlich nicht immer reibungslos vonstatten. Ramona und Brian hatten beide zu ausgeprägte Ansichten über Musik, als dass eine Zusammenarbeit stets glattgehen konnte. Doch die Auseinandersetzungen schienen auf beide anregend zu wirken und die endgültige Fassung gewann durch sie. Sie waren ein gutes Team.

Sie blieben Freunde. Brian machte keinen weiteren Versuch, Ramonas Geliebter zu werden. Sie ertappte ihn von Zeit zu Zeit dabei, dass er sie eindringlich ansah, und dann überkam sie ein Gefühl, das fast so stark war wie eine sinnliche körperliche Berührung, so verführerisch wie ein Kuss. Dass er sie nicht drängte, verwirrte und reizte sie mehr, als ständige Annäherungsversuche es getan hätten. Annäherungsversuchen konnte man ausweichen, man konnte sie zurückweisen. Ramona wusste, dass Brian auf ihre Entscheidung wartete. Unter der Lässigkeit, mit der sie miteinander umgingen, unter den Scherzen, den Meinungsverschiedenheiten in beruflichen Dingen zitterte eine fast unerträgliche Spannung.

Der Nachmittag war lang und ein bisschen düster. Starker Regen hielt Ramona und Brian von ihrem täglichen Spaziergang über die Klippen ab. Ihre Musik erfüllte das alte Haus mit Leben. Um die Feuchtigkeit zu vertreiben, die durch die Fenster zu sickern schien, hatten sie besonders viele Holzscheite in den Kamin geschichtet.

Ein Tablett mit Tee und Biskuits stand unbeachtet auf einem der Chippendale-Tische. Ramonas und Brians Auseinandersetzung näherte sich der zweiten Stufe.

»Wir müssen das Tempo steigern«, sagte Ramona. »So geht es einfach nicht.«

»Es ist eine stimmungsvolle Nummer, Ramona.«

»Aber kein Grabgesang. Sie schleppt sich nur dahin. Die Leute werden eingeschlafen sein, bevor Lauren sie zu Ende gesungen hat.«

»Wenn Lauren Chase singt, schläft bestimmt keiner ein«, entgegnete Brian. »Diese Nummer ist purer Sex. Und den versteht sie zu verkaufen.«

»Ja, das tut sie, aber nicht in diesem Tempo.« Ramona drehte sich auf dem Klavierschemel so herum, dass sie Brian direkt ansehen konnte. »Also: Joe ist mitten in dem Kapitel, an dem er gerade schreibt, an der Schreibmaschine eingeschlafen. Er hält sich schon selbst für ein bisschen verrückt, weil er so lebhaft von seiner Titelheldin Tessa träumt. Sie scheint ganz wirklich zu sein, und er hat sich in sie verliebt, obwohl er weiß, dass sie ein Produkt seiner Fantasie ist, eine Gestalt aus dem Roman, den er schreibt. Und diesmal träumt er sogar am helllichten Tag von ihr, und sie verspricht ihm, zu ihm zu kommen.«

»Ich kenne die Handlung, Ramona«, sagte Brian trocken.

Ramona kniff die Augen zusammen, beherrschte aber ihr Temperament. Sie glaubte aus seiner Stimme eine gewisse Müdigkeit herauszuhören. Ein- oder zweimal war sie nachts von seinem Klavierspiel aufgewacht. »›Wenn die Nacht kommt‹ ist eine heiße Nummer, Brian. Du hast recht, sie ist purer Sex, und dein Text ist wunderbar. Trotzdem braucht der Song ein bisschen mehr Tempo.«

»Er hat Tempo genug.« Brian zog an seiner Zigarette und drückte sie dann aus. »Lauren Chase weiß, wie sie eine Note aussingen muss.«

Ramona seufzte tief vor Enttäuschung. Unglücklicherweise hatte er in solchen Dingen meistens recht. Er hatte einen geradezu phänomenalen Instinkt für Musik. Diesmal jedoch war sie überzeugt, dass ihr Instinkt als Liedermacherin und als Frau der richtigere war. Sie wusste ganz einfach, wie das Lied gesungen werden musste, um voll zur Wirkung zu kommen. In dem Augenblick, in dem sie Brians Text gelesen hatte, hatte sie gewusst, wie man ihn vertonen musste. Sie hatte das Lied plötzlich fix und fertig im Kopf gehabt.

»Ich weiß, dass Lauren alles aus einem Song rausholt und auch mit der Choreografie zurechtkommt. Es wird aber noch besser wirken, wenn das Lied das richtige Tempo hat. Hör es dir mal an.« Sie begann die Anfangstakte zu spielen. Brian zuckte mit den Schultern und stand auf.

Ramona wählte ein mittleres Tempo und sang zu ihrer eigenen Begleitung. Ihre Stimme fügte sich harmonisch ein.

Brian ging zum Fenster und schaute in den Regen hinaus. Es war das Lied einer Verführerin, voller wilder Versprechen. Ramonas Stimme schwang sich über die untermalende Begleitung hinweg, wurde sinnlicher, als man es am wenigsten erwartete, und steigerte sich in eine Leidenschaft hinein, bis alles in ihm schmerzte vor Begehren. Die Melodie, die sie geschaffen hatte, hatte etwas Unirdisches. Das schnellere Tempo ergab einen scharfen Kontrast, der viel wirkungsvoller war als die Begleitung, wie er sie sich vorgestellt hatte.

Sie endete abrupt mit einem rauen Flüstern, ohne den Song ausklingen zu lassen, dann schüttelte sie das Haar zurück und warf einen Blick über die Schulter zu ihm hinüber.

»Nun?«, fragte sie mit erwartungsvollem Lächeln.

Er kehrte ihr den Rücken zu und hatte die Hände tief in die Taschen geschoben. »Ab und zu musst du ja auch recht haben«, gestand er ihr zu.

Ramona lachte und drehte sich mit dem Klavierschemel herum. »Also, deine Komplimente sind wirklich umwerfend, Brian. Da bekomme ich ja richtig Herzklopfen.«

»Ihre Stimme ist nicht so groß wie die deine, hat nicht denselben Umfang«, sagte er, machte dann eine ungeduldige Geste mit der Hand und ging zu dem Tisch hinüber, auf dem die Teekanne stand. »Ich glaube, sie wird aus den tiefen Passagen nicht so viel herausholen wie du.«

»Möglich.« Ramona sah ihm zu, als er sich eine Tasse Tee einschenkte. »Aber sie weiß, wie man einen Song bringen muss, und wird das Beste daraus machen.« Er stellte die Teetasse ab, ohne einen Schluck getrunken zu haben, und ging zum Kamin. Ramona beobachtete ihn besorgt. »Was ist los, Brian? Was hast du?«

Er warf noch ein Scheit auf das schon hell lodernde Feuer. »Nichts. Ich bin nur rastlos.«

»Der Regen ist bedrückend.« Sie stand auf und ging zum Fenster. »Mir hat er nie etwas ausgemacht. Manchmal finde ich einen trüben, schläfrigen Tag sogar wunderschön. Ich kann faul sein, ohne ein schlechtes Gewissen zu haben. Vielleicht solltest du heute mal richtig faulenzen, Brian. Du hast doch so ein herrliches Schachspiel in der Bibliothek. Ich würde gern spielen lernen. Warum bringst du's mir nicht bei?« Sie legte ihm die Hände auf die Schultern, fühlte, wie verspannt sie waren, und begann zerstreut zu massieren. »Das könnte natürlich harte Arbeit sein. Julie hat es aufgegeben, mit mir Backgammon zu spielen. Sie sagt, ich habe kein Talent für Strategie.«

Ramona brach ab, als Brian sich schroff herumdrehte und ihre Hände von seinen Schultern nahm. Wortlos ging er zur Hausbar, holte eine Flasche Bourbon heraus, schenkte sich drei Fingerbreit ein und leerte das Glas auf einen Zug.

»Ich glaube nicht, dass ich heute Nachmittag die Geduld für Spiele aufbringe«, sagte er schroff, während er sich den zweiten Drink einschenkte.

»Gut, Brian, dann eben keine Spiele«, sagte sie. Sie ging zu ihm, blieb vor ihm stehen und sah ihm direkt in die Augen. »Warum bist du verärgert? Doch nicht wegen des Liedes?«

Das Feuer im Kamin zischte und prasselte. Ramona hörte ein Scheit fallen, als das untere, vom Feuer verzehrt, in sich zusammensank.

»Vielleicht sollten wir miteinander reden«, sagte Brian und ließ den Alkoholrest im Glas herumwirbeln. »Es ist gefährlich, etwas fünf Jahre lang in der Luft hängen zu lassen.«

Ramona fühlte eine Spur von Unruhe, nickte jedoch. »Du könntest recht haben.«

Brian lächelte ironisch. »Wollen wir uns wie zivilisierte Menschen benehmen und uns hinsetzen oder uns gegenseitig im Stehen ein paar Schwinger verpassen?«

Sie zuckte mit den Schultern. »Ich glaube nicht, dass es sinnvoll ist, sich zivilisiert zu benehmen. Ein zivilisierter Streit reinigt nie die Luft.«

»Na schön«, begann er, wurde jedoch vom Klingeln an der Haustür unterbrochen. Er stellte sein Glas ab, bedachte Ramona mit einem langen Blick und ging öffnen.

Allein geblieben, bemühte sie sich, ihre nervöse Unruhe zu unterdrücken. Sie wusste, dass sich ein Sturm zusammenbraute – aber nicht vor den Fenstern. Brian hatte es auf einen Streit abgesehen, und obwohl ihr der Grund nicht klar war, war sie durchaus bereit, sich ihm zu stellen. Die Spannung zwischen ihnen war im Namen der erfolgreichen Zusammenarbeit unterdrückt worden. Jetzt freute sie sich trotz ihrer zitternden Nerven darauf, dass die trügerische Ruhe zwischen ihnen endlich in Feuer und Rauch aufgehen würde.

»Ein Paket für dich«, sagte Brian und schwenkte es vor ihr durch die Luft. »Von Henderson.«

»Was könnte er mir denn schicken?«, murmelte Ramona vor sich hin und riss schon das breite Klebeband von der Verpackung. »Ach ja, natürlich!« Sie schob das Packpapier beiseite, klappte die Mappe aus starker Pappe auf, die sie herausgenommen hatte, und betrachtete kritisch das oberste Blatt. »Es sind Vorausexemplare von der Hülle des Albums, das ich im Sommer herausbringe.«

Ohne Brian anzusehen, reichte sie ihm eine der Hüllen, drehte eine andere um und las den Rückseitentext.

Gut fünf Minuten lang sah Brian wortlos das Bild an. Vor einem hellen Hintergrund saß Ramona – wie üblich im Schneidersitz. Sie blickte voll in die Kamera und ihre Lippen umspielte nur ein ganz leichtes Lächeln. Ihre Augen waren tiefgrau und blickten den Betrachter sehr direkt an. Das Haar hing ihr über die Schultern bis an die Knie – ein scharfer Kontrast zu dem mit einem Weichzeichner fotografierten Hintergrund. Das Foto wirkte lässig wie ein zufälliger Schnappschuss, war aber selbstverständlich sorgfältig gestellt. Ramona schien nackt zu sein und das Bild hatte eine starke erotische Ausstrahlung.

»Wie?« Geistesabwesend fuhr Ramona sich durch das Haar und fuhr fort zu lesen. »Oh ja, ich habe mir die Probeabzüge angesehen, bevor ich auf Tournee ging. Ich bin mir über die Reihenfolge der Lieder noch nicht ganz klar, aber es ist jetzt wohl zu spät, noch etwas daran zu ändern.«

»Ich dachte immer, Henderson sei darüber erhaben, dich so zu verkaufen.«

»Mich wie zu verkaufen?«, fragte sie, noch immer zerstreut.

»Als reine Jungfrau, die der Menge geopfert wird.« Er reichte ihr die Plattenhülle zurück.

»Also wirklich, Brian, das ist lächerlich.«

»Das finde ich nicht«, entgegnete er. »Ich finde, es ist ein mehr als passender Vergleich. Jungfräuliches Weiß, Weichzeichner – und du nackt mitten im Bild.«

»Ich bin nicht nackt«, antwortete sie entrüstet. »Ich lasse keine Aktfotos von mir machen.«

»Aber das sollen die künftigen Käufer der Platte nicht wissen, nicht wahr?« Brian lehnte sich an den Flügel und musterte Ramona aus zusammengekniffenen Augen.

»Es ist ein herausforderndes Bild, und das sollte es auch sein.« Stirnrunzelnd sah Ramona wieder auf die Plattenhülle hinunter. »Also, ich finde nichts dabei. Ich bin kein Kind, das man mit schwarzen Lackschühchen und rosa Schürzchen herausputzt, Brian. Hier geht es ums Geschäft. An dieser Hülle ist nichts Übertriebenes. An einem öffentlichen Strand liefe ich viel nackter herum.«

»Ja, aber weniger aufreizend und bei Weitem nicht so sinnlich«, sagte er kühl. »Das ist ein Unterschied.«

Ramona wurde feuerrot vor Zorn und Verlegenheit. »Es ist kein unanständiges Bild. Ich habe mich noch nie so fotografieren lassen, dass man daran Anstoß nehmen könnte. Karl Straighter ist einer der besten Fotografen in der Branche. Er macht keine unanständigen Bilder.«

»Was dem einen Kunst ist, ist dem anderen Pornografie, nehme ich an.«

Ramona warf verärgert die Plattenhülle auf das Klavier. »Wie kannst du nur etwas so Widerwärtiges sagen!«, flüsterte sie. »Du bist absichtlich so ekelhaft zu mir.«

»Ich sage dir nur meine Meinung«, korrigierte er. »Sie braucht dir ja nicht zu gefallen.«

»Ich brauche weder deine Meinung noch dein Einverständnis.«

»Nein«, sagte er und drückte wütend seine Zigarette aus, »die brauchst du nicht. Aber du bekommst sie trotzdem zu hören.« Als sie sich abwenden wollte, packte er sie am Arm. Und die Art, wie er zupackte, strafte seinen kühlen Tonfall und den eisigen Blick Lügen.

»Lass mich los!«, verlangte Ramona hitzig, legte die Hand auf die seine und bemühte sich vergeblich, ihren Arm zu befreien.

»Sobald ich fertig bin.«

»Du bist fertig.« Ihre Stimme klang plötzlich ganz ruhig und sie ließ von ihren verzweifelten Befreiungsversuchen ab. Stattdessen sah sie ihm mit einem brennenden Blick voll in die Augen. »Ich brauche mir deine Beleidigungen nicht anzuhören, Brian. Und ich werde sie mir auch nicht anhören. Du kannst mich natürlich daran hindern, wegzugehen, weil du stärker bist als ich, aber du kannst mich nicht zwingen, dir zuzuhören.« Sie schluckte. »Ich führe mein eigenes Leben. Du hast gewiss ein Recht auf deine Meinung, doch du hast nicht das Recht, mich damit zu verletzen. Ich will jetzt nicht mit dir sprechen, ich möchte nur, dass du mich gehen lässt.«

Er schwieg so lange, dass Ramona schon glaubte, er werde sich weigern. Dann lockerte er langsam den Griff. Wortlos verließ sie das Zimmer.

Vielleicht lag es an der Aufregung, die die Auseinandersetzung mit Brian ihr gebracht hatte, vielleicht am Regen, der gegen die Fenster peitschte, oder an dem plötzlich ausbrechenden Gewitter mit Donnergetöse und grellen Blitzen: Der Traum formte sich aus einer Bildmontage verwischter Kindheitserinnerungen und hinterließ bei Ramona lebhafte Eindrücke. Gedanken und Bilder tauchten auf und verloren sich in der

Dunkelheit des Schlafs. Gefühle brandeten heran und ebbten wieder ab – Furcht, Schuldbewusstsein und Hoffnungslosigkeit gingen ineinander über, verschmolzen miteinander, während Ramona sich stöhnend unter den Laken drehte und wälzte und sich zwingen wollte aufzuwachen. Doch sie saß in der Falle, wurde in einer Welt festgehalten, die ganz dicht an der Schwelle des Bewusstseins lag. Dann schien der Donner in ihrem Kopf zu explodieren und der grelle Blitzstrahl füllte das Zimmer mit weißem Licht. Mit einem Aufschrei fuhr Ramona in die Höhe.

Das Zimmer war wieder stockdunkel, als Brian hereinstürzte, und er fand nur zum Bett, weil er Ramonas wildes Schluchzen nachging.

»Ich bin ja hier, Ramona, mein Liebes«, sagte er, und sie warf sich, als er sie erreichte, wortlos in seine Arme, klammerte sich an ihn. Sie zitterte heftig und ihre Haut war eiskalt.

Brian wickelte sie in die Steppdecke und drückte sie an sich. »Wein nicht, mein Liebes, hier bist du sicher.« Er tätschelte und streichelte sie wie ein Kind, das sich vor dem Gewitter fürchtete. »Es ist bald vorbei.«

»Halt mich fest.« Sie presste das Gesicht an seine bloße Schulter und atmete rasch, als bekomme sie nicht genug Luft. Ihre Kehle brannte. »Ich hatte einen furchtbaren Traum, Brian.«

Er wiegte sie und küsste sie leicht auf die Schläfe. »Was hast du geträumt?« Aus seiner Kindheit wusste er noch, dass die Furcht verging, wenn man jemandem den Traum erzählen konnte.

»Sie hatte mich wieder alleingelassen«, sagte Ramona leise und schauderte, sodass er sie noch fester an sich zog. Dann wurden ihre Worte genauso unzusammenhängend wie ihre sich überstürzenden Gedanken und verworren wie ihr Traum. »Wie ich es hasste, in diesem Zimmer allein zu sein! Das einzige Licht kam vom Nebenhaus, von einer blinkenden roten Neonreklame, die ständig an- und aus-, an- und ausging, sodass es nie richtig dunkel wurde. Und so viel Lärm auf der Straße, auch dann noch, wenn die Fenster zu waren. Viel zu heiß … viel zu heiß zum Schlafen. Ich beobachtete das blinkende Licht und wartete darauf, dass sie zurückkäme. Sie war wieder betrunken.« Ramonas Hand, die auf seiner Brust lag, zuckte. »Und sie brachte einen Mann mit. Ich zog mir das Kissen über den Kopf, um nichts zu hören.«

Ramona unterbrach sich und bemühte sich, ruhiger zu atmen. In Brians Armen fand sie Geborgenheit. Vor den Fenstern tobte das Gewitter mit unverminderter Kraft und Lautstärke.

»Sie fiel die Treppe hinunter und brach sich den Arm, also zogen wir in eine Wohnung zu ebener Erde, aber es blieb stets das Gleiche. Schmuddelige, kleine Zimmer, stickige Zimmer, in denen es immer nach Gin roch, egal, wie sehr man sie schrubbte. Dünne Wände, die einem alles über das Leben der Nachbarn verrieten, als wohne man mit ihnen zusammen. Dann versprach sie mir, dass diesmal … diesmal alles anders werden solle. Sie wolle sich einen Job suchen und mich in die Schule schicken, aber immer war, wenn ich eines Tages nach Hause kam, ein Mann da und auf dem Tisch stand die Flasche.«

Ramona klammerte sich nicht mehr an Brian, lehnte sich nur noch leicht an ihn, als sei ihre Leidenschaft ausgebrannt. Tränen liefen ihr über die Wangen, doch ihr Atem ging ruhiger. Brian konnte im Dunkeln kaum die Umrisse ihres Gesichts sehen.

»Wo war dein Vater?«

Sie sah ihn starr an und in ihren Augen war ein sonderbarer Glanz. Dann stieß sie einen leisen Laut aus wie jemand, der aus dem Schlaf erwachte, und Brian war klar, dass sie halb aus dem Unterbewusstsein heraus gesprochen hatte. Doch jetzt war es zu spät, sie konnte sich nicht mehr verschanzen. Müde seufzte sie auf.

»Ich weiß nicht einmal, wer mein Vater ist.« Langsam löste sie sich aus Brians Armen und stand aus dem Bett auf.

Brian sagte nichts. Er griff in die Tasche der Jeans, die er hastig übergestreift hatte, holte eine Schachtel Streichhölzer heraus und steckte die Kerze an, die auf dem Nachttisch stand. Das Licht zitterte und flackerte, war kaum mehr als ein Pulsschlag in der Dunkelheit. »Wie lange hast du so gelebt?«, fragte er und blies das Streichholz aus.

Ramona fuhr sich mit beiden Händen durchs Haar und kreuzte dann die Arme vor der Brust. Sie hatte schon zu viel gesagt, um sich in Ausflüchte retten zu können. »Ich erinnere mich an keine Zeit, in der sie nicht getrunken hätte … Doch als ich noch sehr klein war, ungefähr fünf oder sechs, hatte sie sich noch einigermaßen unter Kontrolle. Mutter hat in Nachtclubs gesungen. Sie hatte große Träume und eine durchschnittliche Stimme, aber sie war sehr schön … früher …«

Ramona unterbrach sich, drückte die Hände an die Augen und wischte sich die Tränen fort. »Als ich acht war, war sie … wurde sie mit dem Alkoholproblem nicht mehr fertig. Und es gab immer Männer. Sie brauchte Männer wie den Alkohol. Ein paar waren ganz nett. Einer hat mich ein paarmal in den Zoo mitgenommen.«

Sie verstummte und wandte sich ab. »Es wurde immer schlimmer mit ihr. Zum Teil wohl deshalb, weil sie langsam die Stimme verlor. Sie hat sie natürlich auch schrecklich misshandelt, hat geraucht wie ein Schlot und der Alkohol hat ein Übriges getan. Doch je mehr es mit ihrer Stimme bergab ging, desto mehr rauchte und trank sie. Sie ruinierte ihre Stimme, ruinierte ihre Gesundheit und zerstörte sich selbst jede Chance, es zu etwas zu bringen. Manchmal hasste ich sie. Und ich weiß, dass sie manchmal auch sich selbst hasste.«

Ramona begann, im Zimmer auf und ab zu gehen. Die Bewegung schien ihr Erleichterung zu verschaffen, und sie sprach jetzt schneller, als ließen sich die Worte nicht zurückhalten. »Sie weinte und klammerte sich an mich und flehte mich an, sie nicht zu hassen. Sie versprach mir den Mond und ich glaubte ihr immer wieder. ›Diesmal‹ war eine ihrer Lieblingsredewendungen … das heißt, sie ist es noch immer.«

Ramona seufzte tief auf. »Sie liebte mich, wenn sie nicht trank, und vergaß mich völlig, wenn sie wieder an der Flasche hing. Es war so, als lebte man mit zwei ganz verschiedenen Frauen, und mit keiner von beiden konnte man leicht auskommen. Wenn sie nüchtern war, erwartete sie eine normale Mutter-Tochter-Beziehung zwischen uns. Sie fragte mich, ob ich meine Hausaufgaben gemacht hätte, warum ich fünf Minuten später aus der Schule käme … und so weiter und so weiter. War sie betrunken, durfte ich ihr ja nicht in die Quere kommen. Ich weiß noch, dass sie, als ich zwölf war, einmal drei Monate und sechzehn Tage keinen Tropfen trank. Dann kam ich eines Tages aus der Schule nach Hause und fand sie bewusstlos auf dem Bett. Sie hatte am Nachmittag in einem dieser billigen Nachtclubs vorsingen sollen. Später erzählte sie mir, sie habe nur ein einziges Glas trinken wollen, um ihre Nerven zu beruhigen. Nur eins.« Ramona fröstelte und schlug die Arme um sich. »Mir ist kalt«, murmelte sie.

Brian stand auf, ging zum Kamin und legte Holz nach. Ramona trat ans Fenster, um den über der See tobenden Sturm zu beobachten. Es blitzte noch ab und zu, aber der Donner wurde schon leise und der Regen ließ allmählich nach.

»Es passierte immer wieder. Sie arbeitete als Kellnerin in einer kleinen Piano-Bar in Houston. Ich war damals sechzehn. An den Zahltagen holte ich sie immer ab, damit sie das Geld nicht vertrank, bevor ich die nötigen Lebensmittel kaufen konnte. Sie war seit sechs Wochen trocken, arbeitete regelmäßig und hatte eine Affäre mit dem Manager. Er gehörte zu den netten Männern, die sie hatte. Wenn die Bar leer war, durfte ich immer auf dem Klavier herumklimpern. Einer von den Liebhabern meiner Mutter war Musiker gewesen. Er hatte mir die Grundbegriffe beigebracht und gesagt, ich hätte ein gutes Ohr. Mutter hörte es gern, wenn ich spielte.«

Ramona verstummte, und Brian sah, wie sie mit dem Finger die dunkle Fensterscheibe entlangfuhr.

»Ben, der Manager, fragte mich, ob ich Lust hätte, während der Lunchzeit zu spielen. Er sagte, ich könne auch singen, dürfe aber nicht laut werden und nicht mit den Gästen sprechen. So fing es bei mir an.« Ramona seufzte und strich sich mit der Hand über die Stirn. Hinter ihr krachte und prasselte das Feuer im Kamin. »Wir verließen Houston und gingen nach Oklahoma City. Ich gab ein falsches Alter an und bekam in einem Club einen Job als Sängerin. Es war eine von Mutters schlimmsten Perioden. Oft hatte ich Angst, sie allein zu lassen, aber sie arbeitete damals nicht, und …«

Ramona unterbrach sich und rieb sich die schmerzende Schläfe. Sie wollte aufhören, wollte alles verdrängen, wusste jedoch, dass sie schon zu weit gegangen war. Die Stirn an die

Scheibe pressend, wartete sie, bis ihre Gedanken sich wieder geordnet hatten.

»Wir brauchten das Geld, also musste ich es riskieren, sie abends und nachts allein zu lassen. Eine Zeit lang tauschten wir die Rollen. Was ich schon als Kind lernte, aber immer wieder vergaß, war, dass ein Alkoholiker immer Geld für eine Flasche findet. Immer, egal wo und wie. Eines Abends schaffte sie es, sich irgendwie während meines zweiten Auftritts in den Club hineinzuschwindeln. Wayne, der auch dort arbeitete, erfasste die Situation sehr rasch, und es gelang ihm, sie zu beruhigen, bevor die Szene zu hässlich wurde. Später half er mir, sie nach Hause und ins Bett zu bringen. Er war wunderbar. Keine Belehrungen, kein Mitleid, kein Rat. Er hat einfach geholfen.«

Ramona wandte sich wieder vom Fenster ab und wanderte zum Kamin hinüber. »Aber sie kam noch zweimal und dann warf man mich hinaus. Es gab andere Städte, andere Clubs, doch es war immer das Gleiche. Heute ist es kaum noch wichtig. Kurz vor meinem achtzehnten Geburtstag verließ ich sie.«

Ramonas Stimme zitterte leicht, und sie legte eine kurze Pause ein, um sich zu beruhigen. »Eines Abends kam ich nach Hause und sie lag bewusstlos über dem Küchentisch. Ich wusste, dass ich verrückt werden würde, wenn ich noch länger bei ihr bliebe. Also legte ich sie ins Bett, packte einen Koffer, ließ ihr alles Geld da, das ich entbehren konnte, und ging. Ganz einfach so.« Sie bedeckte einen Augenblick das Gesicht mit den Händen und presste die Finger auf die Augen. »Mir war, als könnte ich zum ersten Mal im Leben frei atmen.«

Ramona ging zum Fenster zurück. In der dunklen Scheibe sah sie undeutlich ihr Bild. Sie betrachtete sich nachdenklich und horchte auf das leise Trommeln des jetzt stetig fallenden Regens.

»Ich arbeitete mich bis nach Los Angeles vor«, fuhr sie fort, »und dort sah mich Henderson. Er spornte mich an. Ich bin mir nicht sicher, was ich eigentlich wollte, bevor ich den Vertrag mit ihm unterschrieb. Einfach überleben, denke ich. Den einen Tag und dann den nächsten. Dann kamen die Verträge und Plattenaufnahmen und der ganze verrückte Zirkus fing an. Türen öffneten sich. Ein paar Falltüren waren allerdings auch darunter.«

Sie lachte erstaunt auf. »Du meine Güte, es war fantastisch und zum Fürchten, und ich glaube nicht, dass ich diese ersten Monate noch einmal durchstehen könnte. Auf alle Fälle hat Henderson mir Publicity verschafft und die erste Hit-Single machte mich noch bekannter. Und dann kam der Anruf aus einem Krankenhaus in Memphis.«

Ramona begann, langsam auf und ab zu gehen. Die leichte Seide ihres Nachthemds schmiegte sich an ihren Körper und passte sich ihren Bewegungen an. »Ich musste natürlich hinfahren. Sie war sehr schlimm dran. Ihr letzter Liebhaber hatte sie verlassen und ihr das bisschen Geld gestohlen, das sie hatte. Sie weinte. Oh Gott, und wieder die gleichen Versprechen! Es täte ihr leid. Sie liebe mich. Nie, nie wieder wolle sie trinken. Ich wäre das einzig Anständige, das sie im Leben zu Stande gebracht hätte.«

Die Tränen fingen wieder an zu fließen, doch diesmal ließ Ramona ihnen freien Lauf. »Sobald sie reisefähig war, brachte ich sie zu mir nach Hause. Julie hatte ein Sanatorium entdeckt, das von einem sehr ernsthaften jungen Arzt geleitet wurde. Justin Randolph Karter. Das ist doch ein wunderbarer Name, nicht wahr, Brian?« Bitterkeit stieg mit den Tränen auf. »Ein wunderbarer Name, ein bemerkenswerter Mann. Er führte mich in sein eindrucksvolles Büro und erklärte mir, wie er meine Mutter behandeln wolle.«

Ramona wirbelte herum und blieb Brian gegenüber stehen. Ihre Schultern bebten, so heftig schluchzte sie. »Ich wollte es nicht wissen, ich wollte nur, dass er es tat. Er sagte mir, ich solle meine Hoffnungen nicht zu hoch schrauben, und ich erklärte ihm, ich hätte überhaupt keine Hoffnungen. Er muss mich für eine Zynikerin gehalten haben, denn er nannte mir mehrere gute Organisationen, an die ich mich um Rat und Hilfe wenden könne. Er erinnerte mich daran, dass Alkoholismus eine Krankheit und meine Mutter ein Opfer dieser Krankheit sei. Ich antwortete ihm, dass er sich verdammt irre. Das einzige Opfer sei ich.«

Ramona rang sich das Wort förmlich ab und schlang die Arme noch fester um sich. »Ich war das Opfer. Ich musste mir ihr leben, ihre Lügen, ihre Krankheit und ihre Männer ertragen. Es war so leicht, so einfach für ihn, scheinheilig und verständnisvoll zu Liebe und Geduld zu mahnen. Ihn schützte sein weißer Arztkittel. Und ich hasste sie.« Wieder presste Ramona die Hände gegen die Augen. »Und liebte sie.« Mit jedem Atemzug brach sich etwas Bahn, das sich während der letzten Wochen im Zusammenhang mit ihrer Mutter in ihr aufgestaut hatte. »Ich liebe sie noch immer«, flüsterte sie.

Müde, fast erschöpft, wandte sie sich zum Kamin und stützte die Handflächen auf das Sims. »Dr. Karter ließ sich von mir anschreien, saß bei mir, als ich zusammenbrach, und dann fuhr ich nach Hause. Zwei Tage später lernte ich dich kennen.«

Ramona hörte nicht, dass Brian sich bewegte, wusste nicht, dass er hinter ihr stand, merkte es erst, als er ihr die Hände auf die Schultern legte. Wortlos drehte sie sich um und warf sich an seine Brust. Brian hielt sie fest und fühlte das leichte Zittern, das sie immer wieder durchlief. Über ihren Kopf hinweg blickte er in die gierigen Flammen. Der Sturm hatte sich gelegt, nur noch der Regen prasselte gegen die Scheiben.

»Wenn du es mir gesagt hättest, hätte ich es dir vielleicht erleichtern können, Ramona.«

Sie schüttelte den Kopf und schmiegte dann das Gesicht an seine Schulter. »Nein, ich wollte nicht, dass es diesen Bereich meines Lebens berührte. Ich war einfach nicht stark genug, um das zu ertragen.« Tief Atem holend bog sie den Kopf so weit zurück, dass sie ihm in die Augen sehen konnte. »Ich hatte Angst, du würdest nichts mehr mit mir zu tun haben wollen, wenn du es wüsstest.«

»Ramona!« Seine Stimme klang gleichzeitig gekränkt und tadelnd.

»Ich weiß, ich hatte unrecht, Brian, ich weiß, es war dumm von mir, aber du musst das verstehen. Plötzlich passierte alles auf einmal. Ich brauchte Zeit. Ich musste überlegen, wie ich mein Leben leben wollte, wie ich meine Karriere, meine Mutter und alles andere miteinander in Einklang bringen konnte.« Ihre Hand umklammerte Brians Arm. »Gestern noch war ich ein Niemand und am nächsten Tag jubelten mir die Fans zu. Überall war mein Bild. Sobald ich das Radio einschaltete, hörte ich mich. Du weißt doch, wie das ist.«

Brian strich ihr das Haar von der Wange zurück. »Ja, ich weiß es«, sagte er und fühlte, wie sie sich endlich ein wenig entspannte.

»Bevor ich noch richtig Atem holen konnte, drängte sich Mutter wieder in mein Leben. Ein Teil von mir hasste sie, doch anstatt mir klarzumachen, dass das eine ganz natürliche

Reaktion war, fühlte ich mich schuldig. Und ich schämte mich.« Sie schüttelte den Kopf, weil sie ahnte, was er sagen wollte, und fuhr fort: »Es ist sinnlos, mir einzureden, dazu hätte ich keinen Grund gehabt. Das ist eine verstandesmäßige Erklärung, eine logische Erklärung. Sie hat nichts mit Gefühlen zu tun. Ich glaube nicht, dass du das verstehen kannst, du hast etwas Ähnliches nie kennengelernt. Sie ist meine Mutter. Das kann ich nicht völlig außer Acht lassen, obwohl ich weiß, dass ich für ihre Probleme nicht verantwortlich bin.«

Ramona warf Brian einen langen Blick zu und wandte sich von ihm ab. »Und dann verliebte ich mich – zu allem anderen – auch noch in dich.« Die Flammen im Kamin tanzten und sprühten. »Ich liebte dich«, sagte sie so leise, dass er sich anstrengen musste, um sie zu verstehen, »aber deine Geliebte konnte ich nicht werden.«

Brian streckte die Arme nach ihr aus, ließ sie aber wieder sinken, da Ramona mit dem Rücken zu ihm stand und es nicht sehen konnte. »Warum nicht?«, fragte er.

Sie wandte den Kopf und blickte über die Schulter zurück. Ihr Gesicht lag im Schatten. »Weil ich dann so gewesen wäre wie sie«, flüsterte sie und wandte sich wieder ab.

»Das glaubst du doch nicht wirklich, Ramona!« Brian fasste sie an den Schultern, doch sie schüttelte den Kopf und antwortete nicht. Da drehte er sie energisch zu sich herum und sah sie eindringlich an. »Hältst du es für richtig, die Kinder für die Sünden und Fehler ihrer Eltern zu verurteilen?«

»Nein. Aber ich …«

»Dann hast du auch nicht das Recht, dich selbst dafür zu bestrafen.«

Aufseufzend schloss sie die Augen. »Ich weiß, ich weiß es ja, aber …«

»Hier gibt es kein Aber, Ramona.« Seine Finger gruben sich fester in ihr Fleisch, bis sie die Augen wieder öffnete. »Du weißt, wer du bist.«

Nur noch das Brausen der See, das Prasseln des Regens und das Knistern des Feuers waren zu hören. »Ich wollte dich«, sagte Ramona mit bebender Stimme, »wenn du mich in die Arme nahmst, mich berührtest. Du warst der erste Mann, nach dem ich mich sehnte.« Sie schluckte und wieder erschauerte sie. »Dann erinnerte ich mich an die vielen schäbigen kleinen Zimmer, an die vielen Männer, die Mama nach Hause brachte, und …« Sie unterbrach sich und wollte sich wieder abwenden, doch Brian hielt sie fest.

Nach einer Weile ließ Brian sie los und umfasste ihr Gesicht mit beiden Händen. Mit großer Zärtlichkeit suchte sein Blick den ihren. »Mit einem Fremden ins Bett zu gehen ist etwas anderes, als mit einem Mann zu schlafen, den man liebt.«

Ramona fuhr sich mit der Zungenspitze über die Lippen. »Das weiß ich, aber …«

»Weißt du das wirklich?«, fiel er ihr ins Wort und sie konnte nur noch tief und zitternd ausatmen. »Lass es mich dir beweisen.«

Noch immer sahen sie einander in die Augen. Ramona wusste, dass Brian sie sofort loslassen würde, wenn sie den Kopf schüttelte. Furcht mischte sich mit Verlangen. Sie hob die Hände, umschloss seine Handgelenke.

»Ja«, sagte sie.

Wieder strich Brian sanft Ramonas Haar zurück. Sanft küsste er ihre geschlossenen Augen. Er fühlte, wie sie in seinen Armen zitterte. Ihre Hände umschlossen noch immer seine Handgelenke, und ihre Finger griffen fester zu, als er ihren Mund berührte.

Geduldig wartete er, bis ihre Lippen weich wurden, nachgaben und sich öffneten.

Dann wurde sein Kuss drängender. Seine Hände streichelten Ramona, sein Mund erforschte den ihren. Die Flammen warfen rot-goldenes Licht über sie, dann wieder wurden sie in tiefe Schatten getaucht. Ramona fühlte die Hitze des Feuers durch das Seidenhemd, das sie trug. Viel gewaltiger jedoch war der Brand, den Brian in ihrem Innern entfachte.

Er legte ihr die Hände auf die Schultern und massierte sie leicht, während seine Zähne mit Ramonas Unterlippe spielten. Sie fühlte, wie das Nachthemd über ihre Brüste nach unten rutschte, von ihren Hüften noch einmal festgehalten zu werden schien und dann raschelnd zu Boden fiel. Sie wollte protestieren, doch Brian küsste sie noch leidenschaftlicher. Jeder Gedanke entglitt ihr. Brians Hände strichen über die sanfte Kurve ihres Rückens, die zart gewölbten Hüften. Dann hob er sie auf die Arme. In ihrem Kopf drehte sich alles, als sie sich auf die Matratze sinken ließ. Angst und Zweifel kehrten zurück.

»Brian, bitte, ich …«

Sein Kuss erstickte die Worte, die ihr auf der Zunge lagen. Seine Hände liebkosten sie sanft, streichelten sie ganz langsam. Sie hatte das unbestimmte Gefühl, dass er sich eisern zurückhielt, um sie nicht zu erschrecken. Doch sie war jetzt innerlich entspannt, ihre Glieder waren schwer. Sein Mund wanderte zu ihrer Kehle hinunter und sein Daumen spielte mit ihrer Brustspitze. Ramona stöhnte und drängte sich an ihn. Seine Lippen folgten der schwellenden Kurve ihrer Brüste und bedeckten sie mit schnellen, hingehauchten Küssen. Dann berührte er mit der Zungenspitze ganz zart die empfindliche Knospe. Ramona fühlte brennende Hitze zwischen den Schenkeln, grub die Finger in Brians Haar und presste ihn an sich. Sie drängte ihm bebend entgegen, nicht furchtsam, sondern voller Leidenschaft.

Ein Gefühl, wie sie es noch nie empfunden hatte, schien ihr Inneres zu sprengen. Sie war sich noch des flackernden Feuers und des Kerzenlichts bewusst, die auf ihren geschlossenen Lidern spielten, spürte das weiche Laken unter dem Rücken und nahm den angenehmen Geruch des brennenden Holzes wahr. Aber alles blieb schattenhaft und unklar, während ihr ganzes Sein auf das Spiel von Brians Zunge auf ihrer Haut und das zärtliche Streicheln seiner Hände auf ihren Schenkeln ausgerichtet schien.

Über das Prasseln des Regens und das Knistern des Feuers hinweg hörte sie ihn immer wieder ihren Namen murmeln, hörte ihre eigenen leisen, sinnlosen Antworten.

Ihr Atem ging schneller, ihr Mund sehnte sich nach dem seinen. Und Brian schien zu spüren, dass sie nach seinem Kuss verlangte, verschloss ihr die Lippen und drückte ihren Kopf tief in die Kissen. Er lag schräg auf ihr und Ramonas Brüste pressten sich an Brians harten Oberkörper.

Seine Hand lag auf Ramonas Leib und glitt langsam tiefer, als sie sich unter ihm bewegte. Ein leichter Schreck durchzuckte sie, als sie ihn zwischen den Schenkeln spürte, und dann ließ ein Gefühl rauschhafter Ekstase ihren Atem stocken. Brian war noch immer sanft und geduldig und bewies Ramona auf diese Weise seine Liebe in einem Maß, das sie erst viel später begreifen sollte.

Für sie gab es außerhalb dieses nur vom Feuerschein erhellten Zimmers, außerhalb des großen Himmelbettes keine Welt mehr. Brian versetzte sie mit seinen Zärtlichkeiten und Liebkosungen in eine völlig neue Dimension, in der es nur eins gab – dieses einzigartige Gefühl fast unerträglicher Süße, diese Verzückung, diese Raserei, die fast das Bewusstsein auslöschte.

Ramona merkte kaum, dass Brian sich kurz von ihr löste, um sich zu entkleiden. Als sie ihn auf sich spürte, öffnete sie sich ihm, bereit, sich zu schenken und zu empfangen. Noch immer ahnte sie nicht, wie schwer es ihm fallen musste, sich so fest in der Hand zu haben. Sie wusste nur, dass sie ihn wollte, und sie drängte ihn, sie zu nehmen. Ein kurzer Schmerz ging in einem Glücksgefühl unter, das zu groß war, um in Worte gefasst zu werden. Ramona schrie auf, doch Brians Mund erstickte den Laut.

Und dann verlor sich alles im Wellenschlag fast schmerzlichen Entzückens.

11. Kapitel

Den Kopf bequem an Brians Schulter gebettet, blickte Ramona in die Flammen. Ihre Hand lag auf seinem Herzen, das rasch und regelmäßig schlug.

Im Zimmer war es still, der Regen flüsterte nur noch vor den Fenstern. Ramona wusste, dass die Erinnerung an diese erste Nacht mit Brian untrennbar mit diesem sanften Geräusch verbunden bleiben würde. Immer würde leise ans Fenster klopfender Regen diese Stunde heraufbeschwören.

Brians Arm lag unter Ramonas Rücken und seine Hand umfasste locker ihren Oberarm. Seit er sich von ihr gelöst und sie dicht an seine Seite gezogen hatte, schwieg er.

Ramona glaubte, dass er schlief, und war zufrieden, bei ihm zu liegen, das Feuer zu beobachten und dem Regen zu lauschen. Sie rückte den Kopf ein bisschen, um ihn ansehen zu können, und stellte fest, dass er wach war. Seine Augen glänzten. Ramona hob die Hand und legte sie ihm auf die Wange.

»Ich dachte, du schläfst«, sagte sie.

Brian nahm ihre Hand und drückte sie an die Lippen. »Nein, ich …« Er blickte auf sie hinunter, brach ab und löste mit dem Daumen vorsichtig eine Träne von ihren Wimpern. »Ich habe dir wehgetan.«

»Nein.« Ramona schüttelte den Kopf. Einen Herzschlag lang presste sie das Gesicht in seine Halsbeuge, wo sie seine Wärme fühlen, den Duft seines Körpers atmen konnte. »Oh nein, du hast mir nicht wehgetan. Ich fühle mich wunderbar.

Und das hast du zu Stande gebracht. Ich fühle mich ganz leicht und … frei.« Sie sah ihn wieder an und lächelte.

Brian fuhr ihr mit den Fingern durch das Haar und strich es dort zurück, wo es ihr Gesicht verbarg. Ihre Haut war leicht gerötet, in ihren Augen spiegelten sich die Flammen des Kaminfeuers. »Du bist schön«, sagte er.

Sie lächelte wieder und küsste ihn. »Das Gleiche habe ich immer von dir gedacht.«

Lachend zog er sie fester an sich. »Hast du das wirklich?«

Sie lag halb über ihm, heiße Haut auf heißer Haut. »Ja, ich dachte immer, dass du, wärest du ein Mädchen, auffallend hübsch sein müsstest, und nachdem ich das Bild deiner Schwester gesehen habe, weiß ich, dass ich recht hatte.«

Er zog eine Braue hoch. »Komisch, mir wäre nicht einmal im Traum eingefallen, dass du so etwas denken könntest. Doch das war vielleicht auch besser so.«

Ramona lachte leise auf und presste die Lippen auf seinen Hals. »Ich bin aber überzeugt, dass du dich als Mann viel besser machst.«

»Das ist ein Trost für mich«, sagte er und begann, ihren Rücken zu streicheln. »Zumal unter den gegebenen Umständen.« Seine Hand blieb auf ihrer Hüfte liegen.

»Mir bist du jedenfalls so viel lieber.« Wieder küsste ihn Ramona auf den Hals und ließ die Lippen zu seinem Ohr hinaufwandern. Plötzlich fühlte sie unter ihrer Brust, wie sich sein Herzschlag sprunghaft beschleunigte. »Brian …« Sie seufzte und knabberte zärtlich an seinem Ohr. »Du bist so lieb zu mir, so sanft und rücksichtsvoll.«

Sie hörte ihn aufstöhnen, und dann rollte er sich herum, sodass jetzt sie unter ihm lag. In seinen Augen schwelte ein Feuer, sie wirkten jetzt durchscheinend grün und so leidenschaftlich wie in dem Augenblick im Flugzeug, in dem er sie an sich gerissen und fast brutal festgehalten hatte. Auch jetzt beschleunigte sich ihr Pulsschlag, doch diesmal nicht aus Furcht.

»Liebe ist nicht immer sanft und rücksichtsvoll, Ramona«, sagte er rau.

Fast gewalttätig presste er seinen Mund auf den ihren, als er alle Selbstbeherrschung aufgab, die er sich bisher auferlegt hatte. Jetzt kannte er keine Geduld mehr, jetzt regierte nur noch die Leidenschaft. Ihre Lippen waren wund und taten ihr weh, doch sie lernte, dass Begierde Begierde weckte. Sie wollte mehr und immer mehr und presste ihn deshalb noch fester an sich.

Fordernd und besitzergreifend griffen seine Hände nach ihr. »So lange schon«, flüsterte er heiser, »so lange schon will ich dich …« Dann grub er die Zähne in die empfindlichste Stelle ihres Nackens, und Ramona stürzte sich in die Hitze, die wie eine Stichflamme in ihr in die Höhe schoss, stürzte sich in die Dunkelheit …

Brian fühlte, dass sie gab, dass sie sich ihm schenkte und gleichzeitig forderte. Er war fast wild vor Verlangen. Er wollte sie überall berühren, überall fühlen, riechen und schmecken. Er war so verzweifelt wie ein Verhungernder und ebenso rücksichtslos. War er vorher sanft und rücksichtsvoll gewesen, nahm er jetzt, was er zu viele Jahre begehrt hatte. Sie gehörte ihm, wie er es sich erträumt hatte: weich und nachgiebig und dann weich und begehrlich.

Er hörte sie stöhnen, fühlte, wie sich ihre Fingernägel in seine Schultern gruben. Mit der Zunge kostete er den Geschmack ihrer Haut. Er ließ eine Hand zwischen ihre Schenkel gleiten, und als sie sich gegen ihn drängte, wusste er, dass ihre

Begierde genauso groß war wie die seine. Und doch wollte er sie noch nicht nehmen – noch nicht. Seine Gier war unersättlich. All die Jahre enttäuschter Leidenschaft brachen sich jetzt Bahn. Es war wie eine Explosion, die sie beide mitriss.

Unerfahren, wie Ramona war, ließ sie sich von ihm führen, folgte ihm willig und lernte, dass körperliches Verlangen tiefer und stärker war als alles, was sie bisher gekannt, tiefer und stärker, als sie es je für möglich gehalten hatte.

Brian reizte sie so, bis die Hitze in ihr sich ins Unerträgliche steigerte. Trotzdem wollte sie mehr. Seine Hände gingen rücksichtslos mit ihr um, doch sie wollte keine sanften Zärtlichkeiten. Sie war von einer Leidenschaft durchdrungen, aus der es kein Entrinnen gab. Sie rief nach Brian, rief verzweifelt und ohne zu denken seinen Namen, flehte ihn an, sie zu nehmen.

Mehr konnte es zwischen zwei Menschen nicht geben, sie hatten alle Schranken durchbrochen. Lust konnte nicht ekstatischer, Leidenschaft nicht wilder sein als in diesem Augenblick.

Dann drang er in sie ein, und alles, was bisher gewesen war, verblasste im Feuerwerk der Sinnlichkeit, das über sie hereinbrach …

Sie lagen still und Brian hatte das Gesicht in Ramonas Haarflut vergraben. Sein Atem kam stoßweise, und er dachte nicht daran, wie schwer er auf ihr liegen musste. Unter ihm bebte Ramona immer wieder im letzten Nachklang erschöpfter Leidenschaft. Sie hielt ihn an den Schultern fest, wollte nicht, dass er sich von ihr fortbewegte, wollte nicht, dass die Einheit zerstört wurde, die sie jetzt waren. Hatte er sie beim ersten Mal die Zärtlichkeit und die Sanftheit der Liebe gelehrt, führte er sie jetzt in dunklere Geheimnisse ein.

Im Kamin rutschte Funken sprühend ein Holzscheit nach unten. Brian hob den Kopf und sah auf Ramona hinunter. Er küsste sie sanft und verlagerte dann sein Gewicht, um aufzustehen.

»Nein, geh nicht«, sagte Ramona, nahm seinen Arm und setzte sich gleichzeitig mit ihm auf.

»Ich will doch nur das Feuer schüren.« Er blickte sie zärtlich an.

Ramona zog die Knie an und sah Brian zu, wie er sich am Kamin zu schaffen machte. Der Feuerschein tanzte über seine Haut und Ramona betrachtete den Geliebten entzückt. Er hatte kräftige Muskeln, was bei einem so schlanken, fast mageren Mann überraschend war. Ebenso überraschend wie seine Leidenschaft, denn nach außen gab er sich immer ganz kühl und locker. Doch Ramona wusste jetzt, wie er wirklich war, sie kannte ihn ebenso, wie sie das Spiel seiner Muskeln kannte. Er drehte sich um und sah sie an, während der Widerschein des Feuers über seinen Rücken zuckte. Sie sahen einander forschend an, beide noch wie betäubt von dem, was zwischen ihnen geschehen war. Dann schüttelte Brian den Kopf.

»Ich bin verrückt, Ramona«, stieß er rau hervor, »aber ich will dich schon wieder!«

Wortlos streckte sie die Arme nach ihm aus.

Ein leuchtendes Band aus Sonnenstrahlen lag wie ein warmer roter Schleier auf Ramonas geschlossenen Augen. Ganz langsam öffnete sie die Lider und wandte sich dann Brian zu.

Er schlief noch und atmete tief und regelmäßig. Sie musste den heftigen Wunsch unterdrücken, ihm das Haar aus dem Gesicht zu streichen, denn sie wollte ihn nicht wecken. Noch nicht.

Zum ersten Mal war sie am Morgen aufgewacht und konnte das Gesicht ihres Geliebten betrachten. Ein warmes Gefühl der Zufriedenheit durchströmte sie.

Er ist schön, dachte sie und erinnerte sich daran, dass er ein wenig bestürzt gewesen war, als sie es ihm am vergangenen Abend gesagt hatte. Und ich liebe ihn. Fast hätte sie die Worte laut vor sich hin gesagt. Ich habe ihn immer geliebt, von Anfang an, in all den Jahren der Trennung. Und seit wir wieder zusammen sind, noch viel mehr. Doch diesmal darf ich keinen Fehler machen. Sie schloss die Augen in der plötzlichen Furcht, er könne wieder aus ihrem Leben verschwinden. Sie wollte nichts von ihm fordern, ihn zu nichts drängen. Ich will nur bei ihm sein, mehr brauche ich nicht.

Mit den Blicken zog sie die Konturen seines Mundes nach und dachte daran, wie zärtlich er heute Nacht gewesen war, zärtlich, dann begehrlich, fast brutal. Sie hatte nicht geahnt, wie sehr er sie gewollt hatte – oder sie ihn –, und es war ihr erst klar geworden, als alle Schranken fielen. Fünf Jahre, fünf leere Jahre … Ramona verdrängte den Gedanken. Es gab kein Gestern und kein Morgen, es gab nur das Jetzt.

Plötzlich lächelte sie, weil ihr das riesige Frühstück einfiel, das er gewöhnlich aß. Normalerweise stolperte sie noch halb schlafend auf der Suche nach einer Tasse Kaffee in die Küche, wenn er bereits Eier mit Speck gegessen hatte. Kochen war zwar nicht ihre Stärke, doch heute wollte sie ihn überraschen.

Brian hatte ihr im Schlaf den Arm um die Taille gelegt und sie an sich gezogen. Vorsichtig schlüpfte Ramona darunter hervor, tappte auf bloßen Füßen zum Schrank, zog einen Morgenrock an und ging hinunter.

Helles Sonnenlicht strömte durch das Fenster in die Küche. Ramona ging sofort zur Kaffeemaschine. Das Wichtigste zuerst, dachte sie. Merkwürdigerweise war sie hellwach und weder so schläfrig noch so benebelt wie sonst nach dem Aufstehen. Sie fühlte sich lebendig, energiegeladen, ganz so wie unmittelbar nach einem Live-Konzert.

Vielleicht gibt es da Parallelen, dachte sie, während sie Kaffee in den Filter häufte. Sie legte den Deckel auf und schaltete die Maschine ein. Sie hatte sich immer vorgestellt, dass ein Auftritt vor Publikum etwas von einem Liebesakt hatte. Man gab sich hin, gab seine Gefühle preis, riss alle Schranken nieder. Genauso war es mit Brian gewesen. Bei dem Gedanken lächelte sie, und sie begann zu singen, während sie nach einer Bratpfanne suchte.

Oben im Bett rührte sich Brian, wollte nach Ramona greifen und stellte fest, dass sie nicht mehr da war. Rasch setzte er sich auf und sah sich im Zimmer um.

Das Feuer brannte noch. Es war schon sehr spät gewesen, als er die letzten Scheite aufgelegt hatte. Die Vorhänge waren offen und die Sonne schien ungehindert herein. Goldenes Licht fiel über das Bett und auf den Boden. Ramonas Nachthemd lag noch da, wo es am Abend achtlos hingeworfen worden war.

Es war kein Traum, sagte er sich und fuhr sich mit der Hand durchs Haar. Sie hatten sich in der Nacht geliebt, immer und immer wieder, bis sie, sich noch immer aneinanderklammernd, vor Erschöpfung eingeschlafen waren. Wieder glitt sein Blick zu dem leeren Kissen neben ihm. Aber wo – wo, zum Teufel, steckt sie jetzt? Mit einem Anflug von Panik stand er auf, schlüpfte in die Jeans und machte sich auf die Suche nach Ramona.

Noch bevor Brian das Treppenende erreicht hatte, hörte er sie singen.

»Jeden Morgen erwache ich
und suche deinen Blick,
der mir sagt: Ich liebe dich,
du bist mein Glück …«

Es war das Lied, das er ein bisschen ins Lächerliche gezogen hatte, als sie in seinem Wagen in den Hügeln über Los Angeles saßen. Seine Anspannung löste sich. Er ging den Flur entlang und lauschte ihrer leicht rauen Stimme, blieb dann auf der Schwelle stehen und beobachtete Ramona.

Ihre Bewegungen passten sich dem Lied an, das sie sang, waren munter und leicht. Sie wirkte glücklich. Die Küche war von Morgengeräuschen und Düften erfüllt. Die Kaffeemaschine blubberte und der Speck zischte und brutzelte in der Pfanne. Porzellan klapperte, als Ramona nach dem richtigen Teller suchte.

Das Haar hing ihr über den Rücken, und der kurze Frotteebademantel rutschte weit über ihre Oberschenkel hinauf, als sie sich streckte, um das oberste Regal im Küchenschrank zu erreichen.

Sie unterbrach ihren Gesang einen Augenblick und verwünschte ebenso laut wie gut gelaunt ihre Kleinwüchsigkeit. Nachdem es ihr gelungen war, die Platte, die sie gesucht hatte, aus dem Schrank zu nehmen, drehte sie sich um und entdeckte Brian. Sie erschrak so, dass sie die Gabel fallen ließ, die sie in einer Hand hielt, und fast hätte die Porzellanplatte das gleiche Schicksal ereilt, wenn es Ramona nicht im letzten Moment gelungen wäre, sie festzuhalten.

»Brian!« Ramona fuhr sich mit der Hand an die Kehle und holte tief Atem. »Du hast mich erschreckt. Ich habe dich nicht herunterkommen hören.«

Er erwiderte ihr Lächeln nicht. Stocksteif stand er da und sah sie nur an. »Ich liebe dich, Ramona«, sagte er.

Ihre Lippen öffneten sich zitternd, als wolle sie etwas sagen, und schlossen sich dann wieder. Diese Worte, dachte sie, haben eine so unterschiedliche Bedeutung. Es war wichtig, dass sie einer ganz einfachen Erklärung keine allzu große Bedeutung beimaß. Sie bückte sich, hob die Gabel auf und sagte ganz beiläufig: »Ich liebe dich auch, Brian.«

Stirnrunzelnd betrachtete er ihren gesenkten Kopf, und als sie sich zum Spülbecken wandte, um die Gabel zu säubern, ihren Rücken. »Das klingt, als wärst du meine Schwester. Aber Schwestern habe ich schon. Zwei. Eine dritte brauche ich nicht.«

Ramona ließ sich Zeit. Sie drehte den Wasserhahn ab, setzte ein Lächeln auf und wandte sich ihm zu. »Ich denke an dich nicht wie an einen Bruder, Brian.« Sie überlegte einen Augenblick lang, bevor sie fortfuhr: »Es ist nicht einfach für mich, dir zu sagen, was ich empfinde. Ich habe deine Unterstützung, deine Rücksicht und dein Zartgefühl gebraucht. Du hast mir gestern Abend mehr geholfen, als ich dir sagen kann.«

»Jetzt redest du, als wär ich ein idiotischer Seelendoktor. Ich habe gesagt, dass ich dich liebe, Ramona!« Diesmal schwang unterdrückter Zorn in seiner Stimme. Als Ramona sich wieder zu ihm umdrehte, war ihr Blick sehr beredt.

»Brian, du musst dich nicht verpflichtet fühlen …«

Sie unterbrach sich, als seine Augen plötzlich Funken zu sprühen schienen. Er stürmte in die Küche, schaltete die Gasflamme unter dem rauchenden Speck ab und riss den Stecker der Kaffeemaschine aus der Steckdose. Der Kaffee blubberte noch ein paar Sekunden weiter.

»Sag mir nicht, was ich zu tun habe!«, schrie Brian. »Das weiß ich nämlich auch!« Er packte Ramona bei den Schultern und schüttelte sie. »Ich muss dich lieben! Das ist keine Verpflichtung, das ist eine Tatsache, ein Muss, ein furchtbarer Zwang!«

»Brian!«

»Halt den Mund!«, befahl er. Er zog Ramona näher und küsste sie, nicht auf die Tassen achtend, die sie noch in den Händen hatte. Sie fühlte die Verzweiflung, die in diesem Kuss lag, den Zorn. »Sag mir ja nie wieder so ruhig und gelassen, dass du mich liebst.« Er hob den Kopf nur lange genug, um Atem holen zu können. Sein Mund war hart und fordernd. »Ich will mehr von dir, Ramona, viel mehr.« Grünes Feuer loderte in seinen Augen, als er heftig hinzufügte: »Und ich werde es auch bekommen!«

»Brian!« Ramona war atemlos, sie fühlte sich wie leicht beschwipst und dann musste sie lachen. »Brian, du bohrst mir mit den Tassen Löcher in die Brust. Lass mich die Sachen bitte abstellen.« Er sagte etwas sehr Unfreundliches über das Geschirr, doch es gelang Ramona, sich so weit von ihm zu lösen, dass sie Tassen und Untertassen auf den Tisch stellen konnte.

Dann warf sie ihm die Arme um den Hals. »Sei doch nicht so böse, Brian«, sagte sie. »Ich gehöre doch dir, gehöre dir ganz und gar. Ich hatte Angst – und weiß jetzt, dass es dumm war, Angst zu haben –, dir zu sagen, wie sehr ich dich liebe.« Sie nahm sein Gesicht in beide Hände, sodass er ihr in die Augen sehen und darin lesen konnte. »Ich liebe dich, Brian.«

Heiß und drängend trafen sich ihre Lippen und lösten sich auch nicht voneinander, als Brian Ramona auf die Arme hob.

»Du musst noch ein bisschen auf deinen Kaffee warten«, sagte er, als sie ihn auf den Nacken küsste. Sie murmelte ihr Einverständnis, während er sie durch den Flur und durch die Halle trug.

»Zu weit«, flüsterte sie dann.

»Hm?«

»Bis ins Schlafzimmer ist es zu weit.«

Lachend sah Brian sie an. »Viel zu weit«, bestätigte er ernst, änderte die Richtung, um ins Musikzimmer zu gehen. »Fast unerreichbar weit.« Zusammen ließen sie sich auf ein Sofa sinken. »Wie gefällt es dir hier?« Er ließ die Hand unter Ramonas Bademantel gleiten, um ihre Haut zu fühlen.

»Hier hat unsere Zusammenarbeit immer besonders gut geklappt.« Ramona sah ihm lachend in die Augen und zog mit den Fingerspitzen seine Schultermuskeln nach. Es ist Wirklichkeit, dachte sie triumphierend und küsste ihn wieder.

»Das Geheimnis«, sagte Brian und grub spielerisch die Zähne in ihren Nacken, »ist eine starke Melodie.«

»Sie ist nichts ohne den richtigen Text.«

»Musik bedarf nicht immer der Worte.« Er beschäftigte sich mit der anderen Seite ihres Halses, während seine Hand langsam zu ihrer Brust hinunterwanderte.

»Nein«, pflichtete sie ihm bei und stellte fest, dass ihre Hände nicht stillhalten wollten und unablässig seinen Rücken streichelten. »Aber die Harmonie muss da sein, zwei aufeinander abgestimmte Noten im vollendeten Zusammenklang.«

»Das kommt aufs Mischen an«, sagte er leise. »Am Mischpult bin ich ganz groß.« Er löste den Gürtel ihres Bademantels.

»Aber Brian!«, rief sie plötzlich. »Mrs. Pengalley kommt doch bald.«

»Nun, das würde ihre Meinung über Leute aus dem Showgeschäft nur endgültig bestätigen«, antwortete er gelassen und begann, ihre Brust zu küssen.

»Oh nein, Brian, hör auf!« Sie wehrte sich lachend und stöhnte dann leise auf.

»Kann nicht«, sagte er und ließ die Lippen zu ihrer Kehle wandern. »Wilde Lust treibt mich«, erklärte er und biss sie ins Ohrläppchen. »Unkontrollierbare Lust. Außerdem«, fügte er hinzu, als er sich Ramonas anderem Ohr zuwandte, »ist heute Sonntag und Mrs. Pengalley hat frei.«

»Tatsächlich?« Ramona war zu verwirrt, um sich an so triviale Dinge wie Wochentage oder Daten zu erinnern. »Wilde Lust?«, wiederholte sie, als er ihr den Bademantel von den Schultern schob. »Wirklich?«

»Aber ja. Soll ich es dir beweisen?«

»Oh ja«, flüsterte sie und hob ihm erwartungsvoll die Lippen entgegen. »Beweis es mir …«

Viel später saß Ramona auf dem Kaminteppich und sah Brian zu, der das Feuer schürte. Sie hatte frischen Kaffee gemacht und ihn mit dem Frühstück hereingebracht. Brian hatte zu seinen Jeans einen Pullover angezogen, doch sie trug noch immer den kurzen Frotteemantel. Eine Tasse Kaffee in beiden Händen haltend, gähnte sie und dachte: Ich habe mich noch nie so entspannt gefühlt. Sie kam sich vor wie eine Katze, die auf ihrem Lieblingsplatz in der Sonne saß, und beobachtete Brian, der ein Holzscheit in die prasselnden Flammen schob. Er drehte sich um und sah, dass sie ihn anlächelte.

»Woran denkst du?«, fragte er und streckte sich neben ihr auf dem Teppich aus.

»Ich denke daran, wie glücklich ich bin.« Sie reichte ihm seine Kaffeetasse und beugte sich gleichzeitig vor, um ihn zu küssen. Es schien alles so einfach, so klar und richtig.

»Wie glücklich bist du?«

»Oh, ich schwebe irgendwo zwischen Ekstase und Delirium, glaube ich.« Sie suchte seine Hand und hielt sie fest.

Ihre Finger verflochten sich ineinander. »An der Grenze absoluter Verzückung.«

»Nur an der Grenze?«, fragte Brian seufzend. »Nun, wenn wir hart genug arbeiten, wirst du auch diese Grenze überschreiten.« Er schüttelte den Kopf und küsste dann ihre Hand. »Weißt du, dass du mich gestern in diesem Zimmer fast zum Wahnsinn getrieben hast?«

»Gestern?« Ramona warf mit einer Kopfbewegung die Haare über die Schultern zurück. »Keine Ahnung, was du meinst.«

»Ich glaube, du wirst nie begreifen, wie ungeheuer erregend deine Stimme ist«, sagte er nachdenklich, während er den Kaffee trank und ihr Gesicht betrachtete. »Dieses Zusammenwirken von Unschuld und einer verruchten Stimme ...«

»Das gefällt mir.« Ramona stellte ihre leere Tasse hinter ihm ab. Durch die Bewegung öffnete sich ihr Bademantel und man sah die Wölbung ihrer Brüste. »Willst du eins von diesen Eiern? Sie schmecken wahrscheinlich grässlich.«

Brian wandte den Blick von der glatten, weichen Haut ab, die aus dem offenen Bademantel schimmerte. Wieder schüttelte er den Kopf. »Wie du sie anpreist, sind sie geradezu unwiderstehlich«, sagte er lachend.

»Ein Verhungernder kann nicht wählerisch sein«, erklärte Ramona und reichte ihm eins. »Wahrscheinlich sind sie steinhart.«

Er zog eine Braue hoch. »Isst du keins?«

»Nein. Ich bin klug genug, nicht zu essen, was ich gekocht habe.« Sie reichte ihm eine Serviette.

»Wir könnten auswärts essen.«

»Nimm deine Fantasie zu Hilfe«, schlug sie vor. »Bilde dir ein, du hast schon gegessen. Das funktioniert bei mir immer.«

»Ich habe keine so lebhafte Fantasie wie du.« Brian begann,

das Ei zu schälen. »Vielleicht geht es besser, wenn du mir sagst, was ich zu essen bekommen habe.«

»Eine Riesenportion Rührei«, antwortete Ramona, die Augen zukneifend. »Wenigstens fünf oder sechs. Du solltest wirklich auf deinen Cholesterinspiegel achten. Und drei Scheiben Toast mit der grässlichen Marmelade, die du dir immer so dick aufstreichst.«

»Du hast sie ja noch gar nicht versucht«, meinte er.

»Ich bilde mir aber ein, dass ich's getan habe«, erklärte sie geduldig. »Außerdem hast du fünf Scheiben Speck gegessen.« Das klang ein wenig tadelnd und er lachte übermütig.

»Ich habe morgens einen gesunden Appetit.«

»Ich begreife nicht, wie du nach alldem noch einen einzigen Bissen hinuntergebracht hast. Kaffee?« Ramona griff nach der Kanne.

»Nein, ich denke, mir reicht's.«

Sie lachte, beugte sich vor und schlang ihm die Arme um den Nacken. »Habe ich dich wirklich verrückt gemacht, Brian?« Das Gefühl ihrer Macht berauschte sie. Es war ein süßes Gefühl.

»Ja.« Er rieb seine Nase an der ihren. »Zuerst war es mir fast unmöglich, mich mit dir im selben Raum aufzuhalten, so sehr wollte ich dich. Dann dieses Lied …« Er lachte leise und rückte dann ein Stückchen von ihr ab, um sie besser sehen zu können. »Musik bringt nicht immer Frieden in den Aufruhr, der im Inneren tobt. Und zu allem anderen noch diese verdammte Plattenhülle. Ich musste mich in Wut retten, sonst hätte ich dich auf der Stelle auf den Teppich geworfen.«

Er sah ihre Verblüffung und dann dämmerte Verständnis in ihren Augen auf. »Hast du deshalb …« Sie unterbrach sich und ihr Lächeln vertiefte sich. Sie legte den Kopf schief und fuhr sich mit der Zungenspitze langsam über die Zähne. »Und nun, da du deinen Willen durchgesetzt hast, werde ich dich wahrscheinlich nicht mehr verrückt machen.«

»Das stimmt.« Er küsste sie leicht. »Ich kann dich nehmen oder links liegen lassen, wie's mir gerade einfällt.« Brian setzte die leere Tasse ab und zauste ihr das Haar, belustigt, weil sie ein Gesicht schnitt. »Es ist Mittag«, fuhr er mit einem Blick auf die Uhr fort. »Wenn wir heute noch arbeiten wollen, sollten wir damit anfangen. Und zwar mit der neuen Nummer für die zweite weibliche Hauptrolle. Mir ist da eine recht gute Idee gekommen.«

»Ach, wirklich? Und was ist das für eine Idee?«

»Wir könnten das Tempo erhöhen … etwa in der Art eines Jive aus den frühen Vierzigerjahren, weißt du? Das gäbe einen guten Kontrast zur übrigen Partitur.«

»Hm, es wäre auch eine gute Tanznummer.« Ramona schob die Hände unter seinen Pullover und strich leicht über seine nackte Brust. Sie musste lächeln, als sie den Ausdruck des Erstaunens in seinen Augen sah. »Wir brauchen an der Stelle eine gute Tanznummer.«

»Das finde ich auch«, murmelte Brian. Die leichte Berührung ihrer Hände weckte sein Begehren, seine Muskeln spannten sich, wurden hart und in seinen Schläfen begann es zu hämmern. Er griff nach ihr, doch sie stand auf und ging zum Klavier.

»Meinst du es so?« Ramona spielte ein paar Takte der Melodie in dem Tempo, das er vorgeschlagen hatte. »Ein bisschen Boogie?«

»Ja.« Er wollte sich zwingen, auf den lebhaften, sich ständig wiederholenden Rhythmus zu achten, und stellte fest, dass sein Blut im gleichen Takt durch die Adern pulsierte. »So habe ich es mir vorgestellt.«

Sie blickte über die Schulter zurück und lächelte ihm zu. »Dann brauchen wir nur noch den Text.« Sie probierte noch eine Weile am Klavier herum und ging dann, um sich frischen Kaffee einzuschenken. »Das ist flott und geht ins Ohr.« Über den Rand der Tasse hinweg sah sie Brian nachdenklich an. »Ein Chor gehört auch dazu, denke ich.«

»Hast du schon eine Vorstellung vom Text?«

»Ja, die hab ich.« Sie stellte die Tasse ab, setzte sich neben ihn und strich ihm das Haar aus der Stirn. »Wenn Carla die Rolle bekommt, und es sieht ganz danach aus, brauchen wir etwas, das zu ihrer Baby-Doll-Stimme passt. Ihre Songs sollten Rahmen und Hintergrund für Laurens Lieder sein.« Ramona drückte ihm leicht die Lippen auf das Ohr. »Natürlich sollte der Chor sie kräftig unterstützen und … stützen.« Wieder ließ sie eine Hand unter seinen Pullover gleiten und ihre Finger spielten mit seinen weichen Brusthaaren. »Was meinst du dazu?«, fragte sie, zu ihm aufblickend.

Brian zog sie an sich, doch sie wandte den Kopf ab, sodass sein Kuss nur ihre Wange streifte. »Ramona«, sagte er lachend. Doch bei der Berührung ihrer Fingerspitzen auf seinem Bauch holte er einmal kurz Luft und hielt den Atem an. Diesmal stöhnte er ihren Namen und riss sie an sich.

Ramona legte den Kopf zurück und er küsste sie. Es war ein leidenschaftlicher, fast verzweifelter Kuss, aber als Brian sie niederdrücken wollte, glitt sie gewandt zur Seite, sodass ihr Körper über dem seinen lag. Sie küsste seinen Hals und fühlte, wie eine Ader an ihren Lippen klopfte. Ihre Hände steckten noch unter seinem Pullover, sodass sie merkte, wie sich seine Haut langsam erhitzte. Er zog an ihrem Bademantel, doch sie presste sich fester an ihn, sodass der Stoff nicht verrutschen konnte.

»Ramona!«, stieß er mit tiefer, rauer Stimme hervor. »Lass mich dich berühren!«

»Mache ich dich verrückt, Brian?«, flüsterte sie und das Gefühl ihrer Macht stieg ihr zu Kopf wie schwerer Wein. Bevor er antworten konnte, legte sie die Lippen auf die seinen und öffnete ihm mit der Zungenspitze den Mund. Langsam schob sie seinen Pullover hoch und fühlte, wie Brian zitterte. Sie zog ihm den Pullover über Schultern und Kopf, warf ihn beiseite und begann, mit Lippen und Zunge seine Brust zu liebkosen. Dass er ihr gegenüber genauso hilflos und preisgegeben war wie sie bei ihm, war eine neue Erfahrung für sie. Zwischen ihnen war eine tiefe Harmonie, und sie hatten beide das Verlangen, aus ihrer Beziehung das Beste zu machen. Vorher hatte er sie geführt, doch jetzt wollte sie mit ihren Fähigkeiten experimentieren. Sie wollte alles ausprobieren, wollte selbst einmal die Führung übernehmen. Jetzt war sie an der Reihe, ihn zu lehren, wie er sie gelehrt hatte.

Seine Haut fühlte sich heiß an. Er bewegte sich unter ihr, doch sein anfängliches forderndes Drängen hatte sich in eine leicht benommene Passivität verwandelt. Ramonas Hände kannten keine Scheu, neugierig suchten und forschten sie, wollten erkunden, was ihm und ihr Lust bereitete, was sie beide erregte. Sie wusste jetzt, dass sie sterben würde, wenn sie ihn nicht mehr haben konnte. Sie fühlte seine Finger in ihrem Haar, und je höher die Wogen der Leidenschaft gingen, desto fester verkrampften sie sich darin.

Wie in der Nacht ahnte sie, dass er sich eisern zurückhielt, doch jetzt fand sie es unglaublich erregend, seine Beherrschung, seine Zurückhaltung zu durchbrechen.

Seine Muskeln waren straff gespannt und spannten sich noch mehr, als sie darüberglitt. Sie hörte, wie ihm der Atem stockte. Sie öffnete den Reißverschluss seiner Jeans und zog sie langsam über seine Hüften und Schenkel hinunter.

Dann presste sie den Mund auf den seinen, und der Kuss riss sie in einen Strudel wilder Leidenschaft, die weit entfernt war von den sanften Zärtlichkeiten, mit denen Ramona begonnen hatte. Sie zitterte plötzlich vor Verlangen, richtete sich auf und zog hastig den Bademantel aus. Wirr fiel ihr das Haar auf die Brüste.

Brian löste die Finger aus ihrem Haar und umfing Ramonas schmale Hüften. Endlich vereinten sich ihre Körper in einem sich zur Ekstase steigernden Rhythmus. Sie waren vollkommen aufeinander eingestimmt. Schließlich sank Ramona mit einem langen, seufzenden Erschauern erschöpft über Brian zusammen. Er zog sie an sich und gemeinsam glitten sie aus der Leidenschaft in zärtliche Zufriedenheit hinein.

Eng verschlungen mit Brian, vom Liebesakt in diesem stillen, warmen Raum entspannt, seufzte Ramona tief auf. »Brian«, sagte sie, nur um wieder seinen Namen zu hören.

»Hm?« Er streichelte ihr Haar, scheinbar irgendwo in einer Welt zwischen Schlafen und Wachen verloren.

»Ich habe nie geahnt, dass es so sein könnte.«

»Ich auch nicht, mein Schatz.«

Ramona rückte so weit von ihm ab, dass sie ihm ins Gesicht sehen konnte. »Aber du hast doch so viele Frauen gehabt.« Sie rollte sich neben ihm zusammen und wollte den Kopf in die Beuge seines Arms legen.

Er richtete sich jedoch auf den Ellbogen auf und betrachtete ihr sanft gerötetes Gesicht, die vom Küssen geschwollenen Lippen, die schläfrigen Augen. »Aber ich habe keine meiner Geliebten geliebt«, antwortete er.

Sie schwieg einen Moment und lächelte ihm dann zu. »Darüber bin ich froh. Bisher war ich mir dessen nämlich nicht sicher.«

»Du kannst ganz sicher sein.« Er küsste sie hart und besitzergreifend.

Sie lehnte sich an ihn und ein leichter Schauer durchlief sie. Dann lachte sie Brian an. »Noch vor ein paar Minuten hätte ich geschworen, mir könnte nie wieder kalt sein.«

Brian streckte die Hand nach ihrem Bademantel aus. »Ich habe«, sagte er, »ernstliche Zweifel im Hinblick auf unsere Arbeit, wenn du dich nicht bald anziehst ... und zwar so reizlos wie möglich.«

Nachdem Ramona den Morgenmantel übergestreift hatte, legte sie Brian die Hände auf die Schultern. Aus ihren Augen blitzte der Übermut.

»Lenke ich dich denn ab, Brian?«, fragte sie unschuldsvoll.

»Man könnte es so ausdrücken.«

»Wahrscheinlich werde ich in Versuchung geraten, es immer wieder zu tun, seit ich weiß, dass ich es kann.« Sie küsste ihn und zuckte mit den Schultern. »Ich fürchte, ich werde nicht anders können.«

»Ich nehme dich beim Wort.« Brian lächelte vieldeutig. »Willst du gleich damit anfangen?«

Sie zog ihn heftig an den Haaren. »Ich finde das nicht sehr schmeichelhaft. Deshalb gehe ich jetzt reizlose Kleider suchen, um so unscheinbar wie möglich auszusehen.«

»Später«, sagte er und zog sie wieder auf den Teppich hinunter, als sie aufstehen wollte.

Sie lachte, erstaunt und verblüfft über das, was sie in seinen Augen las. »Also Brian, wirklich ...«

»Später«, sagte er noch einmal und drückte sie sanft zurück auf den Boden.

12. Kapitel

Nach und nach zog der Sommer in Cornwall ein. Ramona genoss die warmen Nachmittage mit Bienengesumm im Garten. Die Nächte waren nicht mehr ganz so kalt wie bisher. In der Luft hing wie ein Hauch der erste Duft des Geißblatts. Dann begannen die wilden Rosen, üppig zu blühen. Und in all den Wochen, in denen die Landschaft aufblühte, blühte auch Ramona auf. Sie wurde geliebt.

Ihr Leben lang hätte sie auf die Frage, was sie sich am meisten wünschte, immer geantwortet: »Ich möchte geliebt werden.« Sie hatte als Kind nach Liebe gehungert, hatte sie als Heranwachsende entbehrt, als sie rastlos von Stadt zu Stadt ziehen musste und nie lange genug irgendwo bleiben durfte, um echte Freundschaft und Zuneigung zu finden. Zum Teil war es diese unerfüllte Sehnsucht nach Liebe, die sie zum erfolgreichen Bühnenstar machte. Sie war bereit, sich von ihrem Publikum lieben zu lassen, fühlte sich, wenn sie im Scheinwerferlicht stand, nie unerreichbar und die Leute wussten das.

Die Liebe, die ihr ihr Publikum entgegenbrachte, hatte ein heftiges Verlangen in ihr gestillt. Sie hatte sie erfüllt, aber niemals so tief befriedigt wie Brians Liebe.

Die Wochen vergingen, und Ramona rückte ständig weiter von ihrer Rolle als Star ab, wurde immer mehr nur liebende Frau. Und sie genoss es. Brian war ein anstrengender Liebhaber, nicht nur in körperlicher, nein, in jeder Beziehung. Er forderte ihren Körper, ihr Herz, ihre Gedanken und sie musste sich ihm rückhaltlos hingeben. Dass er sie so ganz und ausschließlich wollte, war der einzige Schatten, der auf diese sommerlichen Tage fiel. Ramona schaffte es einfach nicht, sich ihm völlig preiszugeben, ihm in alle Bereiche ihres Lebens Eingang zu gewähren. Sie war verletzt worden und wusste, wie verheerend der Schmerz sein konnte, wenn man rückhaltlos liebte. Ihre Mutter hatte ihr unzählige Male das Herz gebrochen und ihr nach dem schwersten Schlag immer wieder versichert, sie werde sich jetzt ändern, alles werde jetzt besser. Ramona hatte gelernt, damit fertigzuwerden, und auch, sich dagegen zu schützen.

Ihre frühere Liebe zu Brian mochte naiv gewesen sein, aber sie hatte ihn mit Haut und Haar geliebt. Als er sie verließ, hatte sie geglaubt, nur noch ein halber Mensch zu sein und es für immer bleiben zu müssen. Fünf Jahre lang hatte sie sich gegen alle Männer verschanzt, sie konnten ihre Freunde sein – aber keiner war ihr Geliebter gewesen. Die Wunden waren geheilt, doch die Erinnerung hatte sie immer wieder ermahnt, vorsichtig zu sein. Sie hatte sich selbst geschworen, dass nie wieder ein Mann sie so verletzen sollte wie Brian Carstairs. Und jetzt stellte sie fest, dass dieser Schwur noch immer galt. Er war der einzige Mann, der die Macht hatte, ihr wehzutun. Diese Erkenntnis war beglückend und erschreckend zugleich.

Kein Zweifel, dass er sie körperlich geweckt hatte. Ihre Ängste waren von den hochgehenden Fluten der Liebe fortgespült worden. Ramona hatte gefunden, dass sie sich Brian hier rückhaltlos geben konnte. Dass sie so erregend auf ihn wirkte, stärkte sie in ihrem wachsenden Selbstbewusstsein als Frau. Sie lernte, dass ihre Leidenschaft ebenso stark war wie die seine. Sie hatte sie viel zu lange unterdrückt. Konnte Brian mit einem einzigen Blick ihr Blut erhitzen, so war er, wie sie erkannte, nicht weniger empfänglich. Wenn er mit ihr schlief, konnte man von kühler britischer Zurückhaltung nichts merken. Dann war er ganz stürmischer und leidenschaftlicher Ire.

Eines Morgens weckte er sie kurz nach Tagesanbruch, indem er ihr Rosenknospen auf das Bett streute. Am nächsten Abend überraschte er sie mit eisgekühltem Champagner, als sie in der altmodischen Badewanne lag. Nachts konnte er rücksichtslos in seinem Verlangen sein, sie wecken und mit einem fast verzweifelten Begehren nehmen, das ihr keine Zeit ließ, überrascht zu sein, zu protestieren oder überhaupt irgendwie zu reagieren. Manchmal schien er geradezu rasend glücklich, und dann wieder ertappte sie ihn dabei, dass er sie merkwürdig forschend betrachtete.

Ramona liebte ihn, doch sie brachte es noch nicht fertig, ihm voll zu vertrauen. Sie wussten es beide, und sie vermieden es beinahe ängstlich, daran zu rühren.

Neben Brian auf dem Klavierschemel sitzend, experimentierte Ramona mit den Anfangsakkorden eines Duetts. »Ich wäre für eine Moll-Tonart.« Sie blickte nachdenklich auf ihre Hände hinunter. »Viele Streicher, eine große Besetzung aus Celli und Geigen.« Sie spielte weiter und hörte weniger das Klavier als das endgültige Orchesterarrangement. »Was meinst du dazu?«, wandte sie sich an Brian.

»Spiel mal das Ganze«, sagte er und zog an seiner Zigarette.

Sie begann zu spielen, doch er unterbrach sie schon nach ein paar Takten. »Nein, dieser Teil passt nicht rein.«

»Aber der stammt doch von dir«, erinnerte sie ihn lachend.

»Ein Genie ist verpflichtet, sich zu korrigieren, wenn es sich geirrt hat«, erwiderte er und Ramona grinste ganz undamenhaft. »Hast du einen besseren Vorschlag?«, fragte er.

»Ich? Oh nein, ich würde nie wagen, einem Genie hineinzureden.«

»Das ist sehr weise von dir«, lobte er und begann, selbst am Klavier herumzuprobieren. »Wie findest du das?«

Er spielte die Melodie von Anfang an und änderte nur ein paar Noten an der von ihm beanstandeten Stelle.

»Hast du was geändert?«, fragte sie.

»Mir ist klar, dass dein unvollkommenes Ohr solche Feinheiten nicht bemerkt«, antwortete er und sie gab ihm einen heftigen Rippenstoß. »Gute Reaktion«, murmelte er und rieb sich die schmerzende Stelle. »Versuchen wir's noch einmal?«

»Es gefällt mir, wenn du den Würdevollen spielst, Brian.«

»Tatsächlich?« Er zog fragend die Brauen hoch. »Wo bin ich stehen geblieben?«

»Du wolltest eben den ersten Satz von Tschaikowskys zweiter Symphonie spielen.«

»Aha.« Brian wandte sich wieder den Tasten zu.

Er spielte den schwierigen Satz so brillant, dass Ramona nur den Kopf schütteln konnte.

»Das ist reine Show«, sagte sie abfällig, nachdem er schwungvoll geendet hatte.

»Du bist ja nur neidisch.«

Seufzend hob sie die Schultern. »Unglücklicherweise hast du recht.«

Brian lachte und legte den Handteller an den ihren. »Ich habe den Vorteil der größeren Hand und kann daher besser greifen.«

Ramona betrachtete ihre kleine, feinknochige Hand. »Nur gut, dass ich nicht Konzertpianistin werden wollte.«

»Du hast wunderschöne Hände«, sagte Brian und zog mit

einer seiner unerwarteten romantischen Gesten ihre rechte Hand an die Lippen. »Ich bin rettungslos in sie verliebt.«

»Brian!« Völlig entwaffnet konnte Ramona ihn nur ansehen. Prickelnde Wärme stieg in ihr auf.

»Sie duften immer nach der Creme, die du auf deinem Toilettentisch stehen hast.«

»Ich dachte nicht, dass du auf so etwas achtest.« Sie erschauerte leicht, als er die Innenseite ihres Handgelenks küsste.

»Es gibt nichts an dir, was mir entgehen könnte.« Er küsste ihr das andere Handgelenk. »Du badest gern viel zu heiß und lässt deine Schuhe an den unmöglichsten Stellen stehen. Den Takt schlägst du immer mit dem linken Fuß.« Brian sah sie an und strich ihr das Haar über die Schultern zurück. »Und wenn ich dich berühre, verschleiern sich deine Augen.« Er strich ihr mit der Fingerspitze über die Brust und sofort verdunkelte sich ihr Blick.

Sehr langsam beugte er sich vor und berührte ihre Lippen mit den seinen. Und ebenso langsam streichelte er ihre Brüste, bis die Knospen steif wurden und sich gegen den dünnen Stoff ihrer Bluse drängten.

Ramonas Mund war weich und öffnete sich willig. Sie bog den Kopf zurück. Ein prickelndes Lustgefühl überlief sie. Brian zog sie enger an sich. Seine Hand lag noch immer auf ihren Brüsten.

»Ich fühle, wie du ganz weich und nachgiebig wirst«, sagte er leise. Sein Mund wurde fordernder, die Hände wurden begehrlicher. »Es macht mich verrückt.« Seine Finger glitten von ihren Brüsten zum obersten Knopf ihrer Bluse. Als er ihn eben öffnete, klingelte schrill das Telefon, das am anderen Ende des Zimmers auf einem Tisch stand. Er fluchte und Ramona lachte auf und drückte ihn kurz an sich.

»Mach dir nichts draus, mein Schatz«, sagte sie nach einem tiefen Atemholen. »Ich verrate dir hinterher auch, wo du unterbrechen musstest.« Sie löste sich aus seinen Armen, durchquerte das Zimmer und hob ab.

»Hallo.«

»Ich möchte mit Brian Carstairs sprechen«, sagte eine angenehme Frauenstimme. Ramona fragte sich, wie die Frau oder das Mädchen – wahrscheinlich ein Fan von Brian – sich diese Nummer verschafft hatte.

»Tut mir leid. Mr. Carstairs ist im Augenblick sehr beschäftigt«, antwortete sie. Sie sah zu ihm hinüber und er nickte beifällig. Dann stand er auf, kam zu ihr und fing an, sie auf den Nacken zu küssen, was sie natürlich völlig ablenkte.

»Würden Sie ihm ausrichten, er solle seine Mutter anrufen, sobald er Zeit hat?«

»Verzeihung, was sagten Sie eben?« Ramona unterdrückte ein Kichern und versuchte, sich aus Brians Armen zu befreien.

»Er soll seine Mutter anrufen«, wiederholte die Frau. »Sie sollen ihm sagen, dass ich seinen Anruf erwarte. Meine Nummer hat er ja.«

»Oh bitte, Mrs. Carstairs, warten Sie! Es tut mir leid. Er ist hier«, sagte sie ins Telefon und fügte dann, für ihn bestimmt, flüsternd vor Schreck hinzu: »Deine Mutter!«

Er lachte leise und nahm ihr, sie noch immer fest an sich pressend, den Hörer aus der Hand. »Hallo, Mutter!« Er küsste Ramonas Schläfe und fuhr dann fort: »Doch, ich war beschäftigt. Ich habe eine schöne Frau geküsst, die ich wahnsinnig liebe.« Dass Ramona feuerrot wurde, amüsierte ihn sichtlich. »Nein, nein, das macht nichts, ich habe die Absicht, nach unserem Gespräch damit fortzufahren. Wie geht es dir? Und den anderen?«

Ramona schlängelte sich aus Brians Umarmung und verkündete: »Ich gehe Tee kochen.« Dann verließ sie das Zimmer.

Mrs. Pengalley hatte die Küche makellos sauber zurückgelassen, und Ramona wanderte eine Weile ziellos darin umher und wartete darauf, dass das Wasser kochte. Plötzlich stellte sie fest, dass sie Hunger hatte, und dann fiel ihr ein, dass Brian und sie nichts zu Mittag gegessen hatten. Sie holte das Brot heraus und beschloss, zum Tee gebutterte »Toastfinger« zu machen.

Der Nachmittagstee gehörte zu Brians festen Ritualen und Ramona war inzwischen auch sehr davon angetan. Sie genoss die angenehmen Arbeitspausen am Spätnachmittag vor dem Kamin bei Tee und Kuchen oder Buttertoast. Es war dann richtig gemütlich, sie sprachen über ganz nebensächliche Dinge oder träumten vor sich hin.

Der Kessel begann zu pfeifen und sie drehte die Flamme ab. Während sie daranging, den Tee aufzugießen und den Toast mit Butter zu bestreichen, beschäftigten sich ihre Gedanken mit Brian. Wie viel ganz natürliche und ungezwungene Zuneigung hatte doch in seiner Stimme gelegen, als er mit seiner Mutter sprach. Neid stieg in ihr auf – Neid, wie sie ihn häufig in ihrer Kindheit und frühesten Jugend empfunden hatte. Dass sie ihn auch jetzt noch fühlte, überraschte sie.

Energisch erinnerte sie sich daran, dass sie fünfundzwanzig und kein Kind mehr war.

Die Hausarbeit lenkte sie ab und beruhigte sie. Sie belud das Tablett und trug es durch die Halle. Vor der Tür des Musikzimmers hörte sie Brian jedoch noch sprechen und zögerte, weil sie ihn nicht stören wollte. Jedoch war das Tablett so schwer, dass das den Ausschlag gab.

Als sie eintrat, saß er lässig in einem tiefen Sessel am Feuer. Sie setzte das Tablett auf einem Tischchen ab, das neben ihm stand, und er streckte die Hand nach ihr aus.

»Bestimmt, Mutter«, sagte er gerade. »Nächsten Monat vielleicht. Grüß alle von mir.« Er unterbrach sich und musterte Ramona von Kopf bis Fuß. »Sie hat große graue Augen … sie sind so grau wie die Taube, die Shawn im Taubenschlag auf dem Dach hält. Ja, ich sag's ihr. Auf Wiedersehen, Mutter. Ich liebe dich.« Brian legte auf und betrachtete anerkennend das Tablett. »Du warst fleißig, mein Schatz«, sagte er.

Sie kauerte sich neben das niedrige Tischchen und schenkte Tee in die Tassen. »Ich merkte plötzlich, dass ich am Verhungern war.« Mit dem üblichen Kopfschütteln sah sie ihm zu, wie er Milch in seinen Tee tat. Mit dieser englischen Sitte würde sie sich nie anfreunden können. Sie trank ihren Tee ohne jeden Zusatz.

»Meine Mutter hat mich gebeten, dir zu sagen, dass du eine sehr hübsche Telefonstimme hast.« Brian nahm einen Toast und biss hinein.

»Du hättest ihr nicht gerade zu erzählen brauchen, dass du mich geküsst hast«, entgegnete Ramona verlegen. Er lachte und sie funkelte ihn böse an.

»Mutter weiß, dass es zu meinen Gewohnheiten gehört, Frauen zu küssen«, erklärte er ihr ernsthaft. »Wahrscheinlich weiß sie auch, dass ich gelegentlich mehr getan habe, aber wir haben über diesen besonderen Bereich meines Lebens schon seit längerer Zeit nicht mehr gesprochen.« Er biss noch einmal ab und betrachtete nachdenklich Ramonas Gesicht. »Sie möchte dich kennenlernen. Wenn wir mit dem Musical weiterhin so gut vorankommen, könnten wir nächsten Monat nach London fahren.«

»Ich bin nicht an Familien gewöhnt, Brian«, wandte Ramona ein und griff nach ihrer Tasse.

Er legte jedoch die Hand auf die ihre und wartete, bis sie wieder zu ihm aufblickte. »Mit meinen Leuten kann man sehr gut auskommen, Ramona«, sagte er. »Sie sind wichtig für mich. Du bist wichtig für mich. Ich möchte, dass sie dich kennenlernen.«

Sie fühlte eine fast unerträgliche innere Spannung und senkte den Blick.

»Ramona!« Brian seufzte gereizt auf. »Wann wirst du endlich mit mir reden?«

Sie konnte nicht so tun, als verstehe sie ihn nicht. So konnte Ramona nur den Kopf schütteln und dem Thema noch eine Zeit lang ausweichen. Der Augenblick, in dem sie nach Kalifornien zurückkehren und sich der Wirklichkeit stellen mussten, kam noch früh genug.

»Bitte erzähl mir etwas über deine Familie. Es könnte mir helfen, mich an den Gedanken zu gewöhnen, dass ich ihnen allen gegenübertreten muss. Ich möchte gern mehr wissen, als ich in den Klatschspalten gelesen habe.« Ramona lächelte. Ihre Augen flehten ihn an, das Lächeln zu erwidern und keine bohrenden Fragen zu stellen. Noch nicht.

Brian musste gegen das Gefühl der Enttäuschung ankämpfen, das ihn überkam, doch er gab nach. Er konnte ihr noch ein bisschen Zeit lassen.

»Ich bin der Älteste von fünf Geschwistern.« Er zeigte auf das Kaminsims, auf dem die Fotos standen. »Der vornehm aussehende Typ mit der hübschen blonden Frau ist Michael. Er ist Anwalt.« Lächelnd erinnerte sich Brian daran, wie groß seine Freude darüber gewesen war, dass er seinen Bruder auf eine gute Universität schicken konnte. »Er war der erste Carstairs, der studierte. Als Junge war er überhaupt nicht vornehm«, fügte Brian hinzu. »Er war ein schrecklicher Raufbold und schlug allen anderen Jungen die Nasen blutig.«

»Das klingt nach einem guten Anwalt«, stellte Ramona trocken fest. »Weiter bitte.«

»Die Nächste ist Alison. Sie hat als Beste ihres Jahrgangs in Oxford ihr Examen abgelegt.« Er beobachtete, wie Ramona erstaunt das Foto mit der zierlichen Blondine betrachtete, und fügte hinzu: »Sie hat einen erstaunlichen Verstand und macht etwas mir völlig Unverständliches mit Computern. Außerdem hat sie eine besondere Vorliebe für raue Rugby-Spiele. Ihren Mann lernte sie auf dem Sportplatz kennen.«

Kopfschüttelnd versuchte Ramona, sich vorzustellen, wie sich die zerbrechlich aussehende Frau bei Rugby-Spielen die Kehle heiser schrie oder schwierige Computerprobleme löste. »Wahrscheinlich ist dein anderer Bruder Physiker«, sagte sie.

»Nein, Shawn ist Tierarzt.« Brians Stimme bekam plötzlich eine ganz besondere Wärme.

»Dein Lieblingsbruder?«

Er legte den Kopf schief und griff nach der Teekanne, um sich nachzuschenken. »Wenn es unter Geschwistern so etwas wie Lieblingsbrüder oder -schwestern gibt … dann ja. Er ist einfach einer der nettesten Menschen, die ich kenne. Und er ist unfähig, einem anderen wehzutun. Als Junge war er immer derjenige, der den Vogel mit dem gebrochenen Flügel oder den Hund mit der verletzten Pfote fand. Du kennst den Typ.«

Ramona kannte ihn nicht, murmelte aber irgendetwas und trank einen Schluck Tee. Brians Familie fing an, sie zu faszinieren. Aus irgendeinem Grund hatte sie geglaubt, Menschen, die im selben Haus unter denselben Umständen erzogen worden waren, müssten sich ähnlicher sein. Brian und seine

Geschwister schienen aber völlig verschieden. »Und deine zweite Schwester?«

»Moira?« Er lachte. »Sie geht noch zur Schule und will entweder in die Hochfinanz oder zum Theater. Vielleicht studiert sie aber auch Anthropologie. Sie ist noch unentschlossen.«

»Wie alt ist sie?«

»Achtzehn. Sie findet deine Platten übrigens fantastisch. Als ich das letzte Mal zu Hause war, hatte sie jedenfalls alle.«

»Ein sehr sympathischer Zug«, sagte Ramona, »ich mag sie jetzt schon sehr.« Sie blickte wieder zum Kaminsims hinüber. »Deine Eltern müssen sehr stolz auf euch alle sein. Was ist dein Vater von Beruf?«

»Zimmermann.« Brian fragte sich, ob ihr bewusst war, was für einen wehmütigen Ausdruck ihre Augen hatten. »Er arbeitet noch immer voll, obwohl er weiß, dass wir genug Geld haben. Er ist sehr stolz.« Er unterbrach sich einen Moment, rührte in seiner Teetasse und sah Ramona an. »Mutter trocknet wie früher die Wäsche an der Leine, obwohl ich ihr vor zehn Jahren einen elektrischen Trockner gekauft habe. Solche Menschen sind meine Eltern … einfach, gradlinig und unendlich liebenswert.«

»Du bist gut dran«, sagte Ramona, stand auf und begann, im Zimmer auf und ab zu gehen.

»Ja, das weiß ich. Obwohl ich mir, während ich heranwuchs, wahrscheinlich kaum den Kopf darüber zerbrochen habe. Es ist leicht, alles als selbstverständlich hinzunehmen. Du musst es sehr schwer gehabt haben.«

Sie hob die Schultern. »Ich habe es überlebt.« Sie trat ans Fenster und sah auf Klippen und Meer hinaus. »Gehen wir spazieren, Brian. Es ist so schön draußen.«

Brian stand auf und ging zu ihr, nahm Ramona bei den Schultern und drehte sie zu sich herum. »Das Leben ist mehr als einfaches Überleben, Ramona«, sagte er ernst.

»Ich habe heil und gesund überlebt«, erwiderte sie. »Das schafft nicht jeder.«

»Hör zu, Ramona. Ich weiß, dass du zweimal wöchentlich nach Hause telefonierst, aber du sprichst nie mit mir darüber.« Er schüttelte sie leicht und liebevoll. »Sprich mit mir, mein Herz!«

»Nicht darüber, nicht jetzt, nicht hier.« Sie schlang die Arme um ihn und presste die Wange an seine Brust. »Hier soll uns nichts berühren ... weder Vergangenheit noch Zukunft. Da ist so viel Hässliches, Brian, eine so schwere Verantwortung. Ich brauche Zeit. Ist das so unrecht?« Sie hielt ihn noch fester, hielt ihn besitzergreifend fest. »Können wir nicht träumen, dass es niemanden gibt außer uns beiden, Brian? Nur eine kleine Weile träumen, dass wir auf der Welt allein sind?«

Sie hörte ihn seufzen, als seine Lippen ihr Haar streiften. »Eine kleine Weile ... ja, Ramona. Aber Träume müssen zu Ende gehen und ich will auch die Wirklichkeit.«

Ramona nahm sein Gesicht in die Hände. »Wie Joe in unserem Drehbuch«, sagte sie nachdenklich und lächelte dann. »Er findet am Ende zur Wirklichkeit, nicht wahr?«

»Ja.« Brian küsste sie. »Das beweist, dass Träume wahr werden können«, sagte er.

»Aber ich bin kein Traum, Brian.« Sie nahm seine Hände in die ihren und in ihren Augen war ein Lächeln. »Und du hast mich schon zum Leben erweckt.«

»Und das ohne Zauber und schwarze Magie.«

Ramona zog eine Braue hoch. »Das kommt auf den Standpunkt an«, entgegnete sie. »Ich fühle den Zauber immer noch.« Langsam hob sie seine Hände zum Ausschnitt ihrer Bluse. »Ich glaube, du warst hier, als wir unterbrechen mussten.«

»Genau hier, stimmt.« Er öffnete den zweiten Knopf. »Was ist jetzt mit dem Spaziergang?«

»Was? Spazieren gehen bei *dem* Regen?« Ramona warf einen Blick zum Fenster, durch das hellster Sonnenschein hereinfiel. »Nein«, fuhr sie kopfschüttelnd fort, »ich glaube wirklich, es ist besser, wir bleiben zu Hause, bis der Regen nachgelassen hat.«

Er öffnete den nächsten Blusenknopf und sah sie lächelnd an. »Da hast du wahrscheinlich recht.«

13. Kapitel

Wenn Brian und Ramona Mrs. Pengalley allein im Haus ließen, ging sie immer daran, als Erstes das Musikzimmer aufzuräumen. Denn dort verbrachten sie die meiste Zeit und arbeiteten – wenn man das, was sie taten, überhaupt Arbeit nennen konnte. Mrs. Pengalley hatte da ihre eigene Meinung. Sie stellte das Geschirr zusammen und schnupperte wie immer an den Tassen. Tee. Hin und wieder hatte sie Wein oder Bourbon gerochen, sie musste jedoch zugeben, dass Mr. Carstairs dem Ruf nicht gerecht wurde, der den sogenannten Künstlern voraneilte. Er jedenfalls war kein schwerer Trinker. Darüber war Mrs. Pengalley fast ein wenig enttäuscht.

Sie lebten auch sehr ruhig. Als Brian ihr mitgeteilt hatte, er habe die Absicht, drei Monate zu bleiben, war sie überzeugt gewesen, dass er eine Unmenge Gäste haben würde. Und Mrs. Pengalley wusste genau, wie es bei den Partys der Leute vom Showbusiness zuging. Sie hatte darauf gewartet, dass elegante Wagen vorfuhren und merkwürdige Typen in verrückter Kleidung auftauchten. Sie hatte ihrem Mann erklärt, das sei nur eine Frage der Zeit.

Aber es war niemand gekommen. Keine Menschenseele. Es hatte keine wilden Partys gegeben, keine Gelage, hinter denen sie dann herräumen musste. Es waren immer nur Mr. Carstairs und das junge Mädchen mit den großen grauen Augen da, das so wunderschön singen konnte.

Aber es war natürlich in »diesem Geschäft«.

Mrs. Pengalley ging zum Fenster und schüttelte die Vorhänge aus. Von hier aus konnte sie Ramona und Brian bei ihrem Spaziergang über die Klippen beobachten. Stecken immer beisammen, die beiden, dachte sie und schnaubte zornig, um sich selbst daran zu hindern, ihnen zuzulächeln.

Sie ließ den Vorhang fallen und begann, die Möbel abzustauben.

Aber wie sollte man ordentlich abstauben, wenn sie überall ihre Notenpapiere verstreuten? Mrs. Pengalley nahm ein Blatt auf und betrachtete finster die mit Notenschrift bedeckten Zeilen. Da sie daraus absolut nicht klug wurde, las sie laut den Text:

»Dich zu lieben ist kein Traum. Ich brauche dich hier, damit du mich festhältst. Dich zu lieben ist alles. Komm zu mir zurück.«

Entrüstet schnalzte Mrs. Pengalley mit der Zunge und legte das Blatt aus der Hand. Ein feines Lied, dachte sie und fing wieder an abzustauben. Das Ding reimt sich ja nicht einmal.

Auf den Klippen blies vom Meer her ein kräftiger Wind und Brian legte Ramona den Arm um die Schultern. Dann drehte er sie rasch zu sich herum, beugte sich tief über sie und gab ihr einen langen Kuss. Sie packte ihn an den Schultern, um das Gleichgewicht nicht zu verlieren, und sah ihn, als er die Lippen von den ihren löste, erstaunt an.

»Was sollte denn das?«, fragte sie und atmete zitternd aus.

»Es war für Mrs. Pengalley bestimmt«, antwortete er leichthin. »Sie beobachtet uns aus dem Fenster des Musikzimmers.«

»Du bist wirklich schrecklich, Brian …«

Er küsste sie wieder und ihr halbherziger Protest verwandelte sich in völlige Hingabe. Brian zog sie noch fester an sich und Ramona fühlte die Sonnenwärme auf der Haut. Der Wind brachte den Duft von Geißblatt und Rosen mit.

»Und der«, sagte Brian, mit den Lippen Ramonas Wange streifend, »war für dich.«

»Hast du noch ein paar Freunde?«, fragte Ramona.

Lachend drückte er sie kurz an sich und ließ sie dann los. »Ich glaube, wir haben ihr für heute genug Grund zur Entrüstung gegeben«, sagte er.

»Dazu brauchst du mich also.« Empört warf Ramona den Kopf zurück. »Um arglose Haushälterinnen zu schockieren!«

»Unter anderem.«

Sie wanderten noch ein Stück weiter, blieben dann stehen und betrachteten in einträchtigem Schweigen das Meer. Ramona liebte die Klippen mit ihren schroffen Wänden und der Schwindel erregenden Höhe. Sie liebte das unaufhörliche Brausen der See, den schrillen Schrei der Möwen.

Das Musical war fast fertig. Es war nur noch hin und wieder eine kleine glättende Korrektur erforderlich. Kopien der fertigen Nummern waren nach Kalifornien abgeschickt worden. Ramona wusste, dass sie eine Arbeit hinauszogen, die sie sehr schnell hätten beenden können. Sie hatte ihre Gründe für das Hinauszögern, wusste jedoch nicht genau, warum Brian es tat. Sie wollte den Zauber nicht zerstören.

Ramona wusste nicht genau, was Brian von ihr erwartete, denn sie hatte es bisher nicht zugelassen, dass er es ihr sagte. Es gab zwischen ihnen einiges zu klären – Dinge, die sie im Augenblick noch ungeklärt lassen konnten, weil sie ausschließlich ihre Liebe lebten. Doch die Zeit war nah, in der sie sich wieder dem Alltag und seinen Anforderungen stellen mussten.

Würde ihr gemeinsamer Beruf zu einem Problem werden? Das war eine von den Fragen, denen Ramona geflissentlich auswich, die sie sich nicht stellen wollte. Dieser Beruf stellte hohe Anforderungen an sie. Zeitraubende Anforderungen, die es einem fast unmöglich machten, ein normales Leben zu führen. Und es gab kaum eine Privatsphäre. Jede Einzelheit ihrer Beziehung würde von der Presse aufgedeckt und durchgehechelt werden. Es würde Bilder und Geschichten geben – wahre und erlogene. Die schlimmsten aber waren jene, die eine Mischung aus Dichtung und Wahrheit waren. Mit alldem konnte man jedoch fertigwerden, wenn man sich genug liebte und hart an der Beziehung arbeitete. An der Stärke ihrer Liebe zweifelte sie nicht. Ihre Zweifel galten anderen Dingen.

Würde sie sich je von der nagenden Furcht befreien können, dass er sie eines Tages wieder verließ? Die Erinnerung an den Schmerz hinderte sie daran, sich Brian völlig preiszugeben. Und die Verantwortung für ihre Mutter war die zweite Barriere zwischen ihnen. Bisher hatte sie es nicht fertiggebracht, diese Verantwortung mit jemandem zu teilen. Sie schaffte es nicht einmal, den Menschen daran teilhaben zu lassen, den sie am meisten liebte. Vor Jahren hatte sie den Entschluss gefasst, ihr Leben immer fest in der Hand zu behalten, und sich geschworen, sich nie von einem anderen Menschen ganz und gar abhängig zu machen. Viel zu oft hatte sie mit ansehen müssen, wie ihre Mutter sich aufgab und verlor.

Hätte Ramona eine Möglichkeit gesehen, den Sommer zu verlängern, sie hätte es getan. Doch die Erkenntnis, dass die Idylle allmählich zu Ende ging, drängte sich immer deutlicher in ihr Bewusstsein. Das Vorspiel zu einem Traum war zu Ende. Sie konnte nur hoffen, dass der Traum Wirklichkeit wurde.

Brian beobachtete Ramonas Gesicht, während sie, die Ellbogen auf die grobe Steinmauer gestützt, auf das Meer hinausblickte. In ihren Augen lag ein Ausdruck, als sei sie in Gedanken sehr weit fort, und dieser Ausdruck beunruhigte ihn. Er versuchte verzweifelt, sie zu erreichen, doch ihre gemeinsame Zeit zerrann ihm zwischen den Fingern. Eine Wolke zog über die Sonne und für ein paar Sekunden lag alles im Schatten. Ramona seufzte leise.

»Woran denkst du?«, fragte Brian und griff nach ihrem im Wind wehenden Haar.

»Dass dies hier der beste und schönste von allen Orten ist, an denen ich je war.« Ramona bog den Kopf zurück und sah zu Brian auf. »Julie und ich haben mal ein paar Tage in Monaco Ferien gemacht, und ich war überzeugt, es sei der schönste Ort der Welt. Jetzt weiß ich, dass es nur der zweitschönste ist.«

»Ich habe gewusst, dass es dir hier gefallen würde, wenn ich es schaffte, dich herzubringen«, sagte Brian und spielte noch immer mit ihrem Haar. »Ich hatte ein paar schlimme Augenblicke, in denen ich fürchtete, du könntest dich weigern. Ich weiß nicht, ob es mir gelungen wäre, mir etwas anderes einfallen zu lassen … einen Alternativplan, meine ich.«

»Was für einen Plan?« Ramona zog verblüfft die Stirn in Falten. »Ich verstehe dich nicht …«

»Dich herzubringen, wo wir allein sein konnten.«

Ramona richtete sich auf, blickte aber weiterhin aufs Meer hinaus. »Ich dachte, wir sind gekommen, um das Musical zu schreiben.«

»Ja.« Brian beobachtete eine tief über den Wellen dahinstreichende Möwe. »Dieser Auftrag kam aber genau zur rechten Zeit.«

»Zur rechten Zeit?« Ramona fühlte, wie sie sich innerlich verkrampfte. Wieder zog eine Wolke über die Sonne.

»Ich bezweifle, dass du einverstanden gewesen wärst, wieder mit mir zu arbeiten, wenn das Projekt nicht so verlockend gewesen wäre«, sagte er. Stirnrunzelnd blickte Ramona zu der ziehenden Wolke hinauf. »Und ganz bestimmt wärst du nicht einverstanden gewesen, mit mir zu leben.«

»Also hast du mir das Musical unter die Nase gehalten wie einem Hund einen Knochen?«

»Selbstverständlich nicht! Ich wollte von dem Moment an mit dir zusammenarbeiten, in dem man mir das Angebot machte. Es war wirklich nur eine Sache des richtig gewählten Zeitpunkts.«

»Zug um Zug hast du Zeit und Ort gewählt«, sagte sie leise. »Hast unsere Liebe geplant wie auf dem Schachbrett. Julie hat recht. Ich habe kein Talent für Strategie.« Ramona wandte sich ab, aber Brian hielt sie am Arm fest, bevor sie weglaufen konnte.

»Ramona?«

»Wie konntest du nur!« Sie fuhr herum und funkelte ihn böse an. Ihre Augen waren ganz dunkel, ihre Wangen rot vor Zorn.

Brian kniff die Augen zusammen und musterte sie forschend. »Wie konnte ich was?«, fragte er kühl und ließ ihren Arm los.

»Wie konntest du das Musical benutzen, um mich hierherzulocken?« Sie zerrte an ihren Haaren, die ihr der Wind ins Gesicht blies.

»Ich hätte jede Möglichkeit ausgenutzt, um dich zurückzubekommen«, antwortete Brian. »Und ich habe dich nicht hergelockt, Ramona. Ich habe dir immer die Wahrheit gesagt.«

»Nicht die ganze Wahrheit«, entgegnete sie.

»Vielleicht«, stimmte er zu. »Darin sind wir beide gut, nicht wahr?« Er berührte sie nicht, doch sein Blick wurde eindringlicher. »Warum bist du so zornig? Weil ich dich liebe? Oder weil ich dich zu der Einsicht gezwungen habe, dass du mich liebst?«

Ramona ballte die Fäuste und wich ein Stück von Brian zurück. »Mich kann niemand zu etwas zwingen! Ich hasse es, manipuliert zu werden. Ich führe mein eigenes Leben, treffe meine Entscheidungen selbst.«

»Ich glaube nicht, dass ich das für dich getan habe.«

»Nein, du hast mich nur so lange freundlich an der Nase herumgeführt, bis ich das wählte, was für mich am besten war.« Sie wandte sich ihm wieder zu und jetzt bebte ihre Stimme vor Zorn. »Warum konntest du nicht aufrichtig zu mir sein?«

»Du hättest mich nicht einmal in deine Nähe gelassen, wenn ich ganz aufrichtig zu dir gewesen wäre. Ich habe meine Erfahrungen mit dir, vergiss das nicht, mein Schatz.«

Ramonas Augen blitzten. »Sag mir nicht, was ich getan oder nicht getan hätte, Brian. Du steckst nicht in meinem Kopf.«

»Nein, du hast mir den Zutritt ja immer verwehrt.« Er holte eine Zigarette heraus, wölbte die hohle Hand um das Streichholz, zündete die Zigarette an und inhalierte nachdenklich den Rauch. »Sagen wir, ich war damals nicht in der Stimmung, ein Risiko einzugehen. Findest du diese Erklärung besser?«

Sein kühler, gleichgültiger Ton fachte ihren Zorn nur umso mehr an. »Du hattest nicht das Recht!«, fuhr sie ihn an. »Du hattest nicht das Recht, mein Leben auf diese Weise zu verplanen. Wer hat dir gesagt, ich müsse nach deinen Regeln spielen, Brian? Wann bist du zu dem Schluss gekommen, ich sei unfähig, selbst zu planen?«

»Wenn du wie eine vernünftige Erwachsene behandelt werden möchtest, wäre es vielleicht ganz gut, dich auch so zu benehmen«, sagte er mit trügerisch sanfter Stimme. »Im Moment bist du nämlich erstaunlich kindisch. Ich habe dich nicht unter falschen Voraussetzungen hierhergebracht, Ramona. Wir hatten die Musik zu einem Musical zu schreiben und hier hatten wir die nötige Ruhe dazu. Ich dachte auch, dass du dich gerade hier wieder daran gewöhnen könntest, mit mir zusammen zu sein. Ich wollte dich wiederhaben.«

»Du dachtest. Du wolltest!« Ramona warf den Kopf zurück. »Wie unglaublich selbstsüchtig! Und was ist mit meinen Gefühlen? Glaubst du, du kannst aus meinem Leben verschwinden und wieder auftauchen, wie es dir gerade passt?«

»Wenn ich mich recht erinnere, hast du mich hinausgestoßen.«

»Du hast mich verlassen.« Plötzlich schossen ihr Tränen in die Augen und blendeten sie. »Nie hat mir etwas so wehgetan wie das. Nie!« Die Tränen liefen ihr über die Wangen. »Ich will verdammt sein, wenn ich das noch einmal zulasse. Du bist wortlos gegangen.«

»Was ich zu sagen gehabt hätte, hätte dir wahrscheinlich nicht gefallen.« Brian warf den Zigarettenstummel über die Mauer. »Nicht nur du wurdest an jenem Abend verletzt. Wie, zum Teufel, sollte ich vernünftig sein, wenn ich nicht ein wenig räumlichen Abstand von dir gewann? Wäre ich in deiner Nähe geblieben, hätte ich dir die Zeit nicht geben können, die du zu brauchen schienst.«

»Zeit?«, wiederholte Ramona, während ihr die Gedanken durch den Kopf rasten. »Du hast mir Zeit gegeben?«

»Du warst ein Kind, als ich ging«, sagte er kurz. »Ich hoffte, dich als Frau wiederzufinden, als ich zurückkam.«

»Du hast gehofft …« Ihr Erstaunen war so groß, dass sie nur noch flüstern konnte. »Willst du damit sagen, dass du fortgeblieben bist, um mir die Möglichkeit zu geben, erwachsen zu werden?«

»Ich schien keine andere Wahl zu haben.« Brian steckte die Hände tief in die Taschen und zog die Brauen zusammen.

»Tatsächlich?« Sie erinnerte sich, wie verzweifelt sie gewesen war, als er ging, an die Leere der Jahre, die danach kamen. »Und mir die Wahl zu lassen ist dir wohl nicht eingefallen? Mir eine Chance zu geben auch nicht? Du hast es einfach auf dich genommen, für mich zu entscheiden.«

»Es ging nicht darum, etwas zu entscheiden.« Er wandte sich ab, weil er fühlte, dass er allmählich die Beherrschung verlor. »Es ging mir nur darum, nicht den Verstand zu verlieren. Ich konnte nicht in deiner Nähe bleiben, ohne dass du mir gehörtest.«

»Also bliebst du fünf Jahre weg, tauchtest dann plötzlich wieder auf und nahmst meine Musik zum Vorwand, mich in dein Bett zu locken. Dir war die Qualität von ›Fantasie‹ verdammt egal. Du hast das Stück und das Talent und den Schweiß der Schauspieler nur für deine Zwecke benutzt.«

»Für diese Unterstellung«, sagte er mit gefährlicher Ruhe, »habe ich nur eines übrig … Verachtung.« Er wandte sich ab und nach ein paar Minuten übertönte das Aufheulen eines Motors das Tosen der Wellen.

Ramona sah dem Wagen nach, der die schmale Straße hinunterjagte. Wenn es ihre Absicht gewesen war, ihm einen schweren Schlag zu versetzen, dann war es ihr gelungen. Der Schreck über ihre eigenen Worte ließ sie erschauern. Sie schloss fest die Augen.

Doch sogar mit geschlossenen Augen konnte sie deutlich

den Ausdruck unbeherrschter Wut sehen, der Brians Gesicht entstellt hatte, bevor er sich abwandte und ging. Ramona fuhr sich durch das Haar. Ihre Hand zitterte heftig. In ihrem Kopf hämmerte es. Langsam öffnete sie die Augen und blickte auf die grüne See hinaus.

Alles, was wir in den letzten Wochen hatten, war Teil eines meisterhaften strategischen Plans, dachte sie.

Doch noch während sie dastand, verließ sie ihr Zorn, und zurück blieben nur Trauer und Hoffnungslosigkeit, die wie ein tonnenschweres Gewicht auf ihr lasteten.

Sie war noch immer verärgert, dass Brian heimlich die Zügel ihres Lebens in die Hand genommen hatte, war böse, weil er die größte berufliche Chance seines Lebens benutzt hatte, um sie zurückzugewinnen. Und dennoch …

Ramona schüttelte erbittert den Kopf. Verwirrt und unglücklich machte sie kehrt und ging zum Haus zurück.

Mrs. Pengalley kam ihr an der Tür des Musikzimmers entgegen. »Eben ist ein Anruf für Sie gekommen, Miss Williams, aus Kalifornien.« Sie hatte den Streit mit gesunder Neugier durch das Fenster beobachtet. Jetzt jedoch rief der Ausdruck in Ramonas grauen Augen mütterliche Instinkte in ihr wach. Sie unterdrückte den Wunsch, Ramona über das Haar zu streichen. »Ich mache Ihnen eine Kanne Tee«, sagte sie.

Ramona ging zum Telefon und hielt den Hörer ans Ohr. »Ja, hallo?«

»Ich bin's, Ramona. Julie.«

»Julie!« Sie ließ sich in einen Sessel sinken und blinzelte die Tränen fort, die ihr wieder in die Augen stiegen, als sie die vertraute Stimme hörte. »Bist du von den griechischen Inseln zurück?«

»Schon seit etwa zwei Wochen, Ramona.«

Natürlich. Sie hätte es wissen müssen. »Also, was gibt es? Warum rufst du an?«

»Karter hat sich mit mir in Verbindung gesetzt, weil er dich heute Vormittag nicht erreichen konnte. Die Leitung war anscheinend gestört.«

»Ist sie wieder verschwunden?«, fragte Ramona dumpf.

»Nicht verschwunden. Weggelaufen. Schon gestern Abend. Sie ist nicht sehr weit gekommen.«

Als sie das Zögern in Julies Stimme hörte, verwandelte sich Ramonas müde Ergebenheit in heftige Angst. »Julie?«

»Sie hatte einen Unfall, Ramona. Du solltest nach Hause kommen.«

Ramona schloss die Augen. »Ist sie … tot?«

»Nein, aber es steht schlecht um sie. Es fällt mir sehr schwer, dir das so ungeschminkt am Telefon sagen zu müssen. Die Haushälterin meinte, Brian sei nicht da …«

»Nein.« Ramona öffnete die Augen und sah sich vage im Zimmer um. »Nein, er ist nicht hier.« Es gelang ihr, sich zusammenzureißen. »Wie schlecht steht es, Julie? Ist sie im Krankenhaus?«

Julie zögerte abermals. »Sie wird es nicht schaffen, Ramona«, sagte sie dann. »Es tut mir leid. Karter gibt ihr höchstens noch ein paar Stunden.«

»Oh Gott!« Ramona hatte, seit sie denken konnte, mit dieser Angst gelebt – und doch war es jetzt ein Schock für sie.

»Ich weiß, es gibt keine ›gute‹ Art, dir das zu sagen, Ramona, und dennoch wünschte ich, ich könnte eine bessere finden.«

»Was?« Wieder gelang es ihr mit einer ungeheuren Anstrengung, sich zusammenzureißen. »Nein, ich bin in Ordnung. Ich fahre sofort.«

»Soll ich dich und Brian vom Flughafen abholen?«

»Nein, nein, ich fahre sofort ins Krankenhaus. Wo liegt sie?«

»Im ›St. Catherine‹, auf der Intensivstation.«

»Sage Dr. Karter, ich komme, so schnell es geht. Julie …«

»Ja?«

»Bleib bei ihr.«

»Das ist doch selbstverständlich. Ich erwarte dich hier.«

Ramona legte auf und starrte das Telefon an.

Mrs. Pengalley kam mit einer Tasse Tee herein. Sie warf einen einzigen Blick in Ramonas kalkweißes Gesicht und setzte die Tasse ab. Wortlos ging sie zur Hausbar und nahm die Cognacflasche heraus. Nachdem sie gut zwei Finger breit eingeschenkt hatte, drückte sie Ramona den Schwenker in die Hand.

»Hier, Miss, trinken Sie das«, sagte sie energisch.

Ramona sah sie verloren an. »Was?«

»Trinken Sie aus, Mädchen!«

Ramona gehorchte, als ihr Mrs. Pengalley die Hand mit dem Glas an die Lippen hob, und schnappte sofort nach Luft, weil der Alkohol so in der Kehle brannte. Sie nahm noch einen Schluck und seufzte dann auf.

»Danke.« Sie sah wieder zu Mrs. Pengalley auf. »Jetzt geht es mir besser.«

»Manchmal kann man einen Schluck Cognac ganz gut gebrauchen«, erklärte die Haushälterin.

Ramona stand auf und gab sich Mühe, ihre Gedanken zu ordnen. Sie hatte einiges zu erledigen und keine Zeit. »Ich muss sofort nach Amerika zurück, Mrs. Pengalley«, sagte sie. »Können Sie mir ein paar Sachen packen, während ich mit dem Flughafen telefoniere?«

»Aber ja doch.« Mrs. Pengalley sah Ramona prüfend an.

»Er will nur seinen Zorn abreagieren, wissen Sie. Das ist so Männerart, das tun sie alle. Bestimmt kommt er bald wieder.«

Ramona begriff, dass Mrs. Pengalley von Brian sprach, und fuhr sich mit der Hand über die Stirn. »Dessen bin ich gar nicht so sicher. Wenn Brian noch nicht da ist, wenn ich zum Flughafen muss, könnte mich vielleicht Ihr Mann fahren, ja? Ich weiß, dass ich Ihnen damit schreckliche Ungelegenheiten bereite, aber es ist sehr wichtig.«

»Selbstverständlich. Ich packe jetzt Ihre Sachen …«

»Vielen Dank.« Ramona griff schon nach dem Telefonhörer.

Eine Stunde später stand sie zögernd am Fuß der Treppe. Die Ereignisse schienen sich überschlagen zu haben. Sie wollte Brian herbeizwingen, aber sein Wagen tauchte nicht auf der Zufahrt auf. Sie wollte ihm ein paar Zeilen hinterlassen, doch nichts, was sie schrieb, schien die Worte aufwiegen zu können, die sie ihm entgegengeschleudert hatte. Und wie konnte sie ihm mit ein paar wenigen Worten schreiben, dass ihre Mutter im Sterben lag und sie zu ihr musste?

Doch sie hatte keine Zeit, bis zu seiner Rückkehr zu warten. Sie konnte es nicht riskieren. Im letzten Moment noch zog sie einen Notizblock aus der Tasche und schrieb hastig:

Brian, ich musste gehen. Ich werde zu Hause gebraucht.
Bitte verzeih mir. Ich liebe dich. Ramona.

Sie rannte ins Musikzimmer zurück und legte den Zettel auf den Stapel Notenpapier auf dem Klavier. Dann lief sie wieder hinaus, nahm die beiden Koffer auf, die Mrs. Pengalley in der Nähe der Haustür abgestellt hatte, und reichte sie Mr. Pengalley, der sie im Kofferraum der kleinen Limousine verstaute. Kaum eine Minute später fuhren sie ab.

14. Kapitel

Fünf Tage vergingen, ehe Ramona wieder anfing, klar zu denken. Dr. Karter hatte recht gehabt, es war nur eine Sache von wenigen Stunden gewesen. Ramona musste nicht nur mit ihrem Kummer, sondern auch mit dem unvernünftigen Schuldgefühl fertigwerden, weil sie zu spät gekommen war.

Die praktischen Anforderungen, die der Tod an die Lebenden stellte, bewahrten sie davor, in Selbstmitleid zu versinken und sich mit Selbstvorwürfen zu überhäufen. Einmal während der ersten niederschmetternden Stunden hatte sie sich gefragt, ob die Menschen um den Tod so viel Wesens machten und das Drumherum so komplizierten, um nicht völlig zu verzweifeln.

Sie war dankbar, dass Dr. Karter sich mit der Polizei auseinandersetzte und dafür sorgte, dass die Presse keine Einzelheiten erfuhr.

Nach den ersten hektischen Tagen blieb nichts zurück als die Erkenntnis, dass die Frau, die sie geliebt und verachtet hatte, nicht mehr da war. Sie konnte nichts mehr tun. Allmählich fing Ramona an, den Tod der Mutter als unausweichliches Ende einer langen, zerstörerischen Krankheit zu akzeptieren.

Sie weinte nicht, denn sie hatte schon so lange getrauert, und sie wusste, dass es Zeit war, diese Trauer endlich abzulegen. Sie hatte das Leben ihrer Mutter nie in den Griff bekommen. Jetzt brauchte sie Kraft für ihr eigenes Leben.

Ein Dutzend Mal rief Ramona in diesen Tagen im Haus in Cornwall an, doch es meldete sich nie jemand. Fast glaubte sie, das hohle Klingeln zu hören, das durch die leeren Räume hallte. Mehr als einmal dachte sie daran, einfach ein Flugzeug zu besteigen und zurückzufliegen, doch sie schob den Gedanken immer wieder beiseite. Brian wartete bestimmt nicht auf sie.

Wo kann er nur sein? fragte sie sich immer wieder. Wohin ist er gegangen? Er hat mir nicht verziehen.

Und, was noch schlimmer war, er würde ihr nie verzeihen.

Nachdem sie den Telefonhörer zum letzten Mal aufgelegt hatte, betrachtete Ramona sich prüfend im Spiegel ihres Schlafzimmers. Sie war blass. Irgendwie wirkte sie hilflos und verloren. Kopfschüttelnd griff sie nach dem Rouge. Geliehene Farbe war besser als gar keine. Irgendwo musste sie den Anfang machen.

Ja, dachte sie wieder und fuhr sich mit dem kleinen Zobelpinsel über die Wange, irgendwo muss ich anfangen. Sie wandte sich vom Spiegel ab und griff nach dem Telefon.

Eine halbe Stunde später kam sie in einem schwarzen Seidenkleid die Treppe herunter. Sie hatte sich das Haar aufgesteckt und setzte sich, als sie die Halle betrat, im Gehen einen kleinen schwarzen Hut mit steifer Krempe auf.

Julie kam aus ihrem Büro. »Gehst du aus, Ramona?«

»Ja, wenn ich meine kleine flache Tasche und die Autoschlüssel finde, die eigentlich drin sein müssten.« Sie kramte schon im Garderobenschrank herum.

»Geht es dir auch gut, Ramona?«

Ramona begegnete Julies Blick. »Es geht mir besser«, antwortete sie, wusste jedoch, dass Julie sich mit einer so unverbindlichen Antwort nicht zufriedengeben würde. »Ich versuche nur, zu beherzigen, was du mir nach der Beerdigung gepredigt hast, und sage mir immer wieder, dass mich keine Schuld trifft.«

»Es war keine Predigt«, entgegnete Julie. »Ich habe ganz einfach eine Tatsache festgestellt. Du hast alles Menschenmögliche getan, um deiner Mutter zu helfen. Mehr als du hätte niemand tun können.«

Ramona seufzte trotzdem. »Ich habe alles nach bestem Wissen und Gewissen getan, und das kommt wahrscheinlich auf das Gleiche hinaus.« Sie schloss die Schranktür und schüttelte die trübe Stimmung ab. »Es geht mir wirklich besser, Julie, und ich werde bald wieder ganz in Ordnung sein.«

Sie lächelte und bemerkte, über Julies Schulter blickend, eine leichte Bewegung. Im nächsten Moment trat Wayne aus dem Büro. »Hallo«, sagte Ramona, »ich wusste gar nicht, dass du hier bist.«

Er ging an Julie vorbei und musterte Ramona kritisch. »Also, ich muss schon sagen, dieses Kleid steht dir ausgezeichnet«, erklärte er. »Es gefällt mir.«

»Das sollte es auch«, erwiderte sie trocken. »Du hast ein Vermögen dafür verlangt.«

»Rede nicht wie ein Geizhals, Liebling. Kunst ist unbezahlbar.« Er schnippte ihr mit dem Finger ein unsichtbares Stäubchen von der Schulter. »Wohin willst du?«

»Ich bin mit Henderson bei ›Alphonso's‹ zum Lunch verabredet.«

Wayne tippte ihr auf die Wange. »Bisschen zu tief in den Rougetiegel gegriffen«, sagte er.

»Ich habe es satt, blass auszusehen. Hör auf, an mir rumzumäkeln.« Sie nahm sein Gesicht in beide Hände und küsste ihn auf die Wange. »Du warst wie ein Fels in der Brandung, Wayne. Ich bin dir unendlich dankbar, dass du mir in den letzten Tagen zur Seite gestanden hast.«

»Ach, ich brauchte doch nur einen Vorwand, um nicht wieder in die Tretmühle zu müssen.«

Sie nahm die Hände von seinen Wangen und drückte ihm leicht den Arm. »Jetzt hör auf, dir Sorgen um mich zu machen. Und du auch«, wandte sie sich an Julie. »Ich treffe mich mit Henderson, um die Pläne für eine neue Tournee mit ihm zu besprechen.«

»Eine neue Tournee?« Julie runzelte die Stirn. »Ramona, du hast jetzt über sechs Monate ununterbrochen gearbeitet. Das Album, die Tournee, das Musical. Du brauchst unbedingt eine Pause.«

»Nach alledem ist eine Pause genau das, was ich nicht brauche«, widersprach Ramona. »Ich möchte arbeiten.«

»Dann schlage ich dir vor, dass du auf deinen Plan zurückkommst, dir eine Hütte in den Bergen von Colorado zu mieten«, meinte Julie. »Du wolltest dich doch für ein paar Monate dahin zurückziehen, weißt du noch?«

»Ja.« Lächelnd schüttelte Ramona den Kopf. »Ich wollte schreiben und das einfache Leben genießen, nicht wahr? Wollte mich für eine Weile aus der Glitzer- und Glamourwelt zurückziehen und in den Wäldern leben.« Sie lächelte stärker, als sie sich die Unterhaltung vergegenwärtigte, die sie und Julie damals geführt hatten. »Du hast gesagt, dein Interesse am Landleben beschränke sich auf einen deftigen Bauernschmaus am Swimmingpool.«

Julie zog die Brauen hoch. »Ich habe es mir anders überlegt. Ich gehe mir Wanderkleidung und -schuhe kaufen.«

Waynes Antwort war ein zweifelndes: »Hm …«

»Du bist lieb«, sagte Ramona zu Julie und küsste sie auf die Wange, »aber das brauchst du nicht. Ich muss irgendetwas tun, das meine ganze Energie beansprucht, das mich körperlich fordert. Ich will mit Henderson über eine Australien-Tournee sprechen. Meine Platten gehen dort sehr gut.«

»Wenn du mal mit Brian reden würdest ...«, begann Julie, aber Ramona schnitt ihr das Wort ab.

»Ich habe versucht, ihn zu erreichen, er ist nicht da.« Die Feststellung hatte etwas Endgültiges an sich. »Offenbar will er nicht mit mir sprechen. Und ich kann ihm das nicht mal übel nehmen.«

»Er liebt dich«, sagte Wayne hinter ihr. Ramona drehte sich um. »Ein paar tausend Leute sahen bei deinem Konzert in New York, wie es zwischen euch knisterte.«

»Ja, er liebt mich, und ich liebe ihn, aber das scheint nicht genug zu sein, und ich kann nicht begreifen, warum nicht. Nein, bitte!« Sie nahm seine Hand und drückte sie. »Ich muss mich eine Weile ablenken. Ich habe nämlich das Gefühl, bei einem wunderschönen Picknick von einem Erdrutsch überrascht worden zu sein. Ich könnte mal ein paar gute Neuigkeiten brauchen«, fügte sie hinzu und sah Julie und Wayne nacheinander eindringlich an. »Falls ihr es je übers Herz bringt, mich ins Vertrauen zu ziehen.« Lächelnd beobachtete Ramona die Blicke, die die beiden tauschten. »Ich habe, wie mir scheint, auch ein paar Funken fliegen sehen. Ist das nicht ein bisschen plötzlich gekommen?«

»Sehr plötzlich«, stimmte Wayne zu und lächelte Julie über Ramonas Kopf hinweg an. »Es dauert erst ungefähr sechs Jahre.«

»Sechs Jahre!«, rief Ramona überrascht.

»Ich hatte keine Lust, einer von Julies unzähligen Verehrern zu sein«, sagte Wayne milde und zündete sich eine Zigarette an.

»Und ich dachte immer, er sei in dich verliebt«, erklärte Julie und ließ ihren Blick von Ramona zu Wayne schweifen.

»In mich?« Zum ersten Mal seit Tagen lachte Ramona spontan auf.

»Ich begreife nicht, was daran so komisch ist.« Wayne tat gekränkt. »Mich finden viele Frauen und Mädchen sehr attraktiv.«

»Aber das bist du ja auch«, sagte Ramona und küsste ihn auf die Wange. »Wahnsinnig attraktiv sogar. Aber ich kann mir nicht vorstellen, wie jemand sich einbilden kann, du seist in mich verliebt. Du warst doch ständig mit diesen beängstigend schönen Models mit langen Beinen zusammen, deren Gesichter von einem Bildhauer modelliert zu sein scheinen.«

»Ich glaube, darüber breiten wir im Moment am besten den Mantel des Schweigens«, antwortete Wayne.

»Schon gut, schon gut.« Julie lächelte lieb und schob sich das Haar hinter die Ohren. »Ich habe keine Probleme mit Waynes bewegter Vergangenheit.«

»Und wann ist das alles passiert?«, mischte Ramona sich belustigt ein. »Kaum kehre ich euch für ein paar Wochen den Rücken, muss ich feststellen, dass meine beiden besten Freunde sich gegenseitig anhimmeln wie Teenager.«

»Ich habe noch nie jemanden angehimmelt«, protestierte Wayne entsetzt. »Leidenschaftlich glühende Blicke zugeworfen … vielleicht.« Er zog die Braue mit der Narbe hoch, die ihn – wie er hoffte – ruchlos und verwegen aussehen ließ.

»Wann ist es passiert?«, fragte Ramona.

»Ich sah am ersten Morgen meiner Mittelmeerkreuzfahrt arglos aus meinem Deckstuhl auf«, erwiderte Julie, »und wer, glaubst du, kam in einem perfekt sitzenden weißen Anzug auf mich zugeschlendert?«

»Ach, wirklich?« Ramona schaute Wayne zweifelnd an. »Ich weiß nicht, ob ich überrascht oder beeindruckt sein soll.«

»Die Gelegenheit schien mir günstig«, erklärte er und schnippte die Zigarettenasche in eine in der Nähe stehende Schüssel. »Natürlich musste ich ihrer habhaft werden, bevor sie einen Schiffsreeder oder einen hübschen Seemann bezauberte.«

»Ich glaube, einen Schiffsreeder habe ich schon vor ein paar Jahren bezaubert«, meinte Julie lässig. »Und was den Seemann anbelangt …«

»Trotzdem«, unterbrach Wayne sie und warf ihr einen langen Blick zu, »schien mir eine Kreuzfahrt bestens geeignet, Julie für mich zu gewinnen. Es war«, fügte er hinzu, »erstaunlich leicht.«

»Ach! Tatsächlich?«, sagte Julie.

Wayne drückte seine Zigarette aus, ging zu ihr und nahm sie in die Arme. »Kinderleicht«, neckte er sie. »Aber das kommt natürlich nur daher, dass Frauen mich immer unwiderstehlich finden.«

»Es wäre sicherer für dich, wenn du damit aufhörtest«, sagte Julie und schlang ihm die Arme um den Nacken. »Ich könnte nämlich sonst in Versuchung geraten, dir den Hals umzudrehen.«

»Mit dieser Frau zu leben wird eine Mühsal sein, wie ich es sehe.« Er küsste Julie, als habe er eben beschlossen, das Beste daraus zu machen.

»Wie ich es sehe, werdet ihr beide entsetzlich unglücklich miteinander sein. Ich bedaure euch von ganzem Herzen.« Ramona drängte sich zwischen die beiden und legte ihnen die Arme um die Schultern. »Ich möchte eure Hochzeit ausrichten, darf ich? Das heißt ... wenn ihr überhaupt heiraten wollt.«

»Aber selbstverständlich«, sagte Wayne. »Wir vertrauen einander viel zu wenig, um uns auf eine weniger verpflichtende Beziehung einzulassen.«

Er lächelte Julie so strahlend an, dass Ramona unerklärlicherweise fast in Tränen ausgebrochen wäre.

Sie umarmte beide heftig. »So etwas zu hören, hatte ich im Augenblick dringend nötig. Jetzt lasse ich euch allein, ich bin überzeugt, dass ihr euch ohne mich nicht langweilen werdet. Darf ich es Henderson erzählen oder ist es ein Geheimnis?«

»Du kannst es ihm erzählen«, sagte Julie und beobachtete sie, während sie sich vor dem Spiegel den Hut zurechtrückte. »Wir wollen den Sprung schon nächste Woche wagen.«

Ein wenig erschrocken suchten Ramonas Augen Julies Blick im Spiegel. »Aber, aber, ihr habt es vielleicht eilig.«

»Ich will Julie keine Gelegenheit geben, es sich anders zu überlegen«, scherzte Wayne.

»Ich glaube, wir haben noch Champagner im Kühlschrank, oder?« Ramona wandte sich vom Spiegel ab. »Wenn ich zurückkomme, feiern wir. Ich bleibe höchstens zwei Stunden.«

»Ramona!«, rief Julie ihr nach, die rasch zur Tür ging. Neugierig blickte sie über die Schulter zurück. »Deine Tasche!« Lächelnd nahm Julie sie von einem Tischchen und hielt sie ihr entgegen. »Du wirst aber nicht vergessen zu essen, nicht wahr?«, fragte sie, als Ramona ihr die Tasche abnahm.

»Ich vergesse es bestimmt nicht«, versicherte Ramona und marschierte im üblichen Eiltempo zur Tür hinaus.

Eine knappe Stunde später saß Ramona auf der Glasveranda von »Alphonso's« und stocherte in einer Portion Scampi herum. Von den Gästen kannte sie wenigstens ein Dutzend persönlich, und sie hatte sie alle begrüßen müssen, ehe sie es geschafft hatte, sich an einen Ecktisch zurückzuziehen.

Der Raum war ein kunstvoll angelegter Dschungel, überall grünten und blühten exotische Pflanzen und Blumen. Die Sonne, die durch das Glas und das Grün schien, tauchte den Raum in ein goldenes Licht. Der Fußboden war mit kühlen Keramikfliesen belegt und am anderen Ende des Raums plätscherte ein Springbrunnen. Sonst genoss Ramona die lässige Eleganz, die würzigen Speisegerüche und den Blumenduft. Doch als sie jetzt mit ihrem Agenten sprach, achtete sie kaum auf ihre Umgebung.

Henderson war ein großer, stämmiger Mann, der – wie Ramona immer fand – eher wie ein grober Klotz aussah und nicht wie der gewiefte, tüchtige Agent, der er war.

Er hatte dünnes, krauses rotes Haar und helle, fröhliche blaue Augen, die, wenn nötig, eisig blicken konnten. Sein breites Gesicht war mit Sommersprossen übersät.

Er lächelte viel, gab sich leutselig und legte es manchmal darauf an, nicht allzu intelligent zu wirken. Das war eine seiner wirksamsten Waffen. Ramona wusste, dass er einer der Gerissensten in der Branche war und, wenn nötig, hart wie Granit sein konnte. Er hatte Ramona gern, nicht weil sie ihn so reich gemacht hatte, sondern weil sie sich nie beklagte, dass er gut an ihr verdiente. Das konnte er nicht von allen seinen Klienten behaupten.

Jetzt ließ er sich von ihr ihre Pläne für eine Tournee nach Australien und Neuseeland auseinandersetzen – eine Promotion-Tour für ihr neues Album, das eine Woche nach seinem Erscheinen bereits die Gipfel aller Charts stürmte.

Währenddessen aß er in aller Ruhe sein Kalbfleisch, zu dem er einen schweren Rotwein trank. Ramona nippte nur hin und wieder an ihrem Weißwein.

Ihm fiel auf, dass sie weder »Fantasie« noch ihre Zeit in Cornwall erwähnte. Als er das letzte Mal von ihr gehört hatte, hatte sie ihm mitgeteilt, das Musical sei bis auf ein paar Kleinigkeiten fertig, und Jarett war begeistert gewesen, als er mit ihm gesprochen hatte. Lauren Chase hatte an keiner einzigen Nummer etwas auszusetzen gehabt und jetzt wurde schon an der Choreografie gearbeitet.

Mit der Musik zu »Fantasie« schien es überhaupt keine Schwierigkeiten zu geben. Daher war Henderson sehr überrascht gewesen, dass Ramona plötzlich allein aus Cornwall zurückkehrte. Er hatte erwartet, dass sie ihn anrufen würde, sobald die Partitur vollendet war, um ihm zu sagen, dass Brian und sie jetzt ein paar Wochen Urlaub machen wollten. Sie hatte diese Absicht einmal erwähnt, als sie miteinander telefonierten. Aber nun war sie vorzeitig zurückgekommen. Und ohne Brian.

Sie redete nervös, kam vom Hundertsten ins Tausendste. Henderson unterbrach sie nicht, murmelte nur hin und wieder etwas Unverbindliches vor sich hin und genoss seine Mahlzeit. Ramona redete eine Viertelstunde lang ununterbrochen ohne Punkt und Komma, bevor sie sich endlich etwas entspannte.

Henderson wartete und trank dann einen ordentlichen Schluck Rotwein. »Nun«, sagte er, während er sich die Lippen mit einer weißen Leinenserviette abtupfte, »eine Australien-Tournee ließe sich bestimmt ohne Schwierigkeiten arrangieren.«

»Gut.« Ramona schob die Scampi auf ihrem Teller herum. Sie merkte, dass sie sich leer geredet hatte, spießte ein Stückchen Krabbenfleisch auf die Gabel und kaute geistesabwesend.

»Während ich sie vorbereite, könntest du doch irgendwo ein bisschen Urlaub machen.«

Ramona zog die Brauen hoch. »Ich will aber keinen Urlaub machen. Ich hätte gern ein paar Auftritte im Fernsehen.«

»Lässt sich alles einrichten«, erwiderte er freundlich. »Nachdem du ein paar Wochen Urlaub gemacht hast.«

»Ich will Action, keine Ferien.« Sie musterte ihn misstrauisch. »Hast du mit Julie gesprochen?«

Er sah sie überrascht an. »Nein. Worüber denn?«

»Schon gut.« Sie schüttelte den Kopf und lächelte dann. »Ich will Action, Henderson.«

»Du hast stark abgenommen«, sagte er. »Man sieht es deinem Gesicht an. Du musst mehr essen.«

Ramona seufzte gereizt und ging daran, sich eingehender mit ihrem Lunch zu beschäftigen. »Warum behandelt mich eigentlich jeder wie ein zurückgebliebenes Kind?«, fragte sie nach einer kleinen Gesprächspause. »Ich fange demnächst an, so launisch zu werden, dass kein Mensch mehr mit mir auskommen kann, und werde mich so lange so benehmen, bis ihr mich behandelt, wie es einem Star zukommt.«

Henderson sagte zwischen zwei Bissen rasch etwas sehr Unhöfliches, doch das ignorierte sie.

»Was ist mit Jerry Michaels? Er bereitet für den Herbst ein Special mit verschiedenen Künstlern vor, habe ich gehört. Bei ihm könntest du mich doch unterbringen.«

»Nichts leichter als das«, stimmte Henderson ihr zu. »Er würde vor Freude einen Purzelbaum schlagen, wenn er dich bekommen könnte.«

»Nun?«

»Was … nun?«

»Henderson!« Ramona schob energisch ihren Teller beiseite. »Bringst du mich in der Jerry-Michaels-Show unter oder nicht?«

»Nein.« Er schenkte sich Wein nach.

»Warum nicht?«, fragte Ramona verärgert.

»Das ist nichts für dich.« Henderson bedeutete Ramona mit einer Handbewegung, zu schweigen, als sie heftig widersprechen wollte. »Ich weiß, wer die Show produziert. Sie ist nichts für dich.«

Mürrisch und widerwillig gab sie nach. Er hatte den besten Instinkt in der Branche. »Gut, vergessen wir den Auftritt bei Michaels. Was hast du dann in petto?«

»Möchtest du einen Nachtisch?«

»Nur Kaffee.«

Er winkte dem Kellner, bestellte Blaubeerkäsekuchen für sich und Kaffee für beide und lehnte sich dann gemütlich zurück. »Was ist mit ›Fantasie‹?«

Ramona drehte den Stiel des Weinglases zwischen den Fingern. »Was soll sein?«, sagte sie gleichmütig. »Es ist fertig.«

»Und?«

»Und?«, wiederholte sie aufblickend. Er kniff die blauen Augen zusammen. »Es ist fertig«, sagte sie noch einmal. »Oder im Wesentlichen fertig. Ich kann mir nicht vorstellen, dass die letzten Feinheiten, die noch fehlen, Probleme aufwerfen könnten. Brian oder sein Agent werden sich bestimmt mit dir in Verbindung setzen, falls es doch welche geben sollte.«

»Jarett wird euch beide ab und zu bei den Aufnahmen brauchen, davon bin ich überzeugt«, widersprach Henderson milde. »Ich würde diese Arbeit noch eine ganze Weile nicht als abgeschlossen ansehen.«

Stirnrunzelnd betrachtete Ramona ihr Glas. »Ja, ja, du hast natürlich recht. Daran habe ich nicht gedacht. Nun ...« Abwesend schob sie das Glas hin und her. »Aber damit befasse ich mich erst, wenn's akut wird.«

»Wie hat es mit euch funktioniert?«

Sie sah Henderson sehr direkt an, doch in Gedanken war sie in Cornwall. »Wir haben ungefähr die beste Musik geschrieben, die uns je eingefallen ist. Davon bin ich überzeugt. Wir arbeiten erstaunlich gut miteinander, ich war selbst überrascht.«

»Hast du es denn nicht für möglich gehalten?« Henderson betrachtete genüsslich den Blaubeerkuchen, den der Kellner ihm servierte.

»Ich hielt es sogar für ausgeschlossen. Danke«, wandte sie sich an den Kellner, bevor sie Henderson wieder ansah. »Aber wenn man alles andere außer Acht lässt, haben wir sehr gut zusammengearbeitet.«

»Ihr habt schon früher sehr gut zusammengearbeitet«, erinnerte er sie. »›Wolken und Regen‹.« Er merkte, dass sie die Stirn runzelte, fuhr jedoch ungerührt fort: »Weißt du, dass die Platte sich nach deinem New Yorker Konzert wieder ganz toll verkauft? Außerdem hat die Presse eine ganze Menge über euch geschrieben.«

»Ja, das ist mir klar. Es war ein gefundenes Fressen für sie.«

»Mir wurden in den letzten Wochen eine Menge Fragen gestellt.« Er sprach weiter, obwohl er merkte, dass sie die Brauen hochzog und die Stirn runzelte. »Von allen möglichen Leuten aus der Szene und von der Presse. Vorige Woche war ich auf einer hübschen kleinen Soiree. Du und Brian wart das Hauptthema dort.«

»Wie ich schon sagte, haben wir gut zusammengearbeitet.« Ramona setzte die Tasse ab. »Brian hatte recht, wir passen künstlerisch sehr gut zusammen.«

»Und privat?« Henderson schob sich ein großes Stück Blaubeerkuchen in den Mund.

»Tja …« Ramona verzog leicht das Gesicht. »Du gehst aber sehr direkt auf dein Ziel los.«

»Schon gut, du brauchst mir nicht zu antworten. Du kannst es ihm sagen.«

»Wem?«

»Brian«, antwortete Henderson leichthin und goss sich Sahne in den Kaffee. »Er ist eben gekommen.«

Ramona fuhr auf ihrem Stuhl herum und blickte Brian direkt in die Augen. Ein starkes Glücksgefühl durchflutete sie. Ihr erster Impuls war es, aufzuspringen und auf ihn zuzulaufen. Sie hatte sogar schon den Stuhl zurückgeschoben und sich halb erhoben, als sein Gesichtsausdruck sie zurückschrecken ließ. Er verriet eiskalten Zorn. Ramona setzte sich wieder und sah zu, wie Brian sich zwischen den voll besetzten Tischen zu ihr durchschlängelte. Man grüßte ihn von allen Seiten, doch er ignorierte es. Ramona merkte, dass die Gespräche verstummten. Ohne sie auch nur einen Sekundenbruchteil aus den Augen zu lassen, blieb er stumm vor ihr stehen.

Ramona unterdrückte auch das Verlangen, ihm die Hände entgegenzustrecken, weil er sie vielleicht sogar wegstoßen würde. Der Ausdruck seiner Augen ließ ihr Herz schneller schlagen – doch nicht vor Glück, sondern vor Furcht. Henderson hätte genauso gut nicht vorhanden sein können.

»Gehen wir.«

»Gehen?«, wiederholte sie benommen. »Wohin denn? Wann?«

»Jetzt!«

Brian nahm sie bei der Hand und zog sie hoch. Sie war so überrascht und erschrocken, dass sie nicht einmal gegen den schraubstockartigen Griff protestierte, mit dem er sie packte.

»Brian …«

»Jetzt«, wiederholte er. Ohne Henderson überhaupt zu beachten, wandte er sich zur Tür und zerrte Ramona hinter sich her. Sie fühlte die neugierigen Blicke der Leute im Rücken.

Schreck, Glück und Furcht wichen einem Zorn, der dem seinen in nichts nachstand.

»Lass mich gefälligst los!«, forderte sie schroff. »Du kannst mich doch nicht so herumzerren.« Sie prallte gegen einen Schauspieler und ging dann mit einer gemurmelten Entschuldigung um ihn herum. Brian ließ sie nicht los und marschierte unbeirrt weiter.

»Hör auf damit, Brian! Ich lasse mich nicht in aller Öffentlichkeit so behandeln. Auch von dir nicht!«

Er blieb stehen und drehte sich um, sodass ihre Gesichter jetzt dicht voreinander waren. »Dann möchtest du wohl, dass ich dir hier und jetzt und in aller Öffentlichkeit sage, was ich zu sagen habe.« Kühl und klar klang seine Stimme durch die Stille. Aber man hörte trotzdem den heftigen Zorn heraus, der in Brian tobte.

Wieder stehen wir im Scheinwerferlicht, dachte Ramona, aber anders als in New York. Sie holte tief Atem.

»Nein.« Ramona bemühte sich, sich wenigstens einen Rest von Würde zu bewahren und leise zu sprechen. »Doch es ist auch nicht nötig, eine solche Szene zu machen.«

»Aber ich bin gerade in der richtigen Stimmung für eine Szene, Ramona«, antwortete er, ohne seine Stimme zu dämpfen.

Bevor sie etwas dazu sagen konnte, machte er wieder kehrt und schob sie vor sich her aus dem Restaurant. Direkt vor dem Eingang stand am Straßenrand ein Mercedes. Brian schubste sie hinein und knallte die Tür zu.

Ramona richtete sich auf ihrem Sitz auf und funkelte Brian zornig an, als er die Fahrertür öffnete. »Du sollst deine Szene haben, oh ja!«, sagte sie und warf wütend ihren Hut auf den Rücksitz. »Und was für eine! Wie kannst du es wagen …«

»Halt den Mund! Das meine ich ernst. Ich möchte nichts hören, bis wir an Ort und Stelle sind, sonst gerate ich in Versuchung, dich gleich hier zu bändigen und die Sache ein für alle Mal aus der Welt zu schaffen.«

Mit quietschenden Reifen fuhr er los und reihte sich in den fließenden Verkehr ein.

Ramona wurde heftig in die Wagenpolster zurückgeworfen. Ich werde den Mund halten, dachte sie, während Zorn sie übermannte. Ich halte den Mund. Dann habe ich wenigstens Zeit, mir genau zu überlegen, was ich ihm sagen werde …

15. Kapitel

Als Brian den Wagen vor dem Bel-Air-Hotel anhielt, hatte Ramona ihre Rede im Kopf fertig. Sie stieg gleichzeitig mit ihm aus und wandte sich ihm zu, doch bevor sie etwas sagen konnte, fasste er sie fest am Arm und zog sie zum Hoteleingang.

»Ich habe dir schon einmal gesagt, du sollst mich nicht herumzerren!«

»Und ich habe dir gesagt, du sollst den Mund halten.« Er stürmte in die Halle. Ramona war gezwungen, würdelos hinter ihm herzurennen, um einigermaßen mit ihm Schritt halten zu können.

»Ich dulde nicht, dass du so mit mir redest!«, fauchte sie. »Ich lasse mich nicht wie ein Gepäckstück durch eine Hotelhalle schleppen.«

»Ich habe es satt, mich nach dir zu richten.« Er drehte sich um, packte sie an beiden Schultern und zog sie an sich. Seine Finger gruben sich so schmerzhaft in ihr Fleisch, dass sie erschrocken verstummte. »Das ist jetzt mein Spiel und es sind meine Spielregeln.«

Er küsste sie hart und voller Zorn. Er biss ihr in die Lippen und zwang sie, sie zu öffnen. Sekundenlang hielt er Ramona fest an sich gepresst. Als er sich von ihr löste, sah er sie lange starr an, fluchte heftig und ging dann weiter zu den Aufzügen.

Obwohl sie nicht mehr genau wusste, ob sie vor Angst oder vor Zorn zitterte, versuchte Ramona während der Fahrt, ihrer Gefühle Herr zu werden. Brian, der ihr Handgelenk festhielt, fühlte ihren raschen Pulsschlag. Er stieß noch einmal einen heftigen Fluch aus, doch sie beachtete ihn nicht und sah ihn nicht an.

Nachdem sich die Lifttüren geöffnet hatten, zog Brian sie auf den Flur und dann zu seinem Penthouse.

Sie wechselten, auch während Brian aufsperrte, kein Wort, und er ließ Ramona erst los, als er die Tür aufstieß. Widerspruchslos trat Ramona ein und ging bis in die Mitte des Raumes.

Die Suite war auf eine ein wenig altmodische, aber sehr angenehme Art fast üppig elegant, mit einem offenen Kamin aus Klinkerstein und einem schönen dicken Teppich. Hinter Ramona fiel die Tür ins Schloss, und der Schlüsselbund klirrte leise, als Brian ihn auf ein Tischchen legte. Ramona holte tief Atem und drehte sich um.

»Brian …«

»Nein. Zuerst rede ich.« Er ging auf sie zu und blickte sie intensiv an. »Meine Spielregeln, weißt du noch?«

»Ja.« Sie hob das Kinn. »Ich weiß es noch.«

»Erste Regel: keine Halbheiten mehr! Ich dulde nicht länger, dass du dich vor mir verschließt, immer etwas von dir zurückhältst.«

Sie standen dicht voreinander. Jetzt, da die Benommenheit des ersten Schocks und der ersten Überraschung allmählich von ihr wich, bemerkte Ramona die Anzeichen innerer Anspannung und Müdigkeit in Brians Gesicht.

Er redete so schnell, dass es ihr nicht gelang, ihn zu unterbrechen.

»Du hast mir vor fünf Jahren genau das Gleiche angetan, aber damals waren wir kein Liebespaar in dem Sinn, wie wir es heute sind. Du hast dich nie ganz gegeben, warst nie bereit, mir zu vertrauen.«

»Nein.« Sie schüttelte den Kopf und bemühte sich, Argumente zu ihrer Verteidigung zu finden. »Nein, das ist nicht wahr.«

»Oh doch, es ist wahr«, entgegnete er und fasste sie wieder bei den Schultern. »Hast du mir damals von deiner Mutter erzählt? Hast du mir gesagt, wie dir zumute war, was du durchmachen musstest? Durfte ich an deinem Leben Anteil nehmen, dir helfen oder dich wenigstens trösten?«

Diese Worte hatte sie nicht von ihm erwartet. Sie konnte nur die Hände an die Schläfen pressen und wieder den Kopf schütteln. »Nein, denn das war nichts …«

»… was du mit mir teilen wolltest.« Er ließ die Arme sinken und trat von ihr zurück. »Ja, das ist mir klar.« Seine Stimme klang leise und zornig. Dann zündete er sich eine Zigarette an. Er musste seine Hände irgendwie beschäftigen oder er würde Ramona wieder wehtun. Sie rieb sich unbewusst noch immer den Arm, an dem er sie vorhin so grob herumgezerrt hatte.

»Und«, fuhr er fort, »hättest du mir diesmal davon erzählt, wenn du nicht den Albtraum gehabt und dich nicht so gefürchtet hättest? Hättest du es mir erzählt, dich mir anvertraut, wenn du ganz wach gewesen wärst?«

»Ich weiß nicht«, antwortete Ramona verwirrt. »Meine Mutter ging dich doch nichts an, warum …«

Brian warf die Zigarette weg. »Wie kannst du so etwas zu mir sagen? Wie kannst du so seelenruhig dastehen und so etwas zu mir sagen?« Er machte einen Schritt auf sie zu, blieb dann abrupt stehen und ging zur Bar. »Der Teufel soll dich holen!«, stieß er hervor. Er schenkte sich einen Bourbon ein und trank. »Vielleicht hätte ich nicht kommen sollen«, sagte er dann ruhiger. »Du hast mich schon vor fünf Jahren aus deinem Leben hinausgedrängt.«

»Ich habe dich hinausgedrängt?« Diesmal hob Ramona die Stimme. »Du hast mich verlassen. Du hast mich sitzen lassen, weil ich nicht mit dir ins Bett gehen wollte.« Sie ging zur Bar hinüber und stützte die Hand auf. »Du bist aus meinem Haus und aus meinem Leben verschwunden, und wenn ich etwas über dich wissen wollte, musste ich die Klatschspalten lesen. Von dir kam nie ein Wort. Du hast ja auch nicht lange gebraucht, um andere Frauen zu finden ... eine ganze Menge anderer Frauen.«

»So viele wie nur irgend möglich«, stimmte Brian ihr zu und trank wieder. »Und so schnell wie möglich. Ich benutzte Frauen, Alkohol und das Glücksspiel – einfach alles, um dich zu vergessen. Ich musste es zumindest versuchen.« Er betrachtete nachdenklich den Rest Whisky in seinem Glas und fügte hinzu: »Es hat nicht funktioniert.« Er stellte das Glas ab und sah Ramona wieder an. »Daher wusste ich, dass ich Geduld mit dir haben musste.«

Ramonas Augen waren noch immer dunkel vor Schmerz. »Sag mir ja nicht noch einmal, ich hätte dich aus meinem Leben hinausgedrängt!«

»Aber genau das hast du doch getan.«

Er umfing ihr Handgelenk, und sie fuhr herum, um sich ihm zu entziehen, doch er hielt sie fest, durch den schmalen Bartresen aus Mahagoniholz von ihr getrennt. »Wir waren allein, weißt du noch? Julie war für ein paar Tage weggefahren.«

Ramona sah ihm, ohne mit der Wimper zu zucken, in die Augen. »Und ob ich es noch weiß!«

»Tatsächlich?« Er zog auf die ihm eigene Art eine Braue hoch. Sein Blick und seine Stimme waren wieder kühl.

»Vielleicht gibt es doch ein paar Dinge, an die du dich nicht mehr erinnerst. Als wir an jenem Abend nach Hause kamen, wollte ich dich fragen, ob du mich heiraten würdest.«

Ramona fühlte, wie jeder Gedanke, jede Empfindung aus ihrem Körper wegzufließen schienen. Sie konnte Brian nur sprachlos anstarren.

»Überrascht?« Er ließ ihr Handgelenk los und griff wieder in die Tasche, um eine Zigarette herauszuholen. »Anscheinend sehen wir beide diesen Abend aus verschiedenen Blickwinkeln. Ich liebte dich.« Die Worte klangen wie eine Anklage. »Und ich habe dich in all den Wochen, in denen wir zusammen waren, nie betrogen. Habe keine andere Frau angerührt.« Er zündete sich die Zigarette an, und als das Ende aufglühte, hörte Ramona ihn leise sagen: »Ich bin fast verrückt geworden.«

»Du hast es mir nie gesagt.« Ihre Augen waren riesengroß. »Du hast mir nicht ein einziges Mal gesagt, dass du mich liebst.«

»Weil du dich immer zurückgezogen hast, ausgewichen bist«, erwiderte er. »Und ich wusste, dass du noch unschuldig warst und Angst hattest … obwohl ich mir die Angst nicht erklären konnte.« Er sah sie lange und fest an. »Es hätte vieles geändert, wenn ich Bescheid gewusst hätte. Aber du hast mir ja nicht vertraut.«

»Oh Brian!«

»An diesem Abend«, fuhr er fort, »strahltest du so viel Wärme aus. Ich fühlte, wie sehr du mich wolltest. Ich gab mir unendlich Mühe, sanft und geduldig zu sein, obwohl mein Verlangen nach dir mich fast umbrachte.« Nervös fuhr er sich mit der Hand durchs Haar. »Und du warst voller Hingabe. Wenn ich dich berührte, drängtest du dir mir mit jeder Faser deines Herzens entgegen, deine Haut schien unter meinen Händen lebendig zu werden. Doch dann wehrtest du dich plötzlich wie ein verängstigtes Kind, hast mich weggestoßen, als wolle ich dich töten, hast mich angeschrien, ich solle dich nie wieder anfassen. Du hast gesagt, du könntest es nicht ertragen, wenn ich dich berühre …«

Jetzt blickten seine Augen nicht mehr kühl, seine Miene drückte lauter Überlegenheit aus. »Du bist die einzige Frau, die mich je so verletzen konnte.«

»Brian …« Ramona schloss die Augen. »Ich war damals erst zwanzig und da war so vieles …«

»Das weiß ich jetzt, aber damals wusste ich es nicht«, sagte er tonlos. »Und obwohl du heute älter bist, hat sich ja nicht besonders viel geändert.« Ramona schlug die Augen auf und wollte etwas einwenden, doch er schüttelte den Kopf. »Noch nicht. Ich bin noch nicht fertig. Damals sah ich keinen anderen Ausweg für mich, deshalb bin ich gegangen. Ich konnte einfach nicht in Los Angeles bleiben und auf dich warten … warten, bis du dich entschieden hättest. Ich wusste nicht, wie lange ich fortbleiben würde, aber ich habe mich in diesen fünf Jahren ganz auf meine Karriere konzentriert. Genau wie du.«

Brian unterbrach sich und legte die langen, schmalen Hände auf die Bar. »Zurückblickend glaube ich, dass es so am besten war. Du musstest erst zu dir selbst finden und für mich war es eine Zeit ungeheurer Produktivität. Als dein Name immer häufiger in den Klatschspalten auftauchte, wusste ich, dass es Zeit für mich war zurückzukommen.« Sie öffnete die Lippen, doch er ließ sie wieder nicht zu Wort kommen. »Du kannst so wütend werden, wie du willst«, sagte er schroff, »aber erst, wenn ich fertig bin. Unterbrich mich nicht!«

Ramona wandte sich ab und kämpfte um Selbstbeherrschung. »Nun gut, sprich weiter«, gelang es ihr schließlich herauszupressen und sie drehte sich auch wieder zu ihm um.

»Ich kam ohne feste Pläne in die Staaten«, fuhr er fort, »ich wollte dich nur sehen. Der Vorschlag, die Musik für ›Fantasie‹ zu schreiben, fiel mir in New York praktisch in den Schoß, und da hatte ich die Idee, dich auf dem Umweg über die gemeinsame Arbeit zurückzugewinnen.« Das war eine ganz einfache Erklärung, mit der er sich weder rechtfertigen noch entschuldigen wollte.

»Als ich dich im Aufnahmestudio sah, wusste ich, dass mir jeder Vorwand recht sein würde, doch ich hatte mit dem Auftrag für das Musical ohnehin einen brauchbaren.« Er schob sein leeres Glas mit der Fingerspitze beiseite. »Ich habe nicht gelogen, als ich sagte, ich wolle mich beruflich mit dir zusammentun oder dass ich das Gefühl hatte, du seist für ›Fantasie‹ genau die Richtige. Doch wenn es nötig gewesen wäre, hätte ich auch gelogen. Du hattest vielleicht also gar nicht so unrecht mit dem, was du mir auf den Klippen an den Kopf geworfen hast.« Er ging von der Bar zum Fenster. »Natürlich hatte ich noch ein bisschen mehr mit dir im Sinn, als dich nur in mein Bett zu locken.«

»Brian!« Ramona schluckte trocken. »Ich habe mich für das, was ich dir auf den Klippen sagte, entsetzlich geschämt. Dass ich furchtbar zornig war, ist kaum eine Entschuldigung dafür, doch ich hatte gehofft … Ich hatte so sehr gehofft, du würdest mir verzeihen.«

Brian wandte sich ihr zu und sah sie einen Moment an. »Es wäre leichter gewesen, wenn du nicht weggelaufen wärst.«

»Aber ich bin nicht weggelaufen, ich musste fort. Das habe ich dir doch geschrieben.«

»Wann hast du mir das geschrieben?« Seine Stimme klang jetzt schärfer als vorher und er musterte sie finster.

»Ich habe dir eine Nachricht hinterlassen.« Ramona wusste nicht, ob sie auf ihn zugehen oder vor ihm zurückweichen sollte. »Ich habe den Zettel aufs Klavier gelegt.«

»Ich habe keinen Zettel gesehen. Ich sah überhaupt nichts, außer dass du fort warst.« Er atmete tief ein. »Ich habe die Noten in eine Aktenmappe gestopft. Einen Zettel von dir habe ich nicht bemerkt.«

»Julie hatte mich angerufen und mir von dem Unfall erzählt.«

»Von welchem Unfall?« Misstrauisch blickte er sie an.

Ramona sah ihn stumm an.

»Hatte deine Mutter einen Unfall?«, fragte er.

»Ja ... meine Mutter. Ich musste sofort zurück.«

Er schob die Hände tief in die Taschen. »Warum hast du nicht auf mich gewartet?«

»Ich wollte ja, aber ich konnte nicht.« Ramona schlang die Finger ineinander, damit sie nicht zitterten. »Es stand schlimm um sie. Dr. Karter hatte gesagt, es sei nur noch eine Sache von Stunden. Er hatte recht.« Sie wandte sich ab. »Ich bin schon zu spät gekommen.«

Brian fühlte, wie sein Zorn nachließ. »Es tut mir leid«, sagte er. »Das wusste ich nicht.«

Ramona wusste nicht, warum ihr Brians einfache Worte die Tränen in die Augen trieben, die sie bis jetzt nicht geweint hatte. Sie blendeten sie und schnürten ihr die Kehle zu, sodass sie nicht weitersprechen konnte.

»Ich spielte ein bisschen verrückt, als ich nach Hause kam und feststellte, dass du fort warst«, sagte Brian jetzt müde. »Was ich zuerst tat, weiß ich nicht mehr, aber dann betrank ich mich sinnlos. Am nächsten Morgen warf ich – wie ich schon sagte – alle Noten kunterbunt in eine Aktenmappe, packte ein paar Sachen und flog in die Staaten. Zwei Tage blieb ich in New York und versuchte, mir über einiges klar zu werden. Es kommt mir so vor, als hätte ich eine Menge Zeit verbracht, hinter dir herzulaufen. Damit wird mein Stolz nur schwer fertig. In New York dachte ich mir alle möglichen logischen und plausiblen Gründe dafür aus, nach England zurückzukehren und dich zu vergessen. Doch über einen kleinen, einen ganz geringfügigen Punkt kam und kam ich nicht hinweg, er ließ sich nicht mit Vernunftgründen aus der Welt schaffen.«

Brian sah Ramona wieder an. Sie kehrte ihm den Rücken zu und hielt den Kopf gesenkt, sodass er, da sie sich die Haare aufgesteckt hatte, ihren schönen, schlanken Hals sehen konnte.

»Ich liebe dich, Ramona.«

»Brian!« Sie wandte ihm ihr tränenüberströmtes Gesicht zu und blinzelte, weil das Licht sie blendete.

Als sie merkte, dass er einen Schritt auf sie zumachte, schüttelte sie hastig den Kopf. »Nein, bitte nicht!«, sagte sie eindringlich. »Ich kann nicht sprechen, wenn du mich berührst.« Sie holte tief Atem und wischte sich mit den Fingerspitzen die Tränen aus den Augen. »Ich habe schrecklich viel falsch gemacht, das muss ich dir sagen.«

Er blieb ihr fern, obwohl man ihm anmerkte, dass er allmählich ungeduldig wurde. »Gut«, meinte er schließlich. »Ich habe gesagt, was ich auf dem Herzen hatte, und das Gleiche muss ich wohl jetzt dir zubilligen.«

»Damals, vor fünf Jahren«, begann Ramona, »gab es so vieles, über das ich nicht sprechen konnte, so vieles, das ich nicht einmal verstand. Ich war so … so verwirrt und geblendet von allem, was mit mir passierte – von meiner Karriere, dem Ruhm, dem Geld, dem Gefühl, ununterbrochen im Scheinwerferlicht zu stehen.« Sie sprach schnell und ihre Stimme gewann mit jedem Wort an Überzeugungskraft. »Alles schien auf einmal zu geschehen. Ich hatte überhaupt keine Zeit, mich daran zu gewöhnen. Und plötzlich hatte ich mich in Brian Carstairs verliebt.« Sie lachte auf und wischte sich frische Tränen aus den Augen. »In den berühmten Brian Carstairs! Du musst begreifen … eben warst du für mich noch ein Idol gewesen, ein Name auf einer Plattenhülle, und im nächsten Moment warst du ein Mann aus Fleisch und Blut und ich liebte dich.«

Ramona fuhr sich mit der Zungenspitze über die Lippen und trat ans Fenster wie vorher Brian. »Und für meine Mutter … für meine Mutter trug ich die Verantwortung, Brian. Dieses Gefühl hatte ich von frühester Jugend an und so etwas ändert sich nicht über Nacht. Für mich warst du ein edler Ritter in schimmernder Rüstung auf einem weißen Pferd. Ich konnte … ich wollte mit dir nicht über diesen dunkelsten Teil meines Lebens sprechen. Ich hatte Angst und ich war mir deiner nie sicher. Du hast mir damals nie gesagt, dass du mich liebst.«

»Ich hatte entsetzliche Angst vor dem, was ich für dich empfand. Du warst die erste Frau, die ich liebte.« Er zuckte mit den Schultern. »Aber du zogst dich immer vor mir zurück. Wenn ich versuchte, dir näherzukommen, stelltest du dauernd sozusagen Warnschilder mit der Aufschrift ›Für Unbefugte verboten‹ auf.«

»Weil du immer zu viel wolltest.« Wieder schlang sie, wie es ihre Gewohnheit war, die Arme um sich selbst. »Sogar in Cornwall, als wir uns so nahe waren. Was ich dir gab, schien dir nie zu genügen. Ich hatte immer das Gefühl, dass du noch mehr erwartetest.«

»Weil du noch immer die Warnschilder aufstelltest, Ramona!« Sie drehte sich um und sein Blick hielt den ihren fest. »Dein Körper genügt mir nicht. Das ist es nicht, worauf ich fünf Jahre gewartet habe.«

»Liebe müsste genug sein!«, antwortete sie heftig, plötzlich zornig und verwirrt.

»Nein«, schnitt er ihr kopfschüttelnd das Wort ab. »Was wir hatten, war sehr schön, aber es war nicht genug. Ich will viel mehr.« Er wartete einen Augenblick und beobachtete ihr wechselndes Mienenspiel. »Ich will dein rückhaltloses Vertrauen, ohne Bedingungen, ohne Ausnahme. Ich will völlige Hingabe. Diesmal ist es alles oder nichts, Ramona.«

Sie wich von ihm zurück. »Du kannst mich nicht besitzen, Brian!«

Zorn blitzte in seinen Augen auf. »Ich will dich nicht besitzen, verdammt noch mal, aber du sollst zu mir gehören. Weißt du nicht, dass das ein großer Unterschied ist?«

Ramona sah ihn lange starr an. Sie ließ die Arme sinken, ihr war nicht mehr kalt. Ihre Anspannung verschwand. »Ich wusste es nicht«, sagte sie leise. »Aber ich hätte es wissen müssen.«

Langsam ging sie auf Brian zu. Ganz deutlich sah sie jede Einzelheit seines Gesichts: die dunklen, ausdrucksvollen Brauen, die über der Nasenwurzel fast zusammenstießen, wenn er nachdachte – wie jetzt –, die blau-grünen Augen mit dem festen Blick, in denen noch der Zorn schwelte, die leichten Schatten darunter, als habe er lange nicht geschlafen. Sie begriff, dass sie ihn heute als Frau noch mehr liebte als damals mit zwanzig. Eine Frau konnte ohne Angst und rückhaltlos lieben. Ramona hob die Hand und strich ihm mit den Fingerspitzen über die Wange, als wolle sie auch seine Spannung erleichtern.

Dann lagen sie einander in den Armen. Er wühlte die Hände in ihr Haar, murmelte etwas, das sie nicht zu verstehen brauchte, um es zu verstehen. Leidenschaftlich suchten seine Lippen die ihren und sein Kuss schien sie zu verbrennen. Hastig und ungeduldig begannen sie, sich gegenseitig auszuziehen.

Es bedurfte keiner Worte zwischen ihnen. Sie wollten nur berühren, geben und Erfüllung finden.

Er stellte sich ungeschickt an, als er den Reißverschluss von Ramonas Kleid öffnen wollte. Heftig stieß er eine Verwünschung aus und sie musste lachen. Als er sie auf den Kaminvorleger hinunterzog, war sie fast atemlos. Und plötzlich fühlten sie sich gegenseitig, lagen Haut an Haut, und das Beben, das durch seinen Körper ging, schien sich auf sie zu übertragen. Brians Mund war ebenso gierig wie der ihre, seine Hände waren genauso fordernd.

Lust schüttelte sie, als sie sich vereinigten. Er hatte das Gesicht in ihrem Haar vergraben, sein Körper war feucht von Schweiß. Ramonas Atem kam nur noch in kurzen Stößen, sie stöhnte, auf immer höheren Wogen der Ekstase davongetragen, bis sie glaubte, vergehen zu müssen. Und dann ebbte die Begierde ab. Zärtlichkeit trat an ihre Stelle.

Die Zeit verlor jede Bedeutung, während sie beieinanderlagen. Sie sprachen nicht und sie bewegten sich nicht. Spannung und Zorn, Ekstase und Verzweiflung – alles war dahin. Zurückgeblieben war nur eine tiefe, sanfte Zufriedenheit. Mit einem Gefühl unendlichen Glücks fühlte Ramona Brians Atem an ihrem Hals.

»Brian«, murmelte sie und ihre Lippen strichen zärtlich über seine Haut. »Ich glaube, ich hatte dir noch etwas zu sagen, aber ich hab's vergessen.« Sie lachte leise.

Mit einem übermütigen Lächeln hob er den Kopf. »Vielleicht erinnerst du dich wieder daran. Wahrscheinlich war es nicht wichtig.«

»Du hast recht, davon bin ich überzeugt.« Lächelnd berührte sie seine Wange. »Es hatte irgendetwas damit zu tun, dass ich dich bis zum Wahnsinn liebe und mir mehr als alles andere in der Welt wünsche, zu dir zu gehören. Nein, es war nicht wichtig.«

Brian legte die Lippen leicht auf die ihren, die von seinen Küssen noch geschwollen waren. »Du wurdest abgelenkt«, sagte er und berührte mit der Fingerspitze ihre Brust.

Ramona streichelte ihm den Rücken. »Ich hatte es ein bisschen eilig.«

»Diesmal wollen wir das Tempo aber drosseln, dem Orchester längere Passagen einräumen, ja?« Seine Finger glitten leicht wie ein Hauch über ihren Bauch.

»Ja, wir wollen uns besser in die einzelnen Instrumente hineinhören«, fügte sie hinzu. »Brian ...« Sie stieß einen kleinen, spitzen Schrei aus, als seine Zunge ihr Ohr liebkoste. »Noch einmal mit Gefühl«, flüsterte sie.

– ENDE –

Nora Roberts

Rebeccas Traum

Roman

Aus dem amerikanischen Englisch von
Michaela Rabe

HarperCollins

1. Kapitel

Rebecca wusste, es war verrückt. Aber genau das war es, was sie daran reizte. Es war gegen jede Vernunft und widersprach eigentlich ihrem Wesen. Aber sie erlebte gerade die aufregendste Zeit ihres Lebens. Vom Balkon ihrer Suite aus hatte sie einen wundervollen Ausblick auf das tiefblaue Wasser des Ionischen Meeres. Die Sonne ging gerade unter und warf leuchtend rote Strahlen über das nur leicht bewegte Wasser.

Korfu. Allein schon der Name klang geheimnisvoll und verlockend. Und sie war hier, wirklich hier. Sie, Rebecca Malone, eine nüchtern denkende und ebenso handelnde Frau, die sich vorher nie mehr als ein paar Hundert Kilometer von Philadelphia entfernt hatte, war in Griechenland! Und zwar auf Korfu, einem der bevorzugten Ferienparadiese Europas.

Aber so hatte sie es sich auch vorgestellt. Nur vom Besten, solange es eben ging. Dazu war sie fest entschlossen.

Rebeccas Chef hatte sie ungläubig angesehen, als sie ihm von ihrem Vorhaben erzählte und ihm anschließend die Kündigung überreicht hatte. Ihr war klar gewesen, dass er für ihren Entschluss niemals wirkliches Verständnis aufbringen würde. Rebecca arbeitete bei einer der besten Steuerberatungsfirmen Philadelphias als Buchhalterin. Sie bekam ein ansehnliches Gehalt und hatte gute Aufstiegschancen.

Auch ihre Freunde hatten sich sehr gewundert, dass sie diesen Job aufgab, ohne einen besseren gefunden zu haben.

Aber Rebecca hatte sich um all dies nicht gekümmert. Als ihr letzter Arbeitstag gekommen war, hatte sie ihren Schreibtisch aufgeräumt, ihre Sachen eingepackt und war gegangen.

Als sie dann auch noch ihre Wohnung mitsamt der Einrichtung innerhalb einer Woche verkauft hatte, zweifelten wirklich einige Freunde und Bekannte an ihrem Verstand.

Aber Rebecca hatte sich niemals klarer bei Verstand gefühlt.

Nun besaß sie tatsächlich nicht mehr, als in einen Koffer passte. Sie hatte keinerlei Verpflichtungen und seit sechs Wochen keine Rechenmaschine und Steuerbelege mehr zu Gesicht bekommen.

Zum ersten Mal, und vielleicht zum letzten Mal in ihrem Leben, war sie völlig frei und ungebunden. Sie stand nicht unter Zeitdruck, brauchte morgens ihren Kaffee nicht in Eile hinunterzustürzen und nach der Uhr zu leben. Sie hatte nicht einmal einen Wecker eingepackt. Sie besaß gar keinen mehr. Verrückt? Nein! Rebecca schüttelte den Kopf und lachte. Sie war entschlossen, das Leben in vollen Zügen zu genießen, solange es nur irgend ging.

Der Tod ihrer Tante Jeannie war der Wendepunkt in ihrem Leben gewesen. Völlig unerwartet stand Rebecca ohne jeden weiteren Verwandten in der Welt allein da.

Tante Jeannie hatte ihr Leben lang hart gearbeitet. Sie war immer pünktlich gewesen, immer zuverlässig. Ihre Stellung als Leiterin einer Bibliothek war ihr einziger Lebensinhalt gewesen. Sie hatte niemals auch nur einen Tag gefehlt oder auch nur ein Mal ihre Pflicht nicht erfüllt. Sie war ein Mensch gewesen, der seine Versprechen immer einhielt und auf den man sich verlassen konnte.

Mehr als nur ein Mal hatte man Rebecca gesagt, sie ähnle ihrer Tante sehr. Sie war zwar erst vierundzwanzig, aber sie war ebenso korrekt und solide wie ihre unverheiratete Tante. Tante Jeannie hatte gerade zwei Monate Zeit gehabt, Reisepläne zu schmieden und ihr wohlverdientes Rentenalter zu genießen. Dann war sie im Alter von fünfundsechzig Jahren gestorben. Mehr Zeit war ihr nicht geblieben, die Früchte ihres langen Arbeitslebens zu genießen.

Zuerst hatte Rebecca außer großer Traurigkeit nichts verspürt. Doch nach und nach war ihr klar geworden, dass sie das gleiche Schicksal erwartete, wenn sie weiterlebte wie bisher. Sie arbeitete, schlief und aß allein in ihrer schönen Wohnung, die sie von ihrer Tante geerbt hatte. Sie besaß einen kleinen Kreis netter Freunde, auf die sie sich in schwierigen Zeiten verlassen konnte. Rebecca war ein Mensch, der sich immer zu helfen wusste. Sie würde niemals jemanden mit ihren Problemen belasten – sie hatte nämlich keine.

Irgendwann begriff sie dann, dass sie ihr Leben ändern musste. Und sie tat es.

Es war eigentlich kein Davonlaufen gewesen, eher ein »Sichbefreien« von vielen Zwängen und starren Gewohnheiten. Bisher hatte sie immer getan, was man von ihr erwartete. Sie hatte immer versucht, wenig Aufhebens um ihre Person zu machen. Während ihrer Schulzeit war sie ein eher schüchternes Mädchen gewesen, das lieber las, als mit seinen Altersgenossen herumzutollen. Als sie dann aufs College ging, wollte sie Tante Jeannies Erwartungen erfüllen und saß noch mehr über ihren Büchern als vorher.

Rebecca hatte schon immer gut mit Zahlen umgehen können und zudem war sie sehr gewissenhaft. Was lag da näher, als dies zu ihrem Beruf zu machen? Es war eine Arbeit gewesen, die ihr entsprach und Spaß machte. Sie hatte nie von einem anderen Leben geträumt.

Und nun war sie dabei, sich selbst kennenzulernen, die Rebecca Malone, die sie nicht kannte. In den Wochen oder Monaten, die vor ihr lagen, wollte sie mehr über sich erfahren. Außerdem war sie entschlossen, sich so zu akzeptieren und zu mögen, wie sie war.

Wenn ihr Geld aufgebraucht sein würde, würde sie sich einen neuen Job suchen und wieder die vernünftige, praktische Rebecca werden. Aber bis zu diesem ungewissen Zeitpunkt würde sie reich sein, ohne Verpflichtungen und bereit, alles auf sich zukommen zu lassen. Und plötzlich merkte sie, dass sie Hunger hatte.

Stephanos sah Rebecca, als sie das Restaurant betrat. Sie war eigentlich keine wirkliche Schönheit. Schöne Frauen sah man jeden Tag. Aber an dieser war etwas, das ihn faszinierte. Sie ging stolz und aufrecht, als gehöre ihr die Welt.

Stephanos betrachtete die Fremde genauer. Sie war schlank und besaß eine gute Figur und helle Haut. Sie muss gerade angekommen sein, dachte er. Das weiße Strandkleid ließ Schultern und Rücken frei und stand in aufregendem Gegensatz zu dem pechschwarzen, kurz geschnittenen Haar.

Sie blieb stehen und holte Luft, wie es schien. Dann lächelte sie dem Kellner zu und ließ sich von ihm an einen freien Tisch führen. Stephanos gefiel ihr Gesicht. Es wirkte fröhlich, intelligent und offen. Besonders beeindruckend fand er ihre Augen. Sie waren von einem blassen, beinah durchsichtigen Grau. Aber in ihrem Ausdruck war absolut nichts Blasses. Wieder lächelte die Frau dem Kellner zu und sah sich im Raum um. Sie machte auf ihn den Eindruck, als wäre sie in ihrem Leben nie glücklicher gewesen als jetzt.

Schließlich trafen sich ihre Blicke.

Rebecca schaute rasch in eine andere Richtung, als sie bemerkte, dass der hochgewachsene, gut aussehende Mann an der Bar sie ansah. Sie wurde von Männern oft bewundernd betrachtet, aber diese Blicke machten sie verlegen. Sie wusste nie, wie sie damit umgehen sollte. Um ihre Verwirrung zu verbergen, nahm sie die Speisekarte zur Hand.

Eigentlich hatte Stephanos gehen wollen, aber impulsiv entschied er sich anders. Er winkte den Kellner heran und sprach ein paar Worte mit ihm. Der Kellner nickte und verschwand. Gleich darauf brachte er eine Flasche Champagner an Rebeccas Tisch.

»Mit der besten Empfehlung von Mr. Nikodemos«, sagte er und deutete unauffällig mit dem Kopf zur Bar.

Rebecca sah überrascht hinüber. »Also, ich …«, stammelte sie. Doch dann riss sie sich zusammen. Eine Frau von Welt durfte sich doch nicht von einer Flasche Champagner aus dem Gleichgewicht bringen lassen.

Warum sollte sie das Geschenk eines ausgesprochen attraktiven Mannes nicht annehmen? Und vielleicht sogar ein wenig mit ihm flirten?

Fasziniert beobachtete Stephanos das wechselnde Mienenspiel auf dem Gesicht der Unbekannten. Kurz zuvor hatte er noch ein Gefühl der Langeweile empfunden. Plötzlich war es wie weggeblasen.

Als sie die Hand leicht hob und ihm zulächelte, ahnte er nicht, dass ihr Herz heftig schlug. Er nahm es nur als eine Geste des Dankes – und als Einladung, an ihren Tisch zu kommen.

Erst als er auf ihren Tisch zukam, bemerkte Rebecca, wie blendend dieser Mann aussah. Er war schlank und hochgewachsen und hatte dichtes blondes Haar. Seine Haut war sonnengebräunt und an seinem Kinn entdeckte sie eine kaum sichtbare Narbe. Es war ein ausdrucksstarkes Gesicht mit einem Kinn, das Willensstärke und Energie ausdrückte. Die Augen des Mannes waren dunkelblau.

»Guten Abend, ich bin Stephanos Nikodemos.« Er sprach ohne Akzent, mit tiefer voller Stimme.

»Hallo. Ich heiße Rebecca, Rebecca Malone.« Rebecca hob zur Begrüßung die Hand. Zu ihrer Überraschung führte er sie an den Mund. Die Berührung seiner warmen Lippen war wie ein Hauch. Unwillkürlich zog Rebecca die Hand schnell wieder zurück. »Vielen Dank für den Champagner.«

»Er schien mir Ihrer Stimmung zu entsprechen.« Er sah ihr forschend ins Gesicht, so als erwarte er etwas von ihr. »Sind Sie allein?«

»Ja.« Vielleicht war es ein Fehler, dies zuzugeben, aber wenn sie ihr Leben genießen wollte, musste sie eben Risiken eingehen. »Möchten Sie nicht ein Glas mit mir trinken?«

Stephanos setzte sich ihr gegenüber. Als der Kellner einschenken wollte, bedeutete er ihm, er würde es selbst tun. »Sind Sie Amerikanerin?«, fragte er, nachdem er beide Gläser mit dem perlenden Getränk gefüllt hatte.

»Sieht man das nicht?«

»Nein, ich hatte eher gedacht, Sie seien Französin, bis ich Ihre Stimme hörte.«

»Wirklich?« Rebecca fühlte sich geschmeichelt. »Ich komme gerade aus Paris.« Sie musste sich zwingen, sich nicht ans Haar zu fassen. Sie hatte es in Paris schneiden lassen.

Stephanos hob das Glas und sie stießen an. Rebeccas Augen leuchteten.

»Waren Sie geschäftlich dort?«, fragte er.

»Nein, nur zum Vergnügen.« Was für ein schönes Wort, dachte sie. Vergnügen. »Es ist eine wundervolle Stadt.«

»Ja, das stimmt. Fliegen Sie öfter dorthin?«

Rebecca lächelte. »Nicht oft genug. Und Sie?«

»Ab und zu.«

Beinahe hätte sie neidvoll aufgeseufzt. »Fast wäre ich noch länger dort geblieben, aber ich hatte mir vorgenommen, auch noch Griechenland zu sehen.«

Sie war allein, ein wenig rastlos und reiselustig. Vielleicht hatte sie ihn deswegen angezogen, denn er war nicht anders. »Ist Korfu Ihr erstes Reiseziel oder waren Sie schon anderswo in Griechenland?«

»Nein, ich bin direkt nach Korfu gekommen.« Rebecca trank einen Schluck. Sie hatte das Gefühl zu träumen. Griechenland, Champagner und dann noch dieser Mann … »Es ist wundervoll, viel schöner, als ich es mir vorgestellt habe.«

»Ah, dann sind Sie zum ersten Mal hier?« Er konnte nicht sagen, warum er sich darüber freute. »Wie lange werden Sie bleiben?«

»Solange es mir gefällt.« Rebecca lächelte über das Gefühl der Freiheit, das sie empfand. »Und Sie?«

Er hob das Glas. »Voraussichtlich wohl länger, als ich eigentlich geplant hatte.« Als dann der Kellner neben ihnen am Tisch auftauchte, bestellte Stephanos auf Griechisch. »Wenn Sie gestatten, suche ich Ihnen Ihr erstes Mahl auf dieser Insel aus«, sagte er höflich.

Rebecca trank einen weiteren Schluck Champagner. »Ja, sehr gern. Vielen Dank.«

Es war so einfach. So einfach, hier zu sitzen, Neues zu erfahren und zu erleben. Sie hatte völlig vergessen, dass sie diesen Mann überhaupt nicht kannte, und sie hatte auch vergessen, dass sie nur für eine begrenzte Zeit auf diese Art würde leben können. Sie sprachen über nichts Bedeutsames, sondern redeten über Paris, das Wetter und den Wein. Trotzdem kam es Rebecca so vor, als wäre es die interessanteste Unterhaltung, die sie je geführt hatte.

Stephanos Nikodemos sah sie währenddessen an, als würde er es ebenfalls genießen, sich mit ihr eine Stunde lang über gänzlich Belangloses zu unterhalten.

Rebecca hatte das Gefühl, der Mann ihr gegenüber wollte einfach nur ihre Gesellschaft beim Essen und nichts weiter. Deswegen erklärte sie sich auch sofort einverstanden, als er nach dem Essen einen Strandspaziergang vorschlug. Wie konnte man einen solchen Abend besser beenden als mit einem Spaziergang im Mondlicht?

»Von meinem Balkon aus habe ich vorhin eine Weile aufs Meer geschaut«, sagte sie und streifte sich die Schuhe ab, als sie den Strand erreicht hatten. »Ich hätte nicht gedacht, dass es noch schöner aussehen könnte als bei Sonnenuntergang.«

»Das Meer wechselt seinen Ausdruck im Licht – wie das Gesicht einer Frau«, meinte er nachdenklich. »Deswegen fühlen sich die Männer auch zu ihm hingezogen.«

»Ja? Fühlen Sie sich vom Meer angezogen?«

»Ich habe viel Zeit auf dem Wasser verbracht. In meiner Kindheit habe ich an dieser Küste gefischt.«

Beim Essen hatte Stephanos ihr erzählt, dass er mit seinem Vater viel zwischen den Inseln umhergereist war. »Es muss aufregend gewesen sein, von einem Ort zum anderen zu reisen, jeden Tag etwas anderes zu sehen.«

Er zuckte mit den Schultern. Stephanos wusste nicht zu sagen, ob die Rastlosigkeit in ihm angeboren oder eine Gewohnheit aus seiner Jugendzeit war. »Nein, schlecht war es nicht.«

»Ich reise gern.« Lachend warf Rebecca ihre Schuhe auf den Sand und ging ans Wasser. Der Champagner und auch das sanfte Mondlicht wirkten leicht berauschend auf sie. Die Brandung schwappte gegen ihren Rock und nässte den Saum. »In einer solchen Nacht wie heute kann ich mir gar nicht vorstellen, einmal wieder nach Hause zu gehen.«

Sie steckt voller Lebensfreude, fuhr es Stephanos durch den Sinn. Ihre Gesichtszüge strahlten eine Lebhaftigkeit aus, die bewundernswert war. »Wo ist Ihr Zuhause?«, fragte er.

Sie blickte ihn über die Schulter an. »Ich habe mich noch nicht entschieden. Aber jetzt will ich erst einmal schwimmen.« Mit einem Hechtsprung war sie unter der Wasseroberfläche verschwunden.

Stephanos blieb beinahe das Herz stehen, als er sie nicht mehr sah. Er hatte gerade seine Schuhe ausgezogen, um ihr nachzuspringen, als sie wieder auftauchte.

Sie lachte und das silberne Mondlicht ließ ihr Haar schimmern. Das Wasser lief ihr in Bächen über die Wangen und die Tropfen glitzerten wie Diamanten auf ihrer Haut. Sie bot einen hinreißenden Anblick.

»Es ist herrlich! Kühl und sanft und wundervoll …«

Kopfschüttelnd ging Stephanos tief genug ins Wasser, damit sie seine Hand ergreifen konnte. Sie ist vielleicht ein wenig verrückt, aber gerade das gefällt mir an ihr, dachte er. »Sind Sie immer so impulsiv?«

»Ich versuche es. Sie nicht?« Sie fuhr sich mit den Fingern durch das nasse Haar. »Oder schicken Sie fremden Frauen immer Champagner an den Tisch?«

»Wie ich auch antworte, es wird mich in Schwierigkeiten bringen«, lachte er. »Hier.« Stephanos legte ihr sein Jackett um die Schultern. »Sie sind bezaubernd, Rebecca«, sagte er weich.

Er rückte ihr das Jackett am Hals zurecht und sie sah ihn an. »Ich bin nass«, erwiderte sie dann.

»Und schön«, sagte er leise. Sanft zog er sie an sich. »Und faszinierend.«

Darüber musste Rebecca lachen. »Das glaube ich zwar nicht, aber trotzdem vielen Dank.« Seine Augen hatten einen besonderen Ausdruck angenommen, der sie erregte. Ihre Haut begann zu prickeln, als sein Blick an ihren vom Meerwasser feuchten Lippen hängen blieb. Sie standen dicht beieinander, so dicht, dass ihre Körper sich berührten. Rebecca begann zu zittern, und sie wusste, es hatte nichts mit ihrer nassen Kleidung und dem leichten Wind zu tun …

»Ich glaube, ich muss mich umziehen.«

Ihre offensichtliche Unbefangenheit, beinahe Naivität, fesselte Stephanos. Er fühlte, dass er sich mit dem heutigen Abend nicht zufriedengeben würde. Er wollte mehr … Er wollte diese Frau besser kennenlernen.

»Wir sehen uns wieder.«

»Ja.« Rebeccas Herz schlug heftig. »Die Insel ist ja nicht sehr groß.«

Er lächelte und ließ ihre Hand los. Rebecca empfand Erleichterung und Bedauern zugleich. »Morgen. Ich habe morgen früh zuerst etwas Geschäftliches zu erledigen. Um elf Uhr bin ich sicher fertig damit. Falls es Ihnen recht ist, werde ich Ihnen dann Korfu zeigen.«

»Einverstanden. Wir können uns in der Hotelhalle treffen.« Es fiel Rebecca schwer, zurückzutreten, aber sie tat es. »Gute Nacht, Stephanos.«

Dann vergaß sie, sich wie eine Frau von Welt zu benehmen, und rannte zum Hotel zurück.

Stephanos sah ihr nach. Sie verwirrte ihn, weil er sie nicht verstand – und er wollte sie haben. Er kannte diese Gefühle natürlich. Rebecca war jedoch die Erste, die sie so rasch und so heftig in ihm geweckt hatte.

Aus einem plötzlichen Einfall heraus hatte er ihr den Champagner geschickt, und nun war sie für ihn zu einem Geheimnis geworden, das er lösen wollte – und musste. Er lachte leise vor sich hin, dann bückte er sich und hob die Schuhe auf, die sie vergessen hatte.

Seit vielen Monaten hatte er sich nicht mehr so lebendig gefühlt.

Stephanos gehörte nicht zu den Männern, die ihre Pläne über den Haufen warfen, nur um den Tag mit einer Frau zu verbringen.

Vor allem nicht mit Frauen, die er kaum kannte. Er war zwar ein wohlhabender, aber auch ein viel beschäftigter Mann. Er war es gewohnt, hart zu arbeiten, und es machte ihm Spaß, Verantwortung zu übernehmen.

Sein Zeitplan für Korfu sah keine freie Zeit vor. Normalerweise hielt er Geschäftliches und Vergnügen strikt getrennt. Und doch war er plötzlich damit beschäftigt, Termine zu verschieben, nur um auch noch den Nachmittag für Rebecca freizuhaben.

Aber er hatte eine Ausrede für sich bereit. Jeder Mann würde eine Frau besser kennenlernen wollen, die bei einer Flasche Champagner mit ihm geflirtet und sich bei einem Strandspaziergang in voller Kleidung ins Wasser geworfen hatte.

»Ich habe das Treffen mit Theoharis auf heute Abend um halb sechs verlegt.« Stephanos' Sekretärin schrieb rasch ein paar Notizen auf ihren Block. »Er wird hier ins Hotel in die Suite kommen. Ich habe bereits ein paar Kleinigkeiten zu essen und eine Flasche Ouzo bestellt.«

»Sie sind wie immer ausgesprochen tüchtig, Eleni.«

Sie lächelte und strich sich eine vorwitzige Locke hinter das Ohr. »Ich versuche es.«

Als Stephanos aufstand und ans Fenster trat, blieb sie abwartend stehen.

Sie arbeitete nun schon fünf Jahre für ihn, bewunderte seine Energie und seinen Geschäftssinn. Anfangs war sie ein wenig in ihn verliebt gewesen, aber zum Glück für sie beide war sie ohne Schaden darüber hinweggekommen. Viele, die sie kannten, rätselten, in welcher Beziehung sie wohl zueinander standen. Aber obwohl sie beinahe freundschaftlich miteinander umgingen, blieb besagte Beziehung auf das Geschäftliche beschränkt.

»Rufen Sie Mitsos in Athen an. Er möchte den Bericht bis fünf Uhr per Mail schicken. Und ich möchte auch von Lereau aus Paris bis um fünf gehört haben.«

»Soll ich ihn anrufen, damit er es nicht vergisst?«

»Wenn Sie es für notwendig halten.« Rastlos schob er die Hände in die Hosentaschen. Warum bin ich auf einmal so unzufrieden? überlegte er. Ich bin reich, geschäftlich äußerst erfolgreich und frei. Als er hinaus aufs Meer schaute, erinnerte es ihn plötzlich an Rebeccas Haut. »Schicken Sie bitte Blumen in Rebecca Malones Suite, Eleni. Wildblumen, nichts Elegantes. Heute Nachmittag.«

Eleni machte sich einen Vermerk. Sie war neugierig, diese Rebecca Malone kennenzulernen. Stephanos hatte ihr erzählt, dass er gestern Abend mit einer Amerikanerin gegessen hatte. »Und was soll auf der Karte stehen?«

»Nur mein Name.« Stephanos hielt nicht viel von großen Worten.

»Kann ich noch etwas für Sie tun?«

»Ja.« Er wandte sich um und lächelte sie freundlich an. »Nehmen Sie sich eine Stunde frei und gehen Sie ein bisschen an den Strand«, schlug er ihr vor.

Eleni stand auf. »Irgendwie werde ich es wohl einrichten können, danke. Einen schönen Nachmittag, Stephanos«, sagte sie lächelnd.

Stephanos hatte vor, diesen Nachmittag zu einem schönen Erlebnis werden zu lassen.

Als Eleni gegangen war, warf er einen Blick auf seine Armbanduhr. Es war eine Viertelstunde vor elf. Er hätte eigentlich noch etwas erledigen können. Stattdessen nahm er Rebeccas Schuhe zur Hand.

Nach längerem Überlegen entschied Rebecca sich für eine mit großen Blüten bedruckte, weich fallende Hose und eine weiße Wickelbluse aus feinem Leinen mit einem auffallend großen Kragen, der Rebeccas schönes Dekolleté betonte. Sie hatte keine große Auswahl, da alle ihre Kleider gut in einen Koffer passten. Allerdings hatte sie auf ihrer Reise quer durch Europa hier und dort etwas Schickes gesehen und gekauft. Jedes einzelne Kleidungsstück unterschied sich grundlegend von den gedeckten Farben und dem schlicht-eleganten Stil, den sie in der Firma getragen hatte.

Rebecca wusste nicht, wo sie den Tag verbringen würde, aber es machte ihr nicht das Geringste aus.

Der Tag hatte schon herrlich begonnen. Als sie aufwachte, fühlte sie immer noch die Wirkung des Champagners. Aber ein appetitliches Frühstück und ein Bad hatten die Benommenheit sogleich vertrieben. Noch immer fiel es ihr schwer, zu glauben, dass sie mit ihrer Zeit anfangen konnte, was sie wollte – und dass sie den gestrigen Abend mit einem Mann verbracht hatte, den sie kaum kannte.

Tante Jeannie hätte bestimmt die Hände über dem Kopf zusammengeschlagen und sie besorgt an die Gefahren erinnert, denen eine alleinstehende Frau ausgesetzt war.

Aber ganz bestimmt würden einige ihrer Freundinnen gern an ihrer Stelle gewesen sein, wenn sie wüssten, dass sie mit diesem beeindruckenden Mann im Mondschein spazieren gegangen war.

Wenn sie sein Jackett nicht als Beweis gehabt hätte, vielleicht hätte Rebecca geglaubt, sie habe alles geträumt. Wie oft hatte sie sich heimlich in ihren Träumen vorgestellt, an einem romantischen Ort mit einem faszinierenden Mann bei Mondlicht und sanfter Musik zusammen zu sein?

Aber die Wirklichkeit war ganz anders gewesen. Noch immer konnte sie sich sehr gut an dieses kribbelnde, beunruhigende Gefühl erinnern, das sie in seiner Nähe erfüllt hatte. Als sein voller, sinnlicher Mund nur einige wenige Zentimeter von ihrem entfernt gewesen war und der Champagner sie empfänglicher für erotische Stimmungen gemacht hatte …

Und wenn er sie geküsst hätte? Wie hätten seine Lippen geschmeckt?

Unwillkürlich strich sie sich über den Mund. Schon nach diesem ersten Abend war Rebecca sicher, dass Stephanos ein erfahrener und sicher auch einfühlsamer Mann war. Wie hätte sie sich jedoch verhalten?

Sicherlich wäre sie fürchterlich unsicher und verlegen gewesen, wenn er sie einfach geküsst hätte. Kopfschüttelnd griff sie nach der Haarbürste und fing an, sich die Haare zu bürsten.

Aber er hatte sie wiedersehen wollen.

Rebecca war sich nicht ganz sicher, ob sie nun enttäuscht sein sollte, weil er sie nicht geküsst hatte, oder nicht. Natürlich hatte sie früher schon andere Männer geküsst. Sie wurde allerdings das erregende Gefühl nicht los, dass es mit Stephanos völlig anders sein würde.

Und es konnte sein, dass sie mehr von ihm wollte, mehr geben würde, als sie je einem Mann gegeben hatte …

Warum machst du dir eigentlich solche Gedanken? fragte sie sich und seufzte leise. Sie hatte nicht vor, sich mit ihm auf eine kurzfristige Affäre einzulassen. Weder mit ihm noch mit irgendeinem anderen Mann. Selbst die »neue« Rebecca Malone fand keinen Gefallen an solchen Abenteuern. Aber, wer weiß … Vielleicht würde sich doch eine Beziehung entwickeln, an die sie sich noch erinnern würde, wenn sie Griechenland schon längst wieder verlassen hatte.

Rebecca warf einen letzten prüfenden Blick in den Spiegel. Sie war mit ihrem Aussehen zufrieden. Sie sah auf die Uhr. Noch ungefähr eine Viertelstunde. Erst wollte sie hinuntergehen und in der Hotelhalle auf ihn warten. Dann überlegte sie es sich anders. Sie wollte nicht den Eindruck erwecken, als könne sie sein Kommen kaum erwarten.

Da klopfte es an der Tür.

»Hallo.« Stephanos sah sie lächelnd an, als sie die Zimmertür öffnete. Er streckte ihr die Schuhe entgegen. »Ich dachte, Sie bräuchten sie vielleicht.«

Rebecca lachte bei dem Gedanken an ihr ungewöhnliches Bad gestern Abend. »Ich habe noch gar nicht bemerkt, dass ich sie am Strand vergessen habe. Kommen Sie doch herein.« Sie nahm die Schuhe und stellte sie in den Schrank. Dann drehte sie sich wieder um. »So, ich bin fertig. Meinetwegen können wir gehen.«

»Ich bin mit dem Jeep gekommen«, meinte Stephanos. »Einige Straßen bei uns sind nicht gerade im besten Zustand.«

»Ach, davor habe ich keine Angst«, lachte Rebecca. Sie nahm ihre Strandtasche und einen breitkrempigen Hut gegen die Sonne. Dann erinnerte sie sich an etwas und öffnete den Schrank noch einmal. »Hier. Ihr Jackett. Mit vielem Dank zurück. Ich habe vergessen, es Ihnen gestern Abend zu geben.« Sie hängte sich die Tasche über die Schulter. »Macht es Ihnen etwas aus, wenn ich ein wenig fotografiere?« Fragend sah sie Stephanos an.

»Nein, warum?«

»Gut, weil ich gern Fotos mache. Manchmal kann ich kaum aufhören.« Sie lachte.

2. Kapitel

Als Rebecca neben Stephanos im Jeep saß und durch die Landschaft fuhr, machte sie Bilder von den Schafen, den Eseln, den schwarz gekleideten alten Frauen und den silbern schimmernden Kronen uralter Olivenbäume.

Schließlich machten sie eine kleine Pause, nicht weit vom Meer. Steil fiel der Abhang neben der Straße bis zum Meer ab. Unten leuchteten die weiß gekalkten und ziegelgedeckten Häuser eines kleinen Dorfes in der grellen Sonne. Die Luft war klar und voller unbekannter Düfte. Rebecca wusste, diese Stimmung würde sie nicht mit ihrer Kamera einfangen können, und sie legte sie wieder in ihre Tasche.

Versonnen schaute sie auf das tiefblaue Meer hinaus. Fischerboote lagen vor der Küste und große, weiß-grau gefiederte Möwen kreisten mit schrillem Schrei dicht über den Kuttern. Am Strand lagen weit ausgebreitet die Netze der Fischer zum Trocknen.

»Es ist wunderschön. Alles wirkt ruhig und voller Frieden. Ich stelle mir vor, wie die Frauen in den alten Öfen ihr Brot backen, und sehe die heimkommenden Fischer vor mir. Es duftet nach warmem Brot und dem Salz des Meeres«, sagte Rebecca verträumt. »Hier sieht es aus, als habe sich in den letzten hundert Jahren nichts verändert.«

»Das hat es sich auch kaum. Wir hängen an den alten Dingen.« Stephanos sah nun selbst hinab auf das Meer. Es freute ihn, dass Rebecca sich an so schlichten Sachen begeistern konnte.

»Ich habe die Akropolis bisher nur auf Abbildungen gesehen, aber ich kann mir nicht vorstellen, dass sie sehr viel beeindruckender ist als dies hier«, meinte sie und hob das Gesicht in den Wind. Es war ein unvergesslicher Eindruck, den sie von hier mitnehmen würde – die unvergleichliche Aussicht, der würzige Geruch des Meeres … und dieser Mann neben ihr. Sie wandte sich um. »Ich habe Ihnen noch gar nicht dafür gedankt, dass Sie sich die Zeit nehmen, mir all dies zu zeigen.«

Er ergriff ihre Hand, führte sie diesmal aber nicht an seine Lippen, sondern hielt sie nur fest. »Es gefällt mir, das Gewohnte durch die Augen eines anderen Menschen zu sehen. Durch Ihre Augen.«

Auf einmal schien Rebecca der Rand des Kliffs zu nahe und die Sonne zu heiß zu sein. Reichte allein seine Berührung, um diese seltsamen Gefühle in ihr auszulösen? Rebecca schaffte es mit Mühe, ein Lächeln zustande zu bringen und ihre Stimme normal klingen zu lassen.

»Wenn Sie jemals nach Philadelphia kommen sollten, würde ich mich gern revanchieren«, erwiderte sie charmant.

Stephanos hatte das Gefühl, in ihren Augen kurz den Ausdruck von Furcht zu entdecken. Ja, sie schien verletzlich zu sein. Bislang hatte er es sorgsam vermieden, nähere Bekanntschaften mit Frauen einzugehen, die ihm ängstlich erschienen waren.

»Versprochen ist versprochen«, antwortete er lächelnd.

Sie stiegen wieder in den Jeep und fuhren weiter die holprige Straße entlang, die sie immer weiter bergauf führte. Stephanos zeigte ihr auch einige der seltenen wilden Bergziegen Griechenlands. Oft kamen sie auch an großen Schafherden vorbei, die sich auf den kargen Bergweiden mühsam ihr Futter suchten. Und überall blühten wunderschöne Wildblumen, die Rebecca noch nie vorher gesehen hatte.

Mehrere Male bat sie ihn anzuhalten, damit sie fotografieren konnte. Voller Entzücken beugte sie sich über die zartblauen sternförmigen Blüten eines niedrigen Busches, der zwischen Felsspalten wuchs. Stephanos wurde klar, wie lange er diese kleinen und doch so wichtigen Dinge um sich herum nicht mehr wahrgenommen hatte.

Immer wieder warf er einen verstohlenen und bewundernden Blick auf Rebecca, die mit im Wind flatternden Haaren im Sonnenlicht stand und eine Blüte oder einen knorrigen Baum fotografierte.

Oft führte die Straße an steil in die Tiefe abfallenden Kliffs entlang, aber Rebecca empfand seltsamerweise keine Angst bei dem Blick in die gähnende Tiefe.

Sie hatte das Gefühl, ein völlig anderer Mensch zu sein. Lachend hielt sie ihren Strohhut fest, als der Fahrtwind ihn fortzuwehen drohte. Sie hatte sich in ihrem Leben noch nie so frei und lebendig gefühlt.

»Die Landschaft ist atemberaubend schön!«, rief sie gegen den Wind und den Lärm des Motors an. »So etwas Wundervolles habe ich noch nicht gesehen.«

Rebecca holte ihre Kamera immer wieder heraus und fotografierte aus einem plötzlichen Einfall heraus Stephanos. Gegen die grelle Sonne trug er zwar eine Sonnenbrille, aber keinen Hut. Stephanos bremste und hielt an. Dann bat er Rebecca um die Kamera und machte ebenfalls ein Foto von ihr.

»Hungrig?«, fragte er, als er sie ihr wiedergab.

Rebecca strich sich eine Haarsträhne aus dem Gesicht. »Wie ein Bär.«

Er beugte sich hinüber, um ihr die Tür zu öffnen. Dabei berührte er Rebecca und sie empfand diese Berührung wie einen elektrischen Schlag. Unwillkürlich zuckte sie zurück. Er bemerkte es und nahm seinen Arm wieder fort. Sein Gesicht war nicht weit von ihrem entfernt und in seinen blauen Augen lag ein besonderer Ausdruck. Dann hob er langsam die Hand und strich Rebecca leicht über die Wange. Es war kaum wie ein Hauch.

»Hast du Angst vor mir?« Er duzte sie jetzt und Rebecca kam es völlig natürlich vor.

»Nein.« Es stimmte, sie hatte keine Angst vor ihm. »Sollte ich Angst vor dir haben?« Das Du ging ihr ganz leicht von den Lippen, wie sie verwundert feststellte.

Stephanos lächelte nicht. Durch die getönten Gläser seiner Sonnenbrille sah Rebecca, dass er sie forschend anblickte. »Ich bin mir da nicht ganz sicher.«

Als er sich wieder zurücklehnte, schien Rebecca erleichtert zu sein. Er las es in ihren Augen.

»Wir werden erst ein wenig gehen müssen«, wechselte er dann schnell das Thema und griff nach dem Picknickkorb auf dem Rücksitz.

Ziemlich verwirrt stieg Rebecca aus. Meine Güte, dachte sie, ich benehme mich ja wie ein Teenager. Sobald Stephanos mir näher kommt, fange ich an zu zittern.

Stephanos hob den Korb heraus und trat neben Rebecca. Er ergriff ihre Hand und sie ließ es geschehen.

Schweigend gingen Rebecca und Stephanos den schmalen Pfad entlang, der unter uralten knorrigen Olivenbäumen entlangführte. Nur ab und zu fiel ein Sonnenstrahl durch die dichten Kronen der gewaltigen Bäume. Das Meer war hier nicht mehr zu vernehmen, nur manchmal drang dünn der schrille Schrei einer Möwe zu ihnen herüber. Diese Gegend schien unbewohnt zu sein. Rebecca war aufgefallen, dass sie schon seit einiger Zeit niemandem mehr begegnet waren.

Endlich blieb Stephanos vor einem grasbewachsenen Fleck unter einem riesigen Olivenbaum stehen.

»Gefällt dir dieser Platz?«

»Oh, es ist bezaubernd hier.« Rebecca sah sich um. Dann nahm sie die Decke aus dem Korb und breitete sie auf dem spärlichen Gras aus. »Ich habe schon lange kein Picknick mehr gemacht. Und noch nie in einem Olivenhain.« Da fiel ihr etwas ein. »Dürfen wir uns hier eigentlich aufhalten?«

»Ja, ganz bestimmt.« Er lachte.

»Wieso bist du dir da so sicher?«, erkundigte sich Rebecca zweifelnd. »Kennst du denn den Besitzer?«

»Der Besitzer bin ich.« Er zog behutsam den Korken aus der Weinflasche.

»Oh!« Rebecca sah sich noch einmal um. »Es klingt sehr romantisch … einen eigenen Olivenhain zu besitzen.«

Stephanos sah sie nur an, sagte aber nichts. Wenn sie wüsste, wie viele ich davon noch besitze, dachte er amüsiert. Aber für ihn hatte es nichts mit Romantik zu tun, sie brachten ihm Gewinn und ernährten ihn. Er reichte Rebecca ein gefülltes Glas und stieß mit ihr an.

»Dann auf die Romantik«, sagte er lächelnd.

Rebecca kämpfte gegen die aufsteigende Schüchternheit an und senkte die Lider.

»Ich hoffe, du bist hungrig. Es sieht alles sehr verlockend aus«, sagte er und holte die restlichen Sachen aus dem Korb. Es gab schwarze, glänzende Oliven, Schafskäse, kaltes Lamm und frisches Weißbrot. Dazu mehrere Sorten Obst.

Rebecca fühlte, dass sie sich langsam entspannte.

»Du hast mir eigentlich sehr wenig von dir erzählt«, meinte Stephanos. »Ich weiß kaum mehr, als dass du aus Philadelphia stammst und gern reist.«

Was soll ich ihm erzählen? dachte Rebecca. Einen Mann wie ihn wird die Lebensgeschichte der Rebecca Malone sicherlich langweilen. So wählte sie einen Mittelweg zwischen Wunsch und Wirklichkeit, weil sie Stephanos auch nicht anlügen wollte.

»Es gibt tatsächlich nicht viel mehr zu erzählen. Ich wuchs in Philadelphia auf. Meine Eltern starben, als ich noch ein Teenager war, und meine Tante Jeannie nahm mich bei sich auf. Sie hat sich sehr liebevoll um mich gekümmert und ich konnte den schweren Verlust besser ertragen.«

»Es ist schlimm, seine Eltern so früh zu verlieren. Es nimmt einem die Kindheit«, meinte Stephanos voller Mitgefühl.

Er steckte sich einen der schlanken Zigarillos an, die er rauchte. Er selbst hatte seinen Vater mit sechzehn verloren und erinnerte sich noch zu gut, wie schrecklich es gewesen war, plötzlich als Vollwaise in der Welt dazustehen. Seine Mutter war gestorben, als er noch ein kleiner Junge gewesen war. Er konnte sich an sie nicht mehr erinnern.

»Ja.« Rebecca fühlte, dass er sie verstand, und sie empfand auf einmal ein warmes Gefühl für ihn. »Vielleicht reise ich deswegen so gern. Immer, wenn man an einen neuen, unbekannten Ort kommt, wird man in gewisser Weise wieder zum Kind.«

»Dann suchst du also nicht nach einem Ort, an dem du zu Hause sein kannst?«

Rebecca warf ihm rasch einen Blick zu. Stephanos hatte sich gegen den Stamm des Olivenbaumes gelehnt und rauchte genüsslich seinen Zigarillo. Er beobachtete sie.

»Ich weiß nicht, wonach ich suche«, bekannte Rebecca offen.

»Gibt es einen Mann in deinem Leben?«

Sie zuckte mit den Schultern. »Nein.«

Stephanos ergriff ihre Hand und zog Rebecca dichter zu sich heran. »Keinen einzigen?«

»Nein, ich …« Sie war nicht sicher, was sie sagen sollte. Unerwartet hob er ihre Hand und küsste die Handinnenfläche. Der Kuss erregte Rebecca stark und sie zuckte unwillkürlich zurück.

»Du bist sehr empfindsam, Rebecca.« Langsam senkte er ihre Hand wieder, ließ sie jedoch nicht los. »Wenn es keinen gibt, müssen die Männer in Philadelphia aber ziemlich blind sein.«

»Ich war immer zu beschäftigt.«

Er verzog leicht den Mund. »Zu beschäftigt?«

»Ja.« Rebecca waren diese Fragen peinlich, so entzog sie ihm die Hand und wechselte das Thema. »Das Essen schmeckt wundervoll, Stephanos.« Aus Unsicherheit fuhr sie sich mit den Fingern durch das Haar. »Weißt du, was ich jetzt tun möchte?«

»Nein, sag es mir.«

»Noch ein Foto machen.« Sie sprang auf und fühlte sich augenblicklich sicherer. Lächelnd sagte sie: »Es soll eine Erinnerung an mein erstes Picknick in einem Olivenhain sein, verstehst du? Also, du kannst dort sitzen bleiben, das Licht ist ausreichend und ich bekomme auch die Bäume dort drüben noch mit aufs Bild.«

Amüsiert drückte Stephanos sorgfältig seinen Zigarillo aus. »Wie viele Filme hast du eigentlich noch?«, fragte er dann lächelnd.

»Dies ist der letzte, den ich bei mir habe. Im Hotel habe ich aber noch weitere.« Rebecca lachte. »Ich habe dich schließlich gewarnt.«

»Das stimmt.« Stephanos sah ihr zu, wie sie mit geübten Bewegungen den Apparat bediente, und war beeindruckt. Sie war völlig versunken in ihre Tätigkeit, murmelte etwas vor sich hin und warf dann den Kopf zurück, dass die Haare flogen. Stephanos spürte plötzlich einen Druck in der Magengegend.

Wie sehr ich diese Frau begehre, dachte er. Dabei hatte sie offensichtlich nichts bewusst getan, um sein Verlangen zu entfachen. Sie hatte heute weder mit ihm geflirtet noch ihn sonst in irgendeiner Weise herausgefordert. Und dennoch …

Zum ersten Mal in seinem Leben lockte ihn eine Frau, die ihm nur ein Lächeln geschenkt hatte und mehr nicht.

Während sie die Kamera sorgfältig einstellte und immer wieder durch den Sucher schaute, erzählte sie munter, als sei überhaupt nichts gewesen. Aber sie konnte Stephanos nicht täuschen. Er hatte es gesehen. Ihr Blick hatte ihr Verlangen gezeigt, als er ihre Hand geküsst hatte.

»Jetzt fehlt nur noch der Selbstauslöser«, erklärte sie, ohne Stephanos' Gedanken auch nur zu ahnen. »Bleib ruhig auf deinem Platz sitzen. Ich komme gleich herübergelaufen, und wenn alles gut geht, sind wir beide auf dem Foto.« Schließlich drückte sie auf den Auslöser und rannte auf Stephanos zu.

»Eigentlich müsste alles richtig eingestellt sein, gleich wird es …«, begann Rebecca, aber weiter kam sie nicht. Stephanos riss sie an sich und verschloss ihr den Mund mit seinen Lippen.

Die Welt um Rebecca herum hatte sich plötzlich verändert. Stephanos' Lippen versprachen ihr alles. Sie schmeckten wie wilder Honig, und Rebecca genoss es, diesen Geschmack zu kosten, immer und immer wieder. Es war genau so, wie sie es sich in ihren kühnsten Träumen ausgemalt hatte. Erregung stieg in Rebecca auf und sie vergaß alles andere.

Leidenschaft überfiel sie mit einer Macht, der sie nichts entgegenzusetzen hatte. Langsam hob sie die Hand zu seinem Gesicht. Sie ist bezaubernd und voller Sehnsucht nach Zärtlichkeit, fuhr es Stephanos durch den Sinn. Es hatte ihn ein wenig überrascht, dass sie ihm gar keinen Widerstand entgegensetzte. Gleichzeitig verstärkte dies seine Erregung nur noch. Aber er hatte genau den kurzen Moment des Zögerns gespürt, bevor sie ihm ihre Lippen öffnete.

Als sie ihm nun sanft über den Rücken strich, seufzte er kaum vernehmbar auf. Es war eine Geste voller Zärtlichkeit, die sein Herz plötzlich schneller schlagen ließ. Es war mehr als nur reine Leidenschaft, was sie ihm jetzt gab. Sie gab ihm Hoffnung.

Er flüsterte zärtliche Worte. Und obwohl sie griechisch waren, verstand Rebecca doch den Sinn. Es war unglaublich erregend für sie, die gehauchten Worte mehr zu spüren, als zu hören.

Eine nie gekannte Mischung aus Zärtlichkeit, Verlangen und Erregung breitete sich in ihr aus und ergriff Besitz von ihr. Sie drängte sich an Stephanos.

Er sah ihrem Gesicht an, was in ihr vorging, und es berührte ihn tief. Ihm war, als seien sie füreinander geschaffen, als er sie in den Armen hielt. Es kam ihm so vor, als kannten und liebten sie sich schon sehr, sehr lange.

Rebecca begann zu zittern. Wie konnte es angehen, dass sie seine Umarmung, seine Küsse als etwas so Natürliches, Vertrautes empfand? Wie war es möglich, dass sie gleichzeitig

Geborgenheit und Angst in seiner Umarmung empfinden konnte? Sie klammerte sich an ihn.

Immer wieder flüsterte er ihr zärtliche Worte zu, und sie merkte, dass sie ihm ebenfalls Liebkosungen zuflüsterte, die nur für seine Ohren bestimmt waren.

Aber plötzlich bekam sie Angst vor der Macht der Gefühle, die sie in ihren Bann geschlagen hatten. Sie befürchtete, jede Kontrolle über sich zu verlieren. Unwillkürlich begann sie, dagegen anzukämpfen wie eine Ertrinkende.

Stephanos bemerkte es. Er löste seine Hände von ihr und sah sie an. Rebeccas Gesicht schien auf einmal verändert. Leidenschaft lag in ihrem Blick, sie hielt die Lippen leicht geöffnet und atmete heftig. Aber er sah auch den Ausdruck von Furcht, und als er sie wieder berührte, spürte er, dass sie bebte.

Es war ihm klar, dass sie nicht spielte.

»Stephanos, ich …«

Aber er ließ sie nicht weitersprechen, sondern zog sie wieder an sich, überwältigt von ihrem Ausdruck und seinen eigenen Gefühlen. Und Rebecca hatte ihm nichts entgegenzusetzen.

Diesmal küsste er sie anders. Kann es sein, dass ein Mann so verschieden küssen kann? dachte Rebecca wie benommen. Nun war es ein Kuss voller Zärtlichkeit, immer wieder anders und doch ewig gleich. Seine Lippen baten mehr, als dass sie verlangten. Sie gaben, anstatt zu nehmen. Rebecca fühlte, wie ihre Furcht verflog. Voller Vertrauen schmiegte sie sich an ihn und er spürte dieses Vertrauen sogleich.

Es beeindruckte ihn so sehr, dass er sie sanft losließ. Er wusste, er musste es tun, sonst würden sie miteinander schlafen, ohne ein Wort miteinander gesprochen zu haben. Er richtete sich auf und zog einen Zigarillo aus seiner Brusttasche.

Rebecca sah ihn stumm an und stützte sich Halt suchend am rauen Stamm des Olivenbaums ab.

Es waren nur einige wenige Momente gewesen, aber Rebecca kam es vor, als seien Stunden vergangen. Ihr war ein wenig schwindlig, und wie um sich davon zu überzeugen, dass sie nicht träumte, berührte sie ihre Lippen. Noch immer konnte sie den Druck von Stephanos' Mund darauf fühlen. Nein, es war kein Traum, und in Zukunft würde nichts mehr so sein, wie es einmal gewesen war.

Stephanos schaute hinaus auf die wilde staubige Landschaft und fragte sich, was er hier eigentlich tat. Wütend auf sich selber, sog er tief den Rauch seines Zigarillos ein. Die Gefühle, die er eben empfunden hatte und auch immer noch stark empfand, waren etwas völlig Neues für ihn. Und es waren äußerst beunruhigende Gefühle, musste er sich eingestehen. Normalerweise bevorzugte er das Gefühl, frei zu sein – und er spürte, dass er es nicht mehr war. Als er seine widerstreitenden Empfindungen einigermaßen unter Kontrolle hatte, wandte er sich wieder Rebecca zu. Er war entschlossen, sich nichts anmerken zu lassen.

Rebecca stand einfach nur da. Helle Sonnenstrahlen, die ihren Weg durch das dichte Blätterdach gefunden hatten, bildeten ein bizarres Schattenmuster auf ihrem Körper. In ihren Augen waren weder Abweisung noch Einladung zu lesen. Sie bewegte sich nicht. Unbewegt wie eine antike Statue stand sie da und sah ihn unverwandt an.

Sie sieht aus, als wüsste sie genau die Antworten auf die Fragen, die ich mir stelle, dachte Stephanos. »Es ist spät geworden.«

Rebecca fühlte einen bitteren Geschmack im Mund, ließ sich aber nichts anmerken. »Du hast recht.« Jetzt erst bewegte sie sich wieder. Sie ging hinüber zur Kamera und nahm sie hoch. »Ich werde noch ein letztes Erinnerungsfoto machen«, sagte sie mit erzwungener Leichtigkeit.

Da packte Stephanos sie hart am Arm und riss sie herum. Sie hatte ihn nicht kommen hören.

»Wer bist du?«, fragte er leise. »Und was bist du?«

»Ich weiß nicht, was du meinst – und ich weiß auch nicht, was du von mir willst.« Rebecca zwang sich, Stephanos anzusehen.

Er zog sie heftig an sich. »Du weißt genau, was ich will.«

Rebeccas Herz schlug heftig. Aber es war keine Furcht, die sie seltsamerweise empfand, sondern Verlangen. Sie hätte sich nicht vorstellen können, einmal ein solch unbeherrschtes Verlangen für einen Mann zu empfinden. Und das gleiche Begehren entdeckte sie in seinen Augen, als sie ihn jetzt offen anblickte.

»Ein Nachmittag genügt bei mir nicht.« Reicht er wirklich nicht? fragte sie sich zweifelnd und wusste eigentlich schon die Antwort. »Ein nettes Picknick unter Olivenbäumen und ein Spaziergang im Mondschein sind zu wenig für mich.«

»Zuerst bist du die personifizierte Versuchung, und dann bist du die reine Unschuld, die sich empört, weil man ihr zu nahe gekommen ist. Tust du das, um mich um den Finger zu wickeln, Rebecca?«

Rebecca schüttelte den Kopf und sein Griff wurde fester.

»Den Eindruck habe ich aber. Seit ich dich das erste Mal gesehen habe, gehst du mir nicht mehr aus dem Kopf.« Einen Moment schwieg er, dann sah er sie herausfordernd an. »Ich möchte mit dir schlafen – hier, im Sonnenlicht«, sagte er dann rau.

Rebecca errötete tief. Weniger weil seine direkte Art sie verlegen machte, sondern vielmehr, weil er genau das ausdrückte, was auch sie sich wünschte. Ein Bild stieg vor ihrem inneren Auge auf. Sie sah sich und Stephanos nackt auf dieser Decke liegen, spürte seine Liebkosungen und stellte sich vor, wie sie sich unter dem Olivenbaum liebten …

Aber was würde dann sein? Auch wenn sie bereits viel weiter gegangen war, als sie sich hätte vorstellen können, so wollte sie doch Antworten auf einige Fragen haben.

»Nein.« Es kostete sie allen Mut, dieses eine Wort auszusprechen. »Nicht solange ich unsicher bin und du böse bist.« Rebecca holte tief Luft. »Du tust mir weh, Stephanos. Ich glaube nicht, dass du es absichtlich tust, oder?«

Langsam gab er ihren Arm frei. Es stimmte, er war wütend, aber nicht, weil sie ihn zurückwies. Er kam nicht damit zurecht, dass sie dieses ungezügelte Verlangen in ihm auslöste. Er konnte es nur mit Mühe beherrschen.

»Lass uns gehen«, sagte er gepresst.

Ich kann es mir einfach nicht leisten, von morgens bis abends nur an eine Frau zu denken, die ich kaum kenne und noch viel weniger verstehe, versuchte Stephanos sich einzureden. Er hatte Berichte durchzuarbeiten, Entscheidungen zu fällen und an seine Geschäfte zu denken. Ein paar einfache Küsse konnten ihn doch nicht um den Verstand bringen …

Aber diese Küsse waren eben leider alles andere als schlicht gewesen, das wusste er genau.

Wütend schob Stephanos den Stuhl zurück und stand von seinem Schreibtisch auf. Er ging hinüber zur Verandatür und öffnete sie. Eine frische Brise wehte herein, die ihm guttat. Für einen Moment konnte er die auf dem Schreibtisch liegende Arbeit vergessen.

In den letzten Tagen hatte er sich seinen Geschäften nur mit Mühe widmen können. Immer wieder musste er die Gedanken an Rebecca zurückdrängen. Alles hing an ihr. Im Grunde genommen hielt ihn hier auf Korfu nichts mehr.

Stattdessen hätte er in Richtung Athen, London oder auf Kreta andere Geschäfte erledigen können. Trotzdem hatte er nicht daran gedacht, Korfu zu verlassen. Aber er hatte auch keinen Versuch unternommen, Rebecca wiederzusehen.

Sie war für ihn anders als andere Frauen. Die Gefühle, die er in ihren Armen empfunden hatte, waren neu für ihn gewesen. Sich zu einer attraktiven Frau hingezogen zu fühlen war für ihn etwas völlig Natürliches. Aber dass dieses Empfinden bei ihm Beunruhigung, Verwirrung und sogar Zorn auslöste, war eine völlig neue Erfahrung für Stephanos. Und er spürte, dass ihm die wenigen leidenschaftlichen Momente unter dem Olivenbaum nicht genügten. Er wollte Rebecca näher kennenlernen. Dennoch zögerte er, sie anzurufen.

Sie war auf eine merkwürdige Art und Weise … geheimnisvoll. Vielleicht konnte er sie deswegen nicht aus seinem Kopf vertreiben. Oberflächlich gesehen schien Rebecca eine lebenslustige und attraktive Frau zu sein, die ihr Leben genoss. Aber da gab es die Anzeichen von Schüchternheit und Unschuld, die nicht zu diesem Bild passen wollten. Gerade diese scheinbaren Widersprüche in ihrem Leben reizten ihn besonders.

Oder war es einfach ein Trick von ihr? Eine Masche, um sich interessant zu machen? Stephanos kannte Frauen und auch Männer, die zu solchen Mitteln griffen. Er verurteilte dies nicht, auch wenn er für sich persönlich so etwas ablehnte. Nein, er konnte sich nicht vorstellen, dass Rebecca zu diesen Mitteln griff – es passte einfach nicht zu ihr.

Als er sie das erste Mal geküsst hatte, war es ihm gewesen, als wären sie schon seit langer, langer Zeit Geliebte. Rebecca war ihm auf eine verwirrende Art vertraut gewesen.

Dabei kannte er sie überhaupt nicht.

Das sind doch alles Tagträume und Fantasien, sagte er sich schließlich. Es führte zu nichts, und er hatte auch keine Zeit für so etwas. Stephanos lehnte sich gegen das Geländer, zündete sich einen Zigarillo an und schaute hinaus in die Unendlichkeit des Meeres.

Wie immer zog es ihn magisch an. Plötzlich erinnerte er sich wieder der Ereignisse aus seiner Jugend, als das Leben noch unbeschwert gewesen war. Wie kurz war jene Zeit des Glücks gewesen. Nur selten ließ er Gedanken daran zu. Es waren Momente wie diese, in denen er auf das schimmernde Wasser hinausblickte und sein Blick sich am Horizont verlor. Sein Vater hatte ihm vieles beigebracht. Zu fischen, das Reisen zu genießen und sich wie ein Mann zu benehmen.

Fünfzehn Jahre sind es nun her, dass er gestorben ist, dachte Stephanos und ein verlorenes Lächeln glitt um seinen Mund. Aber er vermisste ihn noch immer, vermisste seine Gesellschaft und sein Lachen. Sie waren sowohl Vater und Sohn als auch Freunde gewesen und ein starkes Band hatte sie verbunden. Es war die stärkste Bindung, die Stephanos je gehabt hatte. Aber sein Vater war gestorben – auf See und in den besten Mannesjahren, so wie er es sich immer gewünscht hatte. Vor nichts hatte sein Vater mehr Angst gehabt, als im Alter siech und krank auf den Tod warten zu müssen.

Ganz sicher hätte Rebecca ihm gefallen. Er hatte immer einen Blick für schöne Frauen gehabt. Er hätte ihn ermuntert, eine schöne Zeit mit ihr zu verbringen. Aber Stephanos war nicht mehr der Junge von damals. Er war ein Mann geworden, der versuchte, die Folgen seines Handelns abzuschätzen.

Da sah Stephanos sie. Rebecca kam aus dem Wasser, ihr Körper war nass und schimmerte im hellen Licht der Sonne. In den vergangenen Tagen hatte ihre Haut eine leichte Bronzefärbung angenommen, die ihr ausgesprochen gut stand. Stephanos nahm den Anblick in sich auf und spürte wieder dieses Verlangen nach ihr. Ungewollt presste er die Finger zusammen und zerbrach dabei den Zigarillo. Wie konnte diese Frau nur solche Gefühle in ihm hervorrufen?

Rebecca blieb stehen. Die Wassertropfen liefen an ihrem wohlgeformten Körper hinab und sie streckte sich ausgiebig in der Sonne. Er war sicher, dass sie ihn nicht gesehen hatte. Es konnte also keine Absicht sein, ihn zu reizen. Aber dennoch konnte er sich dieser Wirkung nicht entziehen. Sie trug einen knapp sitzenden Bikini, dessen Oberteil ihre festen runden Brüste aufregend betonte. Er hatte das Gefühl, dass sie sich und ihren Körper in diesem Augenblick einfach nur genoss und nicht daran dachte, welch erregendes Bild sie bot. Sie wirkte wie ein schlankes, junges Raubtier und nichts hatte ihn je so fasziniert wie Rebecca in diesem Moment.

Nun strich sie sich mit den Fingern durch das feuchte Haar und hob das Gesicht in die Sonne, dabei lächelte sie. Unwillkürlich holte Stephanos Luft und atmete dann langsam wieder aus. Die Erregung, die ihn erfüllte, war schmerzlich und plötzlich stieg Zorn in ihm auf. Er wusste nicht, was er getan hätte, wenn Rebecca in diesem Moment bei ihm gewesen wäre.

Er beobachtete, wie Rebecca ein langes T-Shirt aus ihrer Badetasche holte, es anzog und gleich darauf barfuß auf den Eingang des Hotels zuging.

Stephanos blieb noch eine Weile reglos auf dem Balkon stehen und wartete, dass sein Verlangen nach ihr nachließ. Dennoch blieb selbst dann noch eine Sehnsucht nach ihr zurück, die ihn immer mehr beunruhigte und zornig werden ließ.

Ich sollte einfach nicht mehr an sie denken, sagte er sich. Sein Instinkt warnte ihn, dass sein Leben niemals mehr so sein würde wie vorher, wenn er sich weiter auf sie einließ. Er musste sie einfach als eine vorübergehende Verwirrung begreifen, etwas, dem es nur zu widerstehen galt. Er musste sich zwingen, nicht mehr an sie zu denken, sich wieder auf seine Arbeit zu konzentrieren. Er hatte schließlich Verpflichtungen und Aufgaben, die erledigt werden wollten, und konnte seine Zeit nicht für irgendwelche Fantasien vergeuden. Stephanos schlug wütend mit der Faust auf das Geländer und ging ins Zimmer zurück.

Es gibt aber Zeiten im Leben, dachte er dann, wo ein Mann dem Schicksal vertrauen und ohne zu zögern einfach ins kalte Wasser springen sollte …

3. Kapitel

Rebecca hatte kaum die Tür hinter sich geschlossen, als es klopfte. Die Sonne und das Wasser hatten sie angenehm müde gemacht, aber alle Gedanken an ein kleines Schläfchen wichen schlagartig, als sie öffnete und Stephanos vor ihr stand.

Er sah atemberaubend aus. Sein Haar war vom Wind zerzaust und er blickte sie kühl an. Um seinen Mund lag ein eigenartiger Zug. Seit ihrem gemeinsamen Picknick hatte Rebecca oft an ihn gedacht – und das nicht nur tagsüber. Sie spürte, wie ihr Herz schneller schlug, und sie musste sich zur Ruhe zwingen.

»Hallo, Stephanos, ich wusste nicht, ob du noch auf Korfu warst.«

Gelogen habe ich damit nicht, redete sie sich ein, auch wenn sie sich an der Rezeption vergewissert hatte, dass Stephanos noch nicht abgereist war. Aber gesehen hatte sie ihn mit eigenen Augen tatsächlich nicht.

»Ich sah dich vom Strand kommen.«

»Oh!« Unbewusst zupfte sie am Saum ihres T-Shirts. »Ich kann einfach nicht genug von der Sonne und dem Meer haben. Aber möchtest du nicht hereinkommen?«

Stephanos antwortete nicht, sondern trat ein und schloss die Tür mit einem kräftigen Ruck. Rebeccas mühsam gewahrte Haltung begann, ins Wanken zu geraten.

»Ich habe dir noch gar nicht für die Blumen gedankt.« Sie deutete auf den bunten Frühlingsstrauß in der Vase am Fenster. Dann verschränkte sie die Arme vor der Brust. »Sie … sie sind so schön, und … ich hatte gedacht, ich würde dir schon irgendwo begegnen, vielleicht im Speisesaal oder am Strand.« Sie brach ab, als Stephanos die Hand hob und ihr Haar anfasste.

»Ich hatte viel zu tun.« Er sah sie an. Seine Augen erschienen ihr wie kühles Quellwasser. »Geschäftlich.«

Rebecca fürchtete einen Augenblick, nicht sprechen zu können. Doch dann schaffte sie es doch, herauszubringen: »Einen schöneren Platz zum Arbeiten hättest du dir nicht aussuchen können.«

Er trat einen Schritt auf sie zu. Sie duftete betörend nach Meerwasser und Sonne. »Die Hotelanlage und die Insel gefallen dir also?« Er nahm ihre Hand, und sie ließ es geschehen, auch wenn eine eigentümliche Schwäche sich in ihrem Körper ausbreitete.

»Ja, sogar sehr.«

»Vielleicht möchtest du die Insel auch einmal aus einer anderen Perspektive kennenlernen?« Um zu sehen, wie sie reagierte, berührte er sie zart mit dem Mund. Sie verwehrte es ihm nicht, sondern blieb stehen. Aber er spürte trotzdem, dass sie auf der Hut war.

»Was meinst du damit?«, fragte Rebecca gepresst.

»Verbringe den Tag morgen mit mir auf meinem Boot.«

»Wie bitte?«

Er lächelte. »Hast du Lust mitzukommen?«

Wohin du willst, dachte sie. »Ich habe noch keine Pläne gemacht«, sagte sie jedoch nur.

»Gut.« Als er dicht bei ihr stand, hob sie spontan die Hand, als wolle sie ihn abwehren, ließ die Hand dann aber wieder sinken. »Wir treffen uns morgen früh. Ist dir neun Uhr recht, Rebecca?«

Ein Boot. Er hatte tatsächlich von einem Boot gesprochen. Rebecca holte tief Luft und versuchte mit aller Macht, sich zusammenzureißen. Sie wunderte sich über sich selbst. Tagträumereien, weiche Knie und dann noch ein nicht zu unterdrückendes Verlangen ... Das alles passte so gar nicht zu ihr. Aber es war ein wundervolles Gefühl.

»Ja, ich freue mich schon darauf.« Sie versuchte, ganz locker zu wirken, als sie ihn anlächelte. So als käme es jeden Tag vor, dass man sie zu einer Fahrt auf dem Mittelmeer einlud.

»Also bis morgen früh.« Stephanos ging zur Tür, wandte sich aber noch einmal um. »Und vergiss deine Kamera nicht.«

Kaum hatte er die Tür hinter sich geschlossen, tanzte sie vor Freude durch das Zimmer und musste sich bemühen, dabei nicht laut zu jubeln.

Stephanos hatte von einem Boot gesprochen und Rebecca hatte sich einen kleinen Kabinenkreuzer vorgestellt. Stattdessen stand sie nun auf dem Mahagonideck einer schneeweißen Jacht von bestimmt dreißig Metern Länge.

»Auf dieser Jacht kann man ja richtig leben!«, entfuhr es ihr ungewollt. Im nächsten Moment wünschte sie sich, sie hätte vorher überlegt. Aber Stephanos lachte nur.

»Ich wohne auch oft darauf.«

»Willkommen an Bord, Sir.« Ein weiß uniformierter Mann in mittleren Jahren begrüßte Stephanos respektvoll und legte die Hand an den Mützenschirm. Er sprach mit britischem Akzent.

»Hallo, Grady. Dies ist mein Gast, Miss Malone.«

»Hallo, Madam.« Rebecca bemerkte, dass er sie mit einem Blick einschätzte, obwohl an seiner kühlen britischen Haltung nichts auszusetzen war.

»Legen Sie bitte ab, wenn alles fertig ist, Grady«, gab Stephanos Anweisung.

»Aye, aye, Sir.«

Stephanos nahm Rebeccas Arm. »Möchtest du dir das Boot einmal anschauen?«, fragte er sie lächelnd.

»Oh ja, sehr gern.« Rebecca konnte es immer noch gar nicht fassen, dass sie sich an Bord einer solch luxuriösen Jacht befand. Es kostete sie einiges an Überwindung, die Kamera in der Handtasche zu lassen und nicht gleich loszufotografieren.

Stephanos führte sie hinunter zu den elegant ausgestatteten Kabinen. Es gab vier Stück und alle waren sehr geräumig. Rebecca hatte vorhin die Bemerkung über die Größe des Schiffes unbedacht getan, aber es stimmte: Hier konnte man wirklich längere Zeit leben.

Es gab außerdem auch noch eine große, rundum verglaste Kabine, von der man einen herrlichen Ausblick auf das Meer hatte. Dort konnte man liegen, wenn die Sonne zu heiß brannte oder wenn es regnete.

Rebecca hatte solche Jachten natürlich schon in Zeitschriften gesehen und manche ihrer ehemaligen Kunden hatten eine solche besessen. Aber noch niemals hatte sie sich auf einer solchen Jacht befunden, obwohl sie immer davon geträumt hatte.

Diese Kabine war offensichtlich für einen Mann eingerichtet worden. Schwere Ledersessel, holzgetäfelte Wände und gedämpfte Farben gaben dem Raum ihr Gepräge. An den Wänden hingen Regale voller Bücher und in einer Ecke stand eine teure Stereoanlage.

»Man könnte fast glauben, sich in einem Haus zu befinden«, meinte Rebecca mehr zu sich. Aber ihr entgingen auch die festen Türen und die schweren Läden vor den Fenstern nicht, die bei schwerem Wetter die Scheiben schützten.

Wie mochte es wohl bei Sturm auf dieser Jacht sein, wenn die Brecher gegen den Rumpf schlugen, der Wind den Regen gegen die Bullaugen peitschte und das Schiff gefährlich schwankte?

Als sich genau in diesem Moment das Deck unter ihr senkte, stieß sie einen leisen Schreckensschrei aus. Stephanos ergriff ihren Arm, um sie zu stützen.

»Wir haben bereits abgelegt«, erklärte er ihr. Dann sah er sie fragend an. »Hast du Angst vor Schiffen, Rebecca?«

»Nein, ich habe mich nur ein wenig erschreckt.« Rebecca konnte natürlich nicht zugeben, dass ihre einzige Erfahrung mit Schiffen ein Ausflug in einem Zweierkanu in einem Ferienlager gewesen war. Ihr war ein wenig übel, und sie hoffte, dass es sich bald wieder geben würde. »Können wir wieder nach oben gehen? Ich würde gern zusehen, wie wir uns vom Land entfernen«, bat sie, da sie etwas frische Luft brauchte.

Es half. Kaum stand Rebecca wieder an Deck, fuhr ihr der frische Wind ins Gesicht und die leichte Übelkeit verschwand. Rebecca lehnte sich gegen die Reling und schaute zu, wie die Insel langsam kleiner wurde und die Küstenlinie verschwamm. Jetzt konnte sie der Versuchung nicht mehr widerstehen. Sie holte die Kamera heraus und machte eine ganze Reihe Aufnahmen.

»Es ist schöner, als zu fliegen«, sagte sie nach einer Weile. »Hier ist alles viel greifbarer.« Sie deutete hinauf zum blauen Himmel. »Sieh nur, die Möwen verfolgen uns.«

Aber er schaute nicht nach oben, sondern sah Rebecca unverwandt an. »Bist du immer mit ganzem Herzen dabei, wenn dir etwas gefällt?«

»Ja.« Rebecca versuchte, sich das Haar aus dem Gesicht zu streichen, aber der Fahrtwind trieb es immer wieder zurück. Sie lachte und hob das Gesicht zur Sonne. »Oh ja.«

Ihr Anblick war unwiderstehlich. Stephanos fasste sie um die Taille und wirbelte sie herum. Die Berührung löste sogleich wieder dieses beunruhigende Gefühl aus, und er sah ihrem Gesicht an, dass es ihr nicht anders erging als ihm.

»Alles?« Langsam glitten seine Hände etwas tiefer, und er zog sie so dicht zu sich heran, dass sich ihre Schenkel gegeneinanderpressten.

»Ich weiß nicht.« Rebecca legte ihm die Hände auf die Schultern, ohne es recht zu bemerken. »Ich habe noch nicht alles ausprobiert.«

Aber sie wollte alles ausprobieren, jetzt, wo er sie so festhielt, wo der tiefblaue Himmel sich über ihnen spannte und das Meer silbern in der Sonne schimmerte. Sie schmiegte sich an ihn.

Da fluchte Stephanos kaum hörbar vor sich hin. Rebecca fuhr zurück, als hätte er sie angefahren. Unsicher sah sie ihn an. Stephanos nahm ihre Hand und nickte dem Steward zu, der gerade mit den Drinks erschienen war.

»Vielen Dank, Victor. Ich brauche Sie nicht mehr.«

Stephanos' Stimme klang beherrscht, aber Rebecca spürte dennoch die unterdrückte Erregung, als Stephanos sie zu einem der Sessel führte.

Was mag er bloß von mir denken? dachte Rebecca. Er braucht mich nur leicht zu berühren und schon werfe ich mich ihm in die Arme.

Aber auch Stephanos hatte seine Probleme. Sein Körper befand sich in Aufruhr. Er konnte sich nicht erinnern, in Gegenwart einer Frau jemals Mühe gehabt zu haben, einen klaren Kopf zu bewahren. Er wusste, wie man eine Frau verführte, und hatte auf diesem Gebiet genügend Erfahrungen gesammelt. Aber jedes Mal, wenn er sich in Rebeccas Nähe befand, verließen ihn alle seine Erfahrung und Weltläufigkeit in diesen Dingen. Er kam sich wie ein unerfahrener junger Bursche vor, der völlig den Verstand verlor, wenn er die Frau seines Herzens sah.

Stephanos schaute Rebecca in die Augen. Wie schon im Olivenhain hatte er auch diesmal das Gefühl, diese wundervollen ausdrucksstarken Augen schon sehr lange zu kennen …

Um sich abzulenken, nahm er einen Zigarillo heraus. Er wusste, diese Vorstellung widersprach aller Logik und dem gesunden Menschenverstand, aber dennoch hatte er das Gefühl, es stimmte. Er fühlte, dass das Verlangen nach ihr ihn immer mehr beherrschte.

»Ich möchte dich besitzen, Rebecca.«

Rebecca hatte das Gefühl, ihr bliebe das Herz stehen. Sie hob das Glas und trank einen Schluck, um sich wieder in die Gewalt zu bekommen. »Ich weiß.«

Sie schien so kühl zu sein und Stephanos beneidete sie um ihre lässige Haltung. »Kommst du mit in meine Kabine?«

Rebecca sah Stephanos an. Ihr Herz und ihr Körper gaben eine ganz andere Antwort als ihr Verstand. Es erschien so einfach, so natürlich, Ja zu sagen … Wenn es einen Mann gab, dem sie sich ganz hingeben wollte, dann stand er jetzt neben ihr.

Aber auch wenn sie Philadelphia verlassen hatte und ein neues Leben versuchte – selbst hier konnte sie ihre strenge Erziehung nicht vergessen. »Ich kann nicht.«

»Du kannst nicht?« Stephanos zündete sich seinen Zigarillo an. Er fand es befremdlich, dass sie hier standen und über das Miteinanderschlafen redeten, als handle es sich um das Wetter. »Oder willst du nicht?«, fragte er dann gedehnt.

Rebecca atmete einmal tief durch. Langsam stellte sie ihr Glas ab. »Ich möchte, aber ich kann nicht.« Sie sah ihn mit großen Augen an. »Ich möchte wirklich sehr gern, aber …«

»Aber?«

»Ich kenne dich kaum.« Rebecca nahm wieder das Glas, weil sie plötzlich nicht mehr wusste, wo sie ihre Hände lassen sollte.

»Nein?«

»Nun, ich kenne deinen Namen, weiß, dass du Olivenhaine besitzt und das Meer liebst. Das ist aber nicht genug.«

»Dann werde ich dir mehr erzählen.«

Rebecca wagte ein Lächeln. »Ich weiß nicht einmal, was ich fragen sollte.«

Stephanos lehnte sich im Sessel zurück. Er fühlte, dass die Spannung ebenso schnell wich, wie sie gekommen war. Es ist wirklich erstaunlich, dachte er verwundert, ein Lächeln von ihr genügt.

»Glaubst du eigentlich an das Schicksal, Rebecca? Daran, dass irgendetwas Unvorhergesehenes, etwas Unerwartetes oder irgendein kleines, unbedeutendes Ereignis dein Leben von Grund auf verändert?«

Rebecca dachte an den Tod ihrer Tante und die Entscheidungen, die sie danach völlig unvorhergesehen getroffen hatte. »Ja. Ja, daran glaube ich.«

»Gut.« Er schaute hinaus aufs Meer und sagte dann wie nebenbei: »Ich hatte beinahe vergessen, dass ich es auch tue – bis ich dich allein am Tisch sitzen sah.«

Es gibt mehrere Wege, jemanden zu verführen, dachte Rebecca. Ein Blick oder Worte konnten genauso verführerisch sein wie Zärtlichkeiten. In diesem Moment verlangte es sie mehr als je zuvor nach ihm – und mehr, als sie es sich hätte vorstellen können.

Um etwas Abstand zu gewinnen, wandte sie sich ab und stellte sich wieder an die Reling.

Er empfand selbst ihr Schweigen erregend. Sie hatte gesagt, sie wüsste zu wenig über ihn. Aber er wusste ja noch viel weniger von ihr. Und es machte ihm nicht das Geringste aus. Vielleicht war es gefährlich, gefährlicher, als er dachte, aber auch dies machte ihm nichts aus.

Stephanos sah zu ihr hinüber. So, wie sie jetzt an der Reling stand, mit flatternden Haaren, war es ihm völlig egal, wer sie war und woher sie kam oder was sie getan hatte.

Langsam stand Stephanos auf, ging zu ihr hinüber und stellte sich neben sie. Er schaute ebenfalls aufs Meer hinaus.

»Als ich jung war, noch sehr jung, da gab es einen solchen Moment, der mein Leben verändert hat«, begann er. »Mein Vater liebte das Meer über alles. Die See war sein Leben und auf dem Meer ist er gestorben.« Stephanos schien mehr zu sich selbst zu sprechen. Rebecca wandte den Kopf und sah ihn an. »Ich war damals zehn oder elf Jahre alt. Vater und ich gingen zusammen am Strand entlang. Er blieb stehen, tauchte die Hand ins Wasser, ballte sie zur Faust und öffnete sie wieder. ›Du kannst es nicht halten‹, sagte er. ›Egal, wie oft du es auch versuchst oder wie sehr du es auch liebst. Es wird dir immer wieder zwischen den Fingern zerrinnen.‹«

»Er hatte recht damit«, antwortete Rebecca nachdenklich.

»Ja, dann aber nahm er den Sand in die Hand. Er war feucht und klebte an der Haut. ›Aber dies hier‹, sagte er, ›dies kann man festhalten.‹ Wir haben später nie wieder darüber gesprochen. Als dann die Zeit gekommen war, wandte ich der See den Rücken zu und richtete meine Kraft und Aufmerksamkeit auf das Land.«

»Es war richtig, oder?«

»Ja.« Stephanos hob die Hand und spielte mit einer ihrer Haarsträhnen. »Ja, ich habe mich richtig entschieden.« Dann sah er sie an. »Du hast so schöne, ruhige Augen, Rebecca. Haben sie bereits genug gesehen, damit du weißt, was für dich richtig ist?«, fragte er.

»Ich glaube, ich habe meine Augen erst sehr spät geöffnet«, erwiderte Rebecca leise. Da war wieder dieses beunruhigende Gefühl, und Rebecca wollte zurückweichen, aber sie war zwischen ihm und der Reling gefangen.

»Du zitterst ja, wenn ich dich anfasse.« Langsam strich er ihr mit den Fingern über den Arm, dann verschränkten sich ihre Hände miteinander. »Weißt du eigentlich, wie erregend das ist?«

Rebecca fühlte plötzlich eine süße Schwäche in den Beinen. »Stephanos, ich meinte es ernst, was ich vorhin gesagt habe …« Er küsste sie hauchzart auf die Stirn. »Ich kann nicht, ich muss erst …« Wieder fühlte sie seine Lippen, diesmal federleicht auf dem Kinn. »… erst einmal nachdenken«, endete sie leise.

Stephanos fühlte, wie sich ihre Finger in seiner Hand entspannten. »Als ich dich das erste Mal küsste, ließ ich dir keine Wahl.« Er begann, ihr Gesicht mit Küssen zu bedecken, vermied es aber dabei, ihren Mund zu berühren. »Aber diesmal hast du sie.«

Seine Lippen waren wie ein Hauch, sie spürte sie kaum. Trotzdem brachten seine Liebkosungen sie halb um den Verstand. Rebecca wusste, sie brauchte Stephanos nur von sich zu stoßen, dann hätte alles ein Ende – aber genau dies wollte sie eigentlich gar nicht.

Die Wahl? wiederholte sie in Gedanken. Habe ich überhaupt eine Wahl?

»Nein, die habe ich nicht«, flüsterte sie kaum hörbar, bevor er sie auf die Lippen küsste.

Keine Wahl, keine Vergangenheit und auch keine Zukunft. Nur das Jetzt. Rebecca genoss seine Gegenwart, sein Verlangen und seinen Hunger. Seine Küsse wurden fordernder, beinahe verzweifelt. Sie fühlte sein Herz heftig schlagen, als er in ihr Haar griff und ihr sanft den Kopf zurückbog. So hatte sie noch kein Mann geküsst, und niemand hatte sie darauf vorbereitet, dass sie diese fordernde Art auch noch erregen würde. Rebecca stöhnte auf, als Stephanos mit der Zunge ihren Mund erforschte.

Stephanos' Erregung wuchs ebenfalls. Ihr Duft und das Verlangen, das sie ausstrahlte, steigerten seine Leidenschaft. Sie war ganz Frau und doch so anders als alle Frauen, die er kennengelernt hatte. Rebecca atmete heftiger und stöhnte leise auf, als er sie herausfordernd auf die weiche und empfindliche Haut ihres Halses küsste.

Rebecca hatte das Gefühl, zu Boden sinken zu müssen, wenn Stephanos sie nicht gehalten hätte. Noch niemals hatte sie sich so schwach, so verletzlich gefühlt wie jetzt in diesem Augenblick. Sie hatte das Empfinden, ausgeliefert zu sein. Die See war spiegelglatt, aber in Rebecca tobte ein Sturm. Mit einem Seufzer, der wie ein Schluchzen klang, schlang sie die Arme um ihn.

Es war die Hilflosigkeit dieser Geste, die ihn wieder zur Vernunft brachte. Ich muss den Verstand verloren haben, dachte er erschrocken. Es hätte nicht viel gefehlt, und ich hätte sie hier genommen, ohne Rücksicht auf ihre Wünsche oder die Folgen.

Stephanos schloss die Augen und hielt Rebecca nur fest.

Vielleicht habe ich wirklich den Verstand verloren, dachte er weiter. Selbst als die Erregung langsam nachließ, fühlte er etwas anderes, Tieferes in sich aufsteigen und wachsen. Es erschien ihm viel gefährlicher als alles, was er vorher empfunden hatte.

Er wollte sie besitzen – und zwar für immer.

Schicksal, ging es ihm durch den Kopf, während er ihr Haar streichelte. Es sah so aus, als hätte er sich in Rebecca verliebt, ohne es bemerkt zu haben. Wie war das möglich? Er war doch nur wenige Stunden mit ihr zusammen gewesen.

In der Vergangenheit war es ihm schon passiert, dass er eine Frau gesehen und sie gleich begehrt hatte. Auch Rebecca würde er bekommen. Aber er würde sie nicht wieder hergeben.

Vorsichtig trat er einen Schritt zurück. »Vielleicht hat keiner von uns die Wahl«, sagte er leise und schob die Hände tief in die Hosentaschen. »Und wenn ich dich jetzt hier noch einmal anfasse und dich küsse, dann würde ich dir auch keine mehr lassen …«

Rebecca brachte zuerst kein Wort hervor. Ihre Kehle war wie zugeschnürt. Sie strich sich das Haar aus ihrem Gesicht und gab sich keine Mühe, das Beben in ihrer Stimme zu verbergen. »Ich würde auch gar keine wollen …«

Da sah sie, dass seine Augen sich verdunkelten, aber sie wusste nicht, dass er die Hände in den Taschen zu Fäusten ballte.

»Du machst es mir sehr schwer.«

Noch nie hatte ein Mann sie auf diese Weise begehrt, das wusste sie. Und vielleicht würde sie auch niemand jemals wieder so begehren. »Es tut mir leid, das wollte ich nicht.«

»Nein.« Er zwang sich, sich zu entspannen. »Das habe ich auch nicht angenommen. Das ist auch eines der Dinge an dir, die mich so faszinieren und anziehen. Ich will dich, Rebecca.« Einen kurzen Moment lang glaubte er so etwas wie Panik in ihren Augen zu lesen – aber auch Erregung. »Und weil ich das weiß und du ebenfalls, tue ich mein Bestes, um dir noch ein wenig Zeit zu geben.«

Rebecca fand ihren Humor wieder. »Ich weiß nicht, ob ich dir dankbar oder böse sein sollte«, sagte sie lächelnd.

Zu seiner Überraschung musste Stephanos ebenfalls lachen. Er strich ihr mit dem Finger über die Wange. »Ich würde dir nicht empfehlen fortzulaufen, *mátia mou*. Ich würde dich doch finden.«

Sie war sich dessen nur allzu gut bewusst. Ein Blick in sein Gesicht überzeugte sie. »Dann will ich dir lieber dankbar sein«, lachte sie.

»Das freut mich.« Er war sich klar, dass er Geduld aufbringen musste. Und zwar sehr schnell. »Hast du Lust zu baden? Nicht weit von hier gibt es eine hübsche kleine Bucht. Wir sind schon beinahe dort.«

Das Wasser wird mich ein wenig abkühlen, dachte Rebecca. »Eine tolle Idee!«

Das Wasser war erfrischend kühl und kristallklar. Mit einem Seufzer des Wohlgefühls ließ sich Rebecca hineingleiten. In Philadelphia würde sie jetzt an ihrem Schreibtisch sitzen, den Rechner bedienen und über ihrer Stuhllehne würde ordentlich ihre Kostümjacke hängen. Wie immer würden die Papierstapel auf ihrem Schreibtisch säuberlich geordnet daliegen.

Die allzeit zuverlässige und korrekte Miss Malone.

Aber stattdessen schwamm sie im kühlen Wasser des Mittelmeeres und Akten und Papiere waren Welten fort von ihr.

Hier, nur einen Meter weit von ihr entfernt, gab es den Mann, der sie alles über ihre Bedürfnisse lehrte, ihre Wünsche und die Verletzlichkeit des Herzens.

Sie bezweifelte, ihm jemals sagen zu können, dass er der einzige Mann war, der sie durch eine kurze Berührung beinahe um den Verstand gebracht hätte. Ein Mann wie er würde natürlich sofort erraten, dass er es mit einer völlig unerfahrenen Frau zu tun hatte.

Aber er wird es nicht herausfinden, dachte sie. Denn wenn er mich in seinen Armen hält, fühle ich mich nicht schwach und unerfahren. Ich finde mich schön, begehrenswert und ein wenig verrucht.

Sie hatte die ganze Zeit Wasser getreten, aber nun tauchte sie mit einem Lachen unter. Sogleich empfand sie ein unglaubliches Gefühl des Freiseins. Ach, wer hätte gedacht, dass ich mich jemals so fühlen würde? ging es ihr durch den Kopf.

»Braucht es immer so wenig, um dich zum Lachen zu bringen?«

Rebecca strich sich die Haare aus dem Gesicht. Stephanos trat neben ihr Wasser. Seine Haut hatte einen Goldschimmer und das Wasser rann in kleinen Bächen über seine breite Brust. Die Sonnenstrahlen ließen sein feuchtes Haar schimmern und seine Augen hatten die gleiche Farbe wie das Meer. Es fiel ihr sehr schwer, nicht die Hand auszustrecken und Stephanos zu streicheln.

»Eine abgelegene Bucht, ein wunderschöner Himmel, kristallklares Wasser und ein interessanter Mann – so wenig scheint mir das nicht zu sein.« Sie schaute hinüber zu den Kämmen der Berge. »Ich habe mir eins versprochen – was auch immer geschehen mag, ich werde nichts mehr als sicher annehmen.«

In ihren Worten lag ein trauriger Unterton, der ihn berührte. »War es ein Mann, der dir wehgetan hat, Rebecca?«, fragte er nach einem kurzen Moment sanft.

Sie verzog leicht den Mund, aber er konnte nicht ahnen, dass sie im Stillen lächeln musste. Natürlich hatte sie auch Verabredungen mit Männern gehabt. Sie waren zumeist nett und freundlich verlaufen. Ein oder zwei Mal hatte sie auch mehr als freundschaftliches Interesse für einen von ihnen verspürt, aber sie war zu schüchtern gewesen, um mehr daraus werden zu lassen.

Mit Stephanos war es allerdings völlig anders. Weil ich ihn liebe, dachte sie glücklich. Sie wusste nicht, warum, und auch nicht, wieso es so schnell gekommen war. Aber sie liebte ihn, wie eine Frau einen Mann nur lieben konnte.

»Nein, es gibt keinen.« Rebecca legte sich auf den Rücken, schloss die Augen und vertraute darauf, dass das salzige Wasser sie tragen würde. »Der Tod meiner Eltern war ein solcher Schlag für mich, dass ich von einem Tag auf den anderen erwachsen wurde, obwohl ich damals noch so jung war.«

Als sie schwieg, forderte Stephanos sie leise auf weiterzusprechen.

»Meine Tante Jeannie war ein sehr freundlicher und praktischer Mensch und sie liebte mich. Aber sie hatte vergessen, was es bedeutete, ein junges Mädchen zu sein. Nach ihrem Tod begriff ich plötzlich, dass ich nie jung gewesen war, nie Dummheiten wie andere junge Leute in meinem Alter begangen hatte. Da entschloss ich mich, all dies nachzuholen.«

Sie bot ein schönes Bild. Das schwarze Haar schwamm auf dem Wasser und ihr nasser, bronzefarbener Körper schimmerte wie mit Diamanten bedeckt im Licht der hellen Sonne. Sie war keine Schönheit, dafür waren ihre Züge nicht ebenmäßig genug. Aber sie war faszinierend in ihrem Aussehen, ihrer Ausstrahlung und ihrer Art, wie sie alles mit offenen Armen aufnahm, was ihr über den Weg lief.

Stephanos schaute sich in der kleinen Bucht um, als hätte er sie lange Jahre nicht mehr gesehen. Er konnte die Sonnenstrahlen auf der Wasseroberfläche tanzen sehen, die kleinen Wellen, die sich durch ihre Bewegungen um Rebecca herum ausbreiteten. Etwas weiter weg lag der schmale Sandstrand. Bunte Schmetterlinge flatterten darüber hin, ansonsten war er leer. Es herrschte Stille, beinahe eine unwirkliche Stille, nur die leichten Wellen schlugen mit einem immer gleichen Geräusch ans Ufer.

Und er fühlte sich entspannt und eins mit sich und seiner Umgebung. Vielleicht habe ich auch vergessen, was es bedeutet, jung und verrückt zu sein, dachte er.

Aus einem Impuls heraus hob er die Hand und drückte Rebecca unter Wasser.

Hustend kam sie wieder an die Oberfläche und schüttelte sich das Wasser aus den Haaren. Stephanos lachte sie nur an und trat weiter Wasser.

»Es hat mich gereizt. Es war so einfach.«

Sie hob den Kopf und sah ihn herausfordernd lächelnd an. »Das nächste Mal wird es nicht so leicht sein, das kannst du mir glauben.«

Sein Lächeln wurde breiter. Als er sich dann bewegte, tat er es mit der Eleganz und Geschwindigkeit eines Delfins. Rebecca hatte gerade noch Zeit, Luft zu holen, dann trat sie nach ihm. Er packte ihr Fußgelenk, aber sie war bereit.

Anstatt sich zu wehren, als er sie unter Wasser zog, schlang sie die Arme um seinen Oberkörper und verwickelte ihn in einen Unterwasserringkampf.

»Wir sind quitt«, rief sie prustend und lachend, als sie beide wieder auftauchten. Sie rieb sich das Wasser aus den Augen.

»Wie kommst du denn darauf?«

»Wenn wir auf einer Matte gerungen hätten, hättest du mit dem Rücken am Boden gelegen«, klärte sie ihn auf.

»Gut, einverstanden.« Er fühlte, wie sich ihre Beine ineinander verschlangen. »Aber jetzt würde ich gern etwas anderes machen.«

Rebecca wusste, er würde sie gleich küssen. Sie sah es in seinen Augen, und sie war zu ihrer Bestürzung nur allzu gern bereit, sich küssen zu lassen.

»Stephanos?«

»Ja?« Seine Lippen waren nur noch Zentimeter von ihrem Mund entfernt. Dann fand er sich plötzlich unter Wasser wieder und seine Arme waren leer. Im ersten Moment war er verärgert. Als er auftauchte, sah er jedoch Rebecca wenige Meter entfernt bis zu den Schultern im Wasser stehen. Ihr Gelächter klang zu ihm herüber.

»Es war so einfach!«, rief sie ihm übermütig zu.

Stephanos warf sich ins Wasser und legte los. Er schwamm, als wäre er im Wasser geboren worden. Auch Rebecca war keine schlechte Schwimmerin. Beinahe wäre es ihr gelungen, ihm zu entwischen, aber sie musste immer noch lachen und schluckte dabei Wasser. Als sie nach Luft rang, fühlte sie kräftige Arme um ihre Taille. Stephanos schleppte sie erbarmungslos in seichteres Wasser.

»Ich gewinne gern.« Rebecca sah ein, es war sinnlos, ihm entkommen zu wollen. Sie hob die Hand zum Zeichen, dass sie aufgab. »Ich weiß, es ist eine Schwäche. Manchmal mogle ich deswegen sogar beim Canasta.«

»Beim Canasta?«

Er konnte sich diese lebhafte, sexy Frau in seinen Armen nur schwerlich bei einer gemütlichen Canasta-Partie vorstellen.

»Ja, leider, ich kann einfach nichts dagegen tun. Ich habe da keine Disziplin«, tat sie zerknirscht und legte den Kopf an seine Schulter.

»Mir geht es manchmal ähnlich.«

Ehe sie sich's versah, hatte er sie mit einem kräftigen Stoß von sich geworfen und sie flog durch die Luft. Mit lautem Klatschen landete sie wieder im Wasser und ging prustend unter.

Gleich darauf tauchte sie wieder auf. »Das habe ich wohl verdient«, meinte sie lachend und watete zum Ufer. Dort legte sie sich so hin, dass sie halb im erfrischenden Wasser lag. Der feine weiße Sand klebte ihr an Haut und Haaren, aber sie kümmerte sich nicht darum.

Stephanos folgte ihr langsam und legte sich dann neben sie. Sie griff nach seiner Hand.

»Ich kann mich nicht erinnern, wann ich einen schöneren Tag verlebt habe«, sagte sie träumerisch.

Er sah auf ihre Hände und wunderte sich, dass diese stille Geste zugleich beruhigend und erregend auf ihn wirkte.

»Er ist schon fast vorbei.«

»Meinetwegen bräuchte er niemals zu enden.«

4. Kapitel

Rebecca meinte es aufrichtig. Sie wünschte, dieser Tag möge niemals vergehen. Es war so traumhaft. Blauer Himmel, das Meer. Mit Stephanos zu lachen, ihn zu betrachten. Im klaren, kühlen Wasser zu baden. Stunden, die endlos erschienen. Es war noch gar nicht so lange her, dass es völlig anders gewesen war. Auf die Tage waren Nächte gefolgt und dann wieder die Tage – in monotoner, langweiliger Folge.

»Hast du eigentlich jemals das Bedürfnis verspürt, vor etwas davonzulaufen?«, fragte sie nach einer Weile.

Stephanos legte sich zurück und schaute hinauf zum Himmel, an dem einige Schäfchenwolken dahinzogen. Wie lange habe ich eigentlich nicht mehr so gelegen und in den Himmel gesehen? fuhr es ihm kurz durch den Sinn.

»Wohin?«

»Irgendwohin. Fort von dem, was ist, weil du fürchtest, es könnte bis in alle Ewigkeiten so bleiben.« Auch Rebecca legte sich zurück und schloss dann die Augen. Sie konnte sich zu Hause sehen, wie sie pünktlich um sieben Uhr fünfzehn ihre erste Tasse Kaffee aufbrühte und genau um neun Uhr die erste Akte im Büro aufschlug. »Einfach verschwinden und dann irgendwo als ein ganz anderer Mensch wieder auftauchen, wo dich keiner kennt.«

»Du kannst kein anderer Mensch werden.«

»Oh doch, das kannst du.« Plötzlich bekam ihre Stimme

einen drängenden und beinahe beschwörenden Unterton. »Manchmal muss man es tun.«

Stephanos spielte mit ihrem Haar. »Wovor läufst du davon?«

»Vor allem. Ich bin ein Feigling.«

Er richtete sich halb auf und sah ihr ins Gesicht. In ihren schönen Augen las er Begeisterung. »Das glaube ich nicht.«

»Aber du kennst mich doch gar nicht.« Ein Ausdruck des Bedauerns tauchte kurz auf ihrem Gesicht auf, dann machte er einer gewissen Unsicherheit Platz. »Und ich bin nicht sicher, ob ich es überhaupt möchte.«

»Glaubst du wirklich, ich kenne dich nicht? Es gibt Dinge im Leben, die keine Monate oder Jahre brauchen, damit man sie versteht. Ich sehe dich an, Rebecca, und plötzlich ist alles so einfach. Ich kann nicht sagen, warum ich so empfinde, aber so ist es eben. Ich kenne dich.« Er beugte sich zu ihr hinunter und hauchte ihr einen Kuss auf die Nase. »Und ich mag das, was ich sehe.«

»Ja? Wirklich?«, fragte sie lächelnd.

»Meinst du, ich verbringe einen ganzen Tag mit einer Frau nur deshalb, weil ich mit ihr schlafen will?«, fragte er.

Rebecca zuckte mit den Schultern, sagte aber nichts.

Er sah, dass sie leicht errötete, und es amüsierte ihn. Wie vielen Frauen gelang es schon, einen Mann mit ihren Küssen fast zum Wahnsinn zu bringen und dann zu erröten? »Aber mit dir zusammen zu sein, Rebecca, ist ein sehr besonderes Vergnügen.«

Sie lachte leise vor sich hin und malte mit dem Finger Kreise in den feuchten Sand. Was würde er wohl sagen oder denken, wenn er wüsste, wer ich in Wirklichkeit bin? dachte sie. Aber es spielt überhaupt keine Rolle, beruhigte sie sich dann, denn sie wollte sich den schönen Tag nicht verderben lassen. Und auch nicht das, was zwischen ihnen war.

»Das ist das schönste Kompliment, das ich je bekommen habe«, sagte sie lächelnd.

Als er sich wieder aufrichtete und sie beunruhigt ein wenig zur Seite rutschte, sagte er sofort: »Nein, ich werde dich nicht mehr berühren. Zumindest jetzt im Augenblick nicht.«

»Das ist eigentlich nicht das Problem.« Rebecca hob den Kopf und schloss die Augen. Sie genoss die Wärme der Sonne auf ihrer Haut. »Im Gegenteil, ich möchte ja gerade, dass du mich berührst – und zwar so sehr, dass es mir Angst macht.«

Er sah sie an, und ein besonderer Ausdruck zeigte sich in seinen Augen, aber er sagte nichts.

Sie setzte sich aufrecht hin und nahm all ihren Mut zusammen. Sie wollte ehrlich sein und hoffte, dabei keinen allzu naiven Eindruck zu hinterlassen. »Stephanos, ich gehöre nicht zu den Frauen, die gleich mit jedem Mann schlafen, der ihnen gefällt. Bitte versteh, es geht alles so rasch. Aber ich fühle auch, dass es nicht oberflächlich ist.«

Stephanos fasste sie am Kinn und drehte ihren Kopf, sodass sie ihn ansehen musste. Seine Augen waren tiefblau wie die See und für Rebecca ebenso geheimnisvoll. Er traf eine schnelle Entscheidung, obwohl ihm der Gedanke schon den ganzen Tag im Kopf herumgegangen war.

»Nein, das ist es auch nicht«, erwiderte er. »Rebecca, ich muss morgen nach Athen. Komm mit mir.«

»Nach Athen?«, fragte sie erstaunt.

»Geschäftlich. Ein Tag, höchstens zwei. Ich würde mich freuen, wenn du mitkämst.« Er hatte mehr Angst, als er sich eingestehen wollte, sie könne fort sein, wenn er zurückkehrte.

»Ich …« Sie wusste nicht, wie sie sich entscheiden sollte. Würde es richtig sein mitzugehen?

»Du sagtest doch, du hättest vor, Athen zu besuchen, oder?« Er war entschlossen, sie auf jeden Fall zum Mitkommen zu überreden, jetzt, da sich die Idee in seinem Kopf festgesetzt hatte.

»Ja, aber ich möchte nicht im Wege sein, wenn du zu tun hast.«

»Es würde mich viel mehr von meiner Arbeit ablenken, wenn du hierbliebest.«

Sie sah ihn mit einem Blick an, in dem Schüchternheit und Verlockung zugleich lagen. Er hatte Mühe, sein Verlangen zu unterdrücken und sie nicht auf der Stelle im feinen Sand zu lieben. Aber er hatte ihr ja versprochen, ihr Zeit zu geben. Vielleicht brauche auch ich ein wenig Zeit, dachte er.

»Du wirst deine eigene Suite haben. Du bist zu nichts verpflichtet, Rebecca. Ich möchte nur deine Gesellschaft.«

»Ein oder zwei Tage …«, sprach sie unentschlossen halblaut vor sich hin.

»Es ist überhaupt kein Problem, deine Suite hier bis zu deiner Rückkehr zu halten.«

Bis zu meiner Rückkehr, dachte sie irritiert. Er hat nicht von seiner gesprochen. Wenn er Korfu morgen verließ, würde sie ihn möglicherweise niemals wiedersehen. Er bot ihr einen oder zwei weitere Tage an. Vergiss nicht, du wolltest doch nichts mehr als garantiert ansehen, erinnerte sie sich dann. Niemals mehr.

Aber er hatte ja recht. Sie wollte Athen sehen, bevor sie Griechenland wieder verließ. Normalerweise wäre sie allein dorthin gereist. Noch vor ein paar Tagen hätte es nichts Schöneres für sie gegeben, als frei und ungebunden durch die Stadt zu streifen, sich Sehenswürdigkeiten anzusehen und Menschen kennenzulernen.

Aber die Vorstellung, ihn bei sich zu haben, wenn sie zum ersten Mal die Akropolis sah, mit ihm zusammen durch die Straßen zu schlendern, erschien ihr viel verlockender und änderte alles.

»Ich würde sehr gern mitkommen.« Sie sprang rasch auf und verschwand mit einem eleganten Kopfsprung im Wasser.

Athen war weder Ost noch West, weder Orient noch Europa. Es gab hohe Gebäude und moderne, elegante Geschäfte in breiten Avenuen. Aber ebenso gab es schmale Gassen mit heruntergekommenen Häusern mit winzigen Läden, in denen man alles kaufen konnte. Die Stadt war laut und hektisch – und doch besaß sie einen unvergleichlichen Charme.

Rebecca verliebte sich auf den ersten Blick in sie.

Paris war ihr wie eine verführerische Frau erschienen und auch London hatte sie nicht unbeeindruckt gelassen. Aber an Athen verlor sie ihr Herz.

Stephanos hatte den ganzen Morgen über Geschäfte zu erledigen, und so nutzte sie die Gelegenheit, die Stadt zu erkunden. Das Hotel, in dem sie wohnten, bot zwar allen erdenklichen Luxus, aber es zog Rebecca hinaus auf die Straßen und zu den Menschen. Seltsamerweise fühlte sie sich nicht wie eine Fremde, sondern wie jemand, der nach langer, langer Zeit von einer Reise wieder nach Hause zurückkehrte. Athen hatte auf sie gewartet und war bereit, sie willkommen zu heißen.

Bald hatte sie die *plaka*, die Altstadt unterhalb der Akropolis, erreicht. Enge Gassen voller Touristen und Einheimischer, Tavernen, aus denen es verlockend duftete – und dann sah sie die Akropolis! Es war ein Anblick, den sie nicht wieder vergessen würde. Fasziniert und voller Ehrfurcht schaute sie hinauf zu den jahrtausendealten Bauten mit ihren marmornen Säulen.

Bald hatte sie auch den Zugang gefunden, an dem sich trotz der frühen Stunde schon Urlauber drängten. Rebecca ließ sich dadurch jedoch nicht stören. Der Großartigkeit der Tempelanlage konnte die Betriebsamkeit keinen Abbruch tun. Rebecca war so beeindruckt, dass sie die Kamera an der Schulter hängen ließ und gar nicht daran dachte zu fotografieren.

Sie würde niemandem mitteilen können, wie es war, hier zwischen den Säulen zu stehen, an einem Ort, der den alten griechischen Göttern geweiht gewesen war. Die Akropolis hatte Jahrtausende überstanden, Naturgewalten getrotzt und Kriegen und der Zeit widerstanden. Aber noch immer spürte man die Heiligkeit dieses Platzes. Rebecca erwartete beinahe die Göttin Pallas Athene, Schutzherrin der Stadt Athen, mit ihrem schimmernden Helm und dem Speer hier zu sehen.

Rebecca war zuerst enttäuscht gewesen, dass Stephanos an diesem ersten Morgen in Athen nicht bei ihr sein konnte. Nun aber war sie froh, allein zu sein. So konnte sie einfach auf einem Säulenrest sitzen, alles in sich aufnehmen und musste ihre Eindrücke und Gefühle nicht erläutern.

Sie stand nach einer Weile wieder auf und wanderte durch die Tempel. Sie fühlte, sie hatte sich verändert. Es waren nicht nur die Orte, an denen sie gewesen war, das Neue, das sie gesehen hatte. Nein, es lag an Stephanos und allem, was sie dachte, fühlte und sich wünschte, seit sie ihn kennengelernt hatte.

Vielleicht ging sie bald wieder nach Philadelphia zurück, aber sie würde nie wieder die Rebecca Malone sein, die sie vorher gewesen war. Wenn sich jemand einmal richtig verliebte, vollkommen und von ganzem Herzen, dann war er danach ein anderer Mensch.

Sie wünschte, es wäre einfacher, so wie es vielleicht für andere Frauen war. Ein attraktiver Mann, zu dem man sich körperlich hingezogen fühlte. Aber an Stephanos hatte sie, ebenso wie an Athen, ihr Herz verloren. Beide waren seltsamerweise zu einem Teil ihres Lebens geworden.

Aber wie kann ich denn sicher sein, dass ich ihn liebe, wenn ich noch nie verliebt gewesen bin? fragte sie sich verunsichert. Zu Hause in Philadelphia hätte ich zumindest eine Freundin, mit der ich darüber sprechen könnte.

Sie musste lachen. Wie oft hatte sie sich die endlosen Erzählungen der verliebten Freundin anhören müssen – die berauschenden Erlebnisse, die Enttäuschungen und die Faszination. Manchmal hatte sie sie darum beneidet, und manchmal war sie sehr froh gewesen, dass ihr Leben frei von diesen Irritationen gewesen war. Aber immer hatte sie sich bemüht, Verständnis aufzubringen oder die Unglückliche zu trösten, wenn wieder einmal alles zu Ende war.

Es war schon ziemlich seltsam, dass sie für sich selbst in einer ähnlichen Situation keinen guten Rat wusste.

Alles, an was sie denken konnte, war, dass ihr Herz schneller schlug, wenn er sie anfasste, ihre Freude und auch die Panik, die sie jedes Mal empfand, wenn er sie anblickte. Wenn sie mit ihm zusammen war, konnte sie an das Schicksal glauben und daran, dass es gleichgestimmte Seelen gab.

Aber das war nicht genug. Zumindest hätte sie es einer anderen Frau als Rat gegeben. Anziehung und Leidenschaft waren nicht genug. Und doch gab es keine Erklärung, warum sie dennoch anders empfand, wenn sie mit ihm zusammen war.

Es klang alles so einfach – wenn man das Schicksal als Erklärung annehmen konnte. Und dennoch verspürte sie neben all der Freude auch ein unbestimmtes Schuldgefühl.

Rebecca konnte es einfach nicht abschütteln, und sie wusste, sie konnte es auch nicht länger ignorieren.

Sie war nicht die Frau, für die sie sich ausgab. Nicht die welterfahrene, weit gereiste Frau, die das Leben nahm, wie es gerade kam. Egal, wie viele Bindungen sie auch löste, sie würde doch immer Rebecca Malone bleiben. Was würde Stephanos von ihr denken und für sie empfinden, wenn er wüsste, wie ihr Leben bislang verlaufen war?

Und wie sollte sie es ihm sagen?

Nur noch ein paar Tage mehr, sagte sie sich, als sie langsam wieder die Akropolis verließ. Es mochte eigensüchtig sein, vielleicht auch gefährlich, aber sie wollte einfach nur noch ein paar Tage mehr.

Es war später Nachmittag, als Rebecca ins Hotel zurückkehrte. Da sie es nicht erwarten konnte, Stephanos zu sehen, ging sie sogleich hinauf zu seiner Suite. Sie hatte heute so viel gesehen und erlebt, dass sie ihm alles erzählen wollte. Aber ihr Lächeln verblasste augenblicklich, als nicht Stephanos, sondern eine gut aussehende junge Frau die Tür öffnete. Sie stellte sich als Stephanos' Sekretärin Eleni vor.

»Hallo, Miss Malone.« Selbstbewusst und elegant bat Eleni sie mit einer Handbewegung herein. »Bitte, kommen Sie herein. Ich werde Stephanos sagen, dass Sie hier sind.«

»Ach, ich möchte nicht stören.« Unsicher rückte Rebecca ihre Tasche zurecht. Sie kam sich plötzlich unscheinbar und dumm vor.

»Aber Sie stören doch nicht, Miss Malone. Sind Sie gerade zurückgekommen?«

»Ja, ich …« Jetzt erst wurde Rebecca bewusst, dass ihr Gesicht erhitzt und ihre Haare zerzaust waren. Eleni dagegen war ein Bild an Gepflegtheit und Eleganz. »Vielleicht sollte ich doch wieder gehen …«, sagte sie unschlüssig.

»Bitte, setzen Sie sich doch. Ich bringe Ihnen gleich einen Drink.« Eleni deutete auf einen Stuhl. Sie ging zu der kleinen Bar und schenkte Rebecca ein Glas mit eisgekühltem Orangensaft ein. Dabei lächelte sie vor sich hin. Sie hatte erwartet, Stephanos' geheimnisvolle Bekannte wäre glatt, beherrscht und eine wahre Schönheit. Sie war erfreut, dass Rebecca so gar nicht diesem Bild entsprach. Sie war dagegen ein wenig unsicher und ganz offensichtlich verliebt.

»Hat Ihnen die Stadt gefallen?«, fragte sie, als sie Rebecca das Glas reichte.

»Ja, sogar sehr.« Rebecca nahm das Glas entgegen und versuchte, sich zu entspannen. Ich bin ja eifersüchtig, wurde ihr bewusst, und sie konnte sich nicht erinnern, dieses Gefühl jemals zuvor empfunden zu haben. Aber wer würde auf sie nicht eifersüchtig sein, dachte sie, als sie Eleni zum Telefon gehen, nein, schreiten sah. Die Griechin sah wirklich atemberaubend gut aus, sie wirkte selbstbewusst und tüchtig. Außerdem stand sie in einer Beziehung zu Stephanos, von deren Art Rebecca nichts wusste. Wie lange kannte sie ihn schon? Und wie gut?

»Stephanos kommt gleich«, meinte Eleni, als sie den Hörer wieder auflegte. »Seine Konferenz ist gerade zu Ende.« Sie goss sich ebenfalls etwas Orangensaft ein und setzte sich Rebecca gegenüber in einen Sessel. »Athen hat Ihnen also gefallen.«

»Ich liebe es.« Rebecca wünschte, sie hätte sich zumindest die Haare gekämmt und ein wenig Make-up aufgelegt, bevor sie hierhergekommen war. Sie trank einen Schluck Orangensaft. »Ich hatte eigentlich keine bestimmte Vorstellung von der Stadt, aber ich bin begeistert und beeindruckt.«

»Für die Europäer ist es schon halber Orient, während die Orientalen Athen als Europa ansehen.« Eleni lächelte. Sie schlug die schlanken Beine übereinander und lehnte sich zurück. »Athen ist Griechenland und ganz besonders trifft dies auf den Athener zu.« Sie sah Rebecca über den Rand ihres eisbeschlagenen Glases an. »Die Menschen schätzen Stephanos oft ebenso ein, dabei ist er nur er selbst.«

»Wie lange arbeiten Sie schon für ihn?« Rebecca war froh, dass Eleni ihr die Gelegenheit zu dieser Frage gegeben hatte.

»Fünf Jahre.«

»Dann müssen Sie ihn sehr gut kennen.«

»Besser als manch anderer. Er ist ein anspruchsvoller und großzügiger Arbeitgeber und ein interessanter Mann. Ich liebe meine Arbeit und reise glücklicherweise gern.«

Rebecca spielte mit dem Glas in ihren Händen. »Ich wusste gar nicht, dass das Geschäft mit Oliven so viele Reisen erfordert.«

Eleni sah sie ein wenig überrascht an, aber sie ließ sich nichts anmerken. Bis eben hatte sie nicht gewusst, ob die Amerikanerin von Stephanos oder von seinem Geld fasziniert war. Nun kannte sie die Antwort.

»Wenn Stephanos etwas tut, dann tut er es auch sehr sorgfältig«, meinte sie lächelnd. »Hat er mit Ihnen eigentlich schon über die Abendgesellschaft heute gesprochen?«

»Er sagte etwas von einem Geschäftsessen.«

Eleni lächelte sie zum ersten Mal offen an. »Es wird zwar nur eine kleine, aber dafür umso exklusivere Gesellschaft sein.«

Rebecca griff unwillkürlich an ihre Haare und Eleni deutete diese Geste richtig.

»Falls Sie irgendetwas für den Abend benötigen, ein passendes Kleid oder einen Friseur … im Hotel finden Sie beides«, sagte sie hilfsbereit.

Rebecca musste an die Freizeitkleidung denken, die sich in ihrer kleinen Reisetasche befand. Sie hatte für die zwei Tage nicht mehr mitgenommen, weil sie nicht mit einem derartigen Anlass gerechnet hatte. »Ich brauche alles.«

Eleni stand auf und lächelte sie verständnisvoll an. »Ich werde mich darum kümmern.«

»Vielen Dank, aber ich möchte Sie nicht von Ihrer Arbeit abhalten«, wehrte Rebecca verlegen ab.

»Es gehört zu meinen Pflichten, dafür zu sorgen, dass Sie sich wohlfühlen«, entgegnete Eleni. Da öffnete sich die Tür und Stephanos kam herein. Eleni nahm sofort ihr Glas und ihren Notizblock und verließ mit einem freundlichen Nicken zu Rebecca das Zimmer.

»Du warst lange fort«, wandte sich Stephanos an Rebecca.

»Ach, ich habe so viel Interessantes gesehen, da verging die Zeit wie im Flug. Athen ist eine wundervolle Stadt.« Sie wollte aufstehen, aber er war mit zwei schnellen Schritten bei ihr und zog sie hoch. Im nächsten Augenblick fühlte sie seine Lippen auf ihrem Mund. Er küsste sie mit hungriger Leidenschaft. Sie wehrte sich nicht dagegen, sondern ergab sich seinen Zärtlichkeiten.

Stephanos stöhnte leise. Wie kann man sich so sehr nach einer Frau sehnen wie ich mich nach ihr? dachte er. Den ganzen Morgen über hatte er sich nur unter großen Schwierigkeiten auf seine Geschäfte konzentrieren können. Seine Gedanken schweiften immer wieder ab und er hatte an ihre Lippen, ihre

Brüste und ihre Leidenschaft denken müssen. Als sie dann immer noch nicht zurückkehrte, hatte er sich Sorgen um sie gemacht wie nie zuvor um einen Menschen. Er konnte sich ein Leben ohne sie gar nicht mehr vorstellen. Undenkbar, wenn sie eines Tages nicht mehr da wäre ...

Aber dazu wird es nicht kommen, schwor er sich. Sie gehört zu mir – und ich zu ihr, dachte er. Ich brauche sie.

Aber er durfte nicht vollends den Verstand verlieren. Mit Mühe unterdrückte er seine aufsteigende Erregung und löste sich von Rebecca.

Sie hielt immer noch die Augen geschlossen, ihre sinnlichen Lippen waren leicht geöffnet. Seufzend schlug sie schließlich die Lider auf.

»Ich ...« Sie holte tief Luft und atmete langsam wieder aus. »Ich sollte wohl des Öfteren einmal einen Stadtbummel machen«, sagte sie lächelnd.

Da bemerkte Stephanos, dass er ihren Arm fest umklammerte. Sofort lockerte er den Griff. »Ich wäre lieber dabei gewesen«, sagte er gepresst.

»Aber du hattest doch zu tun. Außerdem, sicherlich hättest du dich gelangweilt. Es wäre nichts für dich gewesen, in alle Läden mit mir zu gehen und dir Sehenswürdigkeiten anzusehen, die du schon lange kennst.« Rebecca lachte. Sie bemerkte seine Anspannung nicht.

»Nein, bestimmt nicht.« Er konnte sich nicht vorstellen, dass er sich jemals in ihrer Gegenwart langweilen würde. »Ich wäre wirklich gern bei deinem ersten Tag in Athen mit dir zusammen durch die Straßen gegangen.«

»Es war, als käme ich nach Hause zurück«, sagte sie versonnen. »Alles war so beeindruckend und ich konnte nicht genug bekommen.« Sie deutete auf ihre Schultertasche. »Es ist so ganz anders als alles, was ich bisher kennengelernt habe. Auf der Akropolis habe ich nicht ein einziges Foto gemacht. Ich fühlte, ich würde das Besondere dort nicht mit der Kamera einfangen können, und versuchte es deshalb auch gar nicht. Dann wanderte ich durch die Straßen der Altstadt, und mir fielen überall die älteren Männer auf, die mit diesen seltsamen, rosenkranzähnlichen Ketten spielten. Warte mal, wie heißen sie noch …?« Es fiel ihr nicht mehr ein.

»*Komboloi*«, half er ihr.

»Ja, und ich stelle mir vor, wie sie vor den *kafeníons* sitzen und die Passanten betrachten. Tag für Tag, Jahr um Jahr.« Sie setzte sich und freute sich, dass sie ihm von ihren Eindrücken berichten konnte. »Und dann gab es diese Unmengen von Geschäften, die Souvenirs anboten. Die meisten haben mir allerdings nicht gefallen, vor allem die kitschigen Kopien der antiken Statuen.«

Stephanos setzte sich neben sie. »Wie viele hast du denn davon gekauft?«

»Beinahe eine für dich«, lachte sie und suchte dann in ihrer Tasche. »Aber dann habe ich es mir doch anders überlegt und dir ein anderes Geschenk mitgebracht.«

»Ein Geschenk?«

»Ja, ich habe es in einem winzigen Geschäft in einer kleinen Seitengasse gefunden. Es war ein düsterer, etwas schmuddeliger Laden – aber voll von faszinierendem Krimskrams. Der Besitzer sprach ein wenig Englisch und ich hatte ja mein ›Griechisch für Reisende‹ dabei. Aber bald wurde es schwierig, sich zu verständigen. Schließlich nahm ich dies hier.«

Rebecca zog eine s-förmig gebogene, zierliche Porzellanpfeife heraus, die mit Abbildungen von wilden Ziegen verziert war. Ein langer, glänzend polierter Stiel mit einem Mundstück aus Messing befand sich daran.

»Es erinnerte mich an die Bergziegen, die wir auf Korfu gesehen haben«, erklärte sie Stephanos, während er sich die Pfeife genauer ansah. »Ich dachte, sie würde dir vielleicht gefallen, wenn ich dich auch noch nie habe Pfeife rauchen sehen.«

Stephanos sah auf und lachte. »Normalerweise rauche ich auch nicht Pfeife, ganz besonders nicht aus einer solchen.«

»Eigentlich sollte es auch mehr als Dekorationsstück dienen«, meinte Rebecca, etwas verwirrt durch seine Bemerkung. »Der Mann versuchte, mir noch etwas zu erklären, aber ich habe ihn leider nicht verstehen können. Eine solche Pfeife habe ich vorher auch noch nie gesehen.«

»Da bin ich aber erleichtert.« Als sie ihn verwundert ansah, beugte er sich vor und strich ihr leicht über die Lippen. »*Mátia mou*, dies ist eine Haschischpfeife.«

»Eine Haschischpfeife?« Verblüfft sah sie ihn an und betrachtete dann voller Neugier die schlanke Pfeife. »Wirklich? Ich meine, haben die Leute diese Pfeife wirklich zum Haschischrauchen benutzt?«

»Unzweifelhaft. Und zwar eine ganze Menge Leute sogar. Ich schätze, die Pfeife ist mindestens einhundertfünfzig Jahre alt.«

»Nein, so etwas. Es ist wohl kein besonders geeignetes Geschenk für dich, nicht wahr?«

»Warum denn nicht? Jedes Mal, wenn ich es mir ansehe, werde ich an dich denken.«

Verunsichert sah Rebecca ihn an, aber dann sah sie das Funkeln in seinen Augen und war beruhigt. Sie lächelte. »Vielleicht hätte ich dir besser eine Statue der Pallas Athene aus Plastik schenken sollen«, scherzte sie.

Er stand auf und zog sie mit sich hoch. »Ich fühle mich geehrt, dass du mir überhaupt etwas mitgebracht hast«, sagte er lächelnd und sein Griff wurde auf einmal fester. »Ich möchte viel Zeit mit dir verbringen, Rebecca. Es gibt so vieles, das ich von dir wissen möchte.« Er sah sie forschend an. »Was sind deine Geheimnisse?«

»Nichts, was von Interesse für dich wäre.«

»Du irrst dich. Morgen werde ich herausfinden, was ich wissen will.« Er bemerkte kurz einen sonderbaren Ausdruck in ihren Augen. Andere Männer, dachte er und spürte, dass er eifersüchtig war. »Also, keinerlei Ausflüchte mehr. Ich will alles von dir, ohne Ausnahme. Alles. Verstehst du?«

»Ja, aber …«

»Morgen.« Er unterbrach sie einfach und war ihr plötzlich fremd in seiner bestimmenden Art. »Ich habe jetzt geschäftlich etwas zu tun, das ich leider nicht verschieben kann. Ich hole dich um sieben Uhr heute Abend ab.«

»Gut.«

Bis morgen ist es noch lange hin, dachte sie. Bis dahin werde ich Zeit genug haben, mir zu überlegen, was ich ihm sage. Vor »morgen« kam erst einmal der heutige Abend. Und heute Abend würde sie noch einmal all das sein, was sie sein wollte, alles, was er von ihr erwartete.

»Ich muss jetzt gehen.« Bevor er sie noch einmal berühren konnte, beugte sie sich schnell zu ihrer Tasche hinunter, die auf dem Boden stand, und hob sie auf. Als sie schon an der Tür war, drehte sie sich noch einmal zu ihm um. Er hatte sich nicht gerührt.

»Stephanos, du wirst möglicherweise enttäuscht sein, wenn du mehr von mir erfährst«, sagte sie ruhig. Dann wandte sie sich schnell ab und schloss die Tür hinter sich.

Stephanos stand da und sah ihr mit gerunzelter Stirn nach.

5. Kapitel

Aufgeregt schaute Rebecca immer wieder in den Spiegel, sie war schrecklich nervös. Die Frau, die ihr entgegensah, war ihr nicht fremd. Aber es war eine völlig veränderte Rebecca Malone.

Lag es an der Frisur? Rebecca hatte sich das Haar von der geschickten Hotelfriseurin ein wenig stylen lassen. Oder war es das Kleid aus leuchtend rotem, mit schwarzen Schleifchen bedrucktem Stoff, dessen raffiniert drapierte Korsage die Schultern freiließ? Der weite Rock wurde durch einen schwarzen Tüllpetticoat in Form gehalten. Dazu trug Rebecca eine schwarze Feinstrumpfhose und rote hochhackige Satinpumps. Nein, es war mehr als nur das. Mehr als ein gekonntes Make-up, ungewohnte Kleidung und geschicktes Styling. Es lag an ihren Augen. Es war nicht zu übersehen. Die Frau, die ihr aus dem Spiegel entgegenblickte, war bis über beide Ohren verliebt.

Was sollte sie dagegen tun? Was konnte sie tun? Rebecca wusste, es gab Dinge im Leben, die waren nicht zu ändern. Aber würde sie auch stark genug sein, mit den Folgen ihres Handelns zu leben?

Als es an der Tür klopfte, warf sie einen letzten Blick in den Spiegel, holte tief Luft und ging zur Tür. Heute Nachmittag war alles viel zu schnell gegangen.

Als sie aus Stephanos' Suite in ihre zurückgekommen war, hatte sie dort bereits eine lange Liste der von Eleni getroffenen Termine vorgefunden. Eine Massage, eine Gesichtsbehandlung, Friseur und dazu eine Karte des Managers der hoteleigenen Boutique. Sie hatte gar keine Zeit gehabt, lange zu überlegen. Nicht über den kommenden Abend und auch nicht über das Morgen, die Zukunft.

Vielleicht ist es besser so, dachte sie. Wenn ich meinem Gefühl vertraue, wird sicher alles gut gehen.

Sie sieht aus wie eine Sirene, dachte Stephanos, als sie vor ihm stand. Hatte er jemals gedacht, sie sei keine Schönheit? In diesem Moment glaubte er, noch niemals eine Frau gesehen zu haben, die ihn mehr gefesselt hatte.

»Du bist unvergleichlich, Rebecca«, sagte er. Er griff nach ihren Händen und blieb so einen Moment auf der Türschwelle stehen.

»Warum? Weil ich so pünktlich fertig bin?«

»Weil du niemals das bist, was ich erwartet habe.« Er führte ihre Hand an seine Lippen. »Und immer das, was ich mir wünsche.«

Sein Kompliment machte sie sprachlos, und sie war froh, als er die Tür hinter ihnen schloss und sie zum Fahrstuhl führte. Auch Stephanos sah anders aus als sonst. Normalerweise war er mit lässiger Eleganz gekleidet, aber heute Abend trug er einen Smoking, der ihm ausgezeichnet stand.

»So, wie du aussiehst, Rebecca, ist es fast eine Sünde, dich nur zu einem Geschäftsessen mitzunehmen«, meinte er, während sie auf den Fahrstuhl warteten.

»Ach, ich freue mich aber schon darauf, deine Geschäftsfreunde kennenzulernen.«

»Geschäftspartner«, berichtigte er sie mit einem seltsamen Lächeln. »Wenn du einmal arm gewesen bist und vorhast, es nie wieder zu sein, dann machst du dir im Geschäftsleben keine Freunde.«

Rebecca runzelte die Stirn. Diese Seite kannte sie gar nicht an ihm. War er hartnäckig im Durchsetzen seiner geschäftlichen Ziele? Ja, dachte sie, das ist er ganz bestimmt mit allem, was ihm gehört.

»Aber Feinde?«, fragte sie nun.

»Im Geschäftsleben gelten die gleichen Regeln für alle. Man unterscheidet nicht zwischen Freund und Feind. Mein Vater hat mich mehr als nur das Fischen gelehrt, Rebecca. Er brachte mir auch bei, erfolgreich zu sein, auf ein Ziel zuzugehen und es zu erreichen. Und er lehrte mich, nicht nur zu vertrauen, sondern auch, wie weit dieses Vertrauen gehen darf.«

»Ich bin niemals arm gewesen, aber ich stelle es mir schrecklich vor.«

»Es macht stark.« Der Fahrstuhl war angekommen und mit einem leisen Zischen öffneten sich automatisch die Türen. »Wir haben eine verschiedene Herkunft, aber glücklicherweise bewegen wir uns nun auf derselben Ebene.«

Wie verschieden wir in Wirklichkeit sind, davon hast du keine Ahnung, dachte Rebecca bedrückt. Er hatte von Vertrauen gesprochen. Wie gern hätte sie ihm jetzt die Wahrheit gestanden. Gestanden, dass sie keine eleganten Partys kannte und nicht das Leben des Jetset führte, wie er von ihr annehmen musste. Ich bin eine Betrügerin, dachte sie niedergeschlagen, und wenn er es herausfindet, dann wird er mich auslachen und mich verlassen. Aber dennoch wollte sie, dass er alles erfuhr.

»Stephanos, ich möchte dir …«, begann sie fast verzweifelt, als sie den Fahrstuhl wieder verließen.

»Hallo, Stephanos, wie ich sehe, hast du wieder eine der schönsten Frauen an deiner Seite«, unterbrach sie da eine leutselige Männerstimme.

»Hallo, Dimitri.«

Sie blieben stehen. Rebecca sah einen Mann Ende vierzig mit klassischen griechischen Zügen. Sein schon ergrautes Haar stand in reizvollem Gegensatz zu seiner gebräunten Haut. Er trug einen beeindruckenden Schnauzbart, und wenn er lächelte, zeigte er ebenmäßige, glänzend weiße Zähne.

»Es war sehr freundlich von dir, uns einzuladen, Stephanos, aber noch viel freundlicher wäre es, mich deiner reizvollen Begleiterin vorzustellen«, sagte er lächelnd.

»Rebecca Malone – Dimitri Petropolis.«

Er hatte einen festen Händedruck. »Ich freue mich, Sie kennenzulernen, Miss Malone«, begrüßte er Rebecca lächelnd. »Halb Athen ist neugierig darauf, die Frau kennenzulernen, die mit Stephanos gekommen ist.«

»Eine nette und charmante Übertreibung«, meinte Rebecca lächelnd. »Athen scheint mir ziemlich arm dran zu sein, was Neuigkeiten betrifft«, entgegnete sie.

Er sah sie einen Moment erstaunt an, dann lachte er breit. »Ich bin sicher, Sie werden uns mit einer Fülle von Neuigkeiten versorgen.«

Stephanos schob seine Hand unter ihren Ellbogen. Er bedachte Dimitri mit einem ziemlich scharfen Blick. Rebecca verstand. Er mochte mit Dimitri über Ländereien verhandeln, aber was sie betraf, duldete er keine Konkurrenz.

»Du wirst uns einen Moment entschuldigen, Dimitri. Ich möchte Rebecca gern ein Glas Champagner anbieten.«

»Oh, natürlich.« Amüsiert strich sich Dimitri über den Schnauzbart und sah den beiden nach.

Als Stephanos von einer kleinen Abendgesellschaft gesprochen hatte, hätte Rebecca niemals vermutet, er hätte damit über einhundert Leute gemeint. Nachdenklich nippte sie an ihrem Champagner und hoffte nur, sie würde gerade heute nicht in ihre alte Schüchternheit zurückfallen. Oft genug hatte sie auf Partys kaum den Mund aufbekommen. Aber heute Abend soll mir das nicht passieren, versprach sie sich.

Im Laufe des Abends lernte sie Dutzende von Leuten kennen und versuchte, die einzelnen Namen zu behalten, aber es war hoffnungslos. Trotzdem fühlte sie sich unter all den fremden Menschen ausgesprochen wohl. Keiner von ihnen gab ihr auch nur einmal zu verstehen, dass sie nicht zu ihnen gehörte. Sie plauderte selbstbewusst und charmant und wurde offensichtlich bewundert.

Vielleicht gab es die neue Rebecca Malone tatsächlich.

Die allgemeine Unterhaltung drehte sich um Hotels und Ferienanlagen. Rebecca fand es seltsam, dass sich so viele Menschen dieser Branche heute Abend hier befanden. Von Olivenfarmern hatte sie eigentlich überhaupt nichts gesehen.

»Du siehst so aus, als amüsiertest du dich gut«, hörte sie da Stephanos' Stimme hinter sich und drehte sich um.

»Ja, es gibt hier so viele interessante Leute.«

»Interessant. Und ich hatte gedacht, du würdest dich hier langweilen.«

»Nein, überhaupt nicht.« Rebecca trank den letzten Schluck Champagner und stellte das Glas beiseite. Sofort erschien ein Kellner und bot ihr ein volles an.

Stephanos sah ihr lächelnd zu, als sie es dankend annahm. »Dann bist du also gern auf Partys?«

»Manchmal. An dieser gefällt mir, dass ich einige deiner Geschäftspartner kennenlernen kann.«

Stephanos wandte den Kopf und bemerkte, dass man sie beobachtete und über sie sprach. »Sie werden über dich in den kommenden Wochen noch genug zu reden haben, habe ich den Eindruck.« Er lachte.

Rebecca lachte ebenfalls und sah sich um. Alle Geladenen waren teuer und elegant gekleidet und die Frauen trugen Kleider nach dem neuesten Schnitt und kostspieligen Schmuck. Hier waren die Reichen und Erfolgreichen versammelt, da gab es keinen Zweifel.

Stephanos hatte seine Gäste in den Festsaal des Hotels geladen. Dezent in Weiß und Rosé gemusterte Stofftapeten bedeckten die Wände und der edle Parkettfußboden glänzte wie ein Spiegel. Von der Decke hing ein eindrucksvoller Kronleuchter, dessen geschliffene Kristalle prächtig funkelten. Und an den Wänden gaben vergoldete Leuchter zusätzlich sanftes Licht. Die Tische waren mit blütenweißen Damasttischtüchern gedeckt. Die Blumengestecke harmonierten mit dem wundervollen feinen Porzellan und das silberne Besteck schimmerte im Kerzenlicht.

»Es ist wirklich ein sehr schönes Hotel«, meinte Rebecca anerkennend. »Alles ist unaufdringlich elegant und die Bedienung ist erstklassig.« Sie lächelte Stephanos an. »Ich muss sagen, ich bin hin- und hergerissen zwischen dem Hotel auf Korfu und diesem hier.«

»Vielen Dank.« Als Rebecca ihn erstaunt anblickte, lachte er leise. »Sie gehören mir.«

»Was gehört dir?« Sie begriff nicht sofort.

»Die Hotels«, erwiderte er lakonisch und führte sie zu Tisch.

Während der ersten Viertelstunde brachte sie so gut wie kein Wort heraus, und wenn sie etwas sagte, wusste sie schon gleich darauf nicht mehr, was es gewesen war.

An dem Tisch saßen sie zu acht. Dimitri hatte die Tischkarten so getauscht, dass er neben Rebecca sitzen konnte. Rebecca aß mit wenig Appetit, versuchte ein oberflächliches

Gespräch in Gang zu halten, aber sie kam sich auf einmal unerträglich einfältig vor.

Er war nicht nur wohlhabend, sondern reich.

Was würde er von ihr denken, wenn er erfuhr, wer und was sie in Wirklichkeit war? Würde er ihr jemals wieder vertrauen? Das Essen schmeckte ihr auf einmal nicht mehr. Würde Stephanos sie für eine der Frauen halten, die es auf reiche, unverheiratete Männer abgesehen hatten? Dass sie sich ihm absichtlich aufgedrängt hatte?

Sie zwang sich, zu ihm hinüberzusehen, und bemerkte, dass sein Blick auf sie gerichtet war. Er musste sie schon eine ganze Weile beobachtet haben. Rasch spießte sie ein Stück Lammfleisch auf ihre Gabel und schob es sich in den Mund.

Warum kann er nicht ein normaler Mann sein? dachte sie mit einem Anflug von Verzweiflung. Jemand, der zum Beispiel in einem der Touristenhotels arbeitet. Warum hatte sie sich in jemanden verliebt, der in einer ganz anderen Welt lebte?

»Haben Sie uns in Gedanken bereits verlassen?«

Rebecca fuhr zusammen und sah, dass Dimitri sie anlächelte. Sie errötete. »Es tut mir leid.«

»Eine schöne Frau braucht sich niemals zu entschuldigen, wenn sie sich in ihren Gedanken verliert«, meinte er charmant und tätschelte ihre Hand. Er ließ sie länger dort als notwendig. Stephanos sah stirnrunzelnd zu ihm hin und er sah es auch. Freundlich lächelnd blickte er zurück. Es machte ihm Spaß, Stephanos ein wenig zu ärgern.

»Verraten Sie mir, wie haben Sie Stephanos kennengelernt?«, wandte er sich wieder an Rebecca.

»Wir trafen uns auf Korfu.« Rebecca musste an das erste Essen mit Stephanos denken und wie schön es gewesen war.

»Ah, laue Nächte und Tage voller Sonnenschein. Sind Sie auf Urlaub hier?«

»Ja.« Sie vertiefte ihr Lächeln. »Stephanos hat mir einiges von Korfu gezeigt.«

»Ja, er kennt es gut, ebenso wie viele andere Inseln unserer Heimat. In ihm ist etwas von einem Zigeuner.« Er sagte es freundlich, nicht herablassend.

Sie hatte es auch schon gespürt. Machte das nicht gerade einen Teil der Faszination aus, die von ihm ausging? »Kennen Sie ihn schon lange?«

»Nun, wir haben eine sehr lange andauernde geschäftliche Beziehung. Ich würde es als freundschaftliche Rivalität bezeichnen. Er hat schon ziemlich früh über umfangreichen Landbesitz verfügt.« Er machte eine ausladende Handbewegung. »Und wie Sie sehen, hat er es verstanden, mehr daraus zu machen. Ich glaube, er besitzt auch in Ihrer Heimat zwei Hotels.«

»Wie bitte? Dort auch?« Rebecca hob ihr Glas und trank schnell einen Schluck.

»Ja, deswegen hatte ich auch angenommen, er würde Sie von dort her kennen und Sie wären alte Freunde.«

»Nein.« Rebecca nickte schwach, als der Kellner den nächsten Gang servierte. »Wir kennen uns erst ein paar Tage.«

»Wie immer ist Stephanos sehr schnell und von gutem Geschmack.« Dimitri ergriff wieder Rebeccas Hand und bemerkte amüsiert, dass Stephanos' Gesicht sich verdüsterte. »Wo wohnen Sie in den USA?«

»In Philadelphia, im Bundesstaat Pennsylvania.« Entspann dich endlich, befahl sie sich. Entspann dich und genieß den Abend. »Es liegt im Nordosten.«

Stephanos war wütend, dass Rebecca ungeniert mit einem

anderen Mann flirtete. Aber er ließ sich nichts anmerken. Sie aß kaum von den verschiedenen Gängen, die aufgetragen wurden, sondern schenkte Dimitri des Öfteren ihr scheues Lächeln, das auch er so aufregend fand. Nicht ein einziges Mal zog sie ihre Hand zurück, wenn Dimitri ihre berührte, oder wich zur Seite, wenn er sich zu ihr hinüberbeugte.

Stephanos konnte sogar den Duft ihres Parfüms an seinem Platz wahrnehmen und das machte alles nur noch schlimmer. Ebenso wie ihr leises Lachen, wenn Dimitri ihr etwas ins Ohr flüsterte.

Und dann standen die beiden auf und Dimitri führte sie zur Tanzfläche.

Stephanos saß da und versuchte seine zunehmende Eifersucht unter Kontrolle zu bekommen. Er beobachtete, wie die beiden nach der romantischen Musik tanzten. Sie tanzten sehr eng miteinander und Rebeccas Gesicht war nur eine Handbreit von Dimitris entfernt. Stephanos wusste, wie es war, sie in den Armen zu halten und ihren Duft zu spüren, sich in ihren Augen zu verlieren und den Wunsch zu haben, die halb geöffneten Lippen zu küssen …

Stephanos war, was seine Geschäfte und das Land betraf, sehr strikt in seinen Eigentumsbegriffen. Aber niemals hatte er diese auf Frauen übertragen. Man durfte Menschen nicht als Besitz betrachten. Jedoch sah nur ein Dummkopf dabei zu, wenn ein anderer Mann sich an die Frau heranwagte, an die er sein Herz verloren hatte.

Mit einem unterdrückten Fluch stand er auf, ging auf die Tanzfläche und legte Dimitri die Hand auf die Schulter.

Dimitri begriff sofort. Er sah Rebecca bedauernd an und gab sie frei. »Also, dann bis später«, sagte er zu ihr und verschwand.

Bevor Rebecca auch nur etwas sagen konnte, hatte Stephanos sie heftig in die Arme gezogen. Sie wehrte sich nicht, sondern überließ sich ohne zu überlegen seiner Führung. Vielleicht ist dies alles nur ein Traum, dachte sie. Aber wenn es einer ist, dann will ich jeden Moment genießen, bis ich aufwache.

Stephanos spürte, dass sie sich an ihn schmiegte. Ihre Wangen berührten sich und sie spielte sanft mit seinen Haaren. Hatte sie auch so mit Dimitri getanzt? Die Antwort kannte er. Ich bin wirklich ein Dummkopf, dachte er, dass ich mich so benehme. Aber er war es gewohnt, um etwas zu kämpfen. Warum sollte es in diesem Fall anders sein?

Am liebsten hätte er sie auf die Arme genommen und hinausgetragen, sich einen stillen, abgeschiedenen Platz gesucht und mit ihr geschlafen.

»Gefällt es dir hier?«, fragte er stattdessen.

»Oh ja.« Ich will jetzt nicht daran denken, wer er ist, dachte sie. Die Nacht wird schnell genug vorüber sein und dann wird mich die Wirklichkeit wieder einholen. Sie wollte den Augenblick genießen und sich einfach nur den Gefühlen hingeben, die sie für ihn empfand. »Sogar sehr gut.«

Sie hatte diese wenigen Worte in einem solch träumerischen Ton gesagt, dass es ihn wie ein Hieb traf. »Offensichtlich hast du dich blendend mit Dimitri verstanden.«

»Hmm, ja. Er ist ein ausgesprochen netter Mann, finde ich.«

»Und es ist dir nicht schwergefallen, aus seinen in meine Arme zu kommen?«

Erst jetzt durchdrang der Sinn seiner letzten Sätze ihre Freude. Sie blieb stehen und sah ihn prüfend an. »Ich verstehe nicht, was du damit sagen willst, Stephanos.«

»Ich glaube, du verstehst es doch.«

Rebecca fand seine Unterstellungen so absurd, dass sie beinahe losgelacht hätte, aber ein Blick in sein verschlossenes, grimmiges Gesicht belehrte sie eines Besseren. Plötzlich empfand sie einen leichten Druck in der Magengegend.

»Falls ich dich tatsächlich richtig verstanden haben sollte, dann halte ich dich für unmöglich. Vielleicht sollten wir lieber an den Tisch zurückgehen«, erwiderte sie verärgert.

»Damit du wieder bei ihm sein kannst?«

Kaum waren die Worte heraus, bedauerte Stephanos sie schon. Es war unfair und außerdem sehr dumm, was er gesagt hatte.

Rebecca versteifte sich und ihr Gesicht wurde ausdruckslos. »Dies ist wohl nicht der richtige Ort für derlei Diskussionen«, erwiderte sie kühl.

»Damit hast du wohl recht.« Er war ebenso wütend auf sich wie auf sie, als er sie von der Tanzfläche zog.

»Was soll das? Was hast du vor?« Rebecca war inzwischen über den ersten Ärger hinweggekommen und blieb vor dem Fahrstuhl stehen. Schweigend und ohne Widerstand zu dulden, hatte Stephanos sie bis hierher gebracht.

»Ich bringe dich an einen geeigneteren Ort für unsere Diskussion!« Damit schob er sie in den Fahrstuhl, dessen Türen sich gerade vor ihnen geöffnet hatten. Dann drückte er den Knopf.

»Du hast Gäste«, erinnerte sie ihn, aber er bedachte sie mit einem Blick, der nichts Gutes verhieß. »Ich möchte gern gefragt werden, ob ich gehen möchte, und nicht wie ein störrisches Maultier hinter dir hergezerrt werden«, fuhr sie ihn an.

Als dann der Fahrstuhl hielt und sich öffnete, streifte sie seine Hand heftig ab und betrat den Flur. Sie hatte vor, in ihre Suite zu gehen und ihm die Tür vor der Nase zuzuschlagen.

Aber sie kam nicht weit. Kaum hatte sie zwei, drei Schritte getan, war er bei ihr, und es blieb ihr keine andere Wahl, als ihm in seine Suite zu folgen, wollte sie die Situation nicht noch verschlimmern.

»Ich will nicht mit dir reden«, sagte sie, als er die Tür hinter ihnen geschlossen hatte. Sie fühlte, wie sie vor Zorn zu beben begann.

Er erwiderte zunächst nichts, sondern löste seine Krawatte und öffnete dann die obersten beiden Knöpfe seines Hemdes. Als Nächstes ging er zu der Bar und schenkte zwei Gläser Cognac ein. Stephanos wusste, er verhielt sich völlig unbeherrscht, aber er konnte nichts dagegen tun. Es war eine völlig neue Erfahrung für ihn. Aber davon hat es mehrere gegeben, seit ich Rebecca kennengelernt habe, dachte er.

Er ging zu ihr zurück und stellte ein Glas neben sie. Hin und her gerissen zwischen seinen Gefühlen, wusste er nicht, ob er sie anschreien oder vor ihr auf die Knie fallen sollte.

»Du bist mit mir nach Athen gekommen und nicht mit Dimitri oder einem anderen Mann«, sagte er hart.

Rebecca wagte nicht, den Cognacschwenker zu berühren, sie fürchtete, er würde ihr aus den Händen fallen, so sehr zitterten diese.

»Ist das in Griechenland so – dass es einer Frau verboten ist, mit einem anderen Mann zu sprechen?« Seltsamerweise klang ihre Stimme klar und fest.

»Sprechen?« Stephanos sah noch immer, wie dicht Dimitris Wange neben ihrer gewesen war. Dimitri war ein erfahrener und gewandter Mann. Er entstammte der gleichen Schicht wie wohl auch Rebecca. Vor Generationen erworbenes Vermögen, behütete Kindheit und gute Erziehung. »Erlaubst du jedem Mann, der mit dir spricht, dich in den Armen zu halten und zu berühren?«

Rebecca wurde blass. Wütend schüttelte sie den Kopf. »Was ich tue und mit wem, geht nur mich und keinen anderen etwas an.«

Stephanos nahm das Glas und trank langsam einen Schluck. »Du irrst.«

»Wenn du glaubst, du kannst über mich verfügen, nur weil ich mit dir hierhergekommen bin, dann täuschst du dich. Ich bin ein selbstständiger Mensch, Stephanos.« Niemand hat das Recht, mir zu sagen, was ich tun soll, dachte sie verärgert. Ich treffe meine Entscheidungen selbst. Mit verstärktem Mut sah sie ihn herausfordernd an. »Ich gehöre niemandem, auch dir nicht. Niemandem. Und ich mag es nicht, wenn man mir etwas befiehlt oder mich zu etwas zwingt, das ich nicht will. Ebenso wenig mag ich es, wenn man mich drängt.«

Damit drehte sie sich um. Da fühlte sie seine Hände auf ihren Schultern und spürte seinen Atem auf ihrem Nacken.

»Du wirst nicht zu ihm zurückgehen.«

»Du würdest mich nicht davon abhalten können, wenn es das wäre, was ich wollte.« Zornig sah sie ihn über die Schulter an. »Aber ich habe nicht die Absicht, wieder hinunterzugehen, weder zu Dimitri noch zu sonst jemandem.« Sie riss sich los. »Du weißt ja nicht, was du sagst! Warum sollte ich wohl mit ihm zusammen sein wollen, wenn ich in dich verliebt bin?«, entfuhr es ihr.

Erst da begriff sie, was sie gerade gesagt hatte! Verlegen fuhr sie herum und versuchte, sich aus seinem Griff zu befreien. »Lass mich zufrieden! Oh, lass mich zufrieden!«, rief sie aufgeregt aus.

»Glaubst du, ich könnte dich jetzt gehen lassen?« Stephanos

sah sie an und entdeckte das Verlangen in ihren Augen. »Wie lange habe ich auf diese Worte gewartet.« Er küsste sie, bis ihr Widerstand nachließ und sie ruhig in seinen Armen lag. »Du machst mich noch verrückt«, flüsterte er ihr ins Ohr. »Egal, ob du bei mir bist oder nicht.«

»Bitte.« Verwirrt senkte Rebecca den Kopf. »Bitte, lass mich nachdenken.«

»Nein, du darfst mich um alles bitten, nur nicht um mehr Zeit.« Stephanos zog sie an sich und barg das Gesicht in ihrem Haar. »Glaubst du, ich mache mich bei jeder Frau zum Narren?«

Rebecca stöhnte auf, als seine Lippen ihren Mund berührten. »Ich kenne dich nicht und du kennst mich nicht.«

»Doch, das tue ich.« Stephanos sah ihr in die Augen. »Als ich dich zum ersten Mal sah, hatte ich das Gefühl, dich schon lange zu kennen. Ich spürte ein heftiges Verlangen nach dir. Ich wollte dich besitzen.«

Rebecca fühlte, dass er die Wahrheit sagte. Trotzdem schüttelte sie den Kopf. »Es geht nicht.«

»Ich habe dich von Anfang an geliebt, Rebecca.« Er sah, dass sie blass wurde.

»Ich will nicht, dass du etwas behauptest, das nicht stimmt oder dessen du dir nicht sicher bist.«

»Aber hast du es denn nicht gefühlt, als ich dich das erste Mal küsste?«

Als er die Bestätigung in ihren Augen las, packte er sie unwillkürlich fester. Er spürte, dass ihr Herz genauso rasend schlug wie seines. »Glaub mir, Rebecca. Es kommt mir vor, als seist du wieder zu mir zurückgekehrt.« Als sie den Mund öffnete, um zu antworten, hob er die Hand. »Sag nichts mehr. Ich möchte dich heute Nacht besitzen.«

Als sie seine Lippen auf ihrem Mund fühlte, war Rebecca auf einmal bereit, ihm alles zu glauben. Ihre Gefühle für ihn waren stärker als ihre Vernunft.

In seiner Umarmung lag keine Zärtlichkeit. Es war, als hätten sich zwei Liebende lange nicht gesehen. Wild und leidenschaftlich umarmten sie einander, und Rebecca erwiderte Stephanos' Liebkosungen auf eine Weise, die sie nie für denkbar gehalten hätte. Ungeduldig streifte sie ihm das Jackett von den Schultern.

Ja, er war zu ihr zurückgekommen … Aber war es nicht verrückt, wirklich daran zu glauben? Gut, dann werde ich eben heute Nacht verrückt sein, fuhr es Rebecca durch den Sinn.

Stephanos kostete ihre Haut mit den Lippen und sog tief den betörenden Duft ein. Rebecca in den Armen zu halten trieb ihn fast zum Wahnsinn. Er genoss es, mit den Lippen und den Händen ihr Verlangen zu steigern, und ihr Stöhnen erregte ihn. Er wollte sie hilflos in seinen Armen machen, irgendetwas Primitives hatte von ihm Besitz ergriffen und ließ ihn nicht wieder los. Und Rebecca drängte sich an ihn, um ihn zu kühneren Liebkosungen zu ermuntern.

Suchend ließ Rebecca die Hand zu seinem Gürtel hinabgleiten, zog das Hemd aus der Hose und fuhr mit den Fingern unter den dünnen Stoff.

Wie schön es ist, ihn zu fühlen, dachte sie benommen, während sie unter seinen Küssen aufstöhnte.

Im nächsten Moment hob er sie hoch und trug sie zum Bett.

Sanft fiel silbriges Mondlicht durch das Fenster und tauchte das Zimmer in ein unwirkliches Licht. Aber es war kein Traum.

Eng umschlungen fielen Rebecca und Stephanos zusammen auf das Bett.

Sie wirkt so sensibel, so verletzlich, dachte Stephanos. Eigentlich hätte er ihr zeigen müssen, wie tief er für sie empfand, aber seine Leidenschaft ließ es nicht zu, behutsamer vorzugehen. Auch Rebecca schien von dieser Leidenschaft besessen zu sein. Ungeduldig begann sie, sein Hemd aufzuknöpfen. Als Stephanos ihr das Kleid vom Körper streifte, wand sie sich aufreizend und herausfordernd, als könne sie es kaum erwarten, nackt vor ihm zu liegen.

Sein Mund schien überall zu sein, berührte jede Stelle ihres erhitzten Körpers. Rebecca bog sich dem Geliebten entgegen. Sie hatte alle Bedenken und Vorbehalte vergessen und wollte Stephanos nur noch spüren. Keuchend und stöhnend umarmten sie sich voll heftiger Leidenschaft. Rebecca war bereit, Stephanos alles zu geben, was er von ihr fordern würde.

Und sie begriff, dass dies die Liebe war, die wirkliche Liebe, die nichts mehr forderte, sondern nur geben wollte. Sie klammerte sich mit beinahe verzweifeltem Verlangen an ihn.

Stephanos hatte das Empfinden, ihre Haut vibriere unter seinen Händen. Immer wieder sog er Rebeccas Duft ein, und er fühlte, dass sie jetzt bereit war, ihn zu lieben. Sie lag unter ihm, die Augen geschlossen.

Dann konnte er sein Verlangen nicht mehr beherrschen. Mit ungezügelter Leidenschaft kam er zu ihr und war so berauscht, dass er ihren kleinen Schrei kaum vernahm. Da begriff er und wollte zurück, aber sie ließ es nicht zu. Sie wurden eins und vergaßen im wilden Wirbel der Lust alles um sich herum.

Überwältigt lag Rebecca da und hielt die Augen geschlossen. Nichts und niemand hatte sie auf das vorbereitet, was sie eben in Stephanos' Armen erlebt hatte. Niemand hatte ihr gesagt, wie tief Leidenschaft und wie überwältigend Erregung sein konnten, wenn man liebte. Wenn sie es gewusst hätte, sie hätte schon vor vielen Jahren alles hinter sich gelassen und sich auf die Suche nach dem Mann ihrer Träume gemacht …

Stephanos lag ebenfalls da und verfluchte sich insgeheim. Sie war unschuldig gewesen – so rein wie eine Quelle – und er hatte sie benutzt, genommen und ihr wehgetan.

Voller Abscheu vor sich selbst, richtete er sich auf und griff nach einem Zigarillo. Eigentlich hätte er jetzt einen Cognac gebrauchen können, aber er wagte es nicht, aufzustehen.

Die Flamme des Feuerzeugs erleuchtete die Dämmerung des Raumes wie ein Blitz. Für einen winzigen Moment war Stephanos' düsteres Gesicht sichtbar.

»Warum hast du es mir nicht erzählt, Rebecca?«

Langsam öffnete Rebecca die Augen. Sie schwamm immer noch auf einer Welle der Glückseligkeit. »Was?«

»Warum hast du mir nicht erzählt, dass du noch nie mit einem Mann zusammen gewesen bist? Dass dies … dass ich dein erster Mann sein würde?«

Ein anklagender Unterton lag in seiner Stimme. Jetzt erst wurde Rebecca sich bewusst, dass sie völlig nackt war. Sie errötete und versuchte, sich das Laken über den Körper zu ziehen. Sie hatte das Gefühl, eine kalte Dusche bekommen zu haben.

»Ich habe nicht daran gedacht«, flüsterte sie.

»Du hast nicht daran gedacht?« Sein Kopf fuhr herum. »Meinst du nicht, ich hätte ein Recht darauf gehabt, es vorher zu erfahren? Glaubst du wirklich, dies wäre geschehen, wenn ich geahnt hätte, dass du noch unberührt warst?«

Rebecca hatte wirklich nicht darüber nachgedacht. Es hatte für sie einfach keine Rolle gespielt. Er war der Erste und er würde auch der Einzige bleiben. Aber nun begriff sie schmerzlich, dass manche Männer nicht gern mit unerfahrenen Frauen schliefen. Sie empfand plötzlich tiefe Niedergeschlagenheit.

»Du hast gesagt, du liebst mich und dass du mich begehrst. Alles andere zählt für mich nicht.«

Rebeccas Stimme zitterte und ein Schluchzen lag darin. Stephanos konnte es nicht überhören und er fühlte sich schrecklich schuldig.

»Doch, es zählt für mich«, antwortete er gepresst, stand auf und ging in den Nebenraum, um sich nun doch noch einen Cognac einzuschenken.

Als sie allein war, atmete Rebecca bebend aus. Natürlich hatte er etwas anderes erwartet – nämlich eine erfahrene Frau. Er hatte angenommen, sie wäre erwachsen und wüsste, auf welches Spiel sie sich eingelassen hatte. Worte wie Liebe und Verlangen konnten durchaus verschiedene Bedeutung haben. Ja, er hatte gesagt, er liebte sie, aber er hatte anscheinend etwas anderes damit gemeint als sie.

Sie hatte sich lächerlich und ihn wütend gemacht. Und sie hatte eine Affäre begonnen, die nur auf Träumen aufgebaut war.

Du hast ganz bewusst das Risiko auf dich genommen, erinnerte sie sich, als sie aufstand. Nun bezahl auch den Preis dafür.

Stephanos hatte sich inzwischen ein wenig beruhigt, auch wenn der Ärger noch nicht ganz überwunden war, als er zum Schlafzimmer zurückging. Er hatte sich vorgenommen, alles wiedergutzumachen und ihr zu zeigen, wie schön es sein konnte. Und wie schön es in einer solchen Situation sein musste. Danach würden sie sich dann unterhalten, ernsthaft und vernünftig.

»Rebecca?«

Aber als er sich im Raum umsah, fand er ihn verlassen vor.

6. Kapitel

Rebecca war gerade dabei, ihre Kleider in ihre Reisetasche zu packen, als es an der Tür klopfte. Sie hatte sich ihren Morgenmantel übergezogen. Es klopfte noch einmal, und sie wischte sich die Tränen aus dem Gesicht, fest entschlossen, nicht zu öffnen. Noch einmal wollte sie sich nicht demütigen lassen.

»Rebecca?« Stephanos' Geduld war schnell erschöpft und er schlug heftig gegen die Tür. »Rebecca, mach auf.«

Sie versuchte, das laute Klopfen zu ignorieren, und packte weiter. Geh, dachte sie, ich will dich nicht mehr sehen. Ich werde mir ein Taxi zum Flughafen nehmen und dann mit der nächsten Maschine abfliegen, egal wohin. Ohne dass sie es bemerkte, rannen ihr die Tränen die Wangen hinab.

Da hörte sie Holz brechen und rannte in den Flur.

So wütend wie jetzt hatte Rebecca Stephanos noch nie gesehen. Sprachlos sah sie von ihm zu dem zersplitterten Türrahmen und dann wieder zu ihm.

In diesem Moment tauchte Eleni mit schreckverzerrtem Gesicht hinter ihm auf. Sie hielt ihren Morgenmantel vor der Brust zusammen.

»Stephanos, was ist geschehen? Ist …«

Er fuhr herum und sagte heftig ein paar Sätze auf Griechisch zu ihr. Eleni sah ihn mit großen Augen an, warf Rebecca einen verständnisvollen Blick zu und ging zu ihrem Zimmer zurück.

»Glaubst du, du kannst so einfach vor mir davonlaufen?« Stephanos schloss die beschädigte Tür voller Schwung.

»Ich wollte …« Rebecca räusperte sich. »Ich wollte allein sein.«

»Mir ist ganz egal, was du willst.« Er wollte auf sie zugehen, blieb aber stehen, als er tiefe Furcht in ihren Augen sah. Es traf ihn wie ein Schlag. »Ich habe dich einmal gefragt, ob du Angst vor mir hättest. Jetzt weiß ich, dass du sie hast.«

Rebecca stand reglos da und ihr liefen unentwegt die Tränen die Wangen hinab. Sie wirkte wehrlos und entsetzt zugleich.

Stephanos sah sie an. »Ich werde dir nie mehr wehtun, ich verspreche es. Komm, wir gehen hinein.« Er schob sie ins Wohnzimmer. »Setz dich doch.«

Als sie nur stumm den Kopf schüttelte und stehen blieb, sagte er: »Aber ich werde mich setzen.«

»Ich weiß, du bist wütend auf mich«, begann sie. »Ich will mich auch gern entschuldigen, falls es hilft. Aber ich möchte allein sein.«

Er blickte sie mit zusammengekniffenen Augen an. »Du willst dich entschuldigen? Für was?«

»Für …« Was erwartet er denn? dachte sie gedemütigt. Sie verschränkte die Arme vor der Brust. »Für das, was geschehen ist … dafür, dass ich es nicht vorher gesagt habe … Nun, wofür du willst«, fügte sie schließlich hilflos hinzu, als sie wieder weinen musste. »Nur lass mich allein.«

»Gütiger Himmel.« Stephanos strich sich müde über das Gesicht. »Ich kann mich nicht erinnern, jemals in meinem Leben so schlecht gehandelt zu haben.« Er stand auf, blieb aber sofort stehen, als sie zurückwich. »Ich weiß, du willst nicht, dass ich dich anfasse. Aber vielleicht hörst du mir wenigstens zu?« Seine Stimme war rau.

»Es gibt nichts mehr zu sagen. Ich verstehe, was du empfindest, und möchte es dabei belassen.«

»Ich habe dich in einer Weise behandelt, die unentschuldbar ist.«

»Ich will keine Entschuldigungen hören.«

»Rebecca …«

»Ich will es nicht.« Sie sprach nun mit erhobener Stimme. »Es ist allein meine Schuld.« Als er einen weiteren Schritt tat, rief sie von Furcht erfüllt aus: »Nein, nein! Ich will nicht, dass du mich berührst. Ich könnte es einfach nicht ertragen!«

Langsam atmete er aus. »Du verstehst es, Salz in die Wunden zu streuen.«

Aber sie schüttelte den Kopf und begann, im Zimmer auf und ab zu gehen. »Am Anfang habe ich gedacht, es würde keine Rolle spielen. Ich wusste nicht, wer du warst oder dass ich mich in dich verlieben würde. Nun aber habe ich zu lange damit gewartet und dadurch alles verdorben.«

»Wovon redest du eigentlich?«

Vielleicht war es wirklich das Beste, ihm jetzt schonungslos die Wahrheit zu sagen. »Du hast einmal gesagt, du würdest mich kennen. Aber so ist es nicht, denn ich habe dich angelogen, schon vom ersten Augenblick an.«

Stirnrunzelnd sah er sie an. »Wann hast du gelogen?«, fragte er langsam und setzte sich wieder.

»Von Anfang an.« Er las tiefes Bedauern in ihren Augen. »Außerdem habe ich heute Abend herausgefunden, dass du mehrere Hotels besitzt.«

»Das war kein Geheimnis. Was hat das mit uns zu tun?« Verständnislos schaute er sie an.

»Es würde auch keine Rolle spielen, wenn ich nicht vorgegeben hätte, etwas zu sein, das ich gar nicht bin.« Resigniert ließ sie die Hände sinken. »Nachdem wir miteinander geschlafen hatten, begriff ich eins: Von mir getäuscht, hattest du Gefühle für mich entwickelt, für eine Frau, die es im Grunde genommen nicht gibt!«

»Aber du stehst doch vor mir, Rebecca. Du existierst.«

»Nein, nicht so, wie du denkst.«

Nun bereitete er sich auf das Schlimmste vor. »Was hast du denn getan? Bist du aus den USA geflohen?«

»Nein ... ja.« Rebecca lachte traurig auf. »Ja, ich bin davongelaufen. Ich komme aus Philadelphia, wie ich dir schon gesagt habe. Dort habe ich mein Leben lang gelebt. Bin dort zur Schule gegangen und habe gearbeitet.« Sie suchte in ihrem Morgenmantel nach einem Taschentuch. »Ich bin Buchhalterin.«

Stephanos blickte sie an, während sie sich die Nase putzte. »Wie bitte?«, fragte er verständnislos.

»Ich sagte, ich bin Buchhalterin«, stieß Rebecca hervor, wandte sich ab und stellte sich mit dem Rücken zu ihm ans Fenster.

»Ich kann mir dich schwer beim Zusammenzählen von Zahlenkolonnen vorstellen, Rebecca. Aber wenn du dich hinsetzen würdest, könnten wir vielleicht darüber sprechen.«

»Hörst du nicht? Ich bin Buchhalterin! Bis vor einigen Wochen arbeitete ich noch als Angestellte für ›McDowell, Jableki und Kline‹ in Philadelphia.«

»Gut, aber was hast du denn nun getan? Kundengelder unterschlagen?«

Da konnte Rebecca nicht anders. Sie warf den Kopf in den Nacken und lachte lauthals los. »Nein, ich habe in meinem ganzen Leben noch nichts Unrechtes getan«, sagte sie, nachdem sie sich wieder beruhigt hatte. »Ich habe noch nicht einmal einen Strafzettel für Falschparken erhalten. Ich habe nichts getan, was über das Normale hinausging – bis vor ein paar Wochen.«

»Wie meinst du das?«

»Ich habe niemals weite Reisen unternommen, noch nie hat mir ein Mann eine Flasche Champagner an den Tisch geschickt, ich bin niemals im Mondschein am Mittelmeer mit einem Mann spazieren gegangen – und habe auch nie einen Geliebten gehabt.«

Er sagte nichts, sondern blickte Rebecca nur verblüfft an.

»Ich hatte einen gut bezahlten und interessanten Job und mein Auto war bar bezahlt. Ich hatte mein Geld gut angelegt, um im Alter versorgt zu sein. Meine Freunde kannten mich immer nur als sehr zuverlässig. Sie wussten, sie konnten auf Rebecca zählen. Wenn sie einen Rat oder jemanden brauchten, der ihre Katze pflegte, mussten sie nicht lange überlegen. Ich kam nie zu spät zur Arbeit oder ging fünf Minuten früher zu Mittag, so wie viele meiner Kollegen.«

»Sehr lobenswert«, war sein einziger Kommentar.

»Also genau der Typ Angestellte, den du gern einstellen würdest, kann ich mir vorstellen.«

Er lachte vor sich hin, denn er hatte ganz andere Geständnisse erwartet. Er hatte mit der Existenz eines Ehemanns oder sogar mehrerer gerechnet oder damit, dass sie vielleicht sogar wegen einer Jugendsünde einmal im Gefängnis gesessen hatte. Stattdessen erfuhr er nun von ihr, dass sie eine Buchhalterin gewesen war, die ihre Pflichten ernst nahm.

»Ich habe nicht das Bedürfnis, dich einzustellen, Rebecca.«

»Du wirst deine gute Meinung über mich sowieso gleich ändern, wenn du den Rest hörst.«

Stephanos schlug die Beine übereinander und lehnte sich zurück. »Ich kann es kaum erwarten, wenn ich ehrlich bin.«

»Meine Tante starb unerwartet vor ungefähr drei Monaten.«

»Das tut mir leid. Ich weiß, wie es ist, wenn man jemanden verliert, der einem nahesteht.«

»Sie war meine einzige Verwandte.« Rebecca stieß die Balkontüren auf. Gleich darauf erfüllte die laue, würzige Nachtluft den Raum. »Ich konnte anfangs nicht begreifen, dass sie plötzlich nicht mehr da war. Es kam so ohne jede Vorwarnung, weißt du? Aber es blieb mir nichts anderes übrig, trotz meines Kummers alles in die Hand zu nehmen – die Beerdigung, die Regelung der Erbschaftsangelegenheiten. Tante Jeannie war zeitlebens ein ordentlicher und nüchterner Mensch gewesen. So fand ich alles an seinem Platz. Man hat mich übrigens oft mit meiner Tante verglichen.«

Da Stephanos merkte, dass sie noch nicht fertig war, sagte er nichts, sondern sah sie interessiert weiter an.

»Aber schon sehr bald nach ihrem Tod geschah etwas Seltsames mit mir. Eines Tages dachte ich über mein Leben nach und fand es schrecklich langweilig.« Sie strich sich eine Haarsträhne aus dem Gesicht. »Ich war eine korrekte und fleißige Angestellte, wie meine Tante es gewesen war, besaß etwas Geld und hatte eine Reihe guter Freunde. Ich sah in die Zukunft und wusste, selbst in zehn, zwanzig Jahren würde mein Leben noch immer so aussehen wie heute. Da konnte ich es nicht mehr ertragen.«

Sie drehte sich wieder zu ihm um. Die leichte Brise erfasste den hauchdünnen Stoff des Morgenmantels und wehte ihn um ihre Beine. »Ich kündigte und verkaufte alles.«

»Du hast alles verkauft?«, fragte er ungläubig.

»Ja, alles, was ich besaß – mein Auto, meine Wohnung, Möbel, Bücher, Geschirr. Alles. Ich wechselte den Erlös in Reiseschecks ein, ebenso wie das kleine Erbe, das ich von meiner Tante bekommen hatte. Es waren Tausende von Dollars. Für dich mag es keine große Summe sein, aber ich hatte mir nie vorstellen können, jemals frei über so viel Geld verfügen zu dürfen.«

»Warte einmal.« Stephanos hob die Hand, weil er nicht sicher war, alles richtig verstanden zu haben. »Du willst mir erzählen, du hast alles, was du besessen hast, zu Geld gemacht? Wirklich alles?«

Rebecca war sich noch niemals dümmer vorgekommen, aber sie sah ihn trotzig an. »Ja, bis hin zu meinen Kaffeetassen.«

»Erstaunlich«, sagte er leise vor sich hin.

»Ich kaufte mir neue Kleider, neue Koffer und flog nach London. Erster Klasse. Ich hatte nie zuvor in einem Flugzeug gesessen.«

»Du warst noch nie geflogen und hast gleich einen Transatlantikflug gebucht?«

Sie hörte nicht die Bewunderung in seiner Stimme, sondern für sie klang es wie Belustigung. »Ja, ich wollte einmal etwas anderes sehen als das Gewohnte. Jemand anderer sein. So stieg ich im Ritz ab. Danach flog ich weiter nach Paris, um mir die Haare schneiden zu lassen.«

»Du bist zum Haareschneiden nach Paris geflogen?« Er konnte es nicht fassen, hütete sich aber zu lächeln.

»Ich hatte von einem berühmten Haarstylisten gehört und so flog ich eben hin.« In Philadelphia war sie ihr Leben lang zu derselben Friseurin gegangen, aber das brauchte er ja nicht zu wissen. Sicher würde es ihn auch nicht sonderlich interessieren. »Anschließend flog ich direkt hierher nach Griechenland. Und traf dich. Wir lernten uns kennen und ich ließ den Dingen einfach ihren Lauf.« Tränen stiegen ihr in die Augen. »Du warst so interessant und ich fühlte mich gleich zu dir hingezogen. Du schienst dich auch für mich zu interessieren – zumindest für die, für die du mich hieltest. Ich hatte noch nie eine Liebschaft. Noch nie hat mich ein Mann so angesehen wie du.«

Stephanos überlegte sich seine Worte sehr gut, ehe er sprach. »Willst du ausdrücken, ich sei für dich so etwas wie ein Abenteuer gewesen – ähnlich wie dein spontaner Flug nach Paris zum Haareschneiden?«

Sie würde ihm niemals erklären können, was er ihr wirklich bedeutete. »Erklärungen und Entschuldigungen spielen in diesem Augenblick keine Rolle mehr. Aber es tut mir leid, Stephanos. Es tut mir alles sehr leid.«

Stephanos sah nicht die Tränen in ihren Augen, er hörte nur ihr Bedauern. »Willst du dich dafür entschuldigen, dass du mit mir geschlafen hast, Rebecca?«, fragte er langsam.

»Ich entschuldige mich für alles, was du willst. Ich wollte, ich könnte wiedergutmachen, was ich getan habe. Mir fällt aber nicht ein, wie. Es sei denn, ich stürzte mich aus diesem Fenster.«

»Ich glaube nicht, dass du zu solch drastischen Mitteln greifen musst. Es würde vielleicht reichen, wenn du dich für eine Weile ruhig hinsetzen würdest.«

Rebecca schüttelte den Kopf und blieb stehen, wo sie war. »Ich kann heute Abend nicht mehr weiter darüber sprechen, Stephanos. Es tut mir leid. Du hast ein Recht, böse auf mich zu sein.«

Er stand ungeduldig auf. Dann sah er, dass Rebecca blass war und verletzlich wirkte. Ich habe sie vorher nicht anständig behandelt, dachte er betroffen, ich sollte es wenigstens jetzt tun.

»Gut, dann morgen, wenn du dich ausgeruht hast.« Er wollte schon auf sie zugehen, unterließ es dann aber doch. Es würde Zeit brauchen, wenn er ihr beweisen wollte, dass es auch andere Wege gab, jemanden zu lieben. Zeit, sie zu überzeugen, dass Liebe mehr als ein Abenteuer sein konnte. »Du sollst wissen, dass es mir leidtut, was heute Abend geschehen ist. Aber auch darüber können wir morgen sprechen.« Obwohl er ihr am liebsten über die blasse Wange gestrichen hätte, tat er es nicht. »Ruh dich aus.«

Seine Fürsorglichkeit tat ihr weh. Sie nickte nur stumm.

Stephanos ging und machte vorsichtig die beschädigte Tür hinter sich zu.

Seine Worte klangen ihr noch lange in den Ohren. Er bedauerte alles, was heute Abend geschehen war. Also auch, dass er mit ihr geschlafen hatte.

Sie konnte jetzt tatsächlich nur noch eins tun. Aus seinem Leben verschwinden.

Natürlich lag es an ihr. Rebecca hatte mindestens ein halbes Dutzend vielversprechender Anzeigen gefunden, aber nicht eine einzige davon hatte sie ernsthaft interessiert. Wie konnte sie auch? In den vergangenen zwei Wochen hatte sie nur an eines denken können … Stephanos. Unlustig unterstrich sie dennoch die entsprechenden Anzeigen.

Was mochte er empfunden haben, als er zurückgekommen war und sie nicht mehr vorgefunden hatte?

Missmutig schaute sie hinaus aus dem Fenster ihrer kleinen Mietwohnung. Sie hatte sich die ganzen Tage vorgestellt, er würde fieberhaft nach ihr suchen und dabei keine Kosten scheuen. Aber die Wirklichkeit ist leider nicht so romantisch, sagte sie sich seufzend. Bestimmt war er erleichtert, dass sie von sich aus das Weite gesucht hatte und wieder aus seinem Leben verschwunden war.

Und nun war es an der Zeit, wieder Ordnung in ihr Leben zu bringen.

Das Wichtigste, eine Wohnung, besaß sie bereits. Es war ein hübsches Zweizimmerapartment mit einem kleinen Garten. Es gefiel ihr besser als ihre alte Wohnung, die in einem Neubau im fünften Stock gelegen hatte.

Dieses Apartment lag zwar schon fast außerhalb der Stadt, aber sie konnte hier am Morgen die Vögel singen hören. Es gab einen wundervollen Ausblick auf alte Eichen und grüne Ahornbäume. Zudem konnte sie in ihrem Garten Blumen pflanzen und ein wenig Gemüse ziehen.

Rebecca hatte sich auch ein paar Möbel gekauft, wobei es sich wirklich nur um wenige handelte. Ein Bett, einen schönen, alten Tisch und einen Stuhl. Schränke hatte sie nicht zu kaufen brauchen, da es in der Wohnung Einbauschränke gab.

Früher hatte sie sich eine ganze Wohnungseinrichtung auf einmal gekauft, inklusive Vorhänge. Aber nun tat sie das, was sie sich früher immer heimlich gewünscht hatte – ein schönes Stück für die Wohnung zu suchen und dann zu kaufen. Und nicht, weil es haltbar und praktisch war, sondern weil es ihr gefiel.

Es hatte sich viel geändert in ihrem Leben – und auch sie hatte sich verändert. Sogar die Haare trug sie jetzt anders als früher. Unwillkürlich fuhr ihre Hand hinauf zu ihrem Kopf. Rebecca würde niemals mehr die Frau sein, die sie noch vor so kurzer Zeit gewesen war …

Oder vielleicht anders ausgedrückt – sie würde die Frau sein, die sie eigentlich immer gewesen war, die sie aber nie hatte annehmen wollen.

Aber warum sitze ich dann hier und kreise Anzeigen ein, die mich eigentlich nicht interessieren, fragte sie sich selbstkritisch. Warum plane ich eine Zukunft, die ich mir gar nicht wünsche? Vielleicht würde sie nie den Mann bekommen, den sie sich so sehr erträumte. Es würde keine Picknicks unter Olivenbäumen, keine romantischen Spaziergänge und keine Nächte voller Leidenschaft mehr geben. Aber sie hatte immer noch ihre Erinnerungen – und ihre Träume. Es würde kein Bedauern geben, was Stephanos betraf. Nicht jetzt und auch nicht in der Zukunft.

Sie war stärker als früher, sicherer und freier. Und das Wichtigste war, sie hatte es alles allein geschafft!

Rebecca lehnte sich im Stuhl zurück. Nichts reizte sie weniger, als wieder ins Büro zu gehen und Zahlenkolonnen zu addieren, Gewinn und Verlust auszurechnen.

Ich werde es auch nicht, dachte sie plötzlich entschlossen. Sie würde sich nicht auf die Jagd nach einem guten Job und ihre Karriere von anderen abhängig machen. Nein, sie würde selbst eine Firma eröffnen. Natürlich würde es eine sehr kleine sein, zumindest am Anfang. Warum nicht? Sie hatte die Kenntnisse und die nötige Erfahrung – und auch den Mut dazu.

Es würde nicht einfach sein. Und riskant. All ihr verbliebenes Geld würde gerade für das Anmieten des Büros, dessen Einrichtung und Anzeigen reichen.

Voller Begeisterung sprang sie auf und suchte nach einem Notizblock. Sie wollte zuerst eine Liste aufstellen. Nicht nur von den Dingen, die sie erledigen musste, sondern auch von denjenigen, die sie anrufen wollte. Sie überlegte sogar, ob sie sich an ihre früheren Arbeitgeber wenden sollte. Es bestand eine winzige Chance, dass man sie an Kunden empfehlen würden, um sie nicht abweisen zu müssen.

Es klopfte an der Tür.

»Einen Augenblick, bitte.« Rasch kritzelte sie ihren letzten Gedanken auf den Block, dann eilte sie zur Tür und öffnete.

Es war Stephanos.

Noch ehe Rebecca sich von ihrer Überraschung erholt hatte und etwas sagen konnte, hatte er sie zur Seite gedrängt und die Tür hinter sich zugeschlagen.

»Was hattest du eigentlich vor?« Zornig sah er sie an. »Wolltest du mich zum Wahnsinn treiben oder hast du dir nichts dabei gedacht?«

»Ich … ich …« Rebecca kam erst gar nicht dazu, nach den richtigen Worten zu suchen. Er riss sie einfach in die Arm und dann fühlte sie seine Lippen auf ihrem Mund. Es war kein sanfter, sondern ein harter, fordernder Kuss. Rebecca ließ den Block zu Boden fallen und schlang die Arme um seinen Hals, ohne lange zu überlegen. Aber da schob Stephanos sie auch schon wieder unsanft von sich.

»Was für ein Spiel spielst du eigentlich, Rebecca?«, fragte er böse, nachdem er sich wieder von ihr gelöst hatte, und begann im Raum auf und ab zu wandern. Er war unrasiert, seine Kleidung war zerknittert – und doch war es der schönste Anblick, den Rebecca sich vorstellen konnte.

»Stephanos, ich …«

»Ich habe zwei Wochen und sehr viel Mühe aufgewandt, um dich zu finden«, unterbrach er sie. »Ich dachte, wir hätten vereinbart, uns noch einmal zu unterhalten. Ich war ziemlich überrascht, als ich erfuhr, dass du nicht nur Griechenland, sondern sogar Europa wieder verlassen hattest.« Er fuhr herum und sah sie scharf an. »Warum?«

Rebecca hatte Mühe, ihm zu antworten. »Weil … weil ich es für das Beste hielt zu gehen«, sagte sie schließlich.

»So, das dachtest du?« Er trat einen Schritt auf sie zu und wirkte sehr zornig. »Für wen denn?«

»Für dich. Für uns beide.« Rebecca ertappte sich dabei, dass sie nervös mit den Aufschlägen ihres Morgenmantels spielte, und ließ die Hände sinken. »Ich wusste, du warst böse auf mich, weil ich dich angelogen hatte. Du hattest es längst bereut, dich mit mir eingelassen zu haben. Deswegen war ich sicher, es wäre besser für uns, wenn ich …«

»Davonliefe?«

Sie hob trotzig das Kinn. »Gehen würde.«

»Du hast gesagt, du liebst mich.«

Rebecca schluckte. »Ich weiß.«

»War auch das eine Lüge?«

»Bitte nicht«, flüsterte sie und sah ihn flehentlich an. »Stephanos, ich habe nicht mehr damit gerechnet, dich jemals wiederzusehen. Ich bin gerade dabei, etwas aus meinem Leben zu machen, etwas, das nicht nur vernünftig ist, sondern mich auch zufrieden und glücklich machen kann. In Griechenland war ich ebenfalls glücklich, aber ich habe nicht darüber nachgedacht, ob es richtig war, was ich tat. Die Zeit mit dir war …«

»War was?«

Rebecca war zumute, als hätte es die vergangenen zwei Wochen überhaupt nicht gegeben. Wieder stand sie vor ihm und versuchte zu erklären, was so schwer zu erklären war.

»Es war das Schönste, das Wichtigste und das Kostbarste, was ich je erfahren habe. Ich werde es niemals vergessen,

Stephanos. Und ich werde für diese wenigen Tage immer dankbar sein.«

»Dankbar.« Er wusste nicht, ob er wütend sein oder lachen sollte. Er trat zu ihr und nahm ihr Gesicht in beide Hände. »Dankbar wofür? Dafür, dass ich mit dir geschlafen habe? Eine schnelle und kurze Affäre ohne jede Folgen?«

»Nein.« Sie sah ihm ins Gesicht. »Bist du den weiten Weg hierhergekommen, damit ich mich noch schuldiger fühle?«

»Ich bin hierhergekommen, weil ich das zu Ende führen will, was ich angefangen habe, Rebecca.«

»In Ordnung«, sagte sie und holte tief Luft. »Wenn du mich jetzt loslässt, dann können wir miteinander reden. Möchtest du einen Kaffee?«

»Hast du dir neues Kaffeegeschirr gekauft?«

»Ja.« War das Humor, was sie in seinen Augen las? »Aber ich habe nur einen Stuhl. Du kannst dich ja daraufsetzen, während ich in die Küche gehe und Kaffee koche.«

Er nahm ihren Arm. »Ich will keinen Kaffee, ich will keinen Stuhl und auch keine nette Unterhaltung.«

Rebecca seufzte. »Also gut, Stephanos. Was willst du?«

»Dich. Ich dachte, das hätte ich hinreichend klargemacht.« Er sah sich in dem Zimmer um. »Ist es das, was du möchtest? Ein paar Räume, in denen du allein lebst?«

»Ich will das Beste aus meinem Leben machen. Ich habe mich bereits bei dir entschuldigt. Mir ist klar, dass ich dich …«

»… betrogen habe«, vollendete er ihren Satz. Dann hob er den Zeigefinger. »Diesen Punkt wollte ich geklärt haben. In welchem Punkt hast du mich getäuscht?«

»Dadurch, dass ich dich habe glauben lassen, ich sei jemand, der ich gar nicht war.«

»Du bist keine schöne, interessante Frau? Keine leidenschaftliche Frau?« Erstaunt sah er sie an. »Rebecca, ich bin kein unerfahrener Teenager. Ich glaube einfach nicht, dass du mich in jener Beziehung so sehr hättest täuschen können.«

Er will mich absichtlich durcheinanderbringen, dachte Rebecca. »Ich habe dir doch gesagt, was ich getan habe.«

»Was du getan hast – und wie du es getan hast.« Bei den letzten Worten hob er wieder die Hand und begann ihren Hals zu streicheln. Sein Zorn hatte ihre Knie nicht zum Zittern gebracht, aber nun fühlte sie, wie sie bebten. »Du bist nach Paris geflogen, um dir die Haare schneiden zu lassen. Du hast deinen sicheren Job aufgegeben, um fortan dein Leben zu genießen. Du hast mich fasziniert.« Er küsste sie und zog sie an sich. »Meinst du, es wäre dein bisheriges Leben gewesen, das mich an dir so fasziniert hat?«

»Du warst böse auf mich.«

»Ja, böse, weil ich annahm, ich wäre nur ein Teil deines Experiments gewesen. Und nicht nur böse, sondern fürchterlich wütend, kann ich dir sagen.« Noch einmal küsste er sie leidenschaftlich und fordernd. »Wütend, weil ich nur benutzt werden sollte. Soll ich dir sagen, wie wütend? Ich konnte die letzten zwei Wochen nicht arbeiten, nicht denken, weil ich dich überall vor mir sah – und dich doch nirgendwo finden konnte!«

»Ich musste gehen.« Rebecca schob ihre Finger unter sein Hemd. Sie wollte ihn nur noch ein Mal spüren, ihn berühren. »Als du sagtest, du bedauertest es, mit mir geschlafen zu haben …« Da erst bemerkte sie, was sie tat, und trat hastig einen Schritt zurück.

Er schaute sie einen Moment wortlos an, dann fluchte er leise vor sich hin und ging wieder rastlos auf und ab. »Ich hätte nie gedacht, dass ich mich jemals so dumm benehmen könnte. Ich habe dich in jener Nacht in einer ganz anderen Weise verletzt, als ich selbst angenommen hatte. Und dann verhielt ich mich weniger diplomatisch als bei einem meiner unwichtigsten Geschäfte.« Er sprach nicht weiter. Zum ersten Mal sah Rebecca, wie abgespannt er aussah.

»Du siehst müde aus. Komm, setz dich. Ich werde dir etwas zu essen und zu trinken bringen.«

Einen Moment lang presste er die Finger auf die Augen. »Du hast mich schwachgemacht, Rebecca. Und du hast mir gezeigt, dass ich doch nicht der Mann bin, der keinen Fehler mehr begeht. Ich bin erstaunt, dass du mir überhaupt noch gestattest, einen Fuß in deine Wohnung zu setzen. Du hättest eher ...« Er brach ab, weil sein Zorn auf einmal verraucht war. Alles, was er jemals im Leben wirklich brauchte, las er in ihren Augen. Ein Mann bekommt nicht oft so viele Chancen, glücklich zu werden, dachte er.

»Rebecca, ich habe niemals bedauert, mit dir geschlafen zu haben. Es war nur die Art, wie es geschehen ist. Zu viel Verlangen und zu wenig Verständnis für dich. Ich werde es immer bedauern, dass es beim ersten Mal zu viel Hitze, aber keine Wärme gegeben hat.« Er nahm ihre Hand und küsste sie zart.

»Für mich war es wundervoll, Stephanos.«

»In gewisser Weise, ja.« Sie ist immer noch so unschuldig, dachte er. Noch immer so großzügig und bereit zu vergeben. »Ich war weder geduldig noch zärtlich zu dir, so wie jede Frau es beim ersten Mal erwarten darf.«

Rebecca spürte Hoffnung in sich aufsteigen. »Das hat mir nichts ausgemacht.«

»Aber es ist wichtig, wichtiger, als ich dir zu sagen vermag. Nachdem du mir alles gesagt hattest, zählte es sogar noch viel mehr. Wenn ich getan hätte, was ich eigentlich hatte tun wollen, dann wärst du nicht fortgegangen. Aber ich dachte, du brauchtest mehr Zeit, bevor ich dich wieder berühren durfte.« Er küsste ihre Fingerspitzen. »Lass mich dir jetzt zeigen, was ich dir damals zeigen wollte.« Stephanos sah ihr tief in die Augen. »Willst du?«

»Ja.« Es gab für sie nun keine andere Antwort mehr.

Stephanos nahm sie auf die Arme. »Vertraust du mir?«, fragte er rau.

»Ja.«

»Rebecca, ich möchte dich noch etwas fragen …«

»Was denn?«

»Hast du ein Bett?«

Rebecca fühlte, wie ihr das Blut ins Gesicht stieg, obwohl sie lachen musste. »Dort drüben, in dem Zimmer.«

Stephanos trug Rebecca langsam ins andere Zimmer. Die Sonne schien auf das Bett, als er sie langsam daraufgleiten ließ und sich zu Rebecca legte. Und dann küsste er sie – sanft und voller Zärtlichkeit. Rebecca lag nur da und genoss es, endlich wieder seine erregenden Liebkosungen zu spüren.

Sie hatte mit ihm die Verzweiflung erlebt, die die Liebe mit sich bringen konnte, und auch die Hitze der Leidenschaft. Aber nun zeigte er ihr, was Liebe noch bedeutete.

Und sie stand ihm in nichts nach.

Stephanos hatte geglaubt, er würde sie lehren, nicht er selbst etwas lernen müssen. Aber er lernte etwas und ihr Verlangen war so stark wie beim ersten Mal. Diesmal ließen sie sich jedoch Zeit.

Rebecca atmete heftiger, als sie nackt nebeneinanderlagen. Sie verstand nun und fühlte sich stark und sicher. Sie zitterte, aber es war keine Furcht, sondern die Erwartung, die sie zittern ließ. Unter seinen erregenden Liebkosungen bog sie sich ihm entgegen. Als er dann mit den Lippen ihre Knospen umschloss, stöhnte sie auf.

Stephanos tat alles, um ihre Erregung zu steigern und ihr Verlangen zu schüren, bis sie seinen Namen rief und sich unter seinen Händen aufbäumte.

Stephanos kam zu ihr und fühlte, wie ein Beben über ihren Leib lief. »Sag mir, dass du mich liebst. Sieh mich an und sag es mir«, flüsterte er heiser.

Rebecca öffnete die Augen. Sie vermochte kaum zu atmen, als sie sich im selben Rhythmus zu bewegen begannen, so als seien sie eins. Sie sah ihm in die Augen und hatte das Gefühl, sich darin zu verlieren.

»Ich liebe dich, Stephanos.«

Dann hatte sie das Gefühl zu fallen, immer schneller und immer tiefer, hinab bis auf den tiefsten Grund und wieder bis in die höchsten Höhen. Und er war immer bei ihr …

Schließlich lagen sie still und schwer atmend da. Stephanos streichelte Rebeccas Haar und fühlte langsam seine Erregung abflauen. Sie war unschuldig, und dennoch hatte sie in ihm eine Leidenschaft erweckt, wie er sie noch bei keiner Frau erlebt hatte. Aber es war mehr als Leidenschaft, er war eins mit ihr in Körper und Herz gewesen.

»Wir haben dies alles schon einmal erlebt«, flüsterte er. »Fühlst du das auch?«

Sie nahm seine Hand und spielte damit. »Ich habe niemals an so etwas geglaubt – bis ich dich kennenlernte. Wenn ich mit dir zusammen bin, habe ich das Gefühl, ich erinnere mich an etwas, das weit zurückliegt.« Sie hob den Kopf und sah ihn an. »Ich kann es mir nicht erklären.«

»Vielleicht sollte man gar nicht versuchen, alles zu erklären. Ich liebe dich, Rebecca, und das ist genug für mich.«

Sie strich ihm zart über die Wange. »Ich möchte nicht, dass du etwas sagst, das du nicht empfindest«, meinte sie unsicher.

»Wie kann eine Frau einerseits so klug und zugleich so dumm sein?« Stephanos schüttelte in gespielter Verzweiflung den Kopf und rollte sich dann auf sie. »Kein Mann fliegt von einem Kontinent zum anderen, um eine Frau zu suchen, damit er mit ihr schlafen kann – und sei es auch noch so schön. Ich liebe dich wirklich. Und auch wenn es mich für eine gewisse Zeit ziemlich verwirrt hat, so habe ich mich doch inzwischen daran gewöhnt.«

»Verwirrt?«

»Nun ja, ich habe mich all die Jahre für einen Mann gehalten, der wirklich frei ist. Doch dann kommt eine Frau daher, die all ihren Besitz verkauft und ihren guten Job aufgibt, nur um auf Korfu Fotos von wilden Bergziegen zu machen.«

»Ich habe nicht vor, mich in dein Leben einzumischen.«

»Du hast es bereits getan.« Stephanos lächelte, als sie sich ihm zu entziehen versuchte. »Die Ehe schafft, verglichen mit dem Junggesellenleben, eine gewisse Unfreiheit, aber sie gibt auch viele neue Freiheiten.«

»Was soll das heißen?«

»Ich möchte, dass du meine Frau wirst, und zwar sehr bald. Am liebsten sofort.«

»Ich habe nie gesagt, dass ich dich heiraten will.«

»Nein, aber du wirst es.« Er begann sie wieder zu streicheln. »Ich kann sehr überzeugend sein.«

»Ich brauche Zeit zum Nachdenken«, brachte sie mühsam hervor, weil sie erneut diese süße Erregung spürte. »Stephanos, die Ehe ist eine ernsthafte Angelegenheit.«

»Der Meinung bin ich auch. Tödlich ernst.« Er zwinkerte ihr zu. »Vielleicht sollte ich dich warnen. Ich habe nämlich beschlossen, jeden Mann umzubringen, der dich länger als zwanzig Sekunden lang ununterbrochen ansieht.«

»Wirklich?« Rebecca lachte.

Stephanos sah sie mit einem Lächeln an, das ihr Herz schneller schlagen ließ. »Ich kann dich nicht wieder gehen lassen. Ich kann und will es nicht. Komm mit mir zurück. Heirate mich, Rebecca.«

»Stephanos ...«

Er legte ihr den Zeigefinger auf die Lippen. »Ich weiß, um was ich dich bitte. Du hast bereits Pläne für ein neues Leben gemacht. Wir sind nur einige wenige Tage zusammen gewesen, aber ich kann dich glücklich machen. Ich kann dir auch versprechen, dass ich dich mein Leben lang lieben werde. Ich schwöre dir, du wirst es niemals bereuen.«

Sie küsste ihn sanft. »Ich habe mich immer gefragt, was ich finden werde, wenn ich einmal wirklich meine Augen aufmache. Ich habe dich gefunden, Stephanos.« Sie lachte glücklich auf und schlang die Arme um ihn. »Wann reisen wir ab?«

– ENDE –